泉州文庫

選堂題

蘇大山 著／編

蘇彥銘 谢如俊 點校

紅蘭館叢書

泉州文庫整理出版委員會

商務印書館

前　言

　　泉州建制一千三百多年，爲中國歷史文化名城和古代海外交通的重要港口。"比屋弦誦，人文爲閩最"，素稱海濱鄒魯、文獻之邦。代有經邦緯國、出類拔萃之才，歐陽詹、曾公亮、蘇頌、蔡清、王慎中、俞大猷、李贄、鄭成功、李光地等一大批傑出人物留下了大量具有歷史、文學藝術、哲學、軍事、經濟價值的文化遺產。據不完全統計，見載於史籍的著作家有一千四百二十六人，著作多達三千七百三十九種，其中唐五代二十九人三十二種，宋代二百人三百九十一種，元代二十一人四十種，明代五百三十六人一千五百八十五種，清代六百四十人一千六百九十一種；收入《四庫全書》一百一十五家一百六十四種，《四庫全書存目叢書》五十六家七十四種，《續修四庫全書》十四家十七種。二〇〇八年國務院頒布第一批國家珍貴古籍名錄，屬泉人著述、出版者十三種。

　　遺憾的是，雖然泉州典籍贍富，每一時代都有一批重要著作相繼問世，但歷經歲月淘汰、劫難摧殘，加上庋藏環境不良，遺存至今十無二三，多成珍籍孤本。這些文化遺產，是歷史的見證，是泉州人民同時也是中華民族的寶貴文化財富，亟待搶救保護，古爲今用。

　　對泉州地方文獻的搜集與整理，最早有南宋嘉定年間的《清源文集》十卷，明萬曆二十五年《清源文獻》十八卷繼出，入清則有《清源文獻纂續合編》三十六卷問世。這些文獻彙編，或已佚失，或存本極少。二十世紀四十年代，泉州成立"晉江文獻整理委員會"，準備整理出版歷代泉人著作，因經費短缺未果。八十年代，地方文史界發起研究"泉州學"，再次計劃編輯地方文獻叢書，可惜後來也因爲各種條件的限制，其事遂寢。但是這兩次努力，爲地方文獻叢書的整理出版做了準備，留下了珍貴的文獻資料和書目彙編。

　　二〇〇五年三月，中共泉州市委、泉州市政府決定將地方文獻叢書出版工作列爲國民經濟和社會發展第十一個五年規劃的一項文化工程。翌年,正式成立"泉州地方典籍《泉州文庫》整理出版委員會",着手對分散庋藏於全國各大圖書館及民間的古籍進行調查搜集,整理出《泉州文庫備考書目》二百六十七家六百一十四種,以後又陸續檢索出遺漏書目近百家一百八十餘種。經過省内外專家學者多次論証,最後篩選出一百五十部二百五十餘種著作,組成一套有一定規模、自成體系、比較完整,可以概括泉人著作風貌、反映泉州千餘年文化發展脉絡的地方文獻叢書,取名《泉州文庫》,二〇一一年起陸續出版發行。

整理出版《泉州文庫》的宗旨是:遵循國家的文化方針政策,保護和利用珍貴文獻典籍,以期繼承發揚中華民族優秀文化傳統,增進民族團結,維護國家統一,提高民族自信心和凝聚力,加强社會主義核心價值體系建設,增强文化軟實力,爲泉州的物質文明和精神文明建設服務。

《泉州文庫》始唐迄清,原著點校,收録標準着眼於學術性、科學性、文學性、地域性、原創性、權威性,具有全國重要影響和著名歷史人物的代表作優先。所録著作涵蓋泉州各縣(市、區),包括金門縣及歷史上泉州府屬同安縣,曾在泉州任職、寄寓、活動過的非泉籍人氏的作品,則取其内容與泉州密切相關的專門著作。文庫采用繁體字横排印刷,内容涉及政治、經濟、歷史、地理、哲學、宗教、軍事、語言文字、文化教育、文學藝術、科學技術等領域,其中不乏孤稀珍罕舊槧秘笈,堪稱温陵文獻之幟志。

值此《泉州文庫》出版之際,謹向各支持單位、個人和参加點校的專家學者表示誠摯的感謝!由於涉及的學科和内容至爲廣泛,工作底本每有蛀蝕脱漏,加之書成衆手,雖經反復校勘,但限於水平,不足或錯誤之處還是難免,敬請讀者批評指教。

泉州地方典籍《泉州文庫》整理出版委員會
二〇一一年三月

整理凡例

一、《泉州文庫》（以下簡稱"文庫"）收録對象爲有關泉州的專門著作和泉州籍人士（包括長期寓居泉州的著名人物）著作，地域範圍爲泉州一府七縣，即晋江（包括現在的晋江市、石獅市、鯉城區、豐澤區、洛江區）、南安、惠安（包括泉港區）、同安（包括金門縣）、安溪、永春、德化。成書下限爲一九四九年九月以前（個别選題酌情下延）。選題内容以文學藝術、歷史、地理、哲學、政治、軍事、科技、語言教育等文化典籍爲主，以發掘珍本、孤本爲重點，有全國性影響、學術價值高、富有原創性著作優先，兼及零散資料匯總。

二、每種著作盡量收集不同版本進行比較，選擇其中年代較早、内容完整、校刻最精的版本爲工作底本，并與有關史籍、筆記、文集、叢書參校，文字擇善而從。

三、尊重原著，作者原有注釋與説明文字概予保留。後來增加者，則視其價值取捨。

四、凡底本訛誤衍漏，增字以[ ]表示，正字以( )表示，難辨或無法補正的缺脱文字以□表示，明顯錯字徑直改正，均不作校記。

五、凡底本與其他版本文字差異，各有所長，取捨兩難，或原文脱訛嚴重致點讀困難，或史實明顯錯誤者，正文仍從底本，而於篇末校勘記中説明。

六、凡人名、地名、官名脱誤者，均予改正，訛誤而又查不到出處之人名、地名、官名及少數民族部落名同異譯者，依原文不予改動。

七、少數民族名稱凡帶有侮辱性的字樣，除舊史中習見的泛稱以外，均加引號以示區别，并於校記中説明。

八、標點符號執行一九九六年實施的國家《標點符號用法》。文庫點校循新版二十四史及《清史稿》例，一般不使用破折號和省略號。

九、原文不分段者,按文意自然分段。

十、凡異體字、俗體字、通假字,如非人名、地名,改動又無關文旨者,一般改爲通用字;異體字已經約定俗成、容易辨認者不改。個別著作爲保持原本文字語言風貌,其通假字則不校改。

十一、避諱字、缺筆字盡量改正。早期因避諱所產生的詞彙成爲習慣者不改正。

十二、古籍行文中涉及國家、朝廷、皇帝、上司、宗族等所用抬頭格式均予取消。

十三、文庫一般一册收錄一種著作,篇幅小的著作由兩種或若干種組成一册,篇幅大的著作則分成兩册或若干册。

十四、文庫采用横排、繁體字印刷出版。每册前置前言、凡例。每種著作仿《四庫全書》提要之例,由編者撰寫《校點後記》,簡略介紹作者生平、著作內容及評價、版本情況,説明其他需要説明的問題。

泉州地方典籍《泉州文庫》整理出版委員會辦公室
二〇〇七年二月五日

目　　錄

紅蘭館詩鈔 ……………………………………………… 1

紅蘭館小叢書 …………………………………………… 157

校點後記 ………………………………………………… 298

紅蘭館詩鈔

目　　録

紅蘭館詩鈔序 ························· 沈琇瑩　19
紅蘭館詩鈔序 ························· 林健人　21

紅蘭館詩鈔卷一 ····························· 23
桐南集 ································· 23
塞上曲 ································· 23
游金粟洞作 ····························· 23
讀《虬髯客傳》題後 ····················· 24
反游仙詞 ······························· 24
關山道 ································· 24
秋江漁父詞 ····························· 25
過詩人陳忘機墓 ························· 25
醉司命 ································· 25
明妃怨 ································· 25
采蘋曲 ································· 25
夕陽 ··································· 26
題伍大夫廟 ····························· 26
題林豔雲水部《福雅堂詩集》 ············· 27
銷寒詞同林儷雲作 ······················· 27
過萬安橋 ······························· 28
興安道中 ······························· 28

楓亭	28
涵江夜渡	29
漁溪曉發	29
過常思嶺	29
福州城樓漫興	29
閩宮詞	29
烏石山謁范忠貞祠	30
會城雙塔	30
題《李忠毅遺詩》	30
獅山道中	30
過古盈陂	30
游安平龍山寺	30
舟次廈門，望胡里山炮臺有感	31
舟過海澄城	31
與曾岑箖、黃儷琴登漳城	31
漳江作	32
重過開元寺有感	32
漳州雜詠	32
題韓致堯《香奩集》	35
題尤悔庵《鈞天樂》	36
和友人無題五首	36
黃昏	37
惆悵	37
半閒堂弔賈秋壑	37
悼亡	37
賽馬謠	38

紅蘭館詩鈔卷二 ……… 39
桐南後集 ……… 39
雜感 ……… 39
題謝觀有《鸚鵡教詩圖》 ……… 40
題陳肖石《南游草》 ……… 40
與幼笙、竺初、菱槎同游萬石巖 ……… 41
廈門寓樓即事 ……… 41
禽言八首 ……… 41
太平巖訪明延平郡王讀書處 ……… 42
讀史雜詠 ……… 43
夜宿安溪縣城 ……… 45
鳳山道中口占 ……… 46
騎虎巖題壁 ……… 46
同景商、梁國游洪恩巖 ……… 46
題石竹廟 ……… 46
夜宿鼓山東際樓，示同游諸子 ……… 46
晚謁靈源洞遇雨 ……… 47
留別鼓山四絕 ……… 47
甲辰燈詞 ……… 47
將之鮀江，舟出廈門海上口占 ……… 48
舟夜遇風不寐，偶占 ……… 48
客感 ……… 48
登韓江樓作 ……… 48
酬黃詔平 ……… 49
送次彭赴爪哇 ……… 49
炎言三首柬竹銘 ……… 49

鮀江七夕 …… 50

韓山 …… 50

謁陸丞相秀夫祠 …… 50

戰國四君,惟平原、信陵爲能得士,孟嘗、春申,殊碌碌也。
　　偶與竹銘論及,爲作兩詩系之 …… 50

九日,芷雲約登潮陽龍泉巖,次季岳原韵 …… 51

玉鈎斜二首 …… 51

重過澄圃有感 …… 51

同綺才、秀纖游大岞山,訪軍馬洞 …… 51

東京路 …… 52

登崇武故城 …… 52

宿小岞村 …… 53

題青山廟 …… 53

同韵珂、澍邺、山甫、柏香、埒齋、鶴樵游清源山,夜宿上洞 …… 53

南臺巖寫望 …… 53

老君巖觀石刻遺像 …… 54

遵巖爲王慎中讀書處 …… 54

蛻巖夜坐 …… 54

曉登觀日臺作 …… 54

自紫澤宮至小憩亭途中口占 …… 55

東園消夏詞 …… 55

題林歐齋詩卷,寄恕齋 …… 56

齋居偶占 …… 56

後悼亡 …… 56

鄭貞女詩 …… 57

過洪文襄故宅有感 …… 57

紅蘭館詩鈔卷三 … 58
幔亭集 … 58
洪三橋夜泊 … 58
舟行,起坐看山口占 … 58
抵水口,溪流漸淺,易小船上駛 … 58
灣口曉發 … 59
黃店 … 59
初三日,三都口阻水 … 59
舟次尤溪口有感 … 59
曉起舟抵白沙 … 59
過南蛇灘 … 60
延平喜晤韵珂、藻航、稚純 … 60
黯淡灘 … 60
舟過蕊口 … 60
泊南雅口 … 60
冒雨游定光佛寺 … 60
曉過奔灘 … 61
黃華山題韓蘄王屯兵處 … 61
臨江門晚眺 … 61
橋亭爲謝疊山先生賣卜處 … 61
泊建陽城下 … 61
午過鷺鷥灘 … 61
晚泊興田,偕子繩雪、六同訪闕月寺 … 61
太平橋口占 … 61
小天梯枕上作 … 62
舟次望見武夷,而水程尚數十里。是夜泊公館口 … 62

詠出門灘三首 ………………………………… 62

赤石旅中漫作 ………………………………… 62

苦雨 …………………………………………… 63

裴村夜步 ……………………………………… 63

贈楊凝秋 ……………………………………… 63

崇安道中 ……………………………………… 63

贈朝鮮朴景山 ………………………………… 63

朱緝齋招余及幼庭、胡賡甫、胡伯銘、吳蘅舟、李逸天、潘恂予
　　游九曲諸峰，自八角亭放舟 ……………… 64

游冲祐觀有感 ………………………………… 64

萬年宮月下望幔亭峰 ………………………… 64

曉起散步幔亭峰，觀吳盱江石刻 ……………… 64

訪彭祖居遺址 ………………………………… 65

將游大王峰，自萬年宮側陟嶺，抵張仙巖 …… 65

山行即事 ……………………………………… 65

近大王峰，有枯木支石罅。詢之土人，云即"虹橋板" … 65

登大王峰放歌 ………………………………… 65

天柱峰晚眺 …………………………………… 66

訪升真觀遺址，已夷爲民居，仙蛻亦不復見 … 66

由大王峰至半山亭小憩 ………………………… 66

仙羊石 ………………………………………… 66

復古洞 ………………………………………… 66

三杯石 ………………………………………… 66

舟過玉女峰口占 ……………………………… 67

仙館巖爲王子騫瘞蛻處 ……………………… 67

翰墨石 ………………………………………… 67

仙浴池	67
一線天	67
倉基巖弔陳友定	67
水樂灘	68
訪趙清獻吏隱亭遺址	68
車錢巖	68
上升峰訪張湛冲化處二首	68
卧龍潭	68
過御茶園故址有感	68
仙釣臺	68
題詩巖口占	69
仙床石	69
觀控鶴仙人試劍石	69
更衣臺	69
五曲訪鐵笛亭遺址	69
羅漢巖口占	69
晚眺隱屏峰下	69
曉起同緝齋、幼庭觀朱子手植茶樹	69
晚對峰,用朱子原韵	69
入石門至接笋峰下,因梯木垂朽,不果上	70
天游門小憩	70
題晞真館	70
自天游峰至蒼屏巖	70
隔溪望響聲巖	70
舟過三仰峰	70
禪笠石	71

鑄錢巖 …………………………………………… 71

　　桃花洞 …………………………………………… 71

　　太姥峰 …………………………………………… 71

　　題謝烈婦投崖處 ………………………………… 71

　　廩石 ……………………………………………… 71

　　寒巖 ……………………………………………… 71

　　訪杜徵君故宅 …………………………………… 71

　　病中作 …………………………………………… 72

　　贈朱幼蘅 ………………………………………… 72

　　揀茶曲 …………………………………………… 72

　　五日同子珊、子繩、雪六觀競渡 ……………… 73

　　和幼蘅《赤石竹枝詞》八首 …………………… 73

　　夏日即事 ………………………………………… 74

　　將行苦水淺，中夜驟雨忽至，詰朝遂發 ……… 74

紅蘭館詩鈔卷四 ……………………………………… 75

　鐔州集 ……………………………………………… 75

　　湄洲海上夜泊 …………………………………… 75

　　馬江書感 ………………………………………… 75

　　琯江作 …………………………………………… 76

　　琯江酒樓 ………………………………………… 76

　　舟次鼓山下有感 ………………………………… 76

　　福州城樓漫興 …………………………………… 76

　　晚過城南公園 …………………………………… 77

　　大箬舟次 ………………………………………… 77

　　舟中晚望 ………………………………………… 77

　　過秤鈎灘 ………………………………………… 77

泊九里潭 …………………………………… 77
舟行三日，午泊荒村下。偕琅兒登岸散步，石滑路曲，未二里
　　即返 ………………………………………… 78
山行即目 …………………………………… 78
鰐溪 ………………………………………… 78
夜泊樟湖 …………………………………… 79
舟中雜感 …………………………………… 79
上灘歌，舟中書示琅兒 …………………… 79
曉抵延平 …………………………………… 79
詠懷古迹六首 ……………………………… 80
同子松、韵珂游普通寺 …………………… 80
星異 ………………………………………… 81
雨後寫望 …………………………………… 81
冬夜書感 …………………………………… 81
風蘭曲 ……………………………………… 82
聽客談劍津故事有感 ……………………… 82
過李延平祠 ………………………………… 82
補和洪敬齋送别原韵却寄 ………………… 83
補和朱幼薌送别原韵却寄 ………………… 83
延平雜詠 …………………………………… 83
同韵珂晚步城北山上 ……………………… 85
江行書所見 ………………………………… 85
夜坐 ………………………………………… 86
延平道署舊有看劍閣、識山亭諸勝，今皆廢墮。因各系一詩，
　　以存其名 …………………………………… 86
雨後登延福門 ……………………………… 87

11

紅蘭館詩鈔卷五 88
鷺門集 88
明季樂府 88
綉伊出所藏《同聲集》殘稿索題,爲作四絶 90
柬歐陽少椿 90
題林霽秋《泉南指譜》 90
湯侯書來,道有東省之行,作此却寄 91
癸丑除夕 91
次韵酬澐舫 92
題《百蝶圖》,爲蒜園作 92
題友人《罷釣觀書圖》 92
得僧癯自滬上書來 92
送幹寶歸福州 93
紀事四首,爲友人作 93
和眇公感時原韵 93
甲寅七夕 94
咏老處女 94
懷竹銘鮀江,并訊季岳、芷雲 94
聱孫同周子迪、王蕊仙、莫伯型、程井秋游揚州,書來以紀游諸作索和,作此却寄 95
丙辰秋感 96
十月十三日菽莊看菊 96
除夕用湯侯韵却寄 97
丁巳正月三日感事 98
雜感六首 98
無題八首 99

目　　錄

僧瘫書來，訊武夷游况，作此答之 …………… 100

雨中過魚子渡 …………………………………… 100

次儷琴見懷原韵，却寄 ………………………… 100

夜過台州 ………………………………………… 100

舟中與菊三夜話 ………………………………… 100

溫州雜詩 ………………………………………… 101

吹笙臺 …………………………………………… 101

孟樓 ……………………………………………… 101

舟中望普陀山 …………………………………… 102

雨中舟過黃浦灘 ………………………………… 102

滬寧道中 ………………………………………… 102

夜過浦口 ………………………………………… 103

車中偶占 ………………………………………… 103

蚌埠有感 ………………………………………… 103

車中不寐偶成 …………………………………… 103

次大汶口 ………………………………………… 103

夜過曲阜 ………………………………………… 104

車過泰山下 ……………………………………… 104

濟南道中 ………………………………………… 104

車中偶占 ………………………………………… 104

滄洲道上 ………………………………………… 104

登陶然亭 ………………………………………… 104

入春日作 ………………………………………… 105

送韵珂之贛 ……………………………………… 105

過玄圃遺址有感 ………………………………… 105

題二藍詩集 ……………………………………… 105

13

紅蘭館詩鈔卷六 …… 106
甲子詩卷 …… 106
元日書感 …… 106
和綉伊初度感懷,用黃仲則生日詩原韵 …… 106
太平雜咏 …… 106
雨夜書感,次樵生韵 …… 108
寒食 …… 108
清明日寄楊甥宜侯泉州 …… 108
三月三日,菽莊小蘭亭修禊,分韵得"和"字 …… 109
少椿以和王仲瞿《祭西楚霸王墓》詩見視,次韵却寄 …… 109
十三日重集小蘭亭修禊 …… 109
感事次莪生韵 …… 110
疊前韵並視少椿 …… 110
二十三日三集小蘭亭修禊 …… 110
少椿用傲樵韵見寄,次復 …… 110
和莪生初度感懷,與傲樵同作 …… 111
思明懷古 …… 111
七夕書感 …… 116
寄友人南洋 …… 116
菽莊主人以九日登大倉山詩索和,依韵奉答 …… 116
蟬窟書來,悉菽莊主人在東病愈,再用前韵賦寄 …… 116
晚過菽莊看菊,三用前韵寄懷主人日本 …… 116
蟬窟數以書來,未答。四用前韵却寄 …… 116
野望 …… 117
歲暮雜咏 …… 117

紅蘭館詩鈔卷七 …… 122

目錄

婆娑洋集 …………………………………………………… 122
　澎湖舟中作 …………………………………………… 122
　基隆覽古 ……………………………………………… 122
　臺北車中口占 ………………………………………… 123
　飲希莊寓齋 …………………………………………… 124
　贈尾崎古村 …………………………………………… 124
　感舊四首 ……………………………………………… 124
　劍潭 …………………………………………………… 125
　籠鶴嘆 ………………………………………………… 125
　笯鴛吟 ………………………………………………… 125
　圈虎謠 ………………………………………………… 125
　檻獅怨 ………………………………………………… 126
　和澍村贈別，並用原韻 ……………………………… 126
　板橋別墅雜咏 ………………………………………… 126
　即席次小眉韻 ………………………………………… 127
　不寐 …………………………………………………… 127
　臺中道上 ……………………………………………… 128
　霧峰作 ………………………………………………… 128
　贈林南強 ……………………………………………… 129
　萊園雜咏 ……………………………………………… 129
　過石洲故居 …………………………………………… 130
　題痴仙無悶《草堂遺集》 …………………………… 130
　謁明延平郡王祠 ……………………………………… 131
　古梅 …………………………………………………… 132
　鹿耳門觀海 …………………………………………… 132
　赤嵌城 ………………………………………………… 132

15

臺南公園 …………………………………………………… 132

　　寧靖王墓 …………………………………………………… 133

　　斐亭 ………………………………………………………… 133

　　赤嵌樓二首 ………………………………………………… 133

　　席上聽歌 …………………………………………………… 133

　　固園主人招飲,歸途車中賦此。却寄並贈南社諸公 …… 134

　　贈魏潤庵 …………………………………………………… 134

　　贈謝雪漁 …………………………………………………… 134

　　贈林石厓 …………………………………………………… 134

　　贈洪以南 …………………………………………………… 134

　　江山樓即席贈瀛社諸公 …………………………………… 135

　　次韵酬伊藤壺溪 …………………………………………… 135

　　酬猪口鳳庵 ………………………………………………… 135

　　重過劍潭,用澍邨韵書感 ………………………………… 135

　　淳化硯歌,爲磊齊作 ……………………………………… 135

　　同希莊三板橋晚步 ………………………………………… 136

　　題楊宜綠見寄詩後 ………………………………………… 136

　　咏古八首 …………………………………………………… 136

　　次猪口鳳庵送別原韵 ……………………………………… 137

　　次韵酬莊太岳 ……………………………………………… 137

　　臨行,贈杜仰山 …………………………………………… 138

紅蘭館詩鈔卷八 ………………………………………………… 139

　鹿礁集 ………………………………………………………… 139

　　菽莊咏菊八首 ……………………………………………… 139

　　送季丞之香江 ……………………………………………… 140

　　四哀詩 ……………………………………………………… 140

集王次回《疑雲集》句，題乃沃《悼亡詩》後 ………………… 141
荷塘花開，蒎莊主人張筵，爲花上壽。屬耐公爲文張之，
　　并索予詩，作此以應 ……………………………………… 142
諸將五首 …………………………………………………………… 142
隋堤十絶句 ………………………………………………………… 143
壬秋閣宴集，用東坡《司馬君實獨樂園》韵 …………………… 144
中秋夜，同内子寓樓看月 ………………………………………… 144
冬感 ………………………………………………………………… 144
重陽日蒎莊即事 …………………………………………………… 145
送陳香雪歸福州，即用留別原韵 ………………………………… 145
壬戌，東坡先生生日日，綉伊爲詩壽之，持以見視。因用原韵，
　　作爲長歌，却寄 ………………………………………… 145
讀淮陰侯傳 ………………………………………………………… 146
和伍壽生感懷韵 …………………………………………………… 146
同香雪藏海園看百葉紅桃花 ……………………………………… 146
春日，客約登萬壽巖，不果 ……………………………………… 147
書感 ………………………………………………………………… 147
題東坡先生《笠屐圖》，癸亥十二月十九日作 ………………… 147
和頌眉感懷原韵 …………………………………………………… 147
東園數以書來，作此報之 ………………………………………… 148
稚純病後，以感懷詩見寄。作此慰之 …………………………… 148
送蒎莊主人自日本西游瑞士 ……………………………………… 148
題儷琴漢碑百衲遺册 ……………………………………………… 149
蘇小墓用小眉韵 …………………………………………………… 149
憶李中石星洲 ……………………………………………………… 150
東園以陳伯鈞《西園雜咏》索題，作此却寄 …………………… 150

失題 …………………………………………………………… 150

仲訓、仲贊昆仲錯綜百齡,諏吉爲壽。桂生爲文紀之,予亦作此
　以介 ………………………………………………………… 150

書感,次澍邨《六十感懷》原韵 …………………………… 151

題菱槎《東寧百咏》詩卷 …………………………………… 152

壽鏡湖六十 …………………………………………………… 153

遜臣以蠹餘木假山索題,作此答之 ………………………… 153

次溽溪陳伯冲《咏陶徵君詩》原韵,却寄 ………………… 153

題菽莊十圖,寄懷主人瑞士 ………………………………… 154

濟川出官石谿先生詩集索題,因書其後 …………………… 155

跋 ……………………………………………………… 楊昌國　156

紅蘭館詩鈔序

沈琇瑩

　　菽莊主人開東閣招詩客,有古月泉之風。予與蓀浦後先來集,忽忽踰十年矣。往者嘯侶命儔,更唱迭和,月以十數,歲以百數。體或古或近,韵或競或病,暑或分或寸。急就之章,雷同之句,可則存之,否則焚之。何者爲副墨之子,何者爲雒誦之孫,無暇過而詢焉。蓀浦謬以予爲解人,迺搜其篋中積稿,整齊之,次第之,以示予曰:"丁敬禮所請於曹子劍者,竊有志焉,幸無疑難。"予竭五日之力讀竟,不禁掩卷而嘆曰:"予聞之:詩有貌有神,有體有骨。貌可飾,神不可襲,清濁之謂也。體可規,骨不可移,彊弱之謂也。必也,寢饋乎三館四庫,諸子百家之書,以雋其才;馳驅乎漢魏六朝、三唐作者之林,以藻其思。其爲詩也,古無落調,今無失律。兀而突,飄而忽,窈而曲,往而復。或雅如竹,或淡如菊;或潤如蒼玉,或樸如枯木;或清如雛鳳,或哀如寡鵠;或矯矯如秋隼,或呦呦如野鹿;或如雲之詭,或如波之譎;或詼諧如滑稽,或循環如轉轂。使讀之者欲起欲伏,欲伸欲縮,欲絕欲續,欲角欲逐,欲雍欲肅,欲笑欲哭。辟諸成連之琴,使人情移;雍門之瑟,使人心悲。詩乎,詩乎,至於斯乎!"吾師湘綺王子數數語予:"昔能識之,不能製之;今能道之,不能造之。"顧蓀浦之詩,往往有近似之者,豈非衰世之麟角耶?或謂以蓀浦之才力聰明,出而博取人間富若貴,亦足爲詩人吐氣揚眉。不此之務,而晨昏捉鼻苦吟,胡爲者?予謂不然。窮通,命也;顯晦,時也。任命不疑,遵時不危。丹其轂者,赤其族;生其名者,殺其軀。使或遇隋阿麼,"空樑"五字,其罪也,安知不爲薛道衡?使或遇楊玉環,"飛燕"七字,其罪也,安知不爲李長庚?蓀浦智者,有感於是,特逍遥物外,假詩以自鳴,其得意耳!抑又聞諸王子,使我登台鼎,不如一清吟遠矣。誠然,世有知音,則賈島爲佛,黃金鑄之,宜也;世無知音,則曾極爲妖,白簡彈之,宜也。即如東坡先生,詩寓禪理,禁於當時,章於後世。元祐學術,何害於昔?何利於今?一篇一什,因之廢興,其亦難言之矣。且外物不可必。陶淵明之詩,布帛菽粟也,杜工部顧不愛之;杜工部之詩,金玉錦綉也,司馬光又不愛之。世之作者,至欲以優孟衣冠唱天下,豈不惑哉?曹子建有言:"人各有好尚。蘭茝蓀蕙之香,衆人所共好,而海畔有逐臭之夫;《咸池》、《六莖》之發,衆人所共樂,而墨翟有非之之論。不可同也。"況乎世道陵夷,詩亦當厄,蓀浦幸自珍,知我者希,則我貴矣。蓀浦聞之,迺掀髯而笑曰:"善哉!傲樵之論詩,以起予也。予將禍棗災梨,盉書之,以弁諸簡端。"著雍執徐之歲陬月晦日,南岳傲樵沈琇瑩撰於菽莊吟社。

紅蘭館詩鈔序

林健人

　　法人俄剎辨詩文同異之譬，曰："文之佳者，如豐林漫野，四望荒青古翠，別饒潾沆，儵互之致，蓋以天勝；詩之佳者，如上苑靈囿，凡一卉一石，位置天然，翛然雅，井然潔。而怒生之草，枯萎之葉，與夫積淤遺礫，不宜於此中景物者，必刈之，除之，蓋以人勝。"斯言也，殆可謂括詩文之理趣矣。故詩以律細爲工，而文以拘範爲陋。古今中外，靡邦蔑爾。試以法詩論之，厥式有八：曰體製。有五音之什者，有七音之什者。少或至單音，長不過十二音。是國詩三言至九言之例也。曰轉折。凡音長者，句之半，輒易意，重伸之，使抑揚不傷直致。是國詩七九言第五字用法也。曰諧韵。韵分陰陽二部，若平仄然，沈約四聲之學也。曰顛倒句法。上下句反置，杜工部"香稻啄餘鸚鵡粒"法派也。曰避重複主音句法。是國詩忌鳶肩鶴膝諸聲病也。曰承接句法，是樂府章法也。曰減筆法。歐西綴音，銖黍不失，惟詩中得以刪缺輔音，俾叶律調，此則國詩所無者。然對偶之法，亦爲彼邦所未見。佉盧、倉頡，字制既殊，參差之處，所不能免也。曰選字法。方言中不雅馴者，概不能入咏。而用字尤求錘煉，如代劍以銅，代情以火，喻暴政以狂瀾，喻艷歌以鸝囀，諸類多不可舉。其與國詩"比興"之義，不謀而合也。別有效英國白謠體者，句每十音，不依韵，此格名家集中悉不存載。由是觀之，詩之所以使人興感群怨，若斯之深者，蓋在音節格律諸端。或盡廢之，則文而已，奚必强名之謂詩耶？今春菽莊社友蓀浦蘇丈養國之年，手輯平日所作詩篇，隸爲八集。同社沈傲樵既爲之序，書來謂健人不能無一言。以健人知丈深而於騷雅六義之旨，尚能識門徑也。然健人不學，何足以知丈之詩？惟是相從日久，見丈之構思造句，與俄剎所謂雅且潔者，若有遠契。而詩律之縝密，乃如條侯之軍細柳，劉錡之駐東山。私謂假丈而爲法人之詩，則是集一出，且不脛而馳於歐大陸矣。然而竊有慮者，則頻年內哄不息，劬學之士疲於避禍，既未遑譚及吟咏，而畏難淺詣輩，復趨於歧途，孰暇讀丈之詩？更孰解讀丈之詩？或且將視爲前代陳物，而緘庋於高閣乎？夫丈之詩，爲晚唐，爲南宋，爲明七子，爲清三家。健人不學，何足以知之？顧所慮者，頗欲一釋其惑。因擇歐西文詣卓絶之邦若法蘭西者，撮其詩之體式，略論之，以質於傲樵與社中蔡澍邨、繆子才、施健庵、歐陽少杶、李綉伊諸公。而冀識者互相參證，或不與謬見相左，而棄斥數千年之國粹者乎？戊辰仲秋之月二十有七日，小眉林健人謹序於日內佛栗廬。

紅蘭館詩鈔卷一

桐南集

予少作輒隨手棄去,間有存者,僅十之一二。端居多暇,偶爲編次,寫而存之,俾不復散佚。雖鼠璞自秘,貽識者噱,然偶一披咏,鐙味醰醰,不勝思往之念。予家在刺桐城南,故名曰《桐南集》。

塞上曲

一曲琵琶將進酒,葡萄杯畔騎如飛。千營踏破宵橫槊,月滿關山雪滿衣。

其二

射鵰身手試弓彎,未斬樓蘭誓不還。羌笛一聲天欲暮,朔風吹雨過陰山。

其三

平沙萬里月如規,醉臥還携鐵笛吹。艷説胡兒顏色好,平明一鼓奪燕支。

其四

没羽空山認鏃痕,怒盤驕馬出烏孫。受降傳檄催城築,要使春風度玉門。

游金粟洞作

林際明霽色,紫氣如雲上。鶴聲飛滿天,仙人去何往？金粟落人間,丹竈烟十丈。生平第一游,曾結十年想。大觀豁然開,恍惚凝萬象。嵯峨若削成,擬擘巨靈掌。孤塔撐天風,披襟凌浩蕩。平視挹清源,抉眥入茫蒼。是日天宇晶,健策游山杖。鶱地雲去來,片片層胸蕩。觸石起寥廓,因風散林莽。亦復露真面,撲眉增氣爽。因思開岳雲,望古時慨慷。小憩款禪關,拂壁睇遺像。偷得浮生閑,半日息塵鞅。對此興頗至,怡然愜幽賞。古木沉夕烟,歸屐振林響。回眺所來徑,但覺孤峰敞。

讀《虬髯客傳》題後

丈夫不爲勝、廣之揭竿,叢祠篝火狐聲寒。又不能執梃躬爲隆王首,有時戴得頭顱走。斗大乾坤莫位之,何如海上張旌旒？一夜樓船忽然下,辟易萬里驅長鯢。憶昔龍潛邸下日,風塵誰識鳳麟質？入門陡覺氣如虹,褐裘公子真無匹。古來得喪幾楸枰,忍向真人角戰爭。此地已非公所有,人間從此不知名。起如鶻突去如鵠,青眼從來難諧俗。小妹相逢逆旅中,坐看梳頭人似玉。黃金揮手輒萬千,莫話英雄失鹿年。王氣太原知有屬,錦帆簫鼓空喧天。楊花落盡李花發,大好江山膏戰血。中原旍鼓競橫行,天策軍開群醜滅。扶餘一笑自髯掀,羞擲頭顱博至尊。一任消磨唐日月,海天自闢小乾坤。君不見王世充、竇建德,枉費當時割據力。如教尺地畀斯人,未知李天下得不得？

反游仙詞

青鳥飛來又幾秋,壺中日月莫淹留。祇應丹自駐年少,王母朝來已白頭。

其　二

天上人間一樣貧,排雲莫信是金銀。從來點石全無術,弱女鈔書賣與人。

其　三

瑤臺下却月高時,解識羊權亦可兒。條脫一雙依舊在,人間莫道總無知。

其　四

清淺銀河淡不波,玉京消息近如何？可憐碧海青天夜,愁到神仙倍覺多。

關　山　道

關山道,茫茫萬里多秋草。歿者已矣生不還,白骨千年化爲土。沙磧誰憐百戰身,鐵衣冷著霜如銀。凍旍不翻風淅淅,黃沙倒吹落日白。人生到此空長嘆,羌笛聲高畫戟寒。可憐鐵騎如龍去,滿目關山歸何處? 無定河邊葱嶺頭,古來多少死封侯。

秋江漁父詞

江雲薄薄駐斜暉,江水滔滔拍浪飛。不管雨斜風又橫,烟波深處打魚歸。

其　二

半江紅樹遠侵雲,欸乃聲中兩槳分。但少風波船便住,一聲涼笛隔江聞。

其　三

木葉蕭蕭水一汀,晚來繫對好山青。賣魚歸後行沽酒,醉臥何知犯帝星?

其　四

莫笑浮家老此身,滿堤蘆荻晚收綸。空江橫笛自歌曲,不逐桃花魅却人。

過詩人陳忘機墓 先生名鷗,爲有明山人。

寂寥三百載,悲風吹古原。一抔衰草合,秋雨葬詩魂。蓋代山人集,詞章雅擅場。髑髏如解語,應悔作詩狂。跌宕陳同甫,猖狂阮步兵。笋䇲風月好,都付與先生。斫盡白楊樹,秋來鬼唱詩。一般墳上月,曾照捻髭時。

醉司命

突塵終歲誤儒巾,手把猪肝冷笑人。媚竈任他工夫熱,自憐無術可通神。

其　二

未應直道竟如弓,差錯休教怨化工。天帝沉沉呼不醒,君臣都在醉鄉中。

明妃怨

青青冢草黄沙月,羌笛聲中苦望鄉。悔不當年長釣鯉,舵頭船尾嫁兒郎。

采蘋曲

匆匆箛鼓六龍奔,説甚珍珠與泪痕。消受一抔乾净土,暗香疏影亦君恩。

夕陽 和薛子箴作

報道簾鈎影又斜，匆匆流水閱年華。低徊未忍牆東下，還向朱闌照落花。

其　二

人來惜別酒盈樽，容易又銷半日魂。砧杵一聲孤雁下，最愁天氣近黃昏。

題伍大夫廟

讒夫孔張，逋臣夜亡。漫天風雨下吳閶，間關道苦，一簫哀怨長。一解。

父仇不報非男子，雙泪浪浪，行而過市。有誰知胥者，胥為其死。二解。

惟吳王僚，拔而立其朝。畏楚如虎，雪恥期遙遙。但聞楚君新立，平也而昭。三解。

公立唏噓，白上頭顱。將行大事，必求鱄諸。彼鱄諸也劕其刃，堂下萬目睽睽，看進魚者。四解。

為一家憤，而辱人君。長驅直入，發楚王墳。丁丁金椎啓，急掘土中屍，三百鞭其體。五解。

公感知己，留吳為仕。非不知急退功成，相加一矢，奈難忘樵李。六解。

夫差既立，惟公是聽。會稽師勝，勾踐繫其頸。偏蠡也工謀，嚭也工佞。七解。

繩其愆，干其怒。苦口雖忠，公鬱不得訴。入其彀中而弗悟，抉汝雙睛，惟多言之故。八解。

公存越忌，公死越喜。鴟夷一浮，越師倏至。吳沼成公言行，蘇臺塵土國旋傾。九解。

已矣！丈夫一死何須哀？但留得千秋景仰，跪拜人來。況錢塘波浪，千載尚崔嵬。十解。

我謁公祠，弔公當時。紀公之事，昌之以詩。抗萬古兮以為期，招公魂兮知不知？十一解。

題林毫雲水部《福雅堂詩集》

一代能扶大雅輪，琳琅著作薄梁陳。閩風莫爲今消歇，子羽而還此替人。

其　二
過江名士屬蘭成，跌宕還推阮步兵。焚罷略韜談競病，笑他竪子浪成名。

其　三
半山新義鬭經畬，妙策天人射仲舒。枉費叢殘稽古力，悔留東海未燒書。

其　四
弗堪回首赤嵌城，往事牢騷觸不平。一局殘棋天欲暮，滿窗風雨作秋聲。

其　五
百戰威名誤黑旂，蒼生胡罪即東夷。洪濤劫火須臾事，贏得先生袖裏詩。

其　六
敵隔萬里上燕臺，擊碎千聲筑語哀。但說時清無關事，天教同甫拂衣來。

其　七
游踪約略遍西湖，舊夢梅花處士孤。笑酹岳于雙少保，荷花桂子未全枯。

其　八
納納乾坤寄一園，祇今何地是桃源？燕雲一角論長恨，尊酒天涯注罪言。

其　九
生涯笑我筆如錐，篆刻浮名悔少時。敢比東坡傳逸事，蟲聲如雨夜編詩。

其　十
一聲柔櫓剪江流，曾向名園十日留。醉裏不知身是客，朔風吹泪過西州。

銷寒詞同林儷雲作

斗帳香沉夜漏驕，峭寒天氣可憐宵。多情最是薰籠火，便到天明未肯銷。

其　二
月色迢迢夜色闌，隔花清思滿闌干。憑他一盞鵝黃釀，也爲澆愁也辟寒。

其　三

日高簾幕了無聲，戀盡重衾夢未成。療渴有人剛畫被，竹爐湯裏沸茶傾。

其　四

映雪渾忘刻漏沉，巡檐叉手月光侵。詩人別有銷寒訣，冷嚼梅花抱膝吟。

過萬安橋

十里西風曉氣橫，銀濤飛落海雲生。洛陽無此江山好，更倚欄杆看月明。

其　二

駐馬摩挲第一橋，豐碑十丈屹虹腰。江頭小吏風流甚，投檄臥聽醉後潮。

其　三

衝波蠣石戰飛瀧，艇子秋來興未降。白鯽魚肥村釀熟，閑評雙絕對空江。

其　四

墨妙流傳八百年，真書無上出南天。楮松孰與搜金石，楚楚銀袍總可憐。

興安道中

輿笋秋扶上畫屏，蟬聲斷續客邊聽。昂頭天外看山色，一入莆陽分外青。

其　二

萬峰迴合插天微，荔樹嶔崎碧四圍。一角亭皋鴉畔路，行人猶解說江妃。

其　三

策策西風落日曛，梯田千頃護黃雲。夕陽翁仲如人長，看讀荒碑上蔡墳。

其　四

劍石苔荒草蔓生，短衣匹馬起橫行。英雄本色終殊衆，一怒能驅草澤兵。

楓　亭

山色頹然古，孤亭枕白雲。我來仙不見，楓葉落紛紛。

涵江夜渡

白蘋花外雨浪浪，兩岸江聲一棹長。夢入荔支香裏去，不知身已在莆陽。

漁溪曉發

破曉辨行色，踟蹰征馬鳴。殘鞭駝夢瘦，歸橐載詩輕。遠水繁星没，低空冷月橫。遥知村舍近，喔喔唱鷄聲。

過常思嶺

輿竹晨踰嶺，啾唧山鳥迎。濕雲遮樹斷，涼露襲衣輕。風雨太原恨，悲歌獨客情。猿聲休不住，去路是來程。

福州城樓漫興

凌虛萬雉豁然開，地轉南荒到此迴。天闊高臺龍化去，秋深廢殿燕飛來。百年歌舞銷王業，一代江山感霸才。淘洗已無錢甓在，譙樓落日角聲哀。

其二

屹作天南一柱尊，關河滿目重銷魂。美人自古多傾國，天子當年竟閉門。劍冶波荒秋色老，樓船風過亂鴉翻。最憐十里南臺水，不見巖頭舊日痕。

閩宫詞

三山瑞繞日當中，白馬南來氣似虹。惆悵開平多少事，九龍閑殿鎖春風。

其二
天近銀河月滿牆，内家夜静玉簫凉。一簪茉莉秋來好，何似歸郎帳底香。

其三
八尺簾衣着地垂，寶皇宫外月如規。春來燕子多情甚，飛入珠簾看畫眉。

其四
花發湖西憶奉宸，樂游散後咽歌塵。一輪寒月岡頭夢，滿地紅心草不春。

烏石山謁范忠貞祠

靈祠芳草接重關,天外靈旂映日殷。撐得綱常支半壁,留將氣節重名山。捐軀詎補孤臣痛,授首空嗟豎子頑。畫炭憑誰鈔日記,流傳忠憤遍人間。

會城雙塔

峨然雙塔晚來登,戰老魚龍海氣澄。十里管弦千戶月,一龕鈴鐸萬支燈。英雄末路多皈佛,帝子閑身每捨僧。翠葆珊戈都不見,時從天外挹崚嶒。

題《李忠毅遺詩》

提刀殺賊耳,勝敗詎所期?樓船塗膏血,炮火薄鬚眉。蹈海完巨節,負山念主知。生平未了恨,高浪駕崔巍。

其 二

將軍工竟病,餘事作詩人。橫槊高歌夜,衝鋒百戰身。乾坤留缺憾,名字動星辰。終見孫盧滅,安流靖鏡塵。

獅山道中

西風獵獵來,吹上溫陵道。翠華今不來,輦路生秋草。獅山山上雲,去作厓門雨。

過古盈陂

去去一鞭外,當年此覆師。野花嫣落日,紅入國殤祠。

游安平龍山寺

一徑暝烟合,鐘聲催暮雲。法繩真藏轉,華蓋妙香聞。浩劫悲塵世,清時息戰聲。層臺花葉放,盡作辟支文。

其 二

過客傳香火,開山此祖堂。四禪縛龍象,一刹閱滄桑。到海潮蒸白,入門秋競蒼。荒城支塔外,兀自受斜陽。

舟次厦門,望胡里山炮臺有感

魚龍風起撼蛟豚,萬里飆迴蜃氣昏。苦向波濤開壁壘,愁將炮火鑄乾坤。防邊楊僕空籌海,割地田橫竟閉門。太息朱厓多左計,補牢先自撤雄藩。

舟過海澄城

片帆拂海駛如箭,洪濤剪碎浪花濺。山迴路轉天低昂,峨峨一角孤城見。舟人抵掌說延平,曾向滄波角戰爭。海雲飛落牙檣折,雉堞千堆映水明。嗚嗚角聲忽然死,波間突出奇男子。阿童本是水底龍,一隊藤牌飛壯士。失機誰料網輕開,跋浪鯨魚去不回。捲土誓成真唾手,鼓旟天上更重來。斷頭太息將軍段,半壁淒涼劫灰換。種族之義雖不明,百煉錚錚誠鐵漢。激摩忠義到青衣,孤城一墜花亂飛。拳握向空呼殺賊,紅顏力弱殉重圍。日月匆匆飛鳥沒,道旁戰場多白骨。碧血化爲末麗花,千秋一片女牆月。聽殘往事重銷魂,頭銜羞殺上公尊。未應海色澄於鏡,照汝降幡日夜翻。

與曾岑菉、黃儷琴登漳城

朔風吹游子,落日滿城隅。麗譙莽空闊,窈窕客心孤。漳流澹以遠,寒烟生菰蒲。東望浩無極,送目入平蕪。感念昔全盛,此地當衝衢。襟帶連百粵,膏腴表具區。輻輳盛廛市,冠蓋充孔途。少年事豪俠,裘馬翩翩都。妙舞挾趙瑟,清歌揚巴歈。昇平多逸樂,民不識戈殳。倏羅天狗災,當門鬼夜呼。殺人乃如草,一夜將城屠。逃生縮無地,戴得頭顱枯。未能全骨肉,何處問妻孥。烈炬飄回風,焦土亦須臾。長虺盤郊甸,啄屋來飛烏。空階下飢雀,廢院啼寒鼯。殺氣亘天昏,流毒嗟何辜?比聞掃螻蟻,一戰戮獯狳。經營四十載,元氣未全蘇。又聞海水飛,責言群目盱。炎炎勢可炙,門戶生覬覦。滄波失犄角,保障莫辭劬。龍溪嗚咽水,滔滔日夕徂。乘高一憑眺,欲去更踟躕。

漳江作

石梁曲曲壓春潮,淘洗于今鐵未消。打槳重來天水碧,隔江風送一枝簫。

其二

輕扶殘夢蕩江烟,柔櫓聲聲拍浪圓。不管送人離別苦,風風雨雨五航船。

重過開元寺有感

千年遺碣出蒿萊,一塔咸通已劫灰。細雨鹿行埋讖地,斜陽鴉上講經臺。數龕荒蘚諸僧散,滿徑飛花獨客來。畢竟袈裟無福地,低眉菩薩是庸材。

漳州雜詠

行人能說唐歸德,謳誦無忘輂路功。願借如椽爲補史,一家父子傳英雄。
唐歸德將軍陳政與其子廷炬、元光建堡設屯,始開漳郡,至今郡人祀之,《唐書》失傳。

其二

蜀道抵今無王氣,使君大筆自千年。任他玉壘浮雲變,猶峙南荒一角天。
漳浦縣學有碑鐫"玉壘山"三字,旁款"漢左將軍劉備書"。相傳明有宦蜀者,摹歸重刻。

其三

元和進士多才子,七字琳瑯古鏡謠。慚愧錢塘江上水,祇將一第向人驕。
唐周匡物以詩歌著名。嘗經錢塘江,乏資僦船,題詩壁上而去,後登元和進士。

其四

南州刺史多情甚,鑄鐵深鐫感逝悰。我亦神傷同奉倩,月斜愁聽李娘鐘。
鐘在漳城育嬰堂後。宋建隆四年,南州刺史留從願爲其亡室隴西縣君李十二娘造。

其五

十二金牌痛召師,飄零海上岳家兒。金陀遺事分明在,空悔當年縛虎遲。
岳飛被害後,二子霖、震謫嶺南,復徙居漳州。霖子珂著有《金陀粹編》。

其　六

小朝無著先生處，莫向南來怨道窮。終見梵王來納土，解經人在白雲中。
白雲巖爲朱子解經處。

其　七

麟鳳南州見角毛，江河努力挽滔滔。北溪水接東溪水，屹作中流兩柱高。
高東溪先生登、陳北溪先生淳，均漳人。

其　八

小令唐多記按箏，相公浪子喜談兵。秋風蟋蟀無爭鬥，一樹木棉庵外橫。
木棉庵在城南二十里。宋鄭虎臣誅賈似道於此，明俞虛江爲立碣。

其　九

黃冠莫遂南歸志，一死乾坤正氣存。魂返梁山休慟哭，已無胡騎在中原。
文文山先生天祥由漳入潮時，曾駐師漳浦。

其　十

百戰猶思半壁扶，五陂嶺上弔南夫。腥羶遍地無乾土，何處汴梁舊版圖？
連南夫爲秦檜所嫉，謫泉州，尋居龍溪。後從文信國公拒元兵於五陂嶺，一家戰死。

其十一

孤舟母子淒涼夕，辟易蛟龍避帶圍。不信甘泉能涌海，厓門塊肉竟無歸。
玉帶泉在漳浦海中。相傳少帝航海至此，儲水已竭。楊太后取帝玉帶投海，祝曰："天未亡宋祚，願海涌甘泉。"果得。

其十二

太息冬青無地種，玉棺不下浪如花。清詞漫唱隨圓缺，流落人間宋外家。
厓山敗後，楊太后從少帝蹈海。其家人之隨蹕者，多居海上。今雲霄楊姓，其遺裔也。

其十三

潛身大澤垂綸日，失意中原縱獵時。天爲孤忠留一脈，居然歌哭聚於斯。
厓山之役，陸秀夫盡驅妻子入海。公四子名縣，因好漁獵，爲公所逐，獲存。今銅山尚有公祠。

其十四

生同保保能完節，古井泉清白骨香。三十六人同抔土，敢將一死累高堂。
元迭理彌實仕漳州達魯花赤，明師入時，引佩刀刺血，書曰"大元臣子"而刎，其母與家人同殉。

其十五
削藩無術安燕棣，篡奪官家事可傷。化作碧磷應對泣，九原把臂問成王。
陳思賢爲漳州教授。靖難詔至，率諸生陳應宗等六人爲位哭之，被執送京師。公道中不食，死。

其十六
薰天璫禍汹汹日，生死論交見至情。賴有君家兩忠愍，泉山漳海柱雙擎。
周忠愍起元罹璫禍日，獨劉斯徠不避患難，躬與周旋。晉江周公天佐，亦謚忠愍。

其十七
布衣事業名山在，講席觖觖未易才。珍重白沙心一瓣，此生懷抱向君開。
明陳布衣先生，其學一宗朱子。陳白沙嘗贈以詩曰："聊將一片心，寄向君懷抱。"

其十八
磨盾中原墨可支，休將事業薄偏裨。鴛鴦陣散焚韜略，大好頭顱老健兒。
明陳第富於著述，兼精兵法。嘗從戚繼光平倭，後棄官歸，講學芝山。

其十九
文山遺履謝翱琴，萬死流離報國心。道學常關天下計，可憐名士滿東林。
漳浦黃石齋先生爲明季大儒，嘗講學鄴山。後丙戌就義金陵。

其二十
叛國居然爵上公，橫行海上亦稱雄。奈何抵死仇枯骨，一笑看君入甕中。
黃梧降後，特授海澄公之爵，遂上發掘延平祖墳之策。後鄭氏入漳，亦戮其屍以報。

其二十一
捐生寧與城俱碎，俠骨紅顏解報恩。莫作素馨斜畔看，化身猶傍女牆根。
海澄城下有末麗一株。相傳鄭氏破城時，段應舉有義女，墮城從死，其血化爲此花。

其二十二
勺水無端困豫且，齊天巖上曉看書。蛟龍豈是尋常物，巨浪如山狎白魚。
陳常夏讀書齊天巖。嘗釣得白魚，巨浪涌起。有僧見之，曰："此龍精也，天下從此多事矣。"

其二十三
天家四代送公歸，但說恩榮古亦稀。羞與榕村論氣節，純臣功業在黃扉。
漳浦蔡葛山新，官協辦大學士，以年老致仕，御製詩章以寵其行。卒，謚"文恭"。

其二十四

萬人能説拖腸戰,颯爽英姿久著稱。底事咆哮虧晚節,沿街藍虎怨聲騰。

藍理,漳浦人。澎湖之役,受傷,腸出,仍裹腸指揮。後授福建提督,有藍虎之謗,因被劾削職。

其二十五

頑民海外劇艱難,狗尾羊頭亦漢官。太息當時無曲筆,莫留心事後人看。

藍鹿洲鼎元,嘗從藍廷珍入臺灣,平朱一貴,著有《平臺紀略》一書。

其二十六

亂山叠叠水湯湯,釃酒何人弔國殤?舊夢戰場都了了,萬松關外月如霜。

平和林文察,萬松關之役,以衆寡不敵,被圍,力戰死之,賜謚"剛愍",並立祠漳郡。

其二十七

幕府才名盛一時,靴刀慷慨有餘悲。秋風哭向關頭望,縑素飄零老畫師。

謝琯樵穎蘇爲剛愍幕府,工書善畫,從死萬松關之戰。

其二十八

穹碑突兀戰功懸,下拜祠堂氣象千。手戮獍猣清小醜,尚譚元老出師年。

漳城有左文襄祠,奉敕於立功之地建立者。

其二十九

翹秀十閩思哲匠,傷心我是舊門生。西風十里丹霞路,愁絕雙旌曉出城。

烏筱雲先生拉布視學來漳,以疾終於芝山試院。

其三十

蒼茫懷古不勝哀,拍手青天攜句來。記取他年鴻爪迹,匆匆泥雪印三回。

題韓致堯《香奩集》

五經幾欲移唐祚,捋虎真成事可傷。不解孤臣亡國恨,瓣香未許奉冬郎。

其 二

蓮炬如椽徹曉紅,傳宣祇在殿西東。懷沙沉後無香草,歇後居然作相公。

其 三

挈得清娛同竄逐,家居回首付孅兒。金華舊恨憑誰説,一串牟尼鏡畔絲。

其　四

駐馬蕭蕭展墓門，豐碑古道下黃昏。多情惟有葵山月，來照詩人劫外魂。
墓在南安葵山。

題尤悔庵《鈞天樂》

一曲清歌酒一尊，寄愁天上重銷魂。人間無地埋才子，被髮大荒去叩閽。

其　二

沈楊才調薄時賢，荒隴文章哭問天。手把柘枝歌法曲，譜將秋恨入么弦。

其　三

未妨顛倒混妍媸，憎命文高奈數奇。起舞欲搥鄒相鏡，黃金氣竟短鬚眉。

其　四

絕妙新詞競鬱輪，冬烘衹合怨頭巾。願將點石純陽術，贈與春風落第人。

和友人無題五首

斗帳香濃夜漏沉，碧桃花下月通陰。悄聞軟語初停燭，欲託微波更拂琴。密意待申仍守口，飛猜偶觸總關心。分明忍俊含酸處，自別蓬山恨到今。

其　二

憶纏紅袖費逢迎，斜月當窗夜四更。金盒盟堅猜好夢，玉釵恩重誓他生。傾身擁被愁風過，匿枕吹燈妒月明。棲息可能同海浦，互藏石本解留情。

其　三

天涯有夢只模糊，居處背人問小姑。偶檢丹砂添臂印，微呵黛管仿眉圖。愁多不覺喁喁訴，別淺還當負負呼。莫道淚痕生受慣，襟前的的盡成珠。

其　四

欲離情緒轉相親，妒眼生憎鏡上人。流笑乍逢釵半卸，暈潮薄上臉初勻。纏綿心重懷梔子，繾綣談深授秘辛。惆悵每緣多病減，誓成鯫墨惜因循。

其　五

舊事侵尋百感來，重重懷抱鬱難開。一雙心事銅琶恨，十五年華錦瑟才。

有約可能期盡踐,相思未肯便成灰。三星鈎月遥緘恨,隔著銀河盼幾回?

黄昏

綉户瓊鈎掩,西風入座寒。醉濃教鈿側,愁減任衣寬。總訝含凄易,翻成欲笑難。黄昏花落後,獨自倚欄杆。

惆悵

鎖院宵如水,更寒懶卸頭。殘香温帳夢,瑩泪裹燈愁。好事牢防破,私書隙便投。分明情緒惡,惆悵亦風流。

半閑堂弔賈秋壑

西湖波落聞棹語,菰蒲蕭蕭戰烟處。峰頭立馬更何人,指揮一角河山據。憶昔笙歌夜半歸,兩堤燈火野風微。傳呼鸚鵡簾前唤,侍女薰香護綉衣。相公談笑饒風指,狼烟那識郊多壘?蝦蟆天上罷傳更,蟋蟀堂前猶角技。紛紛怒股競登壇,振羽飛聲辟易間。苦向觸蠻分勝負,偶聞捷奏亦開顏。談笑歡呼猶未已,羽書連夜臨淮駛。平章軍國事如何,宰相由來多浪子。今日江潮已不靈,飛來白雁一聲聲。荷花桂子皆零落,愁把《唐多》小令賡。空留往事後人説,難支螳臂應愁絶。回憶襄陽棄地時,錯成杠鑄六州鐵。可憐一樹舊冬青,杜宇歸來泣六陵。落日太師多寶閣,秋風松梵恨難勝。萬事繁華如轉電,倉皇魯港頻催戰。化碧千年欲作磷,畫溝議定空長嘆。吁嗟淪落一身輕,萬里霞漳撤蓋行。凄絶木棉庵外路,子規夜半尚悲鳴。

悼亡

一夕嚴霜逼素帷,禁寒遽報蕣華萎。傷心一曲歸寧操,當作招魂續楚辭。

其二

落花難返剩空枝,惆悵年來益自悲。嗚咽片時無一語,最憐相見已貼危。

其　三

難忘鞠育是深恩，一死尚還戀寢門。却累白頭親視殮，斷香莫返女兒魂。

其　四

醫方佛力兩微茫，腸斷呱呱喚母剛。愁絕失珠驚覺後，一棺草草瘞斜陽。
先室初生一女，三歲以痘殤。

其　五

長生無術乞刀圭，歸遺羞從曼倩携。踏破菜園工作祟，杯羹偏又誤深閨。

其　六

笑乞和丸爲息肥，較量釧腕語依稀。誰知消瘦禁秋慣，飄泊尚存舊帶圍。

其　七

恩怨無端抵死分，十年辛苦累釵裙。他生未卜今生負，遺語淒凉不可聞。

賽　馬　謠

蹄隆隆，師子花。風蕭蕭，拳毛䯄。英姿颯爽立嵯岈，龍池霹靂莫爭誇。而今馬足滿天涯，可憐孤注落誰家？古來得喪皆如此，不須嗟。

其　二

上燕臺，市駿骨。古人之風，倏焉已没。黃金如斗誰與京，不能沽死利其生。努力勉爲知己效，飽而䶉豆莫哀鳴，一鞭控送晚風輕。

其　三

途荒阪曲，駑駘躑躅。駷駬骙足，而加縛束，賭勝蹄下無乃辱。圉人惆悵喘且前，鞭絲飛控汗如沐。博葫蘆，看不足。力既殫，往還續，天富驕夷胡太酷？

紅蘭館詩鈔卷二

桐南後集

予編少作爲《桐南集》。既竟，自丁未以下迄於辛亥，復録而存之，爲《桐南後集》。

雜　感

北風吹浮雲，悠悠八極思。乾坤昔清泰，所守在四夷。忽聞海水飛，一戰覆全師。戈鋋滿下瀨，樓船揚天威。不惜竭國帑，但冀濟艱危。奈何杼柚空，乃供宸游資。迢迢艮岳高，搖落俄生悲。安得水底龍，仗汝固邊陲。

其　二

男兒期遠大，出門胡戚戚。所嗟鴻鵠志，乃作稻粱覓。漢室重賢良，巧宦輸卜式。可憐救時彥，空射金門策。束閣謝空疏，棄置遑足惜。昨日輦金來，今日新授職。豈真食肉者，能爲國宣力。但聞臣朔飢，負戟長嘆息。

其　三

山川限戎馬，今古勢忽殊。開門塹已失，通海閧旋踰。星軺朝四出，折衝弗辭劬。屏藩次第撤，但說略遠圖。漁村與盜窟，棄擲可勝吁。用知天下事，斷送於鄙夫。北禍乃南承，割地亦區區。可哀毗舍耶，又見海桑枯。

其　四

天下本一家，何分彼與此？呫呫異族心，乃復存歧視。開國錯已鑄，末流波更靡。詎知壓力窮，遂使薄天子。懿親匪不貴，難與謀國是。冢中骨已枯，惡足安危恃？防川日以嚴，潰決日以起，雲擾各紛紛，從此多事矣。

39

其　五

厨及多名士，金刀祚弗延。清流覆唐社，其亡也忽焉。翩翩六君子，議論動九天。如魚冲大壑，得君一何專？畢竟一家事，終難委曲全。肇釁生骨肉，陰房悲悄悄。君側尚未清，厥禍弗踵旋。頭顱擲如許，躁進哀少年。

其　六

白日不可即，詎忘夸父心。殺身終莫補，誤國咎偏深。詎有神能降，其如鬼不歆。飛空炮火來，符籙豈能任？城頭森白旆，悲風生羽林。潼關初日麗，又見六飛臨。終行佹卣頭，復輪富弼金。用兵自有道，奈何託僉任。

其　七

千古傷心事，一卷伶官傳。斷送李天下，蒼黃粉墨幻。亡國哀以厲，方愴秦聲變。歸來歲月閑，花月入歌扇。況以再顧姿，傾國蛾眉選。孅兒撞家居，寧復識憂患。不恤朝廷空，遑惜微罪譴。悃悃出國門，愁殺烏臺彥。

其　八

嬴政宰六合，淫威不二世。上策在愚民，寧知非至計。一呼起亡秦，顛覆乃其例。庶政取公開，大夢醒專制。泄泄復沓沓，胡爲師濡滯。大俠起博浪，一椎瞥然逝。惜乏劫懋心，終使遭臍噬。願言顧九鼎，一髮千鈞繫。

題謝觀有《鸚鵡教詩圖》

從詼諧處見天真，臣朔星精是化身。斷送正平緣底事，如何調舌學詞人？

其　二

能言却被前頭忌，慧業終教誤此生。願授《多心經》一卷，懺除我亦悔聰明。

題陳肖石《南游草》

槖筆南荒事壯游，椰林風月一囊收。鄭和奉使羞朝士，鄺露依人託洞酋。笑睨青天舒醉眼，欲傾滄海洗詩眸。外夷今日誰編傳，辜負支機載一舟。

其 二

愁來痛飲和陶詩,行卷應教署義熙。天醉酒星方墮劫,道窮文士乃居夷。海桑再見佛微笑,山薜争披鬼展眉。歸國景榕仍遠適,蠻花狵鳥要徵詩。

與幼笙、竺初、菱槎同游萬石巖

泪盡鐵人天竟墜,羊山風定浪如烟。不堪回首龍潛地,冷落名山二百年。

其 二
海雲紅處是東都,手種梅花樹半枯。酒熟山樓無大俠,憑誰賭取好頭顱。

其 三
如此江山夕陽近,興亡在眼殷憂生。怪他橋下泠泠水,風過尚含金鐵聲。

厦門寓樓即事

藤牌突起水軍開,滿目河山感霸才。作客幾回摩壁壘,置身絶頂住樓臺。不教步幛江光隔,時有金樽好月來。人世無庸悲往事,龍頭渡口浪如雷。

其 二
濁醪潦倒舊鷫裘,向夕張燈且暫留。落拓江湖雙短鬢,浮沉天地一孤舟。鄉思啼徹紅鸎雨,旅夢催醒白鷺秋。爲問仲宣才幾斗,肯令漂泊滯江樓。

其 三
雄風鞳鞳浪濺濺,輪鐵飛來又五年。身世大難成弩末,江山無恙到尊前。美人挾瑟歲云暮,客子當歌月正圓。歷歷舊游如夢過,夕陽簫鼓杜樊川。

其 四
愁來惟放酒杯寬,客裏高歌自拍闌。歲月不饒增馬齒,生涯無味戀猪肝。封侯浪説從軍樂,涉世方知行路難。手把竹枝成慷慨,醉吟欲碎碧琅玕。

禽 言 八 首

咄咄怪!強者勝,弱者敗。誰教鼾睡當榻旁,條約欺人何狡獪?龍頭渡對虎頭山，駸駸勢力範圍大。如此河山被占量，行人祇說公共界。咄咄怪！

其　二

告天子，帝閽欲叩天萬里。裕於國課能幾何？毒加搜括乃無已。今之關也將爲暴，自來關吏猛於虎。嗟我民，毋自苦。

其　三

秦吉了，聲何悲？我漢禽也，不願入夷。堂堂男子好鬚眉，七尺昂藏甘下之？作隸奴，識者笑；亡種族，悲者弔。吁嗟乎，秦吉了，何以人，不如鳥？

其　四

脫袴，脫袴，更新棄故。漢家本自有制度，胡爲毀滅而弗顧？橐橐履，肯學他，簇簇登場燕尾拖，衣冠頑固奈渠何？

其　五

肯吃虧，吃虧由來是便宜，如何計較逞心機。市情日薄，市道日非，休言五尺總無欺。前頭閉歇後頭隨，算愈工，多折閱。吃虧處，不堪說。

其　六

泥滑滑，道難行，十三渡頭春水生。嵯岈白石排空橫，蹉跌須防舉足輕。古來道險皆如此，蕪穢不治其細耳。願君善保千金軀，當道豺狼目側視。

其　七

十姊妹，號相思，灼灼花開香滿枝。盈盈年紀十三時，手授琵琶親教曲。火中蓮墮聞花哭，彼鳥七十胡太酷？爲花請，上綠章。作花判，斷從良。

其　八

食火烟，四足能飛學登天，一燈如豆橫其前。雖生如死，是鬼非仙，迷途一墮醒何年？借問當時誰肇禍，始作俑者東印度。

太平巖訪明延平郡王讀書處

干頭銜鼠今何年，古磚出世苔花鮮。江山搖落霸氣盡，誰知此是蟄龍淵。當時海水群飛日，擾攘中原嗟鹿失。光武身原是秀才，真人白水爲時出。森森大木是英流,青衣焚處天爲愁。山樓高會風雲起,刀光閃閃飛人頭。丈夫當學萬人敵,莫令六經爲減色。如王一起明祚延,賭勝樓船呼殺賊。縱不能夢中伸脚踏幽燕,長白山上降幡懸。報仇一雪列聖恥,漆頭盛得酒如泉。亦可使海外奪取牛皮地,嚇走荷蘭奠神器。門開閶闔峙東都,道是男兒得意事。三百年來斂覆棋,胡僧重話鬢成絲。無復書聲出天際,徒令俯仰生人悲。我來訪古正凄絕,欲歌朱鳥失晞髮。空山獨立與招魂,啼徹子規枝上月。

讀史雜詠

　　端居多暇,偶爾拈毫,仿反騷命意,爲美人解嘲。爰自夏商迄於李唐,取宮闈遺事,加之論斷,各繫七言絕句一首。知罪固所弗計,倘以爲是非顛倒,予亦何辭？

　　玉杯象箸亦尋常,琛賮居然萃萬方。亡國豈真緣女寵,征誅局已啓成湯。妹喜。

其　二

殉主心傷太白旗,天王明聖可勝悲。那知掩袖羞卿面,販國鬖鬖頭白時。妲己。

其　三

未必江山一笑休,域中割據遍諸侯。驪山即使無烽火,此錯終難鑄九州。褒姒。

其　四

姬昌欲立仲偕行,詎爲讒言間弟兄？欲使霸林飛一騎,天心原不相中生。驪姬。

其　五

無言獨自黯傷神,楚大終嫌偶此身。太息江黃齊見滅,感恩惟有未亡人。息嬀。

其　六

艷色縱爲天下重,未應當代美人無。偕行挾得楚材去,暮齒尚能蠱大夫。夏姬。

其　七

衰周一鳳有誰知,巨眼如卿亦可兒。無道弗亡資內助,艾豭休信有微詞。南子。

其　八

霸越亡吳緣底事,峨峨俠骨報恩身。若同種蠡論勛伐,合把黃金鑄美人。西施。

其 九

趙亡未必魏能存，唇齒相依杜併吞。巾幗獨能知大義，竊符遄止報私恩。如姬。

其 十

函關一啓六王畢，此恨惟教挾瑟知。堪嘆黄金争養士，邯鄲奇貨秖娥眉。秦太后。

其十一

從來好色本英雄，氣盡歌聲四壁中。報主獨能拼一死，漢高端不及重瞳。虞妃。

其十二

策立偏教四皓知，陰謀畢竟讓蛾眉。春歌宛轉悲衒骨，莫嫁君王作愛姬。戚姬。

其十三

千金買賦長門日，持較當壚頭白人。金屋約寒休悵望，一般薄幸漢君臣。陳皇后。

其十四

大性奈何縱斧尋，前星雖耀痛應深。門高休説旌堯母，灰盡蛾眉望子心。鈎弋夫人。

其十五

燕啄皇孫删外傳，飛來赤鳳亦傳疑。官家秖爲神仙誤，論罪應先戮煉師。趙飛燕。

其十六

千春青冢鬱嵯峨，一代和戎出塞歌。峽水自清灘水峻，漢家事業釣竿多。王嬙。

其十七

《感甄賦》裏見翩鴻，遺枕微聞出後宮。賣履香銷箕豆泣，阿瞞生子亦奸雄。甄后。

其十八

一舸隨郎夜去吳，魂歸蜀道淚應枯。早知劉氏多豚犬，膝下雙丫作小姑。
孫夫人。

其十九

同槽早識無龍種，敢信丈夫自有真。司馬家兒無福相，可能消受到橫陳。
羊后。

其二十

死作鴛鴦甘殉主，落花雙墮井波枯。佳人豈必皆傾國，其奈心肝叔寶無？
張麗華。

其二十一

凶殘本自亡天性，莫向紅顏怨召殃。忍室閼氏欺死父，獨孤未免誤先皇。
宣華夫人。

其二十二

點籌無復振妻綱，如此生兒亦可傷。入夢早占鸚翮折，安知塊肉不亡唐？
武后。

其二十三

姑惡聲聲聞不得，能消嫌隙變慈烏。房州夫婿仍還汝，始信江山纖手扶。
韋后。

其二十四

雨淋鈴裏語郎當，尺組倉皇賜佛堂。捨死爲存唐社稷，玉環功比郭汾陽。
楊貴妃。

其二十五

誰教啓釁起胡塵，肯死華清報國身。癯比梅花珠比淚，唐宮一代此完人。
江妃。

夜宿安溪縣城

又聽鼕鼕鼓，山城夜上更。霜凝刁斗肅，風卷旆旌鳴。地瘠知民苦，村荒覺盜橫。萑苻清自易，虞詡況知兵。

其 二

夜氣侵星斗,天高覺露涼。啼魈窺劍影,飢鼠瞰燈光。壞堞低於屋,亂山叠似牆。孤城真斗大,起坐月如霜。

鳳山道中口占

白雲與我共閑閑,人在山中更看山。忽上心來元晦語,果然不是在人間。

騎虎巖題壁

虎去巖空不計年,松杉深鎖一林烟。人行木末猿争路,石盡峰頭鶴讓天。橫覽大觀凌蕩蕩,静參衆妙契玄玄。黃粱熟否何須問,且向白雲深處眠。

同景商、梁國游洪恩巖

巉巖直上叩雲扃,到眼岡巒次第青。一笑出山成小草,風泉到耳尚泠泠。

其 二

讀書祇爲弋科名,無補於時出處輕。莫怪孤雲慵出岫,山中芳杜自多情。

題石竹廟

靈旂縹緲天溟濛,長風颯颯來吹空。朱甍碧瓦矗然起,琅玕瀉翠山花紅。憑高我欲發長嘯,一丸落日千峰峭。穿碑突兀下黃昏,駐馬再拜章侯廟。憶侯慷慨起奉檄,雕戈白馬從行役。就食遥醉汴月行,投鞭坐化雞頭石。雞頭片石立嶙峋,侯生爲英歿爲神。雲中颯爽來酣戰,巍然綽楔烟雲新。物換星移七百載,渡江泥馬知安在?凌寒華表欺青霜,丹心弗共河山改。聽侯往事讀遺文,山鬼躑躅啼斜曛。石竹棱棱還倒出,掀髯擲杖乘白雲。吁嗟乎,藍溪十里山蒼翠,神仙自古多陸地。君看忠孝各千秋,牽羊更上鳳山寺。

夜宿鼓山東際樓,示同游諸子

人海勒回飆,飛蓬散仍住。風濤吹滿天,星斗耿當户。鬖絲揚茶烟,燈影墜花雨。不寐客心孤,聽遍寺門鼓。

其　二

離家四百里,仍得住名山。作客離云悴,浮生又得閒。樓臺栖佛界,花木敞禪關。對此塵襟滌,澄然萬慮刪。

其　三

東際樓頭月,清輝自古今。倚欄同嘯咏,秉燭更登臨。夜靜魚吹露,天高鶴語陰。屐聲鳴得得,遞入萬峰深。

其　四

結想二十年,始踐看山約。人語聚一樓,夜氣澄千壑。吾道多苦辛,中年盛哀樂。慚愧向空門,又插塵中脚。

晚過靈源洞遇雨

一雨散諸天,暝色蒼然合。瀉徑溜逾急,助響石互答。樹聲嗓仍號,雲氣低欲壓。客袂陡增寒,飄空吹下葉。

留別鼓山四絕

小住纔三日,兀自匆匆去。不悔入山遲,祇悔出山遽。

其　二

青山終古在,何日復登臨？記取別情懶,孤雲戀岫心。

其　三

萬木響蕭蕭,落葉紛滿路。山風却倒吹,似欲留人住。

其　四

應接真無暇,環輿叠翠巒。青山知我意,直送到江干。

甲　辰　燈　詞

九華燈下春光好,勾起關山恨轉深。一角仁川波浪惡,戈船風起夕沉沉。

其 二

旌旆橫轉大河斜,傳蠟輕烟似漢家。駕得山來鰲力悴,銜枚休説士無譁。

其 三

如晝千門憶帝京,何人天上竊新聲？詔書頻下傳防塞,蹴鞠歌中萬騎行。

其 四

記得河山全盛日,奉宸移取買燈貲。秦東門外水飛起,又見魚龍變幻時。

其 五

折戟沉沙淘洗遍,聞燈爭踏九衢烟。五侯門第春如海,醉卧沙場劇可憐。

其 六

莫向昆明話劫灰,電光萬道射潮回。殺機疇啓天應悔,一艇魚雷月下來。

其 七

三分明月二分簫,吹徹紅雲夜沉寥。新撰國書催換約,齊輝萬炬護星軺。

其 八

東風漫爛酒痕翻,燈影花光滿塞垣。樂府何人歌破陣,夢中聽説奪崑崙。

將之鮀江,舟出廈門海上口占

泛泛一粟身,憑欄馳遠矚。回首望思明,雙尖耐寒綠。

舟夜遇風不寐,偶占

離情滄海初量水,直鼓雙輪控混茫。聽水聽風愁一夜,惱人倍覺海更長。

客 感

倚天笑睨尉佗城,誰識猖狂阮步兵？塵土青衫甘作客,文章紅粉悔知名。夢中識路醒多幻,別後看花恨轉生。歷遍輪蹄心力悴,臨歧泪點尚分明。

登韓江樓作

銅琶鐵板無豪句,辜負東坡海上過。一代霸才銷歇盡,憑欄還弔老夫佗。

其二

春雲片片比人慵，寂寞芙蓉江上峰。八代起衰誰健者，韓山終日白雲封。

酬黃詔平

侘傺才人感，閑情託板橋。馨芬襲蘭茝，毛羽出雲霄。逸概凌中散，騷心況大招。樓頭閑倚劍，天外賦逍遙。

其二

嗟予牛馬走，異地識黃香。不必因人熟，何須訝世涼？鷄鶋應蹭蹬，鷹隼自昂藏。俯仰懷身世，相看各鬢蒼。

其三

萬里椰林路，來看海外花。登圈捫大虎，入座握靈蛇。印雪爪仍在，臨風手屢叉。才名動蠻徼，著作自成家。

其四

記擊鷺門楫，一篇風雨開。池塘康樂草，鐵石廣平梅。舊雨閩天隔，孤雲粵海來。伊人感疇昔，況復託岑苔。

送次彭赴爪哇

吾道艱難汝遠行，乘風萬里事長征。中原此日方多事，落落人間破帽生。

其二

正聲吾代已沉淪，綰綽堂前望替人。橐筆鄭和探險地，七洲洋外一儒巾。

炎言三首束竹銘

酷吏已云虐，蒼蒼天更酷。入甕同煎熬，大地如一獄。

其二

天公向我言，此意殊不惡。傲骨自錚錚，百煉始能鑠。

其三

薰天炙手熱，世界鑄成鐵。不解趨炎人，未必爲涼血。

鮀江七夕

銀河咫尺近簾櫳,羈泊人天感慨同。兒女心情憐壓線,英雄事業負彎弓。勞勞填鵲頭俱白,落落屠鯨血尚紅。秋到客衣偏耐冷,瘦人太勁是西風。

韓山

韓山一抔土,名以先生傳。先生去不歸,白雲常在天。蕭蕭林木高,風泉當神弦。海隅作文化,先生開其先。當其抗疏日,匪與佛無緣。覆轍鑑蕭梁,厥禍不踵旋。雖拂人主意,弗敢怨謫遷。否則方外交,何以有大顛?詎真仇朽骨,乃復愛逃禪。殘年犯風雪,九死瘴江邊。此地本蠻徼,趾趾驚墮鳶。先生過化後,巨鱷潛于淵。至今惡溪上,流水車聲闐。我生先生後,來拜先生前。婆娑拊石刻,繞壁生雲烟。出門仰天笑,野花開木棉。莫傷游子心,處處啼杜鵑。艱難嗟吾道,低徊思古先。問碑碑不語,寂寞二千年。

謁陸丞相秀夫祠

莫作英雄成敗論,可憐天水碧依依。輸他紀信成功去,波浪如山櫬不歸。

其二

綿綿未了孤臣恨,塊肉人間是畸零。殉國千秋開創局,海中無地種冬青。

戰國四君,惟平原、信陵爲能得士,孟嘗、春申,殊碌碌也。偶與竹銘論及,爲作兩詩系之

如此登壇信不群,因人成事笑紛紛。美人挾瑟士行汲,公子停車客正醺。澆土此間惟有酒,買絲何日更逢君?千秋遺恨馮亭策,淒絕邯鄲陣上雲。

其二

醇酒婦人餘感慨,誰揮熱淚灑王孫?且呼朱亥爲知己,祇有如姬解報恩。肝膽披人椎晉鄙,頭顱市我刎夷門。垂亡猶作中原氣,合受高皇酹一尊。

九日，芷雲約登潮陽龍泉巖，次季岳原韵

馮夷跳躑天吳吼，蒼狗飛灾遘陽九。笑拾枯桑紀丙丁，却擲人頭大如斗。人間劫火出昆池，欲叩胡僧載酒隨。一球倒掉起長嘯，褐裘大步山之陲。山靈長揖書再上，奇情突兀凌萬丈。沉沉大陸呼龍行，鞭雷爲車雲作幌。龍去不歸但聞泉，巖頭終日聲咽咽。坐令九州失爲雨，蒼生未慰豈能賢？須知讀書莫信古人古，祖龍一炬非徒然。搏搏侈説旋磨蟻，欲縮須彌納袖底。俯瞰韓江汩汩流，我來飛過一千里。汝士翩翩佳句留，元龍豪氣干清秋。把袂偶逐群公後，相逢有客髯如虬。行行小憩前朝寺，仿佛山光似禪智。臨風寄語在山泉，記我登高曾此地。

玉鈎斜二首

笙歌終古誤迷樓，惟有紅心不識愁。付與夕陽管亡國，長留抔土在揚州。
其　二
萬劫靈光閟夜臺，雷塘螢火尚飛來。漫漫苦抱無郎恨，輕薄西堂作賦才。

重過澄圃有感

又是雨絲風片裏，亭臺一角故侯家。空庭寂寞無人到，自展斑枝一樹花。
其　二
破紙風過聲淅淅，疏櫺日度影遲遲。低徊誰識傷春抱，惟有窺梁燕子知。
其　三
可憐團絮竟難成，逐盡東風力轉輕。底事干卿池水皺，逆風還作不平鳴。
其　四
倚遍欄杆有所思，聲聲杜宇出高枝。最憐嘔盡心頭血，能得留春到幾時？

同綺才、秀緘游大峉山，訪軍馬洞

塊肉沉後無天子，厓門波咽鼓聲死。獨留一角海上山，大峉峰頭龍石峙。

中有一洞窅然深，我來弔古獨登臨。蟲沙化後無争戰，白日不熱天晝陰。可憐健兒好身手，莫斫胡兒頭承酒。錚鏦無復金鐵鳴，向夕但聞瘦蛟吼。憶昔旌旄下浙東，飛來白雁聲橫空。江山大好休回首，斷送荷花桂子中。母子孤舟何處泊，天涯處處風聲惡。無地能容龍種人，艱難猶望中興作。迎扈花開映刺桐，獅山烽火徹宵紅。誰知一片降幡樹，草木也羞上八公。日夕風波凝海色，沉沉刁斗愁無極。雄邊子弟自多材，太息不聞呼殺賊。樹樹春來杜宇聲，碧連天水山縱橫。不堪販國生弘範，況復據城叛壽庚。往事低徊六百載，祗餘洞口青山在。六軍一散祚旋傾，銜石難填精衛海。淒絶空遺玉帶泉，抵今波浪尚如天。一例傷心飛凍雀，紇干山上啼寒烟。

東 京 路

岞山龍喉巖俯臨大海，每潮汐落時，海中有路隱然。途旁有石刻"東京大路"四字，未知始於何年。諺云："沉東京，浮福建。"其説本無可考，然洪流巨浸中，徑途約略。或者滄桑之説，理固然歟？

東京路，無盡頭，潮聲日夕嗚咽流。白石磷磷如鑿齒，不知其下幾千里？鯨鼉窟宅蛟龍淵，此時滄海昔桑田。開闢疑在渾混上，毗騫大笑槃弧痛。洪水之灾中外同，無乃此地當其衝。安得重翻創世記，一一丙丁細爲紀。河山劫火漫嗟吁，紅羊蒼狗亦須臾。人生浮漚本如是，十二萬年俄頃耳。搏土曾無千歲身，登場不見古時人。得喪營營胡爲者，千載賢愚同一冶。君看東京路上波浪生，當年冠蓋塵滿笙歌鳴。廛市縱橫樓臺起，今日繁華成逝水。臨流慷慨發長嘆，回風鼓浪聲漫漫。欲訊當日舊城郭，一時愁殺令威鶴。

登崇武故城

去年泝滄海，天外指孤城。今日城上望，烟波一角橫。雲霞明海色，風雨撼濤聲。滔滔流日夜，大小岞崢嶸。巨浪破帆角，飄然葉比輕。以此好身手，踏浪作飛行。何患海權失，無術杜戰争。阿童水底龍，此事史所稱。藤牌起海上，人解説延平。我愛今人意,不殊思古情。惘惘拾級下,落日橫太清。世亂念經武,勿徒崇其名。

宿小岞村

結屋依山自一村,不知世有晉桃源。日斜影裏人收網,潮落聲中客到門。生擘細鱗秋上俎,閑舒倦羽月當軒。笑他未識漁家樂,舍却竿絲近至尊。

題青山廟

鼎足銷沉霸業空,獼兒父子自英雄。青山留葬將軍骨,不付江流石轉中。

其 二

艱難一旅下南荒,青蓋羞看入洛陽。名字不登陳壽志,獨留虎氣在高岡。

其 三

一戰遂收采石功,依稀鼓角出雲中。荷花桂子休長恨,死戀吳疆作鬼雄。

其 四

遺讖居然識宋興,銅牌斑駁土花生。未應人物隨東浪,盼斷戈鋋照海明。

同韵珂、澍邺、山甫、柏香、垿齋、鶴樵游清源山,夜宿上洞

居然有約到清源,絕頂支筇此大觀。卅六芙蓉青一束,西風滿地白雲繁。斗酒枝花仙已杳,石頭無語天閑閑。我來三度屐幾兩,攬月欲上星斗攀。萬松謖謖夜如水,白猿不見寂空山。狂歌拍手各大笑,老鴉振翩啼雲端。憑高但見海水立,華嚴東港非人間。將軍帶甲預言蠢,樓船橫海愁風湍。那堪望氣朝失色,徘徊使我心不歡。又復山鳴失玉磬,真人紫府去弗還。因嘆治亂之機本如此,紛紛代謝安足論?風雲起滅極萬變,回首莽莽連中原。枕頭一雯飯已熟,山中小住亦開顏。方今四宇浸多事,何日重來倒百樽?

南臺巖寫望

舉目悟秋色,蒼然日欲西。地浮滄海遠,天壓故城低。峭壁留唐句,殘山入

漢鼙。荒臺流水外，一樹暮鴉啼。

老君巖觀石刻遺像

不信我來晚，欲呼仙問之。相看真面目，獨對古鬚眉。日月雙丸老，乾坤一幕支。莫疑身不壞，此是蛻龍遺。

遵巖爲王慎中讀書處

高坪百丈晚來登，古木西風感不勝。大乘佛參唐賈島，瓣香人式宋廬陵。科名早歲驚先達，文字當年許中興。寂寞巖光山色裏，頹垣遠在白雲層。

蛻巖夜坐

鶴語不聞天宇晶，了無一事把心縈。每嫌蛻骨仍留相，何事浮生却近名？到此始知身是累，幾人能得氣之清。詎曾誤入尋真地，獨向空山坐月明。

曉登觀日臺作

殘星在水月在樹，山鷄喔喔催人寤。披衣起躡石徑斜，微茫不辨雲中路。攀藤捫葛憩且前，足力盡時頂已露。大觀萬象豁然開，海雲紅處是蓬萊。混沌衝破天一白，沉沉萬古揚飛埃。我生乃值大地晦，浮雲四塞心爲摧。鰲極將傾誰作砥，人間如此真可哀。填石矯誣本難信，排雲豈有金銀臺？人生況少百年身，佛言世界等微塵。咄彼白日驅人去，毗騫大笑夸父嗔。我欲長風三萬丈，乘以破浪周八垠。有時危立瘦蛟脊，手折搏桑縛爲薪。有時怒策六螭轡，足蹋咸池翻焱輪。戈揮魯陽使倒退，燭龍不熱天爲春。掉弄一丸起長嘯，莫問方壺與圓嶠。具區縱有毗舍耶，東海珊瑚不可釣。蠢蠢滄溟喚弗醒，空勞步景駒三繞。長揖山靈笑我狂，一墜塵寰頭不掉。高歌拍手下巉巖，卅六芙蓉天外俯。依舊泉聲吹滿空，到門一杵疏鐘敲。

自紫澤宮至小憩亭途中口占

抗塵何便玷山靈，一夕居然宿畫屏。惜少泉聲隨杖出，西風吹老卧雲亭。

其二

少留冷飲慚無分，拾級重登小有天。到此始知真不易，鶴聲一一碧霄巔。

其三

謖謖松風不斷聲，小雲關上夕陽明。江山莫訝驚秋早，前度人來白髮生。

其四

人間何處大休歇，引舍心傷到桔槔。獨倚孤亭思小憩，青山無恙我勞勞。

東園消夏詞

子規聲裏過殘春，又見榴花照眼新。歷盡炎涼驚世態，漫天暑氣欲驕人。

其二

一樹松風謖謖吹，披襟不覺立移時。低徊莫作青門感，眼見滄桑是故枝。

其三

味經堂畔夕陽紅，列岫迴環四望中。記得調冰談往事，一欄明月一簾風。

其四

梨花飛盡荔花香，衆綠初生怒上牆。更種芭蕉三百本，不須聽雨也生涼。

其五

石老松蒼皆入畫，亭臺缺處更栽花。坐銷長日渾忘倦，八角亭前晚試茶。

其六

不栽花木祇栽桑，試驗隨時闢廣場。最愛晚涼天氣好，補亭山上駐斜陽。

其七

浮沉人海任閑閑，弗逐孤雲去出山。門閉居然塵不到，科頭鎮日坐松關。

其八

清涼無汗是神仙，小住名園近一年。大力憑誰消火烈，也由人事也由天。

題林歐齋詩卷，寄恕齋

大雅久不作，閩風今式微。予懷結霄漢，望古時累唏。憶踏西湖浪，秋深一舸移。山頭話大夢，悲風吹故枝。拾級層樓上，檜花香四垂。低徊瞻宛在，一一我心儀。先生分片席，蘭芷襲芬菲。今我賦歸來，得讀先生詩。鍛煉入杳冥，馳想及非非。何曾饒一著，不復惜千鎚。撚髭獨來往，開卷如見之。才橫六合隘，氣壓三山卑。果然真健者，鏤錯文人辭。因悟爭派別，門户苦紛歧。昌黎句屈頡，元氣渾淋漓。香山但率真，搖曳自生姿。險可破鬼膽，妙亦解人頤。造詣躋其極，安能以管窺？量才較今古，斗計無乃痴。況際元音墜，風雅傷陵夷。逸翰樓百尺，往籍千頃披。精專探訓詁，旁騖涉遁奇。作詩乃餘事，亦復苦攢眉。披沙時見金，爲謝儋父譏。賤子生不辰，四方驅爲飢。落落歲月徂，清霜生鬢絲。四十已如此，百年行可知。仰首見黃鵠，觀天愁處離。擲筆起大笑，還君又一瓻。

齋居偶占

未能遺世休言遁，聊復抽身學閉關。堆徑黃憐辭樹葉，捲簾青愛隔江山。偶然破寂聞蟬過，獨自消閒看鳥還。靜裏光陰如兩日，與庸是福信非慳。

後悼亡

沉沉消息洪喬誤，又阻江潮半日遲。不道離家纔百里，入門已在蓋棺時。

其二
聞從痛哭失童烏，泪盡流泉眼已枯。病裏書來無一字，極聰明處轉糊塗。

其三
比翼光陰看太賤，七年強半別離中。鷺江烟雨鮀江月，過後思量眼尚紅。

其四
雙照遥知有泪痕，青莨山下月黃昏。九原相對應憐我，生性風萍慣出門。

鄭貞女詩_{貞女爲臺灣新竹人。}

瞿曇花落女貞摧，佛火燒空亦劫灰。世界華嚴有時毀，泡漚何處著蓮臺？臺陽本是田橫島，萬竹猗猗新更好。海外有天天忽傾，浮生勘破來修道。鄭家有女名慧修，延平世冑海西頭。不誇咏絮饒才思，淡掃蛾眉禮比丘。嗟兒弗作奇男子，失笑魯陽戈倒指。急景白日不可追，眼見橫流飛海水。净業堂開阿姥歡，經翻貝葉注沉檀。參來禪旨超三乘，守到梅花伴歲寒。崎嶇不怕波濤惡，瓣香低首師無著。普陀山洞瞻化身，吹起孤雲學行腳。江中螺黛認金焦，得得游踪遍六橋。詩思銷磨經卷裏，才華弗數左家嬌。歸來一病憐秋葉，梵偈書成箋百叠。廿六年中蒼狗飛，巖巖誰識金閨俠。《蓼莪》一誦一凄然，忠孝人間陸地仙。自古多情能作佛，須知方寸即西天。家國牢愁争付汝，浮圖一角埋香處。鼓山山上白雲高，瘞骨殊鄉羞此女。

過洪文襄故宅有感

一局江山結愛新，也教喬木斫爲薪。祇因好色憐才意，竟作忘親負國身。長樂功名同污璧，中山第宅一沾巾。最憐骨肉薰蕕判，死愧書名入貳臣。

紅蘭館詩鈔卷三

幔亭集

　　武夷山水爲十閩冠。予於丁巳三月,偕楊三幼庭往游,居山中者近百日。縱未踐幽躋險,一一遍予迹,然登涉所至,恒有詩紀之。丙寅六月,苦暑不出門,取舊作而芟薙之,計存古近體詩一百三十四首。雖抗塵走俗,面目自惡。而碧水丹山,縈繞予懷者,輒思一日舉迹所未遍者而遍迹之。顧忽忽十年,未能遂重游之願。山靈有知,定應笑我。予之游武夷也,寓於赤石,在幔亭峰下,故以"幔亭"名吾集云。

洪三橋夜泊

　　流水西頭月一棱,船窗敞處夜張燈。微吟花落春無奈,小飲歌殘酒弗勝。橫槊烏飛天寂寂,垂竿龍去浪層層。不眠陡觸前游感,坐看星河轉玉繩。癸卯同游,如岑箓、介農、沁雲均逝,不勝今昔之感。

舟行,起坐看山口占

　　江鼓沉沉下四更,鐵輪軋軋碾波行。人語微茫天咫尺,但聞浪花如雨濺濺鳴。開窗瞥見天一白,群山昂頭如窺客。飛來無數好峰巒,過眼青青殊可惜。茲行我本爲看山,出岫孤雲意自閒。但覺凝眸長不倦,奈何交臂放山還。爲此咄咄坐半日,欲問山名名已佚。因思人海汩沒多,對此茫茫增鬱壹。山亦如人一樣痴,千巖萬壑各爭奇。試看古來埋沒皆如此,寄語山靈不必悲。

抵水口,溪流漸淺,易小船上駛

　　一幅溪頭箬葉風,蕭蕭破帽夕陽中。黯然離思孤帆背,愁絕行踪類轉蓬。

其二

小小何如米芾船,半藏明月半藏烟。還留一半載詩思,吟罷青山佳處眠。

灣口曉發

日日舟行逆浪中,亂流矗立石叢叢。禁寒山亦如人懶,雲絮絲絲揚曉風。

黃店

國破尚餘天子菜,荒涼山店野蔬香。蔓蕪豆粥尋常事,却恨生身作帝王。

初三日,三都口阻水

山高萬仞水千尺,舟行日日穿危石。溜淺吁嗟莫上灘,漲高又道行不得。從來缺陷本難平,千心萬心天爲驚。感此我亦發長嘆,枯坐篷底百憂生。昨日瀟瀟愁聽雨,痴雲如幕天尺五。兩岸青山盡被收,蜷臥但聞數聲櫓。奇情忽欲叩天公,喝退行雲龍返空。朝來眠足披衣坐,杲杲船頭日脚紅。舟人笑語向我道,今朝雨霽看山好。羈留雖阻一日程,憑高聊與舒懷抱。荒村莽莽枕溪斜,初日紅嫣牆角花。官道柳疏生意盡,破簾搖落酒人家。可憐如此好邱壑,行者徒羨居者樂。紛紛執令苦萑苻,田園就蕪生計惡。守望雖留戍甫兵,鳴笳落日大旂橫。奇謀未克收虞翊,風鶴驚心到旅行。低徊無語徒嘆息,歸舟不覺悲橫臆。坐到黃昏看月生,悄悄不寐照反側。因思元結賦舂陵,喪亂餘生感不勝。且把牢愁收拾盡,明朝起看山崚嶒。

舟次尤溪口有感

一水澄鮮入望深,白雲蕩漾出平林。如何圖畫天然裏,却到中流有戒心。

其二

瘡痍滿目劇心酸,越貨還驚行路難。未必此身甘作賊,微聞兩字逼飢寒。

曉起舟抵白沙

白沙莽莽日光微,破曉尖風上客衣。眠起不知行遠近,灘聲如雨繞船飛。

過南蛇灘

嶔崎亂石夾溪斜，激浪奔騰萬馬譁。殷殷雷聲風忽起，一天驟雨過南蛇。

延平喜晤韵珂、藻航、稚純

豪情落落傾湖海，抗爽如君眼獨青。吾醉欲眠容坦卧，高談酒醒看晨星。

其二

橐筆文場思角逐，難忘燈味尚兒時。相逢豈特吳剛老，吾亦蒼蒼鬢已絲。

其三

草堂一角帶春星，七載相依事執經。今日連床風雨夕，還如晤對紫雲屏。

黯淡灘

我聞建溪灘累百，奇險曾無黯淡踰。今我扁舟乘風來到此，但見飛流陡下挾山趨。舟人匆匆各從事，八十餘丈之纜亘岸隅。大聲水上倏然發，摩背接迹走且呼。中流一篙石作砥，逆泝而過爭斯須。浪花飛濺越船上，尖風吹至衣爲濡。游子相顧顏色變，搖手互戒勿驚呼。嗟嗟此灘雖云險，曷不殺之勢使紆。坐令留爲行人祟，膠於迷信毋乃愚。君不見蜀道巉巖五丁驅，又不見淮河開鑿役萬夫。山川乃以利行涉，況今輪鐵遍江湖。請留一言以爲券，會看易危而孔途。

舟過蕊口

萬叠青山繞屋斜，一灣流水數漁家。扁舟何事匆匆過，笑殺臨溪幾樹花。

泊南雅口

餘霞明半天，一舟泊南雅。雲氣蒸四山，急雨瀟瀟下。

冒雨游定光佛寺

一刹臨溪俯碧流，泠然清磬冷於秋。無言古佛應予笑，便到人間不掉頭。

曉過奔灘

擁衾篷底耐春寒,一枕薨薨夢正闌。直到如雷驚覺後,始知舟已上奔灘。

黃華山題韓蘄王屯兵處

蕭蕭故壘夕陽邊,憑弔英風七百年。底事轅門無虎氣,感時慷慨欲箋天。

臨江門晚眺

萬疊青山擁一城,麗譙空莽暮雲平。閉門柱自爭雄長,誰復臨風念老兄?

橋亭爲謝叠山先生賣卜處

家國破餘寧苟活,姓名變後豈求知?麻衣如雪天涯泪,凄絕遺臣却聘時。

其二

從今無意干人事,至此能完報國身。死共文山留一硯,肯存七尺作游民。

泊建陽城下

非關重利去浮梁,自愛名山入建陽。聽水聽風隨處泊,浮家日日逐鷗鄉。

午過鷺鷀灘

一灘纔過後,又有一灘生。齧水聞舟語,沿溪問石名。日中帆影正,風細篙痕清。冒險非關性,中流鼓棹行。

晚泊興田,偕子繩雪、六同訪闕月寺

攢眉我亦苦逃禪,萬事真如過眼烟。知否人天多缺陷,古來明月不長圓。

太平橋口占

流水滔滔白日徂,晚風獵獵戰菰蒲。羯來無定憑蓬轉,收拾鄉心付鷓鴣。

其　二

勞燕東西各自飛,橋在建陽、崇安交界處。投林倦羽亦知歸。我無司馬題橋志,坐看斜陽上翠微。

小天梯枕上作

江雲漠漠水澌澌,篷背村鷄破曉啼。六槳逆流爭道上,夢中飛過小天梯。

舟次望見武夷,而水程尚數十里。是夜泊公館口

舟人報道武夷近,一抹遥青度遠空。歷歷山來雲樹裏,瀟瀟人立雨篷中。是晚微雨旋霽。者番仍逐估舟泊,此去定知仙路通。卅六峰頭靈仿佛,蜺旌翠羽在長空。

咏出門灘三首

出門灘水高,行路殊不易。問我怎勞勞,還自泝流至。

其　二

逝者自滔滔,一去不復返。勸汝莫出門,幾見飄蓬轉?

其　三

來何事匆匆,去何如許邊。我自入門來,水自出門去。

赤石旅中漫作

山雲漠漠雨霏霏,又展芭蕉綠一圍。晝静無人新睡覺,閑看蝴蝶上階飛。

其　二

劇孟生平最可傷,丈夫失意亦尋常。而今事業非吾分,縱博何妨達旦狂。

其　三

青山罅處月光來,花影珊珊上酒杯。思到避愁惟醉好,始知一飲亦須才。

其　四

任他到處馬牛呼,求可言人孰與徒?不信天涯仍落落,才難今日到屠沽。

其　五

每聞時事便傷心,風雨飄搖毀室吟。跋扈任爲蠻觸鬥,此行差喜入山深。

苦　雨

十日曾無一日晴,旅窗聽遍雨聲聲。遥知昨夜芭蕉長,應有明朝苔蘚生。之子弗來遲永晝,所思不見隔層城。瀟瀟辜盡游山興,不禁白添髮數莖。

裴村夜步

三十六峰夜氣中,一何寂寂月橫空。隔溪山色常疑雨,下瀨泉聲獨受風。欲躡仙踪思跨鶴,爲生鄉思怕聽鴻。行行悄立墩前望,匝戶笙歌尚未終。

贈楊凝秋

老去東坡愛遠游,洞簫無恙又孤舟。相逢何必橫江鶴,孤調橫吹萬壑秋。

其　二

罡風吹下大羅天,重掃落花一惘然。眼底紅羊多變幻,黃粱何戀到神仙。

崇安道中

仕得仙鄉仍僕僕,金盤亭外路西東。好山　抹微雲裏,流水千重細雨中。苔繡如來磚塔綠,桃烘清碧石碑紅。杖藜自踏荒城道,歸夢尚留箬葉篷。

贈朝鮮朴景山

四海無家休講學,河汾門下少英雄。風塵莽莽無窮恨,都在看山淚眼中。

其　二

平壤盟成已撤藩,茫茫前路入中原。不堪回首仁川浪,照見大旗紅日翻。

其　三

橐筆江湖事浪游,念家山破淚雙流。誰知亡國大夫苦,尚有高堂已白頭。

其　四

考亭絕學久銷沉，萬里間關一瓣心。五曲溪頭春正好，青山無恙汝高吟。

朱緝齋招余及幼庭、胡賡甫、胡伯銘、吳蘅舟、李逸天、潘恂予游九曲諸峰，自八角亭放舟

春溪水長平如掌，短帆拂曉凌莽蒼。亭子彎環轉柁過，兩岸青山高百丈。峨峨入座驚粉紅，臨風歌板喬雲中。下灘水疾激如矢，飄飄吹到武夷宮。艤舟紛紛登絕壁，高寒萬仞蕩心魄。既無錦袍畫舫謫仙人，又無絲竹東山之安石。坐令對此芳杜滋厚顏，毋乃碧水丹山少顏色。

游冲祐觀有感

一編曾讀武夷志，結想名山二十秋。今日來尋冲祐觀，神仙與我各生愁。

其　二

人間何處是清虛，遺址難尋到燹餘。寂寞憑誰修望祀，路人能說漢乾魚。

其　三

臨風欲訊武夷君，笙鶴如何不可聞。未必山川今昔異，紛紛眼底幾曾孫。

萬年宮月下望幔亭峰

濛濛月色半遮山，天際曾無鶴往還。仙亦如人長寂寂，可哀迨止在人間。

其　二

孤懷落落往仍還，不愛聽歌愛看山。我與白雲無束縛，去來天外共閑閑。

曉起散步幔亭峰，觀吳旴江石刻

曉雲高處山刺天，蒼厓翠壁何蜿蜒。一山踏盡一山出，曾聞琅琅仙樂張其巔。有時來勸曾孫酒，夜深錦幔掛星斗。有時唱到人間曲，可哀百歲浮漚金石朽。仙人一去幾時歸，笙鶴迢遥隔翠微。剩有擘窠大字在，鈎銀畫鐵認依稀。

訪彭祖居遺址

雲龍道院今何在？寂寞曾無壇礎存。説到彭殤齊灑泪，淒涼風雨社兒墩。

將游大王峰，自萬年宮側陟嶺，抵張仙巖

未肯浮生付等閑，朝朝登陟騁游觀。蒼蒼似解知人意，到處開雲見遠山。

其 二

太上何曾是忘情，絕裾底事重行行。神仙自古惟忠孝，第一難忘喚子聲。

山 行 即 事

連朝準備看山屐，遥盼峰巒笑口開。拍手方驚何崱屴，置身還覺有崔嵬。不知此地幾人至，可有當時獨鶴來。再去定爲仙世界，白雲深處首重回。

近大王峰，有枯木支石罅。詢之土人，云即"虹橋板"

高會群真去玉京，巖頭斷板尚縱橫。凌空我向仙人傲，曾踏虹橋頂上行。

登大王峰放歌

武夷卅六之奇峰，峰峰削出青芙蓉。下方羅拜皆瑣瑣，巍然惟有大王雄。斂下豐上氣磅礴，誰鑿其竅通玲瓏？側足捫壁蜿蜒上，架木爲梯凌五重。俯視飛鳥出足下，吹來雲氣天濛濛。當年開闢何所有，云有羽化仙人踪。蛻骨函以黃心木，留之後世垂無窮。詎有血肉之軀生羽翼，白日翱翔青冥中。養深凝固斯不朽，或者煉氣歸太空。憶昔子朱子，一語破其蒙。道是部落時代之酋長，洪荒以來道未通。有德能爲群衆服，爰以大王徽號相推崇。舊説妄誕不足信，漢祀乃以報有功。我生已在千年後，詹詹何敢參異同。但愛兹峰日夕態百變，群山拱揖紛橫縱。澗松落落翻日白，山花灼灼烘雲紅。長歌踏向峰頭去，拂袖浩浩迥天風。須知三萬六千日如駛，人生何苦生哀悰？神仙吾無分，笙鶴不可逢。

但得青山日日伴吾住,遑問金龍玉簡事登封。

天柱峰晚眺在大王峰上,五曲亦有天柱峰。

拾級還登最上頭,投文漫替退之愁。搜奇捫石探危徑,習静聽泉愛斷流。絕澗板支雙峽峻,遥天笙咽萬山秋。雲封古洞龍歸去,獨倚斜陽瞰建州。

訪升真觀遺址,已夷爲民居,仙蜕亦不復見

流水潺潺鎮日泂,斷無消息叩山靈。後來未必無仙骨,辜負遥峰數點青。

其 二

作記曾傳熊勿軒,遥稽甲子紀秦元。十三仙去英靈盡,衰草茸茸鎖洞門。

其 三

避世紛紛競買山,參差樓閣白雲間。仙人尺地都無分,莫怪吹笙去不還。

其 四

古函何處尋遺蜕,手把黄精一莞然。乍入山來仍去去,神仙於我本無緣。

<small>武夷多仙蜕。此行未及見,亦一憾也。</small>

由大王峰至半山亭小憩

峭壁丹梯倚,雲開日已高。衝蘿驚鳥墜,繞樹聽猱號。回眺心仍悸,重游氣尚豪。不妨聊歇歇,前路有雲璈。

仙 羊 石

補天遺下無安置,擲向空山又幾秋。倘遇初平輕叱去,爛羊逐隊或封侯。

復 古 洞

雁蕩歸來仍落落,吟聲高出碧雲尖。羽流今日無才思,愁殺當年白玉蟾。

三 杯 石

到來且吸三杯去,如此青山好醉眠。醒眼不將人世覷,無情終古是神仙。

舟過玉女峰口占

自從一笑投壺後,化石溪頭不記年。誰與爲容仍脈脈,長留眉黛在青天。

仙館巖爲王子騫瘞蛻處

尸解仙家非上乘,況將遺體暴人間。玩弄毋乃失之褻,何如瘞汝以青山?堪笑頭顱如許大,道是子騫之遺蛻。是耶非耶莫可知,侈其說者騰方外。我來何處訪仙人,仙館巖中日月新。異本別教諸委宛,焚書枉自笑嬴秦。子騫子騫汝去二千年,怪哉侮汝乃以骨爲餌。縹緲之事羌莫紀,神仙事業不必無,何必附會誇靈異?而今安得一一破其蒙,九京重起樊直指。樊名獻科,有藏仙蛻說。

翰 墨 石

壁立千尋欲插天,一方凸出冒雲烟。而今文字都無用,翰墨空留石上緣。

仙 浴 池

脫離塵垢去登天,但覺珊珊骨是仙。何事人間苦留戀,上清無此水漪漣。

一 線 天

舞雪臺西百丈石,誰鑿一線與天通?峨峨千載與萬載,陰陽吐納昏旦中。道是巨靈曾到此,手持玉斧追天風。雲根一一擘使斷,光明透闢真玲瓏。又疑五丁倏來往,一氣鼓蕩凌虛空。日月雙丸摩峭壁,施以刻畫驚神工。我聞團團如覆笠,其理廣大疇能窮。一管之窺毋乃陋,仙人頭惱亦冬烘。不如攬勝深處入,高歌拍手問蒼穹。仰觀何必膠形似,可階我欲躡長虹。須知一爲數之始,可彌六合包鴻濛。歸去還循石罅出,緩吹簫管下鼉叢。

倉基巖弔陳友定

休將成敗論英雄,戰後青山惱寓公。燒汞談兵均不見,倉基巖上夕陽紅。

其 二

劫後人耕嶺上烟，斷矛殘戟土花鮮。而今草澤無豪士，冷落名山六百年。

水 樂 灘

天籟泠泠鏘水石，浪花飛濺繞船開。游人到此渾忘倦，只道前山仙樂來。

訪趙清獻吏隱亭遺址

住得名山即是仙，一琴一鶴自翛然。如何作吏兼充隱，此福人生未易全。

車 錢 巖

苛政嬴秦雖暴甚，淫威終不及仙家。鑄銅柱自銷鋒鏑，阿姥猶存錢滿車。

上升峰訪張湛冲化處二首

狂飲失其度，遲爾八百年。孰謂醉時好，有酒去學仙。

其 二

拔宅何年去，低徊仙籍披。吾名仍在否，一笑問鳳兒。

卧 龍 潭

一聲鐵笛水泠泠，寂寞深潭已不靈。莫怪半天行雨失，由來龍卧弗曾醒。

過御茶園故址有感

歲額龍團餅五千，驛騷太息至元年。法幢寺外瀟瀟水，猶是呼來舊日泉。

仙 釣 臺

釣罷歸來上玉京，隔山擲下竹竿橫。笑他五月披裘客，苦住桐江過一生。

題詩巖口占

許碏當年號酒狂,題詩去後任滄桑。百篇一斗慚才短,不敢追君入醉鄉。

仙床石

孰謂仙家不解愁,黃粱一霎亦風流。笑他人世痴兒女,浪向先生借枕頭。

觀控鶴仙人試劍石

落落青蛇出袖中,倚天但覺氣成虹。奈何小試輸劉季,不向咸陽驅祖龍。

更衣臺

擺脫方將凡骨棄,去來無着是玄機。仙人毋乃真多事,却要更衣上翠微。

五曲訪鐵笛亭遺址

吹笛人何處,一聲雲爲開。微風起草際,疑是有仙來。

羅漢巖口占

五曲溪山屬姓朱,强分一角去逃儒。我來不作分門見,轉愛崚嶒似佛癯。

晚眺隱屏峰下

静倚巖阿數鳥還,晚來無事自閒閒。夕陽差覺如人意,伴我遲遲始上(下)山。

曉起同緝齋、幼庭觀朱子手植茶樹

謫居嬴旁仙山住,手澤摩挲七百年。故國可憐天水碧,尚餘老幹飽風烟。

晚對峰，用朱子原韵

曉起便看山，胡爲曰晚對。最好是夕陽，返照入空翠。

入石門至接笋峰下，因梯木垂朽，不果上

仙人種琅玕，猗猗戛青玉。偶被風吹墜，矗立溪五曲。橫裂斷痕三，一一斷仍續。附庸隱屏間，簇簇如笋束。人迹古未通，盤空出飛鵠。上有不凋松，吹空散寒淥。又有四翼猿，叫月弄秋瀑。在昔汪痴頤，於此事辟穀。我來不可見，低徊緬遺躅。但覺高峰高，不得著予足。龍脊與鷄胸，仰觀惟怵目。惜之雙羽翰，飛上峰頭宿。

天游門小憩

弗信此中天別有，放將雲去不曾關。長歌拍手獨來往，笑向青天招鶴還。

其 二

小坐渾忘冷襲衣，泉花濺處古苔肥。門前紅日三千丈，到此真無汗可揮。

題晞真館

遲却經旬到武夷，看山已在雪消時。如何到此都無夢，負手長吟伯紀詩。

自天游峰至蒼屏巖

曲徑逶迤半入雲，墮崖風過葉紛紛。分明到此疑無路，時有茶歌絕頂聞。

隔溪望響聲巖

我從隔水認烟岑，無限蒼茫望古心。倘託荃蘭通一顧，不愁空谷少跫音。

舟過三仰峰

三仰峰高欲插天，群山踏遍此巍然。凌風飄飄無羽翼，安能一一翔其巔？

引領遥望神爲往,排雲仿佛來仙仗。停舟亦欲一躋攀,惜少仙人綠玉杖。自倚船窗發浩歌,兹游辜負好山多。探奇寄語須年少,對此峰巒奈老何?

禪笠石

破笠自西來,愛此好山色。一笑去參禪,擲下化爲石。

鑄錢巖

點金小試純陽術,游戲逢場一笑中。底事仙人丹不煉,惟將竈火鑄青銅。

桃花洞

偶然結想開靈境,不繫義熙以後槎。却怪道人真好事,洞前猶自種桃花。

太姥峰

秦東門外石夜泣,風引蓬萊舟不回。咫尺竟遺皇太姥,始皇畢竟是庸才。

題謝烈婦投崖處

捨死何曾爲殉名,義難苟活耻偷生。青山都被神仙占,一角留教植女貞。

其二

雕春素柰可勝悲,鼓子坑前花墮時。寂寞空山蒼珮杳,誰題黃絹補殘碑?

稟石

耕烟日日叱龍行,鴉嘴親携種石英。莫信仙人能辟穀,溪頭稟石尚縱橫。

寒巖

世事須從冷處看,人情欲泯熱中難。此山差覺如吾意,瘦骨棱棱獨耐寒。

訪杜徵君故宅

桃林花下拜遺阡，杜宇聲中雨似烟。今日徵君宅畔過，斜陽衰草滿平川。

其　二

臂鷹牽犬少年時，老向鷫林借一枝。草莽衣冠成曠代，遺民心事《谷音》詩。

病中作

連朝不出戶常扃，辜負群山繞闥青。弗減豪情思縱博，欲除綺習愛看經。筠簾長下防風入，藥鼎初開報雨停。豈爲偷閑頻謝客，安心且學養黃庭。

贈朱幼蘅

海天飄泊曾依鄭，家室飄搖始入閩。滁上縱無天子氣，由來龍種不猶人。

其　二

合教下拜倒千花，競唱新詞遍夾（狹）斜。今日黃衫人不見，一時豪氣屬朱家。

揀茶曲

雨後雨前都過了，旂槍歌裏一春閑。朝來忽聽鄰家語，昨日新茶已下山。

其　二

檢點春衫愛入時，今年肥瘦可相宜。臨行更倚妝臺立，重掃雙彎淡淡眉。

其　三

行到門前却又遲，故推人去已肩隨。暗中的的先拋眼，怕向人前偶道伊。

其　四

未許旁人猜小字，妝成故故學矜嚴。鈎銀記得儂名墅，私向郎前露指尖。

其　五

似曾相識往來頻，不避生人避熟人。密意生憎同伴覺，添些蛇足便成真。

其　六

手揀柔條笑半含，怪郎年紀苦窮探。人前幾度羞回答，阿母爲言祇十三。

其　七

底事姍姍多落後，同行新約小姑來。最憐未解調眉語，默默低頭不敢擡。

其　八

鄰家阿姥髮皤皤，十指終朝不惜勞。莫訝儂家半日坐，工錢細數較渠多。

其　九

散工歸去手相攜，赤石墩前落日低。一路春風吹笑語，微聞妾寓在街西。

其　十

茶市登時戶戶花，浮梁休怨在天涯。此間別有魂銷處，能使郎心不憶家。

五日同子珊、子繩、雪六觀競渡

我聞乘風飛去仙人船，飄飄來往青冥之長天。溪頭流水今何年，但聽聲聲簫鼓往仍旋。龍舟浩蕩凌蒼烟，弔古難追屈正則，何如拍手長歌逐子騫？山中亦有蒲九節，食之可以歲逾千。露根蘭向空中植，采采歸去煎流泉。胡麻飯熟乾魚美，詎須色縷纏糭投于淵。錦標奪得雖云樂，終輸爛扁彩幔張亭前。笑問人間世，欲拍洪厓肩。人生幾度逢端午，奈何鬱鬱獨愀然。桂棹蘭槳渺何處，且醉雄黃之酒對花眠。

和幼蘅《赤石竹枝詞》八首

仙鄉祇許白雲住，不道溫柔是此鄉。出峽慣攜雲雨去，兒家原不隔高唐。

其　二

時樣新衫競剪裁，盈盈爭趁首春來。東家乍過西家至，招展花枝到處開。

其　三

風鬟霧鬢映層嵐，有約朝山合十參。自把圓膚量不借，伴郎今日去游巖。

其　四

生憎泥滑雨霏微，背上香肩去似飛。私語略聞鍾建訝，道儂粗却舊腰圍。

其　五

菱枝身弱不禁風,彩鳳嬌銜綬帶紅。笑倚阿娘裙畔立,逢人慣說未梳籠。

其　六

纔罷飛觴糾酒籌,又催按板試歌喉。笑啼未識儂心苦,還怪招呼總不周。

其　七

如何生具團團面,白眼加人太不情。今日真成妾薄命,倒嘗風味閉門羹。

其　八

容易韶光過一春,歌場回首轉傷神。徐娘未老生涯盡,天亦窮途厄美人。

夏日即事

久作山中客,朝朝住翠微。看山青入鬢,對瀑冷侵衣。樹曲拗風力,檐高殺日威。消閒惟一局,得失頓忘機。

將行苦水淺,中夜驟雨忽至,詰朝遂發

沉沉喝不起睡龍,炎炎赤日燒長空。夜半瞞人去行雨,山樓竟夕塵長風。千聲萬聲滾滾來,鑿天使漏沉飛埃。媧皇徬徨不及補,却使日日深鎖眉爲開。掀簾報道榜人至,我亦披衣亟起視。果然溪頭流水汩汩生,補帆修楫紛紛色然喜。出門一笑群灘漸,萬籟聲中並力吹。安穩公然得飛渡,始知一雨真及時。臨歧惆悵離觴舉,明日孤篷泊何處?收拾溪山入錦囊,歸裝無物將詩去。百日山中久住情,瀕行不覺轉愁生。如何弗誦《水調歌頭》"乘風歸去"句,却唱"渭城朝雨"之曲送吾行。

紅蘭館詩鈔卷四

鐔州集

上游山水，千巖萬壑，縈迴映帶。昔人謂"入山陰道上，令人應接不暇"。予謂"灘高、山峻、水曲、溪清，山陰道上，恐無是奇觀也"。丁巳九月，重作延平之行。十五日，偕長兒鴻琅由泉往福州。十九日，自臺江易小舟上駛，行五日抵延平，戊午三月回廈門。吾閩風氣樸實，惟上游為最。邇來漸趨浮靡，民氣亦囂浸，不古若矣。是行得古近體詩凡九十三首。延平，古鐔州地也，因名《鐔州集》。

湄洲海上夜泊

鱸美蟹肥酒正香，扁舟載我入莆陽。河山莫問舊滄海，波浪別開今戰場。斷笛橫空生古怨，殘鐘入夜警新涼。分明一樣中庭月，却在他鄉照鬢霜。

馬江書感

浪和浪戰總無籌，孤注何心一擲休。大好江山殊可惜，如斯人物欲誰尤。障塵難避元規面，憤事終羞佗冑頭。寧馨由來同畫餅，可憐誤國是清流。

其二

天風高挾怒濤吹，釃酒臨江又一時。日下誰陳江統策，雲中空盼曲端旗。婿鄉刮目慚知己，臣里驚心險即夷。莫把成名輕豎子，幾人青史戰功垂？

其三

我來舟泊恰潮平，如夢空江一塔橫。未必南來風不競，那堪東去浪無情。

隆中抵掌誰諸葛,廣武傷心祇步兵。殲敵何人搜戰績,英雄大半已無名。

其 四

潰防輕縱虎門過,壯士今無曳落河。但覺哀時須痛哭,未妨對酒且高歌。瀟瀟不擊漸離筑,寂寂誰揮越石戈。但解補牢休恨晚,亂餘關塞得秋多。

琯 江 作

占得水雲鄉裏住,人間小謫杜蘭香。天然愛好無雕飾,自倚船窗看夕陽。

其 二

弱不禁風舉網徐,去來江上步凌虛。怪他一棹烟波裏,祇捕鴛鴦不捕魚。

琯 江 酒 樓

江干風味足鱸魚,黃葉聲中酒上初。風冷樓船波不起,殘山一角弔無諸。

其 二

且醉何須辭旨酒,憑欄獨自放歌狂。相逢一笑投杯起,<small>酒中適與故鄉人遇</small>。地是他鄉客故鄉。

舟次鼓山下有感

不被山嗔也佛嗔,布帆底事去來頻。茫茫滄海微塵劫,落落孤舟一葉身。天地於吾原似客,鼓桴此日更何人。閉門大笑稱天子,潮沒巖頭迹已陳。

其 二

喝水人歸憩不靈,舊游歷歷記曾經。潮迴大地頭俱白,秋盡空山骨尚青。世事浮雲悲半壁,霸才落日弔孤亭。攜尊欲倚扁舟問,恅愺情懷半醉醒。

福州城樓漫興

不勝城郭感,過客三十年。古臺流水外,大夢故宮前。寂寞荒池劍,淒涼廢甓錢。白雲蒼狗幻,笑我亦華巔。

晚過城南公園

百戰江山仍故物,成名豎子可勝哀。樓臺重起無英氣,留與從人弔古來。

其二

石梁曲曲亙橫塘,亭榭參差水一方。韭子微黃菘半白,殘秋風物耿王莊。

其三

古樹參天恪靖祠,斷趺三尺紀勳碑。可憐事業成功狗,已在金甌欲墮時。

其四

荷芰香銷水氣澄,畫欄百折晚來憑。殘鴉數點涼烟暝,十里樓臺盡上燈。

大箬舟次

遠水如人澹,寒山比客癯。路隨孤棹轉,心與片帆俱。落日篙聲出,頹雲塔影扶。層巒堪入畫,過眼惜斯須。

舟中晚望

莽莽千山落日橫,逆流爭聽挽船聲。匆匆回首過黃竹,_{地名。}忍向鷓鴣聲裏行。

過秤鈎灘

山脈亙中流,激水掀亂石。力爭上纔寸,急退下已尺。十槳苦莫施,相率挽以索。鬱鬱生百憂,坐此愁到夕。計程猶未半,不覺頭欲白。

泊九里潭

萬木蕭蕭晚,孤村見暮烟。殊鄉人語雜,異地客心懸。架屋依山起,連船繞岸牽。飄然七百里,聽水復聽泉。

其二

懷抱忽開拓,潭光似砥平。連朝皆水宿,竟日却山行。岸闊溪逾靜,流高石有聲。茲游差不負，幽賞愜平生。

其 三

投筆吾無志，看山思不聊。孤舟仍浪逐，獨客已魂銷。欹袂尖風利，幕天薄靄驕。漸知村路近，青布酒旂飄。

舟行三日，午泊荒村下。偕琅兒登岸散步，
石滑路曲，未二里即返

亂石嶔崎一彴撐，寒栖隔水遞雞聲。荒田确犖秋收稻，破屋欹斜午淅粳。澆塊不妨村酒薄，登場最愛野蔬生。心傷民苦愁行旅，地瘠何來暴客橫。

山行即目

野趣隨所適，古藤三兩枝。著花秋逾净，愛汝立多時。

其 二

草木有貞性，霜寒花更紅。無人還自媚，脈脈獨臨風。

其 三

修竹數竿外，流泉曲曲清。但能愜幽賞，何必問山名？

其 三

到此一舒抱，群山隔岸低。夕陽無限好，祇照片帆西。

鱷 溪

昔我過潮陽，車行指鱷溪。投文思檥海，懷古弔昌黎。今我入劍州，舟行落日西。鱷溪宛在望，石畫與波齊。一篙泝流上，巉巖如履梯。閩江走其下，激射如奔虺。雲氣蒸成雨，倏忽萬象迷。置身亂峰間，凛冽風以凄。感此傷客心，樹樹鷓鴣啼。十年數行迹，僕僕悴輪蹄。吾身本如寄，安問爪與泥。山靈倘解語，應笑我栖栖。

夜泊樟湖

一舟追落日，日落舟仍前。遥山失蒼翠，層層生暝烟。繁星綴天上，顆顆漾波圓。舟行衆星間，置身如在天。容與縱所如，萬頃凌茫然。向夕長戚戚，獨坐愁風湍。役役嗟吾生，感此百憂煎。歲月老長路，哀樂傷中年。況兹苦伏莽，弗寐愁腸牽。停篙忽聞語，繫纜荒村前。天涯帆不孤，銜尾仍鈎連。把酒歡相勞，狂歌笑拍肩。吾亦陶然適，蓬蓬放膽眠。

舟中雜感

曉起群山皆擁絮，驚寒陡覺客衣單。計程六百里天遠，掩卷二千年史瞞。玩世侏儒羞執戟，登場優孟競彈冠。青山贏得留真面，付與旁人洗眼看。

其二

一帆北上水南流，黃菊開時我泛舟。亂日才名非是福，劫餘山色不宜秋。人情險與灘爭峻，吾道衰無海可浮。謀食關河鴻雁悴，悠悠身世愧閑鷗。

上灘歌，舟中書示琅兒

啼猿聲裏雨絲絲，十槳如飛逆浪馳。鼓起水花齊着力，上灘終異下灘危。

其二

進步還須防退步，寸心息息莫忘憂。由來逆水行舟苦，不抵上流便下流。

曉抵延平

舟行終日乃在山，匆匆應接不得閑。山行終日乃在舟，飄飄容與乎中流。人生鬱鬱不得志，安用毛錐事游戲。六百里程鼓棹來，拍手飛盞招山醉。真靈爲我開山雲，昂頭天外日紛紛。軒豁呈露示真面，助以水樂作聲聞。昏曉儀態極萬變，過眼每惜去如箭。有時帆轉山低昂，回頭又向篷窗見。最耐相思月上時，松風謖謖四山吹。披衣夜起看山立，此意自領人不知。乍擊南臺楫旋繫，鐔州堞巁人愁裏。忽聞雞關吏,夢中方化蝶。雲間四鶴翩翻飛,可有當年仙人歸?嚴城曉柝聲漸散,杲杲日上烘翠微。回念灘聲萬馬駛,孤舟如夢空江裏。伏莽時深遠道憂,何幸平安兩字慰游子。吁嗟乎,行路之難難如此,不如歸去守鄉里。

詠懷古迹六首

越王臺 相傳爲漢南越王所築,在城北百丈山。

樓船橫海今安在,屹立高臺駐夕陽。采賜外臣秦故郡,勛崇異姓漢名王。趙佗據地稱蠻長,熊繹開邊破楚荒。眼底已無三校尉,漫勞車騎出句章。

梅岐里 漢梅福煉丹衍山玉華洞,後仙去,因名所居之地爲梅岐里。

不識真人爲何狀,閑來無事自燒丹。寧辭軒冕居吳市,誰識神仙本漢官?帝座蒼茫指白水,婿鄉安穩住嚴灘。浮雲富貴悲投閣,一笑山頭控鶴鸞。

化劍閣 即從事祠。宋慶曆間立,祀劍州從事雷華。

化龍重返問何年,從事翩翩望若仙。望氣豐城名父子,闢荒閩嶠古山川。文人一笑多無膽,靈物相逢或有天。如此關河悲戰伐,慵登高閣薦流泉。

中軍帳 在城西北山上。宋紹興間郡守張鷟建。

西風吹白上蘆花,故壘蕭蕭想建牙。劫後山光秋更好,亂餘灘色静無譁。儲胥終古風雲護,烽火漫天星斗斜。獨坐何須悲往事,而今四海苦無家。

小常村 宋楊劄寇劍州,掠一婦,欲犯之。婦不從,遂遇害。賊退收其屍,地上遺迹,宛然不滅。雨乾晴濕,削去復見。

一死能教正氣存,乾坤不老小常村。風雕素奈花歸地,月漾白蓮香到門。作樣示人留烈迹,題詩與世弔貞魂。空山把臂呼莘七,環珮歸來烟雨昏。

大忠祠 在城北龍山。明正德間建,以祀宋丞相文公天祥。

大好江山似畫屏,勤王此地昔曾經。小朝不信終南渡,半壁都教入北庭。生靳題門書本穴,死難填海種冬青。西臺休碎竹如意,元氣在天作日星。

同子松、韵珂游普通寺

叠叠青山隔岸橫,寒流如練繞孤城。蒼茫眼底收形勝,日照大旂聞角聲。

其二

諸僧散後禪門冷，鐘磬聲乾白日沉。不特我來悲寂寞，無言古佛亦傷心。

其三

盤空石徑自逶迤，路出層城兩塔支。今日空江無劍氣，化龍可有再來時？

其四

弗與山靈識姓名，扁舟六百里行行。乾坤如此頭顱賤，却笑潢池苦弄兵。

星異

鏘鏘錚錚鳴金鐵，落日噴天紅似血。長空雲合忽冥冥，一星橫漢光鋥徹。既非欃槍夜見長竟天，大旆倒卷蚩尤懸。又非帝座下移紊躔次，今無天子何灾異？我聞西南苦用兵，干戈在野紛縱橫。人事未足禳天變，帝醉沉沉況未醒。吁嗟乾坤此何時，綱維不立天將圮。一杯誰勸長庚酒，笑挽長弓睨狼狗。天文之學我不知，却倚欄杆獨立久。

雨後寫望

提壺鳥勸前村去，剪袖西風酒力殘。爲看夕陽如讀畫，滿山紅樹不知寒。

冬夜書感

鼕鼕山鼓起嚴更，月落霜城分外明。地瘦但聞民疾苦，天驕孰使汝縱橫？傷心忍說萑苻盜，破膽驚傳草木兵。不寐坐聽灘瀨瀨，那堪入耳盡商聲。

其二

青山無恙獨登樓，風水瀟瀟滿目愁。橐筆頻年仍作客，棄繻若個是封侯。高談浪說無餘子，左計真教鑄九州。禿穎自憐還自笑，祇應楮墨足風流。

其三

當關虎豹總桓桓，休信嘉名號永安。何事反戈成噪變，詎真走險迫飢寒。將軍大小慚雙李，壁壘森嚴失一韓。畢竟欃槍何日掃，動搖星斗隔簾看。

其 四

一炬盡教付劫灰,蒼生胡罪劇堪哀。驚看歲月堂堂去,愁見瘡痍總總來。嗟我老逢多事日,濟時生盼出群材。宵深陡觸離家感,不見園梅七度開。

風 蘭 曲

風蘭即露根蘭,爲武夷特產。朝鮮朴景山居五曲精舍。四月,予游武夷,曾一來見,今復遇於延平。旅次几上有風蘭一枝,索予咏之,卒卒未報。明日景山將行矣,亟來話別。爲作《風蘭曲》,並送景山之行。

維昔所南作畫追化工,手能驅使國香入筆中。晚年所畫根皆露,棱棱紙上生悲風。云是趙家流離無尺土,江山已被他人取。花亦如人一樣愁,一根根寫飄零苦。今日小謫向鐔津,瓦瓶一朵見花身。龍去不歸春寂寂,臨風相對轉傷神。此花生在武夷絕頂之危石,蟠根久傍仙人宅。幔亭笙鶴已不聞,何事匆匆來涴紅塵迹?我聞隱屏人往風沉沉,櫂歌聲入亂峰深。豈特孤根憔悴無人見,但覺丹山碧水亦傷心。思量往事向花哭,一樣天涯同蹙蹙。逐浪誰知去國悲,祇有吳市之簫易水筑。凄涼終古釜山雲,歲暮天寒孰識君?此去虬髯何處問,風塵莽莽莫知聞。扶餘國倘天非厭,酒酣慷慨頻看劍。國亡尚覺頭顱存,何當戚戚長抱窮途感?不則五曲之山晚對奇,足音空谷莫求知。歸來且學晦翁晦,天柱峰頭自咏詩。況復枯枰得失無常局,鐵函心史沉波綠。付與後人弔古來,翻成樂府《冬青曲》。吁嗟萬里送君行,劍水瀟瀟白髮生。願君如花長不老,爲咏風蘭當渭城。

聽客談劍津故事有感

風雨淒涼寶劍篇,已無豪俠似當年。可憐典午多名士,落落豐城誤茂先。

其 二

精靈離合半傳疑,消息曾無再躍時。畢竟光芒休太露,最干天忌是才奇。

過李延平祠

吾道艱難日,平謁先生祠。丈夫自落落,時窮將安之。詩書乃糟粕,棄置嗟如遺。滔天氾洪水,邪説方猖披。人競仇頭腦,我乃異肚皮。先生丁宋季,絶學傷凌夷。犧犧坐講席,一室春風滋。問答存學案,敻絶天人師。當日觸時忌,異代生我悲。豈真世與忤,無乃文喪斯。千鈞繫一髮,閩學乃在兹。珊瑚石不磷,卓立方巍巍。_{祠左有珊瑚石。}我來剛歲暮,懷古時累欷。再拜出門去,落日在崦嵫。萬灘助慨息,浪飛天四垂。高風不可即,漠然山水思。

補和洪敬齋送別原韻卻寄

一榻瀟瀟病未蘇,裴村風雨滯歸途。禁秋人影癯蝴蝶,話別簫聲瘦鷓鴣。却病方難求太姥,看山游未挾清娛。匆匆竟作幔亭別,念舊愁看九曲圖。

其　二

和到君詩已一年,所思人在夕陽邊。潭深千尺難爲水,山隔萬重別有天。浪打孤城思躍劍,詩尋古洞憶題箋。相看白髮垂垂老,何日洪厓更拍肩?

補和朱幼蘅送別原韻却寄

一葉真如不繫舟,翩然重作劍津游。歲除作客頻呼酒,天末懷人獨倚樓。辜負好春成寂寞,思量舊事付泡漚。爲言季子吟懷減,絶少新詩付遠郵。

其　二

記得聽歌共舉樽,每懷文采到今存。愁多難醉他鄉酒,句好能銷絶代魂。霜鬢漸雕憐鏡影,風懷已減負襟痕。而今豪士朱家少,裘褐何人下太原。

延平雜詠

荔花香裏掉舟還,又爲看山到此間。除却作詩無個事,悠悠我却比雲閑。

其　二

吾道南來一脈延,再傳閩學此開先。山川未必英靈盡,寂寞於今七百年。

其　三

生材天竟負輪囷,老署遊庵亦苦辛。嶒峽雲高天漠漠,我來不見種榕人。

其 四

間氣千年一霸才,江山爲汝笑顏開。憑誰載酒澆殘碣,剩有孤僧掃墓來。
陳友定墓在延福門外。

其 五

已無古柏參天立,鶴去千年烟亦銷。底事難邀柯斧赦,可憐風露滿重霄。

其 六

久住真令忘甲子,石榴秋艷桂冬蕃。何曾錯注樓羅歷,顛倒花風廿四番。

其 七

蘿蔔登盤白似銀,芬生齒頰競嘗新。漸佳更喜甘回蔗,相約朝來共咬春。
立春日,延人取甘蔗、蘿蔔咬之,名曰"咬春"。

其 八

觀音生日又張燈,華蓋香雲瑞氣騰。有約還登明翠閣,欄杆北斗夜深憑。

其 九

山居猶見古風在,蔬笋香中味自腴。搓米成丸作招夏,筠籃盛出顆如珠。
延人立夏日作米丸,和以蔬笋相餽遺,謂之"招夏"。

其 十

如今酷吏多於汝,鑽吮脂膏長子孫。世界忍令成黑暗,窮檐燈火徹宵昏。
延人於四月八日驅蚊,是夜禁燈。

其十一

客裏看人上墓田,沿山屐語入秋烟。雁聲更比鵑聲苦,魂斷瀼瀼白露天。
白露日,延人上山掃墓,一如清明。

其十二

滿地江湖驚歲晚,今年無雪尚輕寒。擁爐已覺狐裘薄,凍雀傷心上紇干。

其十三

偶聞風鶴便心驚,地瘠何堪更用兵。明月滿天鈴語急,羽書連夜下山城。
時永安有警。

其十四

彈鋏空山歲月徂,登盤日日剪冬蔬。昨宵一雪千山白,曉起溪頭賣凍魚。

其十五

栽苗築圃近王臺,著意都從培養來。寄語莫嘲爲小草,出山便是棟樑才。

其十六

蠣房風味足吾鄉,自入山來久不嘗。底事詰朝食指動,解腥初試老薑香。

其十七

殷勤客裏勸加餐,豆乳香浮天正寒。耐得冰霜應更好,莫嫌滋味冷於官。

其十八

渡頭曉泊浙江船,生計驅人冒險前。辛苦不辭豺虎窟,漫山風雪種菰天。

其十九

燕勞生就便東西,深柳亭邊鶯亂啼。一雨朝來春水長,送郎划子下尤溪。

划子,小舟名。

其二十

江湖載酒負平生,淒絕瀟瀟暮雨聲。無賴東風欺柳弱,隔牆不敢泊流鶯。

其二十一

延安門外夕陽紅,路隔桃花一水通。仙犬莫令生客吠,兒家原住武陵東。

其二十二

公然五月宿畫屏,容易年光客裏經。慚少新詩紀風物,此行辜負好山青。

同韵珂晚步城北山上

不覺風塵感,名山取次游。天臨歸劍閣,人倚畫屏樓。斜日烘山骨,寒流枕石頭。客懷差落落,胸蕩片雲浮。

其 二

終日城中住,不知身在山。相看驚雪鬢,到處露烟鬟。地靜市堪隱,灘忙人自閒。相携凌絕頂,努力更躋攀。

江行書所見

一竿調鴨橫塘外,粗服亂頭踏夕陽。漫把指揮輕豎子,烟波十里小金湯。

其 二

行歌互向中流答，不怕風波不識愁。一笛斜陽飛渡穩，果然牛背勝於舟。

夜　　坐

過雨得微凉，獨坐領夜況。螢火媚静宵，時復墮衣上。

延平道署舊有看劍閣、識山亭諸勝，今皆廢墮。因各系一詩，以存其名

遲來誤却一千年，典午青山落酒邊。看劍倘容舒老眼，移文我欲檄龍旋。
看劍閣。

其 二

頽垣一雨草萋萋，隔岸春深鶻鳩啼。到此憑高收一覽，更無與衆山低。
超然堂。

其 三

滿眼江山換劫塵，乾坤逆旅况吾身。不知城郭令威鶴，可識當年攬秀人。
攬秀亭。

其 四

一壑一邱皆畫意，當前立竹尚森森。幾人到此撲三斗，俊語東坡味耐尋。
翠竹山房。

其 五

西堂可傍謝家池，園柳鳴禽又一時。自笑夢回無好句，日長惟教吏鈔詩。
西堂。

其 六

小立空階曉氣横，微聞香細撲人清。祇應獨抱青琴老，莫令當門忌一生。
蘭馥齋。

其 七

不須抵掌話中原，捫虱青山一破褌。記取眼中人物在，醉來伸脚古雲軒。

雲軒。

其 八

我來不見古時亭，但見山山如舊青。是我識山山識我，相看一笑兩忘形。識山亭。

雨後登延福門

一雨山山生衆緑，鷓鴣飛上梨花宿。聲聲啼徹不如歸，倚遍孤城愁遠目。浮雲今古去悠悠，如此江山霸氣收。建瓴枉自誇形勝，無復旌旗控上游。

紅蘭館詩鈔卷五

鷺門集

予以庚戌之歲，客于鷺門。白日忽忽，眴踰九載。其間，丁巳三月游武夷，九月游延平。戊午七月自福州附輪泝甌海北上，而滬，而寧，而魯，以游京師。十二月回泉州，風塵僕僕，我勞如何。間有所作，每多散佚。《幔亭》、《鐸州》二集外，存諸塵篋者，復彙而錄之，爲《鷺門集》。

明季樂府

百姓不可戮，百官不可留。兔耳山頭天爲愁，如此國亡君何尤？倉皇尺組，披髮跣足，以謝列祖。從此中原無寸土，地維已坼天柱折。年年三月杜鵑血，帝王結局烈皇烈。衣袂詔。

其二

國號大順年永昌，狗尾羊頭拜闖王。一笑居然李天下，九五身登何嫌假。金錐丁丁萬山中，黃毛寸寸骨如銅。黑碗已出白蛇死，吁嗟賊滅門下功。白蛇死。

其三

甲申三月十九北都亡，五月四日南都擁立監國，以明年爲宏光。維時五星夾日，五色雲呈祥，大江南北頒膳黃。奈何操戈起同室，北兵一下四鎮失。半壁斷送明祚畢，吁嗟乎福王一。福王一。

其四

玉帶碎，金甌缺。鹿耳沸，鯤身絕。塊肉終教渡海亡，一死還爭北地烈。竹滬青山白骨埋，自王死後國始沒。惟有當年一片桂子山頭月，鑒妾心，照王髮。數根髮。

其　五

刳腹絕腸，折頸摺頤，以澤量尸，幸而得囚去爲夷。我聞此語心骨悲，奈何不死祖龍，不殪佛貍。蒼蒼者天果無知。亡國恨，遺老泪，腥羶遍污無乾地。緘口結舌，弋儒林位置。胡羌引。

其　六

圓圓一弱女子耳，却關繫有明江山三百祀。衝冠一怒，肯爲妾死，君父之仇不足齒。平西慷慨真男兒，甘心臣虜無乃痴。他時縱得生王悟，反旆滇南悔已遲。《圓圓曲》。

其　七

前行述，述公之死，功在明。後行述，述公之死，功在清。畢竟功人與功狗，弗與死者蓋其名。泰山不重鴻毛輕，死愧文山後半生。兩行述。

其　八

笑和尚，哭道人，一笑一哭皆天眞。肝膽磅礴如車輪，更有大育頭陀，出世悲，沉淪恨。仙不得拯，佛不得度。手把梅花嗅古春，北風不墮骨嶙峋。數斗血，天地昏。數斗血。

其　九

內則有馬士英、阮大鋮，外則有黃得功、劉良佐、高傑、劉澤清，相公坐鎭徒虛名。踰河北，騎長驅，至揚州，十日人頭墜。梅花嶺上閣部墳，看人亡國又斜曛。衣冠墓。

其　十

軍國大事祇如此，相公琵琶工曲子。鍾山王氣秦淮水，對酒當歌漫自悲。《春燈》一闋且填詞，鑄成大錯事閹兒。《春燈謎》。

其十一

草雞長耳復大尾，干頭銜鼠拍水起。秀才作事不尋常，手扶墜祚支國亡。如何陣散鐵人死，天命一去龍碩毀。東歸大海弔鯨魚，滄波一角今扶餘。草雞鳴。

其十二

爾以少年新進，急於致身，手把江山奉與人，引虎狼入閩。惜延平早死，靖南豎子不則誅,販國奴,將及爾。彼徒以賣友不仁,責備賢者,失己。蠟丸疏。

綉伊出所藏《同聲集》殘稿索題,爲作四絶

破書堆裏返魂香,留得人間姓字長。遲汝生天化脈望,爲憐辛苦作鴛鴦。

其　二

似聞漂泊恨年年,散紙遺箋死後傳。定下感恩樊再拜,買書分與杖頭錢。

其　三

有味夫妻舉案時,微吟五噫費敲推。梅花沿例孤山嫁,消受黃昏對嚼詩。

其　四

前身彭澤後蘇州,異代相如各勝流。遍乞題詞填紙尾,萬珊入網海天秋。

柬歐陽少椿

率更書法壓臨池,橫掃淋漓筆一枝。莫道歐蘇原並駕,家風我愧續靈芝。

其　二

人間孰贈一丸泥,太息神仙事莫稽。金石臣還能刻作,未應大筆讓昌黎。

題林霽秋《泉南指譜》

奇文一卷卓吾血,別寫閑情寄嶺南。顧曲何人能解説,沿村負鼓唱陳三。

其　二

自憐口吃子雲揚,天上心傷法曲亡。漫道土風多靡靡,荔支風味足家鄉。

其　三

煩惱都從恩愛生,揣摹兒女費心情。記聽一曲鐙花亮,酒醒樓頭夜四更。

其　四

最難排遣孤栖悶,更有銷魂錦瑟愁。生笑榕村標道學,相公曲子學風流。

《孤栖悶》、《錦瑟愁》均南曲詞名。

其　五

蜀道聲乾雨後鈴,宮槐葉落不堪聽。而今鞠部無豪士,苦憶當年雷海青。

其 六

不删鄭衛注風詩,一卷琳琅雅俗宜。付與孤山林處士,編排豪竹與哀絲。

湯侯書來,道有東省之行,作此却寄

玉川風調自翩翩,記室才名誤少年。聞說白頭人出塞,悲歌盤馬踏幽燕。

其 二

江山如此莫登樓,風浪連天四望愁。呼酒戟門頻起舞,曾搓老眼看吳鈎。

其 三

巷訪蕃花酒半醨,天涯莽莽忽逢君。肩吾新自澎湖返,予初識湯侯在澶舫席上。聽徹韶英遠入雲。

其 四

夕陽寮畔憶聽歌,除夕風光客裏過。眼底蛾眉傷老大,信陵末路亦蹉跎。

癸 丑 除 夕

歲暮江湖急景雕,大聲風撼海門潮。天寒挾瑟美人怨,日落橫戈豎子驕。無恙河山仍昔日,可憐歌舞似前朝。憂時不少靈均淚,自握椒蘭賦《楚招》。

其 二

滔滔白日不予延,臘鼓鼕鼕又耳邊。粉社幾人思漢制,桃源無地紀秦年。傷心文字惟呵壁,搔首關河欲問天。歌咏昇平知有日,蕭蕭短髮恐無緣。

其 三

吾生敢恨不逢時,還我河山眼見之。栗里何曾知有漢,伊川竟使即于夷。揚雄方獻平戎策,荀彧偏工禪魏辭。八表喁喁爭望治,分明約法更何疑。

其 四

欲祭長恩轉自愁,精神勞我幾時休。任人權術愚黔首,誤汝聰明過黑頭。率歲愧無詩可饋,澆書幸有酒堪謀。蹉跎歲月驚如駛,海上三年此滯留。

次韵酬澐舫

彩箋一尺恨綿綿,化作春愁滿海天。思到窮時恒入佛,句多好處轉疑仙。屢經變幻陵爲谷,一任崎嶇海作田。不學遺編題水尾,劍南新著九千篇。

題《百蝶圖》,爲蒜園作

人間何世都休問,栩栩獨從物外游。笑汝筆端多狡獪,化身直作百莊周。

題友人《罷釣觀書圖》

湖海而今豪氣盡,一編歲月任消磨。笑他却被烟波魅,箬笠秋風老志和。

其 二

一卷《陰符》終誤世,鼓刀何事逐虛榮。渭濱事業非吾分,不把竿絲去釣名。

得僧癯自滬上書來

有客翩然至,貽我雙鯉魚。呼童一剖之,中有萬金書。一讀一泪橫,小別三年餘。室遠思不遏,良勞訊起居。

其 二

聰明乃疢疾,識字爲不祥。豈無庸庸福,烨厲多冰霜。獨居念相親,企彼天路長。安得振飛羽,一爲接清光。

其 三

季子悲敝貂,長公嘆磨蝎。吾生多不辰,書空恒咄咄。風送厦門潮,波咽歇浦月。夢魂儻可通,關山自飛越。

其 四

人生無百歲,胡爲勞其生？徒懷千歲憂,惻惻空摧膺。髮白不再黑,眼白孰爲青？願使迴流光,與君躋遐齡。

其　五
世道多險巇，出門風波惡。自昔行路難，人情況衰薄。悠悠三代心，直道不可作。用既與時違，弗如歸處樂。

送幹寶歸福州

出門月落大江橫，天地無情正苦兵。籌筆餘閑譚競病，居然戎馬一書生。
其　二
還我江山唾手時，相逢大笑慰調飢。輪囷肝膽披南八，更築長城勒一師。
其　三
武功門下慚吾老，遠盼青雲惜羽翰。故里藤牌多子弟，未應獨讓鄭南安。
幹寶，南安霞舒人。

紀事四首，爲友人作

短髮鬖鬖學健兒，生身每恨不鬚眉。風塵淪落誰青眼，羞盡人間李藥師。
其　二
臘鼓聲中歲又闌，背燈擁髻太辛酸。命宮磨蠍憎雙注，寫韵偏教累彩鸞。
其　三
參禪卿許侍東坡，日日妝臺伺眼波。惱我重來門巷舊，桃花零落笑人多。
其　四
痛哭文章誤賈生，窮途知己得傾城。從今莫作英雄恨，且當功成索愛卿。

和眇公感時原韵

功名何必上凌烟，藉甚東坡出獄年。爲破牢愁澆白墮，時飛俊語擘紅箋。飄零還著遼東帽，跌宕常歌太白船。自古才人多薄命，休將謠諑怨嬋娟。
其　二
仗筆尖兒計已疏，豪情銷盡閉門居。祇呼屠狗爲知己，莫信聞鷄尚起予。青眼不逢狂阮藉，白頭易老病相如。年來漫笑蕭條甚，篋裏差無十上書。

其　三

相逢孤島弔田橫，蕩決今無子弟兵。蹈海胡鉉寧苟活，望門張儉恥沽名。舌存南八賊能罵，血噴椒山史有聲。禿筆未枯鋒尚利，猶能殲豖逐彭生。

其　四

風月鷺江總可憐，長蛾娓嫵爲誰妍？憂時不覺茫茫集，感舊常吟昔昔篇。染指中原悲逐鹿，抽毫左海謝噪蟬。未應衰柳才人盡，張緒丰神似少年。

甲寅七夕

無端新舊曆參差，顛倒樓羅此一時。錯注因緣成獨處，愁量河漢抵相思。人間夫婦新盟誓，天上神仙古別離。莫訝今年無淚灑，聘錢豈有了償期？

詠老處女

倚竹天寒翠袖涼，自憐身世厭新妝。夔州華髮休相妒，不作人間脫兔狂。

其　二

漫將寂寞怨空房，無味夫妻久厭嘗。倘匪十年貞不字，也應早識綺羅香。

懷竹銘鮀江，并訊季岳、芷雲

十年舊事渾如昨，獨倚樓頭有所思。細雨黃昏人去後，微雲碧落雁橫時。別來湖海仍漂泊，愁裏關河幾亂離。爲報頑軀差健在，皤皤已遍鬢邊絲。

其　二

作客記逢多事日，殘秋山色入烟塵。趙佗執梃稱夷長，韓愈題碑告海神。懷古文章多感慨，著書歲月每因循。洞天咫尺鱗鴻杳，一笑嵇生懶是真。

其　三

立身各自有千秋，作序題君寄寄樓。時事縱談忘賈禍，清歌昨聽轉添愁。小朝羞處陳同甫，故里難歸馬少游。清濁醉醒贏了了，慵舒倦眼睨南州。

其　四

干戈滿地此登臨，手把茱萸感不禁。殘燹滿天淹五嶺，危泉落石撼千林。

十聯汝士清才健,百尺元龍豪氣森。莫負黃花九重九,天涯念我每高吟。

髯孫同周子迪、王蕊仙、莫伯型、程井秋游揚州,書來以紀游諸作索和,作此却寄

劫餘重見好山橫,廿四橋邊草怒生。今日江南無王氣,有誰蹋月弔簫聲。
二十四橋。

其 二

波外山光一點浮,綠楊城郭指揚州。入門欲向山僧問,可有吾家玉帶不?
金山寺。

其 三

趵突祇應天上有,在山鎮日獨泠然。熱中多少塵紅客,孰解迴車飲此泉?
第一泉。

其 四

霸業銷沉一刹存,風麈鈴鐸語黃昏。凄涼古佛無情甚,青蓋看人入國門。
甘露寺。

其 五

未信英雄屬使君,江東人物本超群。請看小試憑雙劍,已定河山兩戒分。
試劍石。

其 六

兒女也曾解霸圖,當年眉黛壓三吳。閨中莫訝多豪氣,知有兵書授小姑。
孫夫人妝樓。

其 七

一代繁華事可哀,天涯無復錦帆來。看花漫道尋常事,天子風流亦要才。
瓊華觀。

其 八

亭臺多少夕陽邊,懷古人來一喟然。獨立平山堂上望,可無人物似當年。
平山堂。

其 九

歌殘朱鳥泪縱橫，四鎮紛紛痛構兵。何處招魂憑一慟，梅花清絶似先生。
梅花嶺。

其 十

公子翩翩此閉門，影梅庵畔月黃昏。紅顏亂世難消受，剩有淒凉憶語存。
水繪園。

丙辰秋感

驚濤萬仞接高秋，山色蒼茫上虎頭。賣塞錯求思黯計，和戎忍用會之謀。嘗黿早識能開釁，飲鴆漫云足療愁。槎上何人饒老舌，思明原是古雄州。

其 二

東南天地望中迴，縱飲狂歌倒百杯。畫界使忙驚豆剖，捲簾人瘦報花開。愁看執挺充降長，枉説望門號黨魁。十萬橫磨空撫劍，悲歌獨付賀方回。

其 三

誤人家國渾閑事，偷息甘令半壁亡。麈尾名流方禍晋，鏖頭驕鎮欲移唐。水雲狎客生無賴，同甫狂奴殺不妨。桂子荷花紛滿眼，河山一角近斜陽。

其 四

已過重陽恨轉生，漫天風雨太縱橫。失機邊略無中策，蒙耻江流有恨聲。遣子尚懷觀太學，用人孰借作長城？奈何覆轍甘心蹈，巨患多由隱忍成。

十月十三日菽莊看菊

天風吹我渡江來，主人爲語花正開。山月照我渡江去，花亦笑人離別邊。如此江山如此花，人生不賞空咨嗟。搔首獨立向花笑，扁舟獨客天之涯。月圓花好會有時，柴桑人去徒相思。怎不長圓與常好，更與人壽無盡期。不如把酒花間坐，且邀明月來伴我。儵然相對淡無言，世外何物是韁鎖？此中真意付籬東，夕照斜僾片片紅。主人留客夜張宴，千燈映月光熊熊。樓臺俯瞰吞海色，澎湃萬頃浮天白。座中賓客皆瓌奇，豪氣元龍高百尺。酒酣微吟繞花行，千枝萬枝紛縱橫。占得前王一抔土,爲花世界作詩城。果然丘壑胸中具,此間亦復饒佳趣。鯤洋舊夢劫灰枯,三弓聊復閑余步。小園誰識子山心,不爲憂時自苦吟。桂子荷花多惹恨,輸他晚節耐霜侵。今夜月明爲誰好,哀絲豪竹傾懷抱。欲借嬌歌蕩旅愁,飄零慚愧東坡老。鄉樂關心入耳頻,故山我是未歸人。諧世也思開笑口,插頭生恐被花嗔。拍手長歌還起舞,不知花月誰賓主?陶然一醉別花行,孤舟月冷沉江鼓。回憶分曹鬥彩箋,斜風疏雨九秋天。差喜頑軀同菊健,看花記我第三年。

除夕用湯侯韵却寄

愁來聊借酒杯驅,拙守强言計未迁。失笑十年無一就,輸人百事自揶揄。

其二

故人消息在梅先,小雨霏霏餞歲天。手把君詩一惆悵,<small>湯侯以甲寅除夕詩索和,率率未報。</small>捻髭和就已三年。

其三

三山風引訪盧生,竹杖芒鞋取次行。記得綠榕城北路,叩門先辨故人聲。

其四

嗜好真教與俗殊,不將吉語寫桃符。未應春到吾家少,磨蝎年年犯姓蘇。

其五

鬖鬖短髮笑相看,兄弟衰年聚首難。<small>僧癯歸自滬上,在寓中度臘。</small>數載客中無可慰,算來今夕最心歡。

其六

匆匆一任歲華過,怎奈難除結習何?縱補精神無酒脯,閑來還自把詩哦。

其七

筆耕墨耨是生涯,未信吾生計太差。伴我蕭然同度臘,瓦盆自藝水仙花。

其八

煨芋無心問懶殘,舐丹不屑逐劉安。梅花失笑標高格,却向枝頭判暖寒。

丁巳正月三日感事

正飲屠蘇酒，突來風鶴驚。黔黎亦何罪，炮火太無情。但覺兵威橫，真成民命輕。可憐好城邑，豺虎任縱橫。

其　二

召募本烏合，何曾紀律嫻。憑陵深伏莽，屠戮等鋤菅。匪餉激成變，聞灾慘不歡。誰爲禍首者，馬謖尚登壇。

雜感六首

北斗京華感不勝，淒凉天外望觚棱。六年已見三登祚，孤注還拚一墮甑。袍笏升埸長樂老，袈裟勸進少師僧。可憐濟濟從龍彥，珥筆雍容紀漢興。

其　二

太息推袁計已差，靈輀終見出新華。元凶帝殂方寧國，驕子天生欲覆家。郿塢枉思奸大位，旄邱忍見蹈前車。閉門且向津橋住，寂寞鵑聲落日斜。

其　三

篤生李晟豈爲唐，投逆心傷半段槍。叛國旌旗同澤潞，收京饒鼓執汾陽。聯盟將帥方經武，避位官家已出亡。禿筆而今都不用，將軍內閣坐何妨。

其　四

破碎乾坤孰挽推，西南又報一軍開。指揮陸遜提戈起，痛哭唐衢捲土來。隱忍終憂無死日，蕩平何苦不生才。驚心遽悼中郎夭，更向滇池種劫灰。

其　五

萬里雲高棧道秋，極天西望雨鈴愁。裏氈歲見兵踰嶺，秉鉞時聞將典州。更策貙狐爭定蜀，早知豚犬悔依劉。安邊誰是熊經略，戮力爲紓北顧憂。

其　六

長門高浪駕飆輪，莽莽江聲接劍津。飛檄頻聞調北騎，防邊但說反南人。高騈異日終爲賊，李錡當時已不臣。浪說戈鋋臨下瀨，樓船能沛漢家春。

無題八首

眇公以擬杜少陵《秋興》詩索和，哀時感喟，不啻牧齋當日。偶念本非枯禪，何妨綺語。因次韵作《無題》八首，還質眇公，并書其後曰："昔人之作草書者，自亦不識何字。予於此作，竊亦謂然。"

夫婿前頭在羽林，參旂井鉞望中森。楊家小妹曾封號，漢代佳人本姓陰。鏡破縱難圓好夢，石銜詎忍負初心。幾生修到鶼鶼福，六載空階累搗砧。

其 二

鈿色釵光映鬢斜，娉婷負此好年華。人間難覓藍橋杵，天上空回碧海槎。玉翦宵深憐壓綫，銀牀秋盡怕聞笳。宓妃原是袁家婦，豈有凌波步步花？

其 三

携手欄杆話夕暉，休疑合德出身微。背人私解同心結，再世願爲比翼飛。祇事自憐還自笑，奈何相見便相違。捲簾不獨傷人瘦，花亦如人弗敢肥。

其 四

倦綉泥郎共弈棋，藉除綺恨却秋悲。畫眉愛在新妝後，暈頰看當薄醉時。勸折花枝箋李錡，商裁錦段索邱遲。而今不重傾城色，辜負陳王尚謐思。

其 五

萬重休恨隔蓬山，青鳥頻來指顧間。偶中飛猜成薄怒，愛聞廋語近雙關。私書已報仍緘口，好夢無憑亦破顏。空費紅閨才八斗，左芬終覺讓曹班。

其 六

纔聞鸚鵡喚梳頭，換却輕紈又怯秋。再嫁邯鄲終失計，獨居長信轉生愁。懷君日日藏乾蝶，誤妾朝朝愧信鷗。漫羨痴頑多福分，封侯人遠在南州。

其 七

裙釵麟閣合圖功，錦傘河山想象中。休道化身成女霓，居然敵體抗雄風。雙彎柳葉螺邊綠，六幅桃花馬上紅。青史要留良玉傳，痴聾羞殺作阿翁。

其 八

雲窗霧閣路逶迤，又阻盈盈水一陂。祇道稱心花並蒂，詎防病齒果離枝。

情深準擬終身託，約在如何矢口移。孰使蘼蕪山上望，新縑故素泪雙垂。

僧癯書來，訊武夷游况，作此答之

憶禮白雲蹋靈境，百辰管領幔亭春。尋山我學楚狂士，避世仙爲秦逸民。望鶴巖高舒倦眼，投龍池涸困潛鱗。洞前亦有桃花在，迴櫂終嗤黃道真。

其 二

低徊笑揖骷髏語，木腐黃心仙不逢。太姥來時花正放，曾孫宴罷月仍濃。紅羊蒼狗劫無數，碧水丹山路幾重。惜檢奚囊無好句，爲君一一紀游踪。

雨中過魚子渡

秋色莽如此，吹空一雨纔。雲收孤塔去，潮挾大江來。地不終王業，人還説霸才。虎頭山欲墮，愁與檢枯灰。

次儷琴見懷原韵，却寄

拜斯揖邈尚能豪，縱獵碑林兩漢高。天與才名恒靳福，人無肉相始稱高。不妨嘲笑古頭腦，但論文章今角毛。老至能閑渾不易，風塵愧我獨勞勞。

夜過台州

凉生客袂易驚秋，星斗漫天海氣遒。不寐坐看山月上，括蒼一點認台州。

舟中與菊三夜話

閩頭越尾去來船，斜月光中汽笛圓。如此江山如此夜，酒醒説劍浪浮天。

其 二

棱棱浩氣尚干雲，馬上橫飛合策勛。休令灞陵亭長識，當前人是故將軍。

其 三

泛海東來第一程，怒濤千頃駕舟輕。人間盡有不平事，莫遣蛟龍側耳聽。

温州雜詩

甌水悠悠白日斜，芙蓉花發在天涯。縱然誤被風吹至，却喜看山到永嘉。

其 二
登臨先上謝公樓，大好江山足散愁。游屐一生能幾兩，醉吟橫睨海天秋。

其 三
東風吹緑又芊芊，一夢荒唐亦偶然。再過西堂無好句，才人零落二千年。

其 四
虬龍枝老動秋風，宮觀雲開氣象崇。莫道乘楄人不到，至今能説禹王功。

其 五
江心一點前朝寺，咫尺香雲華蓋浮。流落已無金字塔，臨江誰弔老夫鏐。

其 六
任人一第判窮通，記恨何曾覆水同？却憶刺桐花外路，晚風負鼓唱盲翁。

其 七
短髮數莖仍戀帽，閑來愛著道家裝。青門無地容瓜種，羨殺侏儒飽一場。

其 八
纔黃楊柳半藏堤，幅幅風帆映水齊。一片賣魚聲閙處，鄉音多在畫橋西。

其 九
果然風物屬名區，花木清疏水竹腴。祇惜匆匆歸太遽，携將詩稿當游圖。

吹笙臺

生帝王家原不幸，何如遁世託神仙。江山忍見大旂改，富貴甘爲敝屣捐。明月人隨蕭史後，白雲鄉逐漢皇先。淒凉鶴背無消息，莫把吹笙誤少年。

孟 樓

一樓風月無今古，尺地何須斤斤論。却笑文人多好事，憑將臆見判争墩。

舟中望普陀山

佛言我弗信,佛理我弗闢。彼教本慈悲,其旨出于墨。間或愛逃禪,指豎天龍席。佛究不必佞,佛亦不必斥。峨峨普陀山,人説是靈迹。猶之談西天,侈爲我佛宅。佛竟不可見,言者尚嘖嘖。兹山幽且深,拔出高千尺。梵音吹滿天,海氣朝蒸白。縹緲起祥雲,樓臺炫金碧。説法逮愚頑,然燈照今昔。佛惟願力宏,萬劫弗能厄。我今鼓輪來,匆匆苦于役。交臂失名山,末由恣探索。與佛縱無緣,去去殊可惜。遥望隔波濤,數點如拳石。

雨中舟過黄浦灘

披襟浩浩天風吹,海濤如練破空飛。前者纔落後者起,瞬息百變争奔馳。對此不覺心栗栗,西北浮雲沉如墨。雷聲轟轟鳴我前,但見天高弗盈尺。近水遠山態忽殊,雲中阿香車前驅。千絲織雨梭花起,船頭浪高十丈逾。女媧無術補天漏,妖蛟起舞靈鼇吼。迴望東南一角紅,烏踆跳躑穿雲竇。人情翻覆心爲驚,須臾變幻倏陰晴。無言静倚樓船坐,消息還應問太清。

滬寧道中

車如流水太匆匆,到眼山名恨未通。最愛過江青未了,朝陽一抹斷岡紅。

其　二
平曠川原入望遥,荻花風起響蕭蕭。昨宵一雨添秋水,漲到江南第幾橋。

其　三
乍熟村醪香撲衣,亭皋秋到蟹初肥。人家三五輕烟裏,一樹垂楊一酒斾。

其　四
瘦塔棱棱欲拂雲,鐘聲多傍桂天聞。未知此地揚州近,今夜月明可二分。

其　五
殘楓一樹晚風柔,獵獵城頭大纛秋。何處愁眠山不見,却舒醒眼看蘇州。

其 六

十畝之間一草亭,輟耕人語犢初停。塵勞每覺歸耕樂,愛看平疇每每青。

其 七

鍾山王氣久銷沉,破帽何人載酒臨?如此江山無帝子,終虛一片拜陵心。

其 八

戰後客來餘爇火,逐殘蠻觸一家山。角聲已死殘陽舞,衰柳蕭蕭入下關。

夜 過 浦 口

帶水限南北,滔滔入夜流。關河餘劫火,身世等浮漚。江闊蛟龍寂,天高鴻雁愁。醉中渾不管,此是帝王州。

車 中 偶 占

月自山缺吐,遙夜照人清。回頭山不見,月尚伴車行。

其 二

不覺茫茫集,愁隨人過江。無言傷已事,獨自倚車窗。

蚌 埠 有 感

收京慷慨起橫戈,氣盡羞稱曳落河。孺子何知偏汝誤,真人不出奈公何?蛟龍失水身終困,狼虎當關齒競磨。弗死可憐王保保,皖公山色笑人多。

車 中 不 寐 偶 成

貪看野色三更月,拂面風來酒力降。隔著玻璃天上望,繁星如雨落車窗。

其 二

計程已過三千里,愁上何曾睡可酣。忽憶鹿菲留句在,今宵江北昨江南。

次 大 汶 口

竊國還須大盜才,登場傀儡總堪哀。潔身不爲權門用,獨見先生拂袖來。

夜過曲阜

萬古沉沉如此夜,一車驅過聖人鄉。斯文未喪麟先厄,吾道方衰鳳不祥。取信河山歸揖讓,愁聞宇宙復洪荒。秦坑火烈渾閑事,惑世人爭長素王。

車過泰山下

金泥玉檢少奇才,風雨蒼茫岳色哀。袖裏本無封禪草,驅車何必上山來。

其二

居然一攬小天下,那識鄒生大九州。七十二君皆不見,功成先替帝王愁。

濟南道中

眼中烟點是齊州,萬瓦光生曉日浮。底事秋來便搖落,一般山色使人愁。

其二

大風漫説本泱泱,石刻之罘迹未荒。遥指東萊橫睨立,海雲一角是扶桑。

車中偶占

莽莽黃沙混太清,驕陽秋後氣仍橫。蟬聲忽掠車窗過,知入綠楊深處行。

其二

高粱十里接雲平,沿岸高低矮屋橫。遥望大旂風颭處,黄泥一片德州城。

滄洲道上

年來詩思澹於秋,蘆絮吹人白上頭。自笑頹唐無好句,微吟側帽過滄洲。

登陶然亭

一抔香土不重温,鸚鵡無言日又昏。獨上孤亭一惆悵,殘秋風景易銷魂。

其二

江山如畫似當年,觴咏風流不復傳。過客銀袍皆楚楚,問誰一醉一陶然。

戊午北上，得詩百餘首，庋諸篋已十年，遺於蠹口者自《夜過台州》以下僅四十餘首，附錄於此。

入春日作

風雪漫天破帽斜，忍寒梅着兩三花。入門指向山妻道，我與春風共到家。

送韵珂之贛

肯爲蒼生逐一官，漫吁吾道太艱難。移文分付梅花待，一路噓開庾嶺寒。

其 二

劫急也知此局危，不辭辛苦著殘棋。臨歧珍重風波慎，垂老相看兩鬢絲。

其 三

金粟香飄一洞雲，綠楊春色要平分。歸來記取名山約，我是栖霞舊隱君。

過玄圃遺址有感

往事依依論舊夢，新愁黯黯觸前塵。分明記得曾行處，或者前身是主人。

其 二

不盡老來搖落感，青門莫問故侯家。夢中識路醒多幻，斷瓦堆邊龍眼花。

題二藍詩集

乾坤清氣得來難，一代才名壓晉安。同一家言風格異，要知詩骨總高寒。

其 二

閩學當年盛武夷，搜羅著述可勝悲。巋然一集屏山外，剩有弟兄兩部詩。

紅蘭館詩鈔卷六

甲子詩卷

歲甲子，予賃廡鹿礁小樓一角，榜以"雲窩"。任閑處之悠悠，本無心於出岫。惟是流光弗駐，逝者如斯。來日大難，念亂靡已。歲餘多暇，仿漁洋山人《丁卯詩卷》之例，掇拾舊稿，手爲鈔錄。凡一年中所作者，都爲一集，名曰《甲子詩卷》。掬香山之泪，貯諸袖中；嘔長吉之心，繫諸囊上。結習所在，殆所謂嗜痴之癖歟？臘鼓聲乾，抽毫自祭，不謀酒脯，爲補精神也。書罷迎年，擲筆一笑。

元日書感

千頭又見鼠銜年，依舊東風一領氈。除却殘書無長物，幸於亂日得安天。覆蕉鹿幻知多誤，上竹鮎勞枉自憐。權借小桃源裏住，故鄉回望入烽烟。

和綉伊初度感懷，用黃仲則生日詩原韵

江左才名誤總持，可憐命薄始工詩。光陰笑我虛投牝，事業輸人侈得雌。何處騎牛逢尹喜，每懷相馬失陳悲。彭回壽夭都無據，有酒當前且莫辭。

其二

世衰顛倒鳳司晨，再拜封書上岳神。多恨夫妻屬奉倩，有情兄弟是天親。哀時且賦今同谷，避地難尋古富春。我亦生年逢己巳，一般都是不辰人。

太平雜咏

紙糊角帽綴黃纓，猴沐居然號太平。舞蹈齊聲呼萬歲，金龍殿下拜天兄。

其 二
天臺高出五雲端，贊美聲中萬首攢。鉦鼓六街黃蓋舞，火龍燈下不知寒。

其 三
紮髮齊編五色絲，何曾此是漢官儀。爛羊莫便嘲都尉，魚爛江山又一時。

其 四
佳人八百淚汍瀾，名字齊登進御單。曉起天王新授敕，隔簾催喚典妝官。

其 五
乃公馬上得天下，未許冬烘珥筆從。書上萬言真好事，不知周武是先鋒。

其 六
稱天忍用愚民術，十誡森嚴寓勸懲。底事更同車裂慘，殿前日日點天燈。

其 七
娓嬬橫戈突永安，桃花馬上犯春寒。紛紛飛下雲中雪，引得萬人股栗看。

其 八
無為漫說是垂裳，魁柄下移墮紀綱。縱使能清君側患，危機早已伏蕭牆。

其 九
漫嘲面首充私侍，療渴曾勞天女來。一妒已無李天下，公髦如戟亦庸才。

其 十
生小娥眉未識愁，如卿不櫛自風流。可憐誤逐東園柳，一第空傳女狀頭。

其十一
太常日日齋難犯，消息斷無赤鳳來。攜得雨雲紛出岫，今朝月建禁門開。

其十二
流落尚餘多寶樓，江山併入美人愁。紫雲塢上無情火，古物東南一炬休。

其十三
筴鸞梏鳳悲身世，淚眼相看對禁垣。誰把金鈴繫子解，買絲合繡女平原。

其十四
舍死紅顏為報恩，九原休怨累夫君。餘年容得空門老，擇婿方知相虎賁。

其十五

慷慨談兵誤少年,頭顱生戴上幽燕。英雄自古原難識,紅泪休教灑杜鵑。

其十六

狰獰四眼劇堪悲,縛狗真同縛虎危。身後娟娟餘此豸,尚能艷奪北胭脂。

其十七

江戒畫牢計太非,臣言弗用去安歸。傷心豈獨黃公俊,取得金陵作帝畿。

其十八

六軍無計解重圍,地坼俄驚列缺飛。一慟攀髯天國去,青蓮吹斷弔三妃。

其十九

神器幾曾歸草竊,登場傀儡總堪哀。成名豎子原僥倖,羞殺中興將帥才。

其二十

觸蠻底事爭難了,造物何心逞殺機。第一耐尋陸丐語,紛紛南北總皆非。

雨夜書感,次樵生韵

老去無能百不豪,頹唐笑我類鉛刀。萬千錘煉餘雙骨,一再蹉跎見二毛。未敢憚勞填海鳥,弗辭任重駕山鰲。乾坤似此沉沉夜,蝸角看人擁節旄。

其 二

瀟瀟一雨髮生白,永夕愁添江上潮。混世偏多流寇李,救時孰是相公姚?茫茫對此百憂集,寂寂於人萬念消。何處乾坤容七尺,翻身祇訝海如瓢。

寒 食

寂寂空齋淺淺杯,小欄杆外酒頻催。雲如我懶吹難起,天似人愁撥不開。百五簫聲鶯歷亂,一雙簾影燕徘徊。雨絲風片春無賴,又向他鄉醉一回。

清明日寄楊甥宜侯泉州

江雲漠漠雨綿綿,杜宇聲中過禁烟。上冢苦增游子感,青莨山別又三年。

三月三日，菽莊小蘭亭修禊，分韻得"和"字

聽風聽水復聽雨滂沱，小樓昨夜愁殺花辭柯。被中畫字不寐低吟哦，朝來邐邐一覺手頻搓。呆呆日上虎頭山峨峨，小蘭亭子矗立晃巖阿。海天如畫風景足烟蘿，銀袍楚楚名士鯽魚多。中流慷慨蛟龍避櫂歌，如虹大氣磅礴仰天呵。笑他真本不換山陰鵝，有酒弗醉空教負碧螺。何如登筵大嚼傾醽醁，牛心炙脆更薦天酥陀。及時行樂不管鬢絲皤，莫嘆良辰美景天奈何。多少烏衣人物一剎那，付與十洲作畫留摩挲。況今大地頹洞海揚波，借得桃源一角避秦苛。吁嗟藏身人海一東坡，落落時宜不合羞嫦娥。不祥欲鞍偏恨蝎宫磨，未能一詠一飲先顏酡。蒼茫懷古拄杖立青莎，一千五百七二年如梭，為問孰繼風流晉永和？

少椿以和王仲瞿《祭西楚霸王墓》詩見視，次韻却寄

生羞執梃長降王，不戴頭顱返故鄉。如此國亡殊落落，何曾末路是淒凉。

其　二

報秦一火經三月，讀史令人感慨增。不戀咸陽宮室美，酒徒無賴恐難能。

其　三

化草死仍為楚舞，不曾生識漢宮春。喑嗚一劍甘同命，消受英雄是美人。

其　四

牛膏斗酒上王墳，赤伏河山已夕曛。倘使烏江公竟渡，重來捲土或銘勳。

十三日重集小蘭亭修禊

天放古人去，白日自堂堂。造人又捏土，不使宇宙荒。蜉蝣隨代謝，蟪蛄弔今古。三萬六千場，丘山亦塵土。昔人頗好事，蘭亭序羲之。既已齊彭殤，奚為滋古悲。此事昉自古，傳聞各異詞。摯虞與束晳，持論已多歧。咄咄唐開成，天子耽娛樂。臣工喜媚茲，弗放良辰錯。詔下遲十日，例援展重陽。曲水敞華宴，臨流飛羽觴。人生不百年，難得逢佳節。但留青山在，隨時得歡悅。主人飛紅

箋，朝來召嘉客。小蘭亭既成，可以羅芳席。翩翩履舄集，一醉仙乎仙。我自愛景光，豈必希前賢。紀年今甲子，何如舊癸丑。重來須盡歡，莫負杯中酒。主人起語客，不可以無詩。即景各攄臆，苦我獨皺眉。索遍枯腸枯，正入非非想。驀地碎詩魂，飛空列缺響。歸來續殘句，潮上山月高。驚定忽大笑，濡墨更拈毫。詩成報主人，老饕饞未已。十日作一飲，願再展上巳。

感事次莪生韵

著書何必定窮愁，惟有虞卿是勝流。苦說依陽戀越鳥，祇憐見月喘吳牛。小朝無地容同甫，大帝何人子仲謀。漫向天涯怨憔悴，故鄉風雨滿三洲。

叠前韵並視少椿

風色渡頭日日愁，是誰滄海挽橫流？紛爭各逞蛇吞象，搏噬相尋虎食牛。顛倒難憑天可問，揶揄莫信鬼堪謀。桃源已被漁郎識，何處人間有十洲。

二十三日三集小蘭亭修禊

我聞岳陽樓下波接天，朗吟衝破洞庭烟。大笑三入人不識，黃粱沉沉悲曷極？又聞平山堂外好山青，天遣峰巒作畫屏。三過匆匆傳盛事，風流觴詠追仙吏。三禊豈必取於此，作古何妨自我始。大海爲匜潮爲湯，風騷凌轢右軍王。天地悠悠誰客主，斗南三見德星聚。記得初三與十三，擘箋分韵酒初酣。我虱其間苦覓句，群鶯亂飛花滿樹。今日得得我復來，軒然大笑皺眉開。磨刀割雲叱龍去，掃盡陰霾始迴馭。搔首停杯又嘔詩，枯腸不潤雷驅飢。一禊再禊興未已，三修禊事聊復爾。詩成不覺春已深，留春無計愁登臨。徙倚小蘭亭子上，如鼓聲聲何代浪。今人莫爲古人悲，古人却笑今人痴。一十二萬年以後，後人知有今人否？古往今來去不停，毗騫說驗或重經。低徊莫問今何世，有酒還約修秋禊。

少椿用傲樵韵見寄，次復

痴龍蟄慣弗聞雷，一笑夢中倦眼開。但覺謝安無遠志，不知魏尚是高才。

閑情風月消詞筆,急劫河山落酒杯。迢遞故人勞問訊,却煩衡雁帶詩來。

和莪生初度感懷,與傲樵同作

自顧頭顱笑鏡中,今朝莫放酒杯空。世皆欲殺必奇行,人爲多情有俠風。鈎黨聲華悲有道,醉鄉事業負無功。強言將壽蹉跎補,不閱何曾恤我躬。

其 二

得酒輒逃醉後禪,死埋便了即真詮。驚人文字非祥物,嘗我功名是惡緣。成佛仍須期立地,學仙曾幾得登天。願君善保千金體,鸚鵡才華誤少年。

思 明 懷 古

厦門山童石禿,爲瀕海确壞。自延平開府始,號爲思明州。一時慕義來歸者,踵趾相接。惟有清之世多所忌諱,遺聞逸事往往失傳。夫忠義之士,足迹所至,山川爲之生色。延平崛起海隅,志在恢復,未遑制作。既無文史可徵,久而久之,將並姓名而無可考,亦可哀矣。因就聞知所及,人以一詩系之。詩不一體,亦聊寄其懷古之思而已。至見聞淺陋,固自知,遺漏正多也。

南來隆致寓公禮,野史紛紛語太誣。漢影雲根遺刻在,魂歸應戀鼓岡湖。朱以海。

其 二

入海爲存髮數根,羸將北地比王孫。化爲杜宇休啼血,竹澦青山繞墓門。朱術桂。

其 三

兩蹈天吴窟,波濤日夜哀。難消亡國恨,空負補天才。擲與頭顱去,化爲風雨來。寄零遺草在,不與劫俱灰。張煌言。

其 四

求活何心泛海行,艱難萬里老經生。更無尺地土乾净,波浪如山一櫬橫。曾櫻。

其　五

道學未能救國亡,凄然杖策遠投荒。可憐借箸都無補,終愧相如入夜郎。徐孚遠。

其　六

礪世空留十願齋,未應天道錯安排。浣衣自吐臨行火,如此江山骨不埋。吳鍾巒。

其　七

洪濟山頭一老衲,琅琅清梵松風答。波濤出入三十年,不曾下却陳蕃榻。姚翼明。

其　八

無家歸豈得,遍地污腥羶。留頭生白髮,掬泪灑青天。欲問人間世,今夕是何年?顧南金。

其　九

把臂去中原,崎嶇依海上。沽酒靖山頭,對哭輒相向。寄語行路人,莫道是飛將。陳瑞龍、程應璠。

其　十

磅礴血一斗,何幸死杭州。慷慨酬知己,千金壯士頭。虹梁休再問,天外誤歸舟。羅自牧。

其十一

一死累高堂,終天恨莫補。間關渡海來,憔悴孤臣苦。奈何七尺軀,轉使膏飢虎。王簡伯。

其十二

落落不羈士,鄴山弟子行。倉皇舟一葉,人與國俱亡。痛哭過南日,壺公山失蒼。沈宸荃。

其十三

舭稜北望不勝哀,高浪崔嵬歸去來。長揖戟門稱上客,頭銜三字舊烏臺。辜朝薦。

其十四

慨慷刳胸著地語，是肝是血辨難真。故人爲謝殷勤意，死不書名入貳臣。_{諸葛倬。}

其十五

慕義相從雲起日，每懷袍澤感平生。桃花山上依然在，無復旌旐照眼明。_{沈佺期。}

其十六

海上吹來雲一片，悠悠閑處倚枯藤。中原回首非吾土，同作人間亡國僧。_{邱子葵、謝志忓。}

其十七

鼓浪嶼頭閑置酒，相逢海畔更題詩。削瓜自懍冰霜操，急劫河山是覆棋。_{程嘉璵。}

其十八

萬馬聲中士氣騰，定西旌斾出吳興。石頭城畔遙釃酒，百戰歸來祭孝陵。_{張名振。}

其十九

聽罷梨園淚滿裾，蘆溝夜望痛何如？來師堂畔無人識，投老鄉關自著書。_{蔡鼎。}

其二十

家山已付纖兒手，碌碌終羞厠搢紳。勸進空留遺表在，草間偷活汝何人？_{許吉燝。}

其二十一

不盡禾油感，都歸行墨間。天生好男子，俠骨似青山。_{陳士京。}

其二十二

福臺新結社，海外有詩聲。天嫌孤嶼小，一舸借風行。_{沈光文。}

其二十三

不幸生皋羽，衰時見此人。乾坤留缺憾，圖史位閑身。_{萬年英。}

其二十四

海上學耕雲,天涯又識君。一笑文焉用,還將著作焚。洪少峰。

其二十五

無人續島史,落日半山堂。門前多過客,不敢語文章。駱亦至。

其二十六

目懾無餘子,高懷海欲吞。滇池三萬里,何處與招魂?黃事忠。

其二十七

捧土猶思塞逝川,老臣心事杜鵑前。誰知留命終無補,光復虛陳策一篇。王忠孝。

其二十八

乾坤破碎家何在,十字碑鐫太武山。題墓淒涼書自許,不留名字向人間。盧若騰。

其二十九

愁聽鼓鼙思將帥,海雲慘澹大星昏。抵今何處尋遺廟,竹子街頭晚市喧。甘輝。

其三十

大好湖山拋不住,鶺鴒萬里海天寬。如何莫釋梟雄忌,風雨江頭泣二難。鄭遵謙、遵儉。

其三十一

紛紛鐵券誓山河,名士南州失意多。夢裏休談隆武事,姓名曾上孝廉科。李茂春。

其三十二

耦耕隴上雨淒淒,大嶝嶼前鵜鴂啼。守住西山休對泣,不曾薇蕨負夷齊。張灝、張瀛。

其三十三

江山已付福王一,又訪烏衣故國來。無地可容臣諤諤,終羞載骨上燕臺。郭貞一。

其三十四
不事當關學望氣，去來江上獨行吟。殺身無客田橫報，灰盡夷門養士心。齊价人。

其三十五
文章大俠動江湖，説劍論交膽氣粗。著作一門名父子，不知當代有驕胡。紀文疇。

其三十六
天涯踏遍麻鞋破，小住匆匆且作家。坐位紛紛爭未定，北兵已報入仙霞。路振飛。

其三十七
不是天資胡虜福，前鋒早已入瓜州。經營雖負平生志，幕府人才第一流。陳永華。

其三十八
也知相背行當貴，順逆如何辨不明？慚向水仙祠下過，鴻毛一死惜君輕。周祖唐。

其三十九
四海無家日，荒巖栖薜蘿。仙醉呼不醒，帝醉將奈何？吳亦庵。

其四十
君至自昆明，我疑胡僧是。且莫話劫灰，却愁天地毀。林英。

其四十一
翛然塵壒外，從事學辟穀。回首顧墮甑，不爲犀王哭。張士郁。

其四十二
一代黃漳浦，清門子弟才。那知大事去，捲土不重來。黃驤陛。

其四十三
痛哭吟秋梵，衣冠感百年。蛟龍悲失水，鷄犬訝昇天。去去羞依鄭，行行悔入燕。興亡佛不管，底事學枯禪。阮文錫。

七夕書感

神仙還自傷離別,莫向分飛怨燕勞。富貴幾人兼壽考,文章自古半牢騷。機絲夜月應無恙,褌布秋風敢自豪。天債莫償多累婦,不才還是拙夫高。

寄友人南洋

萬朵紅雲海上來,少年哭痛亦奇才。中原亂後無文字,爛額焦頭總可哀。

其二

盧循小醜正跳梁,又起黃巾斗米張。人自鴟鴞甘毀室,文章苦説汝鸞凰。

菽莊主人以九日登大倉山詩索和,依韵奉答

閉門風雨過重陽,稊米身零感太倉。念遠人瞻三島月,待歸花韜一籬香。別來有夢都成幻,老去無才不敢狂。欲佩茱萸還自笑,苦居畏壘學庚桑。

蟬窟書來,悉菽莊主人在東病愈,再用前韵賦寄

不須刮耳入華陽,漫乞靈方向扁倉。海上長生徐福藥,人間蘇合宋真香。得閑作客仍須健,能賦登高弗礙狂。住得蓬萊愁不識,水雲眼洗看滄桑。

晚過菽莊看菊,三用前韵寄懷主人日本

禁寒越鳥自依陽,老傍名園侍小倉。獨曳孤筇踏落日,相期晚節葆寒香。天容異地管寧傲,我愧窮途阮籍狂。采采籬東思寄遠,伊人宛在晉柴桑。

蟬窟數以書來,未答。四用前韵却寄

送君六月過臺陽,失我琳琅曹石倉。未報起居屬國札,每懷席幕令君香。自嘲竊比嵇之懶,一笑任呼白也狂。紅葉滿天生綺思,定多佳句播扶桑。

野　望

落落閑身無個事，江干小立獨支筇。我來亂後看山色，瘦不禁秋况入冬。

歲暮雜咏

驚濤拍岸，風來有聲。斷雲過江，日薄無色。小樓冬暇，感事懷人。日作一詩，託之吟咏，先後得二十九首。不知工拙，得句即錄。覺古人作詩，多成於歲暮者，殆以此歟？感風雪之滿天，念烽烟之遍地。聞鵑橋畔，託鳥言以告哀；捫蝨江干，振蟲吭而寫恨。

潦倒江干又一年，愁聽臘皷入風烟。蒓鱸久負吾將老，梅鶴相隨客亦仙。伏櫪尚懷芻豆感，避繒偏得稻粱緣。黑貂垂敝歸途梗，獨自登樓歲暮天。<small>初一日寓樓書感。</small>

其　二

巷訪燕巢踏落日，水操臺畔草離離。巖頭倚杖頻懷古，海上焚衣此誓師。祇恐銷磨元著恨，不堪搖落牧齋詩。如何饒舌談槎上，又值干頭銜鼠時。<small>過日光巖，訪鄭延平駐兵故壘。</small>

其　三

哀我文章讎我言，何心媒訐太煩冤。談兵自古多遭禍，落第如君却感恩。鶴市詩成容首過，烏江酒酹與招魂。英光灝氣終難滅，化作雷聲掌上奔。<small>初三日，題王仲瞿詩集。</small>

其　四

北風太勁劇堪哀，隱語微聞道筆來。絕塞馬騰思再獵，中原鹿逐失高材。可憐流落上方物，莫話蒼茫殘劫灰。易水瀟瀟無霸氣，不堪回首古燕臺。<small>聞北來亂耗有感。</small>

其　五

毀室飄搖乍雨風，年年都在亂離中。衰周乃啓共和局，簒漢還爭再造功。子玉豈因驕始敗，世充已藉亂稱雄。家居撞破將誰咎，草木也羞上八公。<small>重有感。</small>

其　六

海霧壓頭風刮骨，扶筇還過補山園。看梅約我成追憶，倚樹懷人一斷魂。世態喜炎花耐冷，天心舒晚日支昏。所思不見三山遠，惟有寒潮日到門。初六日，梅亭花下有懷菽莊主人。

其　七

停杯小立費逡巡，未許平看示色身。再世沉香仍禍水，一生奉敕是金輪。樓臺無地居寒士，金粉多情誤美人。莫恃頭銜誇富貴，南強北勝苦爭春。盆中牡丹，蕾而未開，作此嘲之。

其　八

峭寒水試五香湔，佛亦如人忙過年。菰米芬飄分供日，旃檀馥散打齋天。艱難一飽看金面，歡喜十方荷鐵肩。煨芋不逢豬未爛，笑流逾丈老饕涎。《夢華錄》：初八日，僧家作浴佛會，並爲臘八粥。

其　九

汐潮昏曉去來忙，井涸延平金帶荒。人笑飲河慳滿腹，我愁觀海抱枯腸。爲霖誰策鞭龍力，決水空懷活鮒方。自是汲深慚綆短，每依玉虎看星光。入冬後不雨，嶼中苦旱，中夜尚聞汲聲。

其　十

稀古年華矍鑠身，海天重晤劫成塵。威儀爭識龍頭老，憔悴須憐虎口民。唇齒何分悲畛域，膽肝可掬惜輪囷。成名豎子多僥倖，廣武淒涼失意人。嶼中晤菊三前輩。

其十一

年來不擊渡江楫，乘興又隨晚汐還。帆影下時微見月，濤痕盡處半疑山。偶聞鶴唳知兵近，每念鴻嗷覺食艱。如此江湖行不得，生涯泛泛羨鷗閑。十一日渡江訪友。歸舟抵鹿耳礁，月已上矣。

其十二

虞美人真是禍胎，漫山花好帶雲栽。但思染指嘗黿去，遑恤亡身飲鴆來。投骨早知爭已伏，噬臍孰使釁輕開。江山句起無窮恨，桂子荷花一例哀。烟禁已弛，鶯粟滿山。追原亂始，不禁喟然。

其十三

贛州轉徙又鐔州，到處名山足宦游。垂老風塵甘說項，側身天地悔依劉。哀時那許容鸞鳳，玩世何妨任馬牛。幸有清娛堪作伴，爲謀斗酒散春愁。韵珂在延平書來，久未報，作此寄之。

其十四

世亂天教容拙守，深居鎮日絕塵喧。恰當酒醒月橫海，却訝雨來潮打門。偶撥寒灰香再熱，爲芟宿稿句重溫。但求怡悅休持贈，尺蠖何妨任苟存。偶占。

其十五

老去無才談著述，家家敝帚享千金。有時喋喋仍扈出，長此滔滔定陸沉。借箸爭爲天下計，焚書始識古人心。群言淆亂衷諸聖，每到傷心輒一吟。雜感。

其十六

輟耕隴上便稱豪，叱咤居然擁節旄。脫手屢飛弦上彈，斫頭孰贈鏡中刀。高家兵馬原無賴，南國山川已不毛。無限蕭條悲井里，可憐寇住乃民逃。聞亂作。

其十七

聰明冰雪玉爲神，緋几花開曉降真。渺渺前身疑是月，盈盈一水不勝春。塵生羅襪思公子，手掬寒泉薦美人。底事生來便飄泊，難詳絮果與蘭因。咏水仙花，十七日作。

其十八

功名生不上凌烟，大澤風雲誤少年。鍛羽尚難繒繳避，樗材漫乞斧柯憐。斯人弗以奇窮著，此日應無好句傳。皓首傭書休恨恨，英雄殘局是青氈。題蔣劍人《嘯古堂詩集》。

其十九

去年今日壽東坡，一盞消寒試碧螺。縱有天涯鴻爪在，座有天涯亭石刻《笠屐圖》。斷無赤壁鶴聲過。詩人落落飄蓬似，逝者紛紛宿草多。蓼落後蘇龕裏集，愴懷今古一悲歌。漊舫與東坡先生同生日，故及之。

其二十

高吟襆被出長安，月落蘆溝秋已闌。似子何須論富貴，干卿底事費譏訕。踏翻東海仙難訪，飛過西天佛倦看。億萬里天旂鼓樹，未應吾道是艱難。_{得小眉自瑞士書來，即次其和菱生原韵，欲寄。}

其二十一

病酒朝來瘦不禁，微聞醉裏尚高吟。潔身肯避清流目，晦迹寧知志士心。辛苦蒓鱸嗟久負，迷離蕉鹿恐難尋。唾壺擊碎都無補，愁把蕭蕭短髮簪。_{席上聽客談故鄉亂事，相與痛飲。越日，有病酒者。}

其二十二

烏紗不著花堆髻，如此頭銜進士何。漫說生前居捷徑，最憐死後賜登科。荒唐夢裏雙雄劍，酸腐人間一破靴。何物老夫堪下酒，啾啾紙背鬼聲多。_{題僧癯兄畫贈《終葵抱膝圖》。}

其二十三

故鄉客至傳花訊，手種園梅開已三。別不多時歸未得，樹猶如此我何堪？飄零骨尚撐風雪，寒暖枝偏判北南。茅舍竹籬他日約，歸來應惜鬢鬖鬖。_{故園梅花別已三年矣，聞今年花開尤盛。}

其二十四

嘈嘈如雨切寒宵，卸甲匆匆影六朝。天寶飄零秋上鬢，潯陽淒惻夜來潮。淘殘東浪大江夢，盼斷南音歸國謠。獨坐偶思凝碧事，恨無一擊奪天驕。_{中夜聞鄰家琵琶聲。}

其二十五

閉門一雨臥城南，著作悲君病尚耽。遭忌文章坡谷賤，延年方藥扁盧慚。空懷猿鶴憂時感，莫信龍蛇厄運談。四十年來朋輩幾，不堪重話滴秋庵。_{得儷琴病重之息。天寒歲暮，聞之感愴。}

其二十六

山經亂後尚縱橫，對此茫茫百感生。一萬里天旮影抉，五千年史肚皮撐。水寒金帶龍無迹，風咽藤牌鷄不鳴。無復飛來天上將，橫戈驕殺太湖兵。_{海上望}

鷺門諸山。

其二十七

風雪鮀江一舸歸,廿年前事尚依依。蔡凝小室春長在,蘇過斜川願久違。奮翮却遲鵬北徙,濡毫又誤鶴南飛。瀛壺咫尺如天上,何日相携坐翠微？竹銘索壽詩,卒卒未報一年矣。書此志歉。

其二十八

生涯脈望正愁予,一紙飛來訊起居。不願聰明但願拙,欲焚筆硯更焚書。讓人功業羞屠狗,誤汝文章笑買驢。浮海祇期堪避世,虬髯何必領扶餘。得長兒鴻琅書,來自垠里剌。

其二十九

蠟炬雙燃徹夜明,怡然蓬戶亦春生。子孫在念慚文遠,婚嫁多勞累向平。縱博狂奴甘落拓,持家拙婦費支撐。客中一事差堪慰,轉爲家貧見至情。除夕偶占。

紅蘭館詩鈔卷七

婆娑洋集

臺灣爲古毗舍耶國,見馬貴與《文獻通考》;曰婆娑洋,見何鏡山《名山藏》。丁卯上元前一日,小眉、希莊兄弟約傲樵及予游焉,花朝後二日歸。斯行二十日,在舟車者十之四。登涉觀游之餘,予與傲樵、小眉和汝唱予,時有所作。希莊彙而錄之,居然成帙,題曰《毗舍耶同游草》。歸後,檢行篋中,尚餘若干首。不忍棄去,因復爲編次,別爲《婆娑洋集》,以作海天鴻爪之識。

澎湖舟中作

如何滄海初經日,已是家居撞破時。檥海欲詢興廢事,夏餘今竟即於夷。

其二

左海雄風應未替,我來釃酒弔延平。邱夷淵實須臾事,賣塞何人誤一生。

其三

戎機豈爲書生誤,半壁徒悲天塹淪。但得扶餘留王氣,未應三戶竟無人。

其四

一燈電閃客懷孤,嗚咽寒流失霸圖。不拓船窗舒望眼,微吟倚枕過澎湖。

基隆覽古

昔我舟行經馬瀆,如夢空江曾一宿。戰後青山兩岸橫,殘燹滿天秋槭槭。今日舟行又向東,好風吹我入基隆。大好江山滿目恨,海雲高處萬燈紅。是日上元。座中有客徵故事,手檢枯灰細爲記。交集百感正茫茫,孰將缺陷彌天地。

海禁纔通禍便胎,越南邊釁已輕開。滄波界限何曾畫,軋軋青烟剪海來。悔把戎機付名士,綸巾羽扇饒風指。如虎徒深畏敵心,敢信成名歸豎子。碧眼睒睒意氣雄,居然鄙遠冀邀功。詎因桂子荷花好,一曲清詞竟兆戎。將軍旗鼓來天上,如荼如火軍容壯。_{劉壯肅時以福建巡撫駐臺,與法軍戰,數敗之。}曼衍魚龍海國開,歡呼恃作長城障。巉巖高嶺峙獅球,銀濤叠叠水犀愁。未許長驅師竟渡,八公草木盡貔貅。_{法軍在獅球嶺為林朝棟之軍所扼,不能前進。}暗鳴動地十蕩決,佛郎機發飛列缺。畢竟成城衆志堅,仙洞山前刀如雪。奮呼殘敵百頭顱,藁竿懸上似累珠。帳望天西歸不得,游魂應慟血糢糊。槍似林行炮似雨,往來海上窺門户。滬尾連朝飛羽書,捷報傳來孫壯武。湖湘自古將材多,拍手齊歌曳落河。子弟背嵬能捲土,銜枚飛過古婆娑。更有橫戈躍馬入,海濤手擘天風踏。一軍忠義足雄邊,撼岳聲中短兵接。姗姗看殺貌如花,舞罷氍毹月未斜。鞠部有人身手好,酒痕春泛奪流霞。海疆從此邊防固,未許陳倉師暗渡。奈何一著失先機,前鋒已報孤軍仆。袖手何心壁上觀,儲胥風起夕漫漫。冷眼看人蠻觸鬥,坐教失計縱呼韓。國殤無廟薦麥飯,草木漫山雄鬼嘆。男兒何必薄偏裨,誓死終教成鐵漢。一角山河任付人,旗翻三色七鯤身。倘非單騎格回紇,似此珠厓嗟久淪。底事嚇人驚腐鼠,萬里樓船疏戰禦。黑旗埋没大刀劉,回首傷心鳶跕處。庸臣辱國罪當誅,責備詎能逭老夫。割藩無策多遺恨,和議何人贊廟謨?徘徊又見桑生海,刹刹塵塵四十載。絕少懲前毖後思,燕雲縹緲終成悔。把盞臨流東浪哀,已無城郭鶴飛回。興亡縱自關天意,畢竟安危亦仗才。往事凄凉休再誤,窮兵鐵把六州鑄。沙場尸裹幾英雄,行人笑指孤拔墓。二千年史弔西歐,絕島名王骨未收。一樣君臣悲遠略,杜鵑聲咽不勝愁。

臺北車中口占

岱輿員嶠渾難信,衹道殷餘即是仙。大笑古無探險術,山川冷落二千年。

其　二

驅車五堵匆匆過,遺迹尚留鐵綫橋。海外已開思想界,可憐鞭石帝王驕。

其　三

起從何處止何日，我欲問汐汐不知。到此忽聞呼汐止，令人愁到海枯時。

其　四

愚公失笑天爲驚，世路何曾是不平？無復巉巖誇設險，一車鑿空任飛行。

飲希莊寓齋

茲行却有如歸樂，纔息征塵事唱酬。佳節偶逢杯在手，春宵難得月當頭。林逋未許山中住，小眉將有瑞士之行。蘇軾真爲海外游。猶憶昨宵風浪裏，欲迴天地入孤舟。

贈尾崎古村

扶夢過澎湖，曉起山在目。我來不恨遲，居然畫屛宿。古村嗜古士，謂是禹山川。結想海未通，縱覽四千年。東來氣磅礴，列島如星聚。類別分九夷，疆域各殊宇。奇奇怪怪事，山經有未收。鑄鼎象罔兩，祇能鎭九州。君家住搏桑，迢遙隔弱水。觀書陋管窺，放膽論文史。遺製詳卉服，仿佛如見之。當日未開化，乃在狉榛時。佛言婆娑洋，縹緲羌莫紀。或言毗舍耶，低徊無乃是。喜君事考訂，曆我見聞多。張華志博物，一一窮搜羅。天地絢精華，今已區文野。銅鼓舊山河，有如披《赤雅》。獨抱同文感，鑽紙慚蠹魚。接君一席話，勝讀未燒書。

感舊四首

游戲東方戟一支，才人身世太離奇。江山不幸生名士，造化無情付小兒。看到桑枝成海日，迎來桃葉蓋棺時。榮枯眼底都休問，祇後蘇龕數卷詩。施澐舫。

其　二

遍師壁壘我能摩，百戰歸來曳落河。丁卯詩人原不弱，貞元進士已無多。此才弗瘞中原土，其鬼能爲異域歌。傲骨生成降不得，婆羅山色共嵯峨。許蘊白。

其　三

重尋鯤夢劫成塵，耆舊東寧傳上人。方朔歲星原小謫，司空明月是前身。

登科有記生憎達,諛墓無金死患貧。再見恐難成永訣,臨歧一語最酸辛。蔡樞南。

　　　其　四
聽鼓真成蓬轉勞,可憐楚楚誤銀袍。不留畫餅千秋想,肯負題糕一世豪。垂老尚思穿鐵硯,應官空悔試鉛刀。水雲去後青琴悴,在望丹霞片片高。汪柳塘。

　　　劍　潭

山水得奇氣,偶爾露精光。詎真有劍在,求之苦微茫。或云池上樹,其中有劍藏。未能衷一是,毋乃近荒唐。我來剛好春,顧景惜匆匆。憑欄舒遠目,入望烟水長。過雨净如拭,鑑平波不揚。遥山亦競爽,媚之以夕陽。苔漬綠上壁,花分紅過牆。惜弗逢月上,倒影看芙蓉。獨對太古窠,暮靄漸蒼蒼。不覺浩然嘆,長歌慨以慷。憶昔鐔州住,曾傳劍化龍。弗見雷從事,但聞灘石淙。何況一潭水,殘劫歷滄桑。莫問荷蘭人,牛皮地已亡。讀書貴有識,語焉剡難詳。勿被古人欺,謬說橫中腸。一笑告來者,盲從殊可傷。

　　籠鶴嘆 游圓山動物園作

物各有賦性,奈何桎梏之?雖感芻豢恩,終生鬱鬱悲。引領盼雲間,悠悠天際思。嗟爾胡不冥冥飛?可憐氣喪而首垂,爲問何日開籠放汝時?

　　　笯鴛吟

鴛鴦在梁,栖不獨宿。飛則對翔,幾生修得神仙羨。奈何養汝供人玩,以文采故乃終身誤。彼鳥七十,莫逢其怒。但願甕頭早熟姑待酒,使汝雙飛雙宿長相守。

　　　圈虎謠

在山而王,入阱而亡。成敗休論,得失胡傷?惟爾弗生亦弗死,終日咆哮不停趾。以爪觸鐵痛徹心,搖尾乞憐殊可恥。縱汝不可,乃畏汝狂。胡爲一旦離此土,便復磨牙吮血爲人殃?

檻獅怨

大陸沉沉何時曉,坐令人把乾坤掉。爾睡則昏令人嗟,爾醒則暴令人悲。嗟爾龐然雖大將胡爲,虎不爾畏犬爾欺。憑藉之力弗足恃,故山回首空泪垂。

和澍村贈別,並用原韵

十一更中遲覓句,瓊瑰深愧未能酬。接䍦倒著思元亮,款段閑乘讓少游。靈運登山雙折屐,幼安入海一孤舟。蠙珠鮆玉君家物,不侈鳳麟說十洲。

板橋別墅雜咏

明德常懷知止訓,海東門第自清華。登堂璀璨瞻奎藻,喬木春深此故家。定静堂。

其　二

憑君莫話興亡事,排闥青青且看山。舉目任教風景異,也應不改舊時顏。來青閣。

其　三

無忘學業得修綆,插架圖書發古香。五萬里天無限思,榛苓我自眷西方。汲古書屋。

其　四

丈夫自有棱棱骨,圜轉終羞事削觚。入世何須圭角去,神仙亦是住方壺。方鑑齋。

其　五

梅花本屬君家物,何必孤山始一吟。踏遍峰南還水北,霧峰萊園亦有萬梅嵁。月明紙帳有同心。梅花隖。

其　六

長生何必事求仙,斗室之中春盎然。玉暖香温作綺語,始知學士是枯禪。

香玉籹。

其　七

迴波渺渺界橫塘，恰好吟成出水剛。消受晚涼人倚檻，雨初過處便聞香。
菡萏閣。

其　八

綠雲深處水平鋪，異境別開天一壺。祇許洞仙親得到，冰肌玉骨汗都無。
自涼亭。

其　九

大人龍伯太荒唐，濠上翛然意兩忘。縱不得魚亦垂釣，紅蜻蜓立一絲長。
釣魚磯。

其　十

杜陵不作海棠詩，一水迢迢寄與誰？却怪捲簾春睡足，干卿底事亦皺池。
海棠池。

其十一

聲聲敲徹玉玲瓏，本是西流不向東。除却天孫機杼巧，人間未許有槎通。
雲錦淙。

其十二

知道樓臺重起日，也應還我舊規橅。開基稼穡君無忘，此是《豳風》一幅圖。觀稼樓。

即席次小眉韻

不向淮南問目飴，手招大逌讀君詩。遺民結社來皋羽，節度開門失審知。歷劫弗燒松落落，經春又長草離離。烏衣門巷今猶昔，況有才華壓五之。

不　寐

聽遍雨潺潺，始知身在客。薄酒支五更，濃愁敲一夕。夢短憚海遙，雲低訝天尺。不寐數鄰鷄，零亂窗紙白。

臺中道上

忍犯春寒破曉行,尖風料峭雨微冥。大屯一角渾如睡,寂寂青山喚不醒。

其 二
自慚不解嫩隅語,遠道多勞問訊頻。我自看山來海外,錯呼玉局是詩人。

其 三
逢人但道家居好,偷息寧知鴆毒悲。莫說樹人說樹木,冬青不種種相思。

其 四
輾轆聲中去路遙,春愁黯黯獨魂銷。匆匆十日三經過,識得征人是板橋。

其 五
絳皮細裹紅金肉,歲晚香生白定甌。今日桃園真在望,那堪抱蔓使人愁。

其 六
天漏都無一日晴,如何翻覆太分明。一車鄉午過新竹,却少瀟瀟聽雨聲。

其 七
喚賣聲聲入耳頻,一擔薇蕨雨餘春。誰知采得香盈掬,不是西山山上人。

其 八
老境如君真爛漫,臨風側挺自夭斜。天教來與芳菲鬥,紫蔗經春盡著花。

其 九
到此陡令心黯淡,投膠無術恨偏多。獨清終古靈均死,舉世滔滔奈汝何?

其 十
地闢野真無曠土,令行國亦少游民。如何崔浩嚴流品,待遇終殊內地人。

霧峰作

磴高千尺山萬尺,昏曉但見濛濛白。茲游頗得奇絕觀,巉巖欲問何年闢?綿綿列岫畫屏張,谽谺中有蜿蜒迹。懸崖倒瀉春湍豪,奔騰直摩瘦蛟脊。往往鶴聲在雲間,傳聞仿佛精靈宅。我來不作閶風翔,何須肩向洪厓拍?惟愛山山不斷青,威紆萬狀紛絡繹。一擲寧忘華路心,似此具區殊可惜。窺豹終憐隱霧才,乾坤莽莽此何夕。蓬萊水淺雖有時,臨風愁殺談瀛客。

贈林南強

巫咸不下問沉冤,手握荃蘭弔國魂。直欲翻身攬大海,那堪回首望中原。及廚氣節皆幽憤,幾復文章亦禍根。勿小一拳峰隱霧,膽肝突兀是崑侖。

其二

聞聲久已動相思,珍重千金盼順時。莫令才華鸚鵡惜,悔教名字牡丹知。凋零楚戶終興項,慄息夏餘肯即夷。一笑烏臺成鐵案,東坡海外尚談詩。

萊園雜詠

霧峰夜宿灌園,出梁任公《萊園雜詩》原稿見視。小眉依韵賡和,約余同作。余不喜步韵,又以二公珠玉之在前也,因別爲十截不依韵。二十年中,浮雲變幻,殊不勝今昔之感。

江山要得才人助,風雨常懷故國心。五桂樓中佳句滿,感時搔首一沉吟。_{五桂樓。}

其二

紅雲一抹欲燒天,珠顆累累樹頂懸。惆悵我來花未放,啼鵑休過赤欄前。_{木棉橋。}

其三

譜荔未成偏寫恨,愁人生就是離支。莫歌一曲家山破,荷葉_{荔名}。香時有所思。_{荔支島。}

其四

泠泠何日作龍吟,腸斷天邊遙夜砧。留得關山懸漢月,不教搗碎故鄉心。_{搗衣澗。}

其五

底事如油吹弗起,扶持風力苦相干。沉沉漫作高陽醉,皂帽遽教老幼安。

小習池。

其六

盛世方能遂隱淪,時窮休詡澗阿身。五千年史傷心事,死把頭銜署逸民。
考槃軒。

其七

遙天已報黃昏入,殘照孤亭一角支。莫道夕陽無限好,柳絲繫得幾多時?
夕佳亭。

其八

居然一樹一逋仙,韵事還從海外傳。畢竟孤山無地住,傷心蜷處小朝天。
萬梅崦。

其九

娟娟明月來天際,一縷清光萬古魂。願逐流輝西下去,化爲圓鏡入中原。
望月峰。

其十

努力共躋最上層,好風習習晚來登。傳言唾手燕雲日,垂老重游我倘能。
千步磴。

過石洲故居

到此春氣忽秋似,看山痛折青芙蓉。千金散盡呼屠狗,一劍飛時惜化龍。故國河山悲將種,雄邊子弟想軍容。生才亂世頭顱賤,杜宇聲聲怨華封。

題痴仙無悶《草堂遺集》

鯉魚城中春駘蕩,微吟側帽獨來往。刺桐花發馬蹄驕,少年意氣干雲上。撞破家居不足悲,早知誤國是纖兒。工愁燕子驚新壘,忍死鶺鴒戀故枝。萍花吹夢沉消息,賤子關河走覓食。分作天涯海角人,怨鶴淒猿苦相憶。感時筆硯盡教焚,談瀛客至動訊君。詩史世爭推子美,罪言人解說司勛。往事刹塵都了了,舜水東歸頭弗掉。野史亭荒話赤烏,遺民集在歌朱鳥。無泪可揮惟說詩,弗堪着手屬枯棋。分明叱雪驚霜地,惆悵殘山剩水時。漫道仙人在島上,樓臺眼底皆無恙。我來天外訪安期,落花已把金棺葬。笫束遺編付阿咸,臣家痴叔本非凡。勛名一任銷銅柱,著述居然出鐵函。白頭嗟我垂垂老,金揀沙披時見寶。開卷紛紛墮筆花,登堂落落思文藻。隱霧人歸山亦空,峰頭望月天濛濛。每依南斗頻瞻北,不信西流偏向東。江山悠悠草雞死,藤牌未必無男子。劍南家祭莫傷心,他日《谷音》留信史。義熙甲子悲悁悁,人生不幸以詩傳。下君濁酒五千卷,遲我扁舟三十年。

謁明延平郡王祠

我家刺桐之城南,距王之家相隔七十里。五馬奔江一馬回,蜿蜒到海山鏖起。維舟歲暮霜滿天,寒潮齔石利如齒。手携村酒酹王祠,耳門旁啓破碣峙。凄涼父老話牆東,道是鐵鎖雙扉二百祀。今我鼓輪渡海來,紅羊再換天地圮。長白山頭風雨哀,鴟鴞無聲予室毁。忍把江山付與人,似此亡國創局真譎詭。不如當年棄擲一珠厓,人心弗逐草雞死。簫鼓紛紛報賽忙,爭掬寒泉薦蘭芷。崇王之德報王功,危檐切日雲凝紫。振衣我復謁王祠,獨立蒼茫憑故壘。饒舌貫一揚枯灰,起年滅年雙甲子。詎真神怒觸羊山,胡虜之福天相爾。又非龍碩偶不靈,蕩決百戰終難恃。乃嘆天心人事不可知,金陵之役甘洪戰敗樓船毁。盡牢江戌弗奮飛,投書痛哭還蒼水。成敗英雄休更論,大笑區區羞得雉。回憶焚罷青衣哭廟時,斗血磅礡衝冠髪。怒指桃花山上起誓師,子弟藤牌多才技。峨峨金厦兩門高,奈何踏鹿争角觝。二雲已殉稚山焚,南來慷慨無奇士。雲根漢影石且沉,腥羶莫滌河山恥。崎嶇闢地毗舍耶,揮戈一怒驅彼荷蘭之人如羊豕。生聚十年倘可期,或者捲土重來報一矢。胡爲垂天翼折鵬不還,徒使風冷扶搖終南徙。古來英雄無命鼎以亡,況王之年三十有九耳。持此東都尺地比田橫,島上五百頭顱空擲矣。低徊往事百感紛,河清再見知難俟。漢臘未應遺老忘,中原誰念軒轅紀。梨洲特筆自森嚴,始末一篇非信史。亭林海上空表哀,愁殺夷門頻拊髀。惟有牧齋和杜《秋興》詩,風人妙得《春秋》旨。功狗寧知非種鋤,論定誅心追禍始。靖南豎子未足謀,賣汝臘丸之中書片紙。更將海外半壁斷送之,直與販國承疇同一揆。不則朝廷猜忌靖海方正深,安能加以推心仗驅使。天命雖云有所歸,相公事業毋乃鄙。吁嗟乎,宋人滅宋弘範張,我欲援例大書光地李。

古　梅

梅為延平郡王手植,在祠後庭畔。老幹剝蝕已半,色黝如鐵,洵三百年間物。婆娑手澤,如見英靈,因口占一律紀之。

悲風搖落將軍樹,忽見橫枝出小欄。亡國河山都破碎,老臣消息自平安。英雄無命花長壽,天地常春歲獨寒。留與乾坤扶正氣,斑斑盡作血痕看。

鹿耳門觀海

蒼山茫水有無間,騎馬神鯨去不還。銜石奈何填弗盡,至今波浪大如山。

其　二

低徊莫作前朝恨,夕汐朝潮為底忙。一事真教人不解,有時偏愛管興亡。

赤　嵌　城

萬里飛來鑿空船,手剪牛皮量山川。胡語欺人殊可憐,嚇蠻之技真狡焉。南來我策雙輪前,風聲獵獵雷聲闐。滔滔目極天海連,欲墮不墮危堞懸。老榕根翻如鐵堅,犰鳥啾喁蠻花然。停車直上躋其巔,但見古苔綉上磚,不見枯桑栽作田。長劍弗躍沉于淵,受降圖在生雲烟。還我江山三百年,大笑拍手問青天。其亡也忽不踵旋,宰割六合天下鞭。秦人之哀惡可蠲,以古為鑑尚慎旃。

臺南公園

濯濯爭看樹頂圓,幾曾愛好是天然。誤他海上歸來鶴,無處定巢轉可憐。

其　二

猶水何曾民可狎,激之終有在山時。寄言壓力休爭逞,一笑行過噴水池。

寧靖王墓

煤山秋老泣栖鴉，落日紅斑帝子花。一段傷心亡國史，可憐龍種又天涯。行人能説烈皇烈，輪囷肝膽雙奇絶。海東盡處怒濤哀，一寸江山一寸血。流落高皇九世孫，魯王死後桂王奔。南下已無明日月，西行猶是漢川原。匆皇闢國紅毛地，回首燕雲滿目泪。間關海外領扶餘，正朔尚存天未墜。望古愁過西定坊，大鯨入海燕窺堂。差免路隅人啜泣，苟留殘喘見生桑。失計豈緣依鄭誤，烹羊早觸山神怒。一姓從來不再興，苦累煌言草露布。凄絶飆回鹿耳門，竭來疇與哀王孫。忍抛塊肉人間世，祇爲生存髮數根。地老天荒臣力竭，誓心弗屈軍前膝。那知金豹策勛時，便是玉魚蒙葬日。不封不樹表遺阡，此恨綿綿到九泉。竹滬殘山青不斷，一春杜宇墓門烟。玉版淒凉鐫百鹿，大地風雲變陵谷。飄零孰與補冬青，鎮日澎湖波浪惡。太息攀髯去不還，合門節仗慰殷頑。佩環莫作西陵怨，夜夜魂歸桂子山。

斐亭

樂短憂長一鉢支，海天歌咏太平時。帝王殘夢輸棋局，宇宙大名落酒巵。人豈繫匏焉不食，名如畫餅莫充饑。呼來廁鬼資籌筆，笑殺江東帳下兒。

赤嵌樓二首

枯筇西指掀髯笑，獨立蒼茫古與論。大陸荒時無甲子，中原盡處有兒孫。受降城圻圖仍在，索地書還土不存。朝代再更誰主客，國殤終痛未招魂。

其二

彗妖未掃鬼當晝，染遍頭顱甓尚殷。牛借一皮沾尺土，鹿撐雙耳拄殘山。漸低星斗窺窗大，未了風雲掛劍閑。燕麥兔葵争欲哭，英雄莫再住人間。

席上聽歌

便是人間總可哀，傷心莫唱《紫雲回》。座中孰解談天寶，辜負紅牆擪笛來。

其　二

欲擘紅箋鬥總持，不勝哀怨付蛾眉。《後庭》歌罷憑花落，斷送江山又一時。

固園主人招飲，歸途車中賦此。却寄並贈南社諸公

草鷄已死藤牌散，壁壘重張詩一軍。盡有玲瓏思浣月，可無磅礴氣干雲。尊前絲竹同爲客，劫後河山一識君。如此仙居偏不住，是行欲宿固園，不果。珮環歸去想聲聞。

贈魏潤庵

吾愛魏高陽，剛健含婀娜。讀書破萬卷，突兀百城坐。曾泝東瀹舟，探奇出秦火。歸來事著述，花管紛紛墮。立說能勵時，其才今信頗。允作邦人瞻，大屯山峨峨。

贈謝雪漁

厓厈我故人，同作洞天客。久飫惠連名，寶樹森百尺。道是蘇程親，又著孔李籍。至今猶耳鳴，一見感疇昔。岳岳魯諸生，窮經首已白。樽酒共瀛談，差喜我心獲。

贈林石厓

吾鄉山水區，屈指清溪最。每每湖丘田，一抹真如畫。今作汗漫游，相逢又海外。問訊故鄉山，娓娓接清話。更闢好家居，日日峰巒對。供君讀奇書，悠然吾廬愛。

贈洪以南

人生不百年，一別年三十。相看兩鬢霜，感此茫茫集。君昔客桐城，翩翩盛

豪俠。海上歸故廬，一任灰成劫。渡江春正芳，梅柳知漢臘。自繪輞川圖，聊作尺蠖蟄。

江山樓即席贈瀛社諸公

久飫福臺新咏好，來從海外聽英韶。眼中人物皆金箭，不負東坡是此行。

其　二

劍南詩思聽春雨，慷慨還歌結客行。誰向騷壇飛一騎，高吟唤起草雞聲。

次韵酬伊藤壺溪

一到蓬萊鬢已霜，長生欲乞古時方。樓臺海上神仙宅，朝市人間傀儡場。自把昆侖量劍膽，還將鼓吹滌詩腸。相逢晁監吟才健，高咏吾慚輞水王。

酬猪口鳳庵

孤雲出岫自閑閑，世外紛紛任觸蠻。把盞與君拼一醉，江山樓上看江山。

重過劍潭，用澍邨韵書感

吟邊忍俊作豪語，還我燕雲願倘酬。絕好江山愁獨對，不殊風景怕重游。彎弓敢信能迴馭，求劍奈何欲刻舟？聞說乾坤東港好，未應位置讓瀛洲。

淳化硯歌，爲磊齊作

塊肉孤舟逐海南，波濤千丈鏖大擔。神龍露爪攫硯去，馮夷罷舞天吳潜。其光燄燄冲斗上，窮陰深墨忽開朗。爭張鐵網入珊瑚，競逐明珠求象罔。流落人間又一時，碧連天水可勝悲。憑誰解識尚方物，八百年來片石遺。匆匆任把江山送，飄零終是千金重。風塵賞識自有真，爲築高齋名寶宋。板橋公子自翩翩，圖書萬卷親丹鉛。囊錦携歸置左右，蒼然古色生雲烟。瀟瀟夜雨入君座，令我一睨爲君賀。聊搜志乘采遺聞，撮拾來作高談佐。漳臺瓦盡獵香薑，盡説琳腴玉德良。真贗何須苦分別,安排筆陣鞏金湯。君不見冬青搖落宋陵闕,凄凉天上六更絶。會聖宮中遺製亡,何況汴梁舊時月。獨留塊石鎮東寧,聲價文山玉帶生。支得綱常存正氣,漫隨枋得老橋亭。流亡在眼哀末葉,淘盡寒流鷩一霎。真本溫陵出馬蹄,一樣傷心《淳化帖》。

同希莊三板橋晚步

花發杜鵑白間紅,夕陽流水小橋東。青山雨後仍如睡,冷眼看人紀戰功。

其二

到此何人不望鄉,已無華表鶴來翔。金寒石泐須臾事,付與骷髏話北邙。

題楊宜緑見寄詩後

凄凉往事怕重聞,酒爲愁多容易醺。無賴唐衢惟痛哭,可憐劉錡不銘勛。人間莫問扶餘國,地下應羞倉海君。唤盡奈何天不管,悠悠玉壘一浮雲。

咏古八首

列島星羅三十六,自從大業始知名。《文獻通考》:隋大業中,使朱寬入澎湖,取其國布甲而還。陳師遠躡蛟龍窟,破敵先驅犵狫兵。布甲山河長弗改,錦帆風水已無聲。頭顱鏡裏真天子,遠略何曾累太平?

其二

生犀手把自軒然,一代元音播海天。唐施肩吾有《咏澎湖嶼》詩。長吉才高無礙鬼,安期人杳漫疑仙。解吟木客山中句,叢笑猓人海外篇。莫訝月泉爭結社,別開詩境二千年。

其三

借得一帆吹汝至,零丁人已過零丁。蟲沙未化隨漂泊,鯤浪初乘入杳冥。沈開文《雜記》:零丁洋之役,遁亡至此者,聚衆以居。男女相匹,故臺地語音處處不同。國祚漫傷天水碧,家居仍占海山青。倘教弱水風能引,不向厓門隕帝星。

其　四

荒裔千年本不臣,島夷在昔屬狉榛。版圖實始中原隸,元末於澎湖設巡檢司,隸於同安,中國之建置自是始。聲教能教異域馴。變局腥羶污正統,歸流披跣識真人。分明紫蟹黄魚地,何日重生海曲春？

其　五

鑄鐵心傷錯已成,干頭讖應草鷄聲。自捐大業終三世,孰雪沉冤起九京。骨尚未寒齊小白,身寧可贖晋申生。神歸閩閱休惆悵,一樹冬青一女貞。鄭克㙥,監國經之長子也,具有才略。經歿後,爲鄭氏族人所殺。

其　六

一竿誰識故將軍,飼鴨閑看海上雲。朱一貴,鄭氏故將,康熙六十年據臺灣府城。後施世驃、藍廷珍討平之。一貴械送京師,被磔。豎子成名原碌碌,老臣販國劇紛紛。也知勝負歸諸數,莫把興亡説與君。載筆鹿洲慙信史,淋漓未讀盾頭文。

其　七

戡定居然邀上賞,微聞龍種出天潢。乾隆五十一年,林爽文之亂,清廷命福康安、海蘭察率師剿之,五十三年始平。貳師名豈椒房顯,去病功應茅土償。骨肉猜嫌秦假弟,股肱倚畀漢諸王。樓船浩蕩今安在,鹿耳門前海色蒼。

其　八

百戰歸來老健兒,白頭又見喪師時。清季,割臺命下,劉義據臺南以抗日人。後聞臺北已陷,唐景崧等皆逃,義乃附海舶以去。談兵苦被文人誤,割地例爲宰相悲。舊夢常隨銅柱遠,大名終讓鐵槍垂。乾坤莽莽留遺恨,十丈星芒閃黑旗。

次豬口鳳庵送別原韻

矯矯雲間鶴,冥冥天外鴻。飛行穿大陸,高舉躡長風。地涌金銀氣,人懷鐵石衷。浮丘重袂把,博望定槎通。

次韻酬莊太岳

慷慨訂交得紀群,謂灌園、南强叔侄。更從論劍識朱雲。遠貽片玉思公子,深愧明珠贈使君。露角未窺龍伏蟄,相皮肯失豹韜文。明朝東海袖將去,回望玉山界夕曛。

臨行,贈杜仰山

跌宕詞場迥不群,維揚深愧辟司勳。江湖我亦飄零久,紅杏聲中一識君。

其 二

詩若能工窮不礙,別雖太遽意偏深。過江無限蘭成感,記取臨歧一片心。

紅蘭館詩鈔卷八

鹿礁集

己未仲冬,予始館菽莊,爲幼安之渡海,作皐羽之入社。誓心止水,泠泠在山;失笑閑雲,悠悠出岫。問人間何世,晉魏弗知;哀吾生不辰,黃虞已遠。壬戌夏,復挈家避亂,居於鹿耳礁。依人海上,忽忽九年。白髮不饒,青山久負。憶張翰江上蓴菜愁人,守林逋山中梅花笑我,吁其悴矣。客中無俚,偶有所作,得詩一卷,名曰《鹿礁集》。自憐皐橋梁鴻,此身未返;敢託斜川蘇過,故事聊沿。

菽莊詠菊八首庚申十月,與耐公、幼笙、一愚、杏泉、澍邨、桂生、
雲史、樵生、頌眉、健庵、傲樵、亦籛、畹耕、綉伊、蔚其、乃沃同作。

豈爲栽花始買山,閑雲一片海東還。落成歲紀蘭亭後,小隱人居栗里間。處士前身原絢爛,英雄退步是蕭閑。林泉事業方經始,莫管紛紛鬥觸蠻。

其 二
功名敝屣薄平津,來與黃花作主人。莫訝秋容多冷淡,若論風骨自嶙峋。得天氣厚休嫌晚,到老文高始見真。記得秋深曾打槳,海天一葉著吟身。

其 三
天與多才慧福兼,詩成壽菊鬥叉尖。鷗邊雨過花增韵,雁外霜高酒解嚴。寫我騷心曾入畫,瘦人秋色漫窺簾。餐英錯費閑窮究,苦把靈均斷句拈。

其 四
秋花留得到冬看,雅集張燈夜未闌。涼月簫聲無礙瘦,夕陽花骨不勝寒。秦川寫就香俱活,夔府吟成泪未乾。晚節更支風雪大,憑君爲語相公韓。

其　五

箋注蘐支恣討求，未妨並蓄更兼收。采芳踏遍東三島，乞種分來北半球。點染乾坤留正色，扶持天地入高秋。花時笑我匆匆去，却掉孤舟上劍州。

其　六

飄然同逐出山雲，叢菊開時便憶君。鯤港賞秋潮乍上，燕臺踏日酒初釄。園林別後添霜信，湖海歸來苦戰氛。省識滿頭花插好，談兵終誤杜司勛。

其　七

海上談瀛又一時，重來無恙傲霜枝。故人搖落驚秋早，獨客飄零就菊遲。漸老鬢同枯管禿，感恩心有爨桐知。爲言不比春花落，負手長吟玉局詩。

其　八

名園小築枕江霞，便到秋來分外華。泉石義熙徵士宅，洞天句漏隱侯家。聽潮汩汩孤懷逈，冒雨瀟瀟短鬢斜。一事客中無可紀，八年六見菽莊花。

送季丞之香江

丈夫不繫黄金之印大如斗，得意累累誇肘後。又不逐逃名枯槁坐深山，窮來乞食强軒顏。見豈必在天，潛豈必在淵。但得閑中歲月長，翛然醉能吟七字，詩豪可擲萬貫錢。裼裘翩翩稱少年，濁世於我何浼焉？龍溪林子不羈士，讀書隻眼空餘子。濡毫張旭杯中書，嘔肝李賀囊中字。人生福慧要雙修，天與才華壓勝流。去踏尉佗城下滔滔水，漁烟鷗雨訂行止。來上延平臺畔蕭蕭壘，銜枚登壇看角技。郊祁軾轍未足論，文章大小兩山峙。識君八年强，枯菀各殊方。相如拼依梁園老，摳衣逐隊更登場。十二之月日十二，萬梅齊獻生申瑞。祝延笑我無新詩，搜遍枯腸捻盡髭。天寒歲暮臘鼓鼛鼛起，客心一夕吹上孤山枝。鼓輪激海來朝發，輕舟恰載團圞月。爲歌一曲送君歸，此曲應名鶴南飛。

四　哀　詩

中夜大雨，海風滿樓。更漏將盡，雲開月出，敲窗滴滴未休也。愴念故人，一年之間遽弱四個。因作四哀詩感舊惜逝，亦情之不能已耳。

風塵佳俠少，熱血噴儒冠。痛哭言何補，彌留語太酸。不辰生亦厭，有恨死應難。淒絕長沙鵩，何人策治安？陳實生。

其　二

立共門前雪，名山未報恩。思君忽橫涕，感舊一停尊。愛好生前累，憂危別後言。一秋風雨惡，歸旐愴文園。潘蔭孫。

其　三

不盡焚蘭痛，詞場失霸才。仙人珊作骨，才子毳爲胎。壘塊酒難沃，文章土不埋。愁聞棧豆嘆，天末我未回。龔雲史。

其　四

書畫雙筆絕，風塵兩鬢枯。行曾踰北塞，死不葬西湖。十載客中見，孤雲海上徂。所嗟門祚薄，又哭長公狙。驊孫從兄。

集王次回《疑雲集》句，題乃沃《悼亡詩》後

翠奩點檢獨傷神，《爲文始悼亡》。何事思量費苦辛。《續夢辭》。騎省年來最蕭瑟，《觀物》。悲酸何苦話前因。《歲暮客松郡作》。

其　二

鴛衾冷落人何處？《夢詞》十二首。犀管描愁拾墜歡。《夢詞》十一首。早識當時成永訣，《悼詞》。拼將心事話千般。《有憶》。

其　三

愔愔細雨暗窗紗，《偶成》。怕見庭前夜合花。《夏閨吟》。諦想鍾情苟奉倩，《爲文始悼亡》。暗中偷搵淚橫斜。《悼辭》。

其　四

抽簪贏得鬢如絲，《觀物》。情好何堪話昔時？《悼辭》。一種淒涼滋味在，《無題》。眉間心上費支持。《觀物》。

其　五

夢斷因之百感生，《聞鶯》。不分明處是分明。《觀物》。同心繾綣鴛鴦鳥，《夢

詞》。悔煞當年看太輕。《閨怨》。

其 六

蜀魄聲吞絕命辭,《燕子樓曲》。秋雲一葉一相思。《寓齋雜咏》。今生恨願他生補,《無題》。稽首重霄繾綣司。《閨怨》。

其 七

十二屏山繞鏡臺,《閨中》。花殘月冷有餘哀。《追悼》。當窗檞架依然在,《有悼》。句起傷春事再來。《閨詞》。

其 八

紫玉無端化作烟,《有所悼》。三更風雨夢難圓。《有悼》。情根我亦蠱纏緊,《題所作艷體詩》。心事紅綃寫萬千。《夢詞》第三首。

荷塘花開,菽莊主人張筵,爲花上壽。屬耐公爲文張之,并索予詩,作此以應

辛酉六月二十有四日,簪毫遹紀壬辰吉。菽莊主人愛花爲花張壽筵,祝曰願花常好年復年。汝曾託根太華之峰巔,服之不老能昇仙。星精太乙來海上,歸去尚餘玲瓏之藕大如船。亦曾游戲佛圖之鉢現色身,華鬘界上香紛綸。遠公大笑把臂同入東林社,拈來一指天爲春。是仙是佛皆妙喻,一任飄烟抱月生微塵。有時天風吹下人間世,綠波渺渺天無際。代謝循環成古今,花開花落不知歲。我今爲花遥上引延辭,花應叱我汝何痴。人生上壽幾滿百,三萬六千之日有盡期。古人自命恒不朽,花時一一杯在手。那知我生之前花已開,我生之後花開無復人如舊。感此上訴欲叩通天臺,願齊壽夭平樂哀。不則十二萬年亦俄頃,終日營營胡爲哉?荷花荷花汝誠矯矯,未許淤泥溷濂溪。小儒詹詹未足論,何如作歌爲花壽。借人杯盞酹花酒,鞠躬花前九頓首。貢花一言花知否,花如有知爲我開笑口。

諸 將 五 首

黃鶴樓頭起誓師,中原重見漢旌旗。屢驚攘奪三登祚,偶檢興亡再覆棋。

還我河山終破壞，與人家國亦艱危。杜門忍傍津橋老，不待聞鵑泪已垂。

其　二

一霎新華迹已陳，滇池旌旆尚雲屯。籌安失策哀名士，脫險歸功賴美人。大寶難干天厭莽，匹夫突起地亡秦。如何殲此元良遽，可贖齊稱願百身。

其　三

曾過南池感廢興，御河衰柳入秋聲。後房色選髦兒隊，故壘悲生辮子營。白馬盟乾諸將貳，黃龍戰敗聖人驚。嗟君失算輕移鎮，託庇羞依外使旌。

其　四

將軍大樹播雄風，太息推袁恨事同。漢水倒戈悲失計，茂丘避位悔貪功。賣魚南海搜中禁，立馬西山弔故宮。復辟無端災塊肉，房廊一炬爇灰紅。

其　五

傀儡絲牽城北徐，一朝跌倒願終虛。可憐事業成功狗，大好江山等爛魚。糊紙飄搖嘲內閣，敲棋寂寞對中書。治安詎可資軍閥，誤讀孫吳悔有餘。

隋堤十絕句

一自六龍去不還，御河流水日潺潺。多情惟有飛來絮，畫出春痕大業山。

其　二

錦帆底事到天涯，但說揚州花月佳。論定不關游幸事，祖龍功德在秦淮。

其　三

歌傳殿腳晚風和，十里長堤水澹沱。底效吳儂輕薄語，個人無賴是橫波。

其　四

李甘梅苦休區別，菊秀蘭芳亦等閒。坐聽《後庭》歌一曲，彩箋昨夜夢中頒。

其　五

峨峨高髻貴兒妝，消受昆山玉撥香。莫訝尊前頻顧景，楊花生性本顛狂。

其　六

秀色果然飢可療，天家有福不嫌頑。一彎瀲灩傳眉樣，未許臨流妒遠山。

其　七

肯殉傾城亦可兒,夢來歡喜醒來悲。可憐烟水無情物,送斷六朝又一時。

其　八

曲唱《大堤》誰撧笛,弔君應有泪痕潸。青青忍令人攀拆,鏡裏頭顱豎子頑。

其　九

凄絶笙歌十院聲,帝王不合住蕪城。獨餘此地君家物,付與栖鴉過一生。

其　十

樹猶如此休惆悵,小劫烟花一霎間。願種緑楊三萬本,一枝枝與補殘山。

壬秋閣宴集,用東坡《司馬君實獨樂園》韵

高閣凌天風,奔濤出其下。一丘一壑間,不數裴緑野。是日作嘉會,主人羅杯斝。天氣已新秋,荷香帶殘夏。霽色潤水石,高懷抗騷雅。座客皋羽多,接迹來汐社。爲問今之人,何如古作者？有酒且高歌,莫令惜歡寡。况復佳日佳,嫣花夕陽冶。驅使作詩材,工速兼枚馬。對此興頗至,塵念亦已捨。如練復如綺,倒照石皆赭。潮落趁歸舟,但聞櫓咿啞。

中秋夜,同内子寓樓看月

旅懷根觸到尊前,雙照分明月在天。碧海無情虚夜夜,青山有約負年年。人如蓬梗長爲客,偶得梅花便是仙。容易皋橋秋又半,當頭看取六回圓。

其　二

粱稻秋來苦不肥,仲宣作客計都非。搬薑自笑忙偏甚,斫桂翻憐力已微。天上何年歌《水調》,人間此夕想清輝。莫嫌月是他鄉見,便在他鄉却勝歸。

冬　感

鄉關連日羽書馳,警耗頻傳半信疑。遺讖山曾詩帶甲,失機局已等輸棋。

憤時欲上通天表，感事還歌斫地詩。漫說孤城甘死守，但聞不戰覆全師。

其　二

家居撞破等閑事，投袂争來捲土頻。虎兕磨牙争出柙，螳螂奮臂竟當輪。苟存性命應憐汝，便斫頭顱漫付人。浪說男兒身手好，草菅何忍毒斯民？

其　三

動色相驚斗米張，滿街充塞爛頭羊。黃巢竟爾成流寇，韓信居然號假王。屠狗故人皆富貴，從龍猛士劇飛揚。何心毀室甘戎首，畢竟誰人作國殤。

其　四

無端出處總皆非，大局維持願力微。菩薩何曾開殺戒，黔黎早已陷危機。籌邊浪說甌無缺，防海其如艦不飛。坐視任他呼嘯至，《春秋》責備咎安歸。

重陽日荻莊即事

天風直送海濤回，驅使奇情到酒杯。何必登高作重九，笑呼枚乘看潮來。

其　二

當前且作佳辰惜，莫令江山太寂寥。冷雨疏風休敗興，茱萸不插亦魂銷。

其　三

天留水石數千年，有福能消即是仙。指點漫勞舟一葉，笙歌正擁紫髯前。

其　四

買糕溲麵作詩糧，祇欠籬東一段香。就菊重來應更好，願援先例展重陽。

送陳香雪歸福州，即用留別原韵

三年兩度送公歸，萬頃秋高一葉飛。留客天教江浪大，哦詩人對座星稀。江山吟局身常健，風月翰林夢已非。我亦此身如客燕，畫檐臨去尚依依。

壬戌，東坡先生生日日，綉伊爲詩壽之，持以見視。
因用原韵，作爲長歌，却寄

八百八十七年今日爲公之生日，公年四十有七逢壬戌。是年公在黃州曾作

赤壁游,江山風月謫宦生涯未蕭瑟。我與公是閩蜀相去各遥遥,我住刺桐城南,家傍胭脂井。我年垂髫披圖便識公,我不知公爲誰。再拜牙牙請,一笠一屐飄然面目真。群道公骨已蜕,此圖爲公影也。曾酹酒爲公介壽年復年,低首拜公圖下衣冠整。當此天寒歲暮波濤如鼓撼鷺門,我生淪落不敢妄託爲公之子孫。有詩不讀有酒復不飲,一任日日銷盡詩魂瘦酒魂。有時仰天大笑,我生失意不須恫。自古多少才人,福禄註命宫。以公文章經濟未免遭時忌,量才況我萬一不及公。祇怪敝貂磨蝎慣作吾家祟,似我窮來又復詩不工。記得前年歸日匆匆化去圖已亡,不知流落人間何處,使我倍心傷。予家舊有先生《笠屐圖》一幅,藏之已歷數十年,後爲人竊去。昨舒倦眼,忽睹石刻圖,笠屐天涯海角,有亭翼然蔚相望。粤中天涯亭有坡公《笠屐圖》石刻。乃嘆人生一世一年一生日,不及公之元氣化爲奎宿作文章。千年萬年此日人爭爲公壽,謂公雖死猶生亦何妨?吁嗟乎,噫!不能畫公之心畫公皮,丈夫作事落落何必合時宜?因之喟然,爲公三嘆息。濡毫伸紙,爲作長歌報綉伊。

讀淮陰侯傳

袴下何能辱健兒,英雄未遇且低眉。奈何竟作齊王請,一露鋒鋩便見疑。

和伍壽生感懷韵

太息陽消竟長陰,可能厭亂格天心。憤時欲草陳琳檄,譎諫仍披宋玉襟。塞道爛羊殊可恥,迷途覆鹿已難尋。家山回首瘡痍遍,火烈何堪更水深。

其二

皋橋同住兩忘形,莫問滔滔孰醉醒?風月浯江嗟久負,波濤滄海話曾經。昇平有待頭先白,文字無靈眼尚青。龍耳華陽如可劚,長生不事養黄庭。

同香雪藏海園看百葉紅桃花

義熙以後無顔色,一樹天留供避秦。得酒管他爲晋魏,酡顔借與十分春。

其 二

雨泊烟飄可奈何,無家四海泪痕多。才人縱有迦陵在,惆悵東風兩鬢皤。

春日,客約登萬壽巖,不果

一春苦寂寞,不擊渡江楫。有客款柴門,大笑翻然入。約我作山行,雙屐峰頭躐。並繩斯巖好,奇石如笏立。中有擘窠書,彪炳紀勳業。當日大名垂,能使倭奴懾。松風吹滿天,徑仄堆下葉。滿擬檄山靈,準備排雲接。忽聞列缺飛,翻空海水湝。遂使公無渡,復作尺蠖蟄。引領隔江山,白雲自開闔。溯澎鑢海濤,疑有宋鐘答。

書 感

破碎河山兩鬢絲,不勝惆悵入皺眉。功收屈突額寧爛,劫急殘棋角已危。飲酖何心愁止渴,補瘡無術諱言醫。十年吳沼渾閑事,夕照川原萬古悲。

題東坡先生《笠屐圖》,癸亥十二月十九日作

置酒壽公赤壁磯,是歲公年四十八。紫裘腰笛前進士,南飛一曲聲雲裂。翩翩孤鶴去不還,公星在天大如月。才人游戲本不羈,笠屐何妨換袍笏。憶昔盈廷黨派分,蔞菲傷心肆攻訐。兩賢相阨豈天心,詩案瓜鈔大獄出。峨峨千載黨人碑,一網可盡名弗滅。自公去後朝廷空,萬里何辭擲骸骨?忠愛終邀聖主知,玉宇高寒自淒絕。春婆一夢任匆匆,閉門且看臨皋雪。甲子于今十四周,飛盞欲問當時月。安得招來李委魂,再聽笛聲江上發。嶺南我亦啖荔來,未到儋州虛入粵。族譜亭中感慨深,披圖乃復鑑毫髮。文字飢來何堪煮,一樣身宮悲磨蠍。酹公以酒壽公詩,詩不如公還擱筆。

和頌眉感懷原韵

歸來且慰笑言違,莫問河山舉目非。住得皋橋衡可望,任他滄海水能飛。

辭官不識趙佗大,食肉何譏曹劌肥。游草年來如束笋,定多佳句壓玄暉。

東園數以書來,作此報之

馳書海上訊東坡,天外重聆《水調歌》。老去夢窗豪氣在,未應命例蝸宫磨。

其二

獨自登樓近夕陽,憑欄四望海蒼蒼。醉中不覺身爲客,直把他鄉作故鄉。

其三

經時不掉渡江舟,隔岸看山當卧游。莫道年來詩興減,亂離心事不宜秋。

其四

襟上鉈江認酒痕,小瀛壺裹舊朋尊。別來爲向中郎道,並訊竹銘。坐對青山虱不捫。

其五

且去填詞老倘能,懶於雲更淡於冰。關河何處肥粱稻,一樣艱難鮎竹登。

稚純病後,以感懷詩見寄。作此慰之

十年辛苦逐風塵,博得頭銜一告身。亂日官真羞狗尾,秋雲情本薄魚鱗。悔聽衙鼓隨休吏,望讀楹書作替人。滿院藤花無恙否,百城坐擁莫嫌貧。

其二

紫雲屏外月明天,往事依依三十年。死者不知生者苦,謂次彭、景溪。醒時更比醉時顛。飛花世事真如夢,斷梗生涯祇自憐。垂老客中愁萬叠,因君輒爲一淒然。

送菽莊主人自日本西游瑞士

一雨楝花開滿枝,懷人最是晚春時。蓬萊已恨如天上,安得奔霄策駿追?

其二

博望當年誇鑿空,乘槎祇在海西頭。却嫌禹域山川小,飛過淳于大九州。

其　三

瑞士風光天下勝,中原名士幾人來。向天一笑吟聲發,詩境別從異域開。

其　四

左海騷壇噦鳳聲,鷄林到處播詩名。料知趙管承歡下,<small>小眉夫婦隨侍。</small>定有雙聲答海鳴。

題儷琴漢碑百衲遺冊

寒風虩虩走列缺,危城雲黑星斗絕。虺蛇盤甸鴟叫門,鵂鶹夜號人迹滅。中有一士脊瘦蛟,屹然枯坐忘兀兒。吉金貞石紛滿前,口誦手披精鑒別。拜斯揖邈聚一堂,與古爲徒自怡悅。金刀弗躍炎祚荒,銅仙一去淚尚熱。建章大火碧於磷,一千餘年飛電瞥。兩京文字八分書,江河不廢天章抉。褒余摩厓未足論,石門巘巖華山嶅。西狹郙閣天下奇,二頌于今日月揭。濟寧三石推景君,魯峻郭固亦勁傑。太邱道廣迥超倫,何似巨卿風義烈。治績衡方與耿勛,一時風采傾朝列。有道先生善人倫,溧水校官昭亮節。乙瑛韓敕躋孔堂,博陵孔彪綿禮葩。婁壽樊敏争規橅,考訂終難憑臆決。甗椎白石訪神君,東海廟前鳴鸎鳩。赤伏符原是不祥,戈鋋韜盡剛卯折。刻畫敢道臣能爲,七襄在手工緝綴。運思驅使入毫芒,筆似鉤銀腕似鐵。果然無縫是天衣,點竄何曾傷割裂。吾鄉搜古籀經堂,瓣香六一發肩鑱。龔咏樵、陳鐵香。踵起揚其鑣,後有作者咸噤舌。國故凋傷舊學亡,千鈞一髮垂主枿。胡天不弔傷我心,靡遺竟使周餘子。鷗安舊館風雨多,揮手故人天上別。假我安知尚幾年,展卷無言淚嗚咽。吁嗟乎,豺狼當道各分疆,貍狐憑城争穿穴。吾道之憂憂正長,斯文之悲悲曷輟？祗合如君深閉門,莫問玄黃交戰血。

蘇小墓用小眉韵

看到冬青樹作塵,湖西抔土自生春。趙家塊肉今安在？留得江山屬美人。

其　二

萬方離合想神光,紅土千年媚夕陽。輸與墳前花眷屬,爲卿和泪捏鴛鴦。

其　三

恨事遍教付綺羅，紅顔命薄古來多。魂歸休過西陵路，松柏蕭蕭天奈何。

憶李中石星洲

肚皮何必異時宜，怒罵未妨雜笑嬉。一踢竟翻州有九，思君海上月生時。

其　二

大笑我生秦以後，清談人在晋之前。如何負戟愁飢死，狡獪東方傳一篇。

東園以陳伯鈞《西園雜咏》索題，作此却寄

東園寄我西園詩，索和使我攢雙眉。老去自愁才已盡，拋玉引磚無乃痴。枇杷滿樹張笑口，我不能飲辜載酒。何處幕天醉一場，遥跂西園隔南斗。縑素飄零八百年，拍肩難覓李龍眠。我不能畫徒嘆息，雅集西園望若仙。雙鯉迢迢自天下，屬國書沉弗須訝。城社紛紛據鼠狐，客心如水悲日夜。性命于今是苟存，吟成同谷聲載吞。天涯破帽不歸去，海濤十丈深閉門。聞說鳳城風景好，餘東十里多芳草。坍窰遺迹指枯桑，一尊話古傾懷抱。手把芙蓉入社來，一時高咏皆瓊瑰。山川自借文人助，若論經綸亦要才。中有仙人何綽約，珊珊偶被風吹落。寫韵樓頭記小名，玉京合是前身著。燦爛囊中古錦收，清詞高唱遍揚州。桂天詩思秋來好，合付吳剛在上頭。報書爲道東坡在，搖落年年玄鬢改。三徑歸來訂菊松，可能忍死昇平待。如此溪山上劫塵，相期湖海健吟身。低徊陽羨如天上，住得園林是福人。

失　題

且將餘事付詩人，夢裏無端脚又伸。性命苟存身厭亂，文章不賤腹愁貧。明心永矢杯投水，障面頻煩扇却塵。老去漫勞窺宋玉，十年早已薄東鄰。

仲訓、仲贊昆仲錯綜百齡，諏吉爲壽。桂生爲文紀之，予亦作此以介

我聞山谷之年五十一，偕弟登臨當勝日。三游洞裏好春多，江山點黷歸詞

筆。又聞子由之年四十九,木天接踵阿兄後。逍遙堂上罷塵詩,分符管領西湖柳。人生樂事天倫長,古之作者孰頡頏？羨君兄弟專其盛,論交我愧同蘇黃。相逢年少烏巾岸,高談跌宕天真爛。城南咫尺讀書聲,才名奕奕推宗旦。拔幟前驅冠一軍,果然獨鶴立雞群。誰知雲路多蹭蹬,末世功名不重文。義獻聲華自冠世,園居占得通侯第。亭臺一角荔支紅,吟懷弗爲蒼生繫。笑闢樂丘近翠屏,千年化鶴待雙丁。表聖樂天未足道,是真達者忘其形。天與高材還與福,平泉小住足花木。海天深處好移家,延平壘畔詩龕築。有時一舸逐子皮,行行浮海學居夷。微吟側帽武溪上,摩挲銅柱淵騫辭。山川風物應未改,汪汪叔度饒文采。陋他陸賈佗歸裝,安知傳有儒林在。皂帽居遼管幼安,高齋記傍厚芳蘭。買詩久重雞林客,求字時來鯤鰵官。予季多才工貨殖,繼長增高綿舊德。碧眼胡兒不敢強,道賜墟王震殊域。紫標萬復黃標千,鼓鞁卅壚神福延。既堆金滿南山穴,又種珠成北海田。岳岳風高壓程卓,最良仍是白眉獨。更有一事弟強兄,臨風十二森森玉。萬里歸來多寶船,遠而亭倚晃巖前。碑刊棣萼詳家慶,石壁淋漓筆似椽。僂指春三與臘八,杏花艷冶梅花洌。稱觴記取良辰良,歌來南鶴聲聲徹。百年錯綜恰當中,璧合珠聯福祿同。大衍更周稽甲子,籌添江夏兩黃童。載賡既禽侑君酒,洞天直上同拍手。安排詩卷抗直夫,千秋自有名山壽。枯腸笑我生枿杈,書來天上朵雲華。德門報道呈嘉瑞,並蒂山茶正著花。

書感,次澍邨《六十感懷》原韻

頭銜柄得署游民,慘澹人間氣不春。蠻觸河山皆碎局,駏蛩天地是零身。苟存莫問今何世,偷活微聞古有人。十五年來多少事,任他刹刹與塵塵。

其 二

雲雨真愁翻覆忙,可憐傀儡尚登場。幾曾燕雀知鴻鵠,安得鷹鸇變鳳皇？萬古騷魂悲正則,一時經術誤公羊。珠厓忍棄休長恨,今日中原半盜鄉。

其 三

浩劫驅人上厄臺,五千年史首休迴。曾無祖逖澄清志,剩有王敦作賊才。

寂寞祇憐思肖鄭，括搜還仗俊臣來。沉沉莫訝天真醉，渴殺長庚盼一杯。

其　四

習聽泉聲避衆囂，海天皂帽見風標。誰知亡國侯方域，漫道休官鄭板橋。憔悴餘生遺虎口，亂離剩稿束牛腰。閉門兀自思天子，不信巖頭已没潮。

其　五

紛紛眼底五經兒，便欲焚書恨已遲。活世藥投鈎吻草，媚人花炫出頭枝。心悲博士稱羊瘦，目笑將軍號虎痴。任是屈伸蟲亦悴，漫天蚠蠖布芬絲。

其　六

對此茫茫痛爛魚，任人撞破好家居。虎頭得志休談相，魚腹干時慣貯書。張角稱天亡赤伏，曹丕竊國紀黄初。可能老眼昇平見，且把皋橋作鄭廬。

題菱槎《東寧百咏》詩卷

盞澆秋怨，鐙栖古魂。嘯答天吴，窺來罔兩。躬則悴矣，窮而後工。或曰："噴血一斗，注湛若《赤雅》之篇；留髮數根，箸之瑜《水尾》之集。"記事宛然，尋聲未墜也。巨蛇吞鹿之鄉，大鯨乘馬之地。歡音山在，羅漢門荒。懷古思麻丹畢，論交呼打剌酥。如何鹿耳鯤身，棄於思黯；難得蘭風竹雨，待夫東坡。問韓陵片石尚存，誰可與語？得孤山同調爲伍，亦足以娛。袖裏自有明珠，囊中無非古錦。歌哭祇應自弔，藉以補孫元衡之《秋日雜詩》；呻吟豈必無端，亦可續張柳漁之《瀛壖百咏》。

落落一生容不得，槖筆飛過蛟螭宅。長歌醉踏合歡山，海外胭脂失顔色。出門十事九坎坷，狂奴風骨終嵯峨。蒼狗白雲苦無賴，江山如此天奈何。一一收入囊中去，倉頡大號鬼夜詛。始知破帽天下奇，能呵魯陽叱日馭。歸來攜詩叩我門，海濤如鼓風吹豚。接引花枝得雲斝，失意才人安足論。牛皮笑倒乾坤小，拂袖行行頭弗掉。葵羅清紫好家居，留得青山付謝朓。凄絶鵑聲我未歸，瞻言陽羨願多違。關河聞道嗷鴻滿，絃干又見凍雀飛。託意微茫幾人見，未許心肝鐵石變。綉君佳句應買絲，漫説文章塵土賤。浪迹年來白了頭，那堪飄泊老湖州。分明一角刺桐路,落日城南憶冶游。

壽鏡湖六十

幔亭記泛上灘舟,省識棠陰載道留。宦迹長垂看劍閣,家聲不替畫屏樓。相安地瘠惟無事,獨念時艱每隱憂。一寸慈祥能致福,大椿況是八千秋。

其 二

建瓴形勢控關河,三郡風清畫偃戈。坐鎮威名尊彥博,交歡談笑屈廉頗。山城柝靜知民樂,官閣琴調覺政和。十載巖疆思保障,烽烟北顧伏戎多。

其 三

一木何曾力可支,歸來强起爲瘡痍。也知驕汝原天意,其奈剌人及地皮。敝屣可捐爭去就,墮甑莫顧念艱危。傷心漫讀雁門集,_{並訊薩公鼎銘。}垂老江干自咏詩。

其 四

荔子丹餘桂子黃,中秋月近好稱觴。移來梅鶴三山遠,話到蒓鱸一水長。且把閑情傾白墮,不妨舊夢付黃粱。尊前倘念狂書記,落魄牧之鬢已蒼。

遜臣以蠹餘木假山索題,作此答之

蝸國何心爭割據,巑岏在眼認蠶叢。五丁痛哭巨靈叱,似此河山破壞中。

其 二

蠕蠕啓宇雄荒外,蠻長趙佗竊一州。蠢爾何人紛裂土,此間蟲達合封侯。

其 三

何處大千藏一粟,一稊泰華亦荒唐。蟲天畢竟乾坤廣,容得南柯日月長。

次湨溪陳伯冲《咏陶徵君詩》原韵,却寄

忍令陸沉與世違,國亡未許潔身歸。河山搖落先生柳,天地艱難義士薇。但得漉巾容我醉,不妨負戟任臣饑。觀星休嘆少微隕,委化人生是息機。

其　二

如此乾坤典午昏，文成自祭鵩當門。愁來天上黄虞遠，囂甚人間桀跖喧。漫託《離騷》哀楚澤，不留《封禪》累文園。銷沉赤伏終思漢，未信南陽是苟存。

其　三

清濁之間得聖賢，勛名何必上凌烟。編詩自有義熙歷，乞食無須陽羨田。腰折一官拼解組，神傷偏室怯張弦。紀年今又逢丁卯，_{徵君卒於丁卯，距今爲一千五百年。}懷古哀時一喟然。

其　四

歸去何曾可遂初，桃花偏誤武陵漁。白衣忍却達官酒，赤紙傷裁遜國書。死後易名邀靖節，生前警惰勖阿舒。昌期已過三名世，寂寞柴桑處士居。

題菽莊十圖，寄懷主人瑞士

曲曲石橋隱抱山，尋詩鎮日往仍還。隔江風自樓船起，駭浪驚濤意自閑。_{四十四橋。}

其　二

一十四回壬戌後，當頭又見月輪圓。南飛愁殺橫江鶴，不掉孤舟已六年。_{壬秋閣。}

其　三

真率亭前落日橫，無風波處任舟行。持竿不作諸侯釣，願住烟波過一生。_{真率亭。}

其　四

潮迴大海任觸流，佳日傳箋作俊游。此事盡堪古人傲，一年禊事是三修。_{小蘭亭。}

其　五

海外曾過舊板橋，好春時節雨瀟瀟。歸來仍上君樓坐，重聽延平壘畔潮。_{聽潮樓。}

其　六

挈侶重來秋又深，茱萸插後更登臨。觀潮無復當時興，淒絶枚乘《七發》

吟。觀濤臺。

其 七

黃菊開時我便來,陶然一醉一銜杯。低徊亦作吾廬愛,底事飄蓬却未回。
亦愛吾廬。

其 八

個中記得經行處,小洞秋深屐語遙。踏遍夕陽人不見,一天黃葉晚蕭蕭。
十二洞天。

其 九

米貴東坡思辟穀,年來況味以儋州。從君欲學修三養,一笑未能縮地游。
頑石山房。

其 十

鑿空張騫槎未至,好山倘比故鄉青。開軒待到歸來日,知有奇談補禹經。
談瀛軒。

濟川出官石谿先生詩集索題,因書其後

昔我攬勝清溪上,摳衣曾拜先生祠。今我洞天栖鼓浪,披卷又讀先生詩。先生之學在窮經,珥筆曾上承明庭。先生之文邃于古,高躅能踵桐城武。偶然餘事作詩人,太璞不鑿完其真。朝華夕秀弗足道,渾然元氣天爲春。吾郡當年舉鴻博,紛紛跋浪魚冲壑。先生跌宕九人中,一擊不中仍落落。聯步終看上木天,科名何必薄時賢。斯道之託在吾子,名山絕業屬仔肩。歸來飽享林泉福,掛車一旦遂初服。望塵爭拜老伏生,閉門還把我書讀。太息如今吾道艱,匪氛無計避深山。等身著作多流落,海外欣求異本還。古往今來萬事變,天心未必文章賤。先生不必以詩傳,名在東越儒林傳。

跋

　　《紅蘭館詩鈔》八卷：曰《桐南集》、曰《桐南後集》、曰《幔亭集》、曰《鐔州集》、曰《鷺門集》、曰《甲子詩卷》、曰《婆娑洋集》、曰《鹿礁集》，詩若干首，爲舅父蓀浦夫子手自厘定者也。舅父少有文譽，翹才露穎，有以自見。清紫笋浯山水間，無不知有其名者。中歲以後，身經世變，多作客游，所有著作均散佚。詩不多作，作亦旋棄去。集中所錄，多十餘年來近作，存諸行篋中者。舅父以今夏四月二日爲六十攬揆之辰，先期昌國將偕表弟鴻琅及表妹夫莊爲橋、楊流揚歸自菲島，隨鴻琅、鴻瑗、鴻瑀、鴻玫諸表弟奉一觴，爲堂上壽。舅父聞而貽書止之，以地方多故，有家未歸，依人海上，權作寓公，非稱祝時也。昌國因與鴻琅、爲橋、流揚謀，釀尊酒之資請諸舅父，以詩稿八集付梓，略盡一芹之私，舅父許之。工既竣，爰贅數語於集末。若舅父之詩，有同社傲樵諸先生之序在，昌國不敏，不能爲一辭之贊。惟舅父所作，尚有《紅蘭館文鈔》、《温陵碎事》、《鹿礁隨筆》諸書。昌國少時所見，舅父之詩，亦多不在集中。異日歸國，當偕鴻琅兄弟，再爲搜輯，與駢散諸文請諸舅父，續刊以質當世。時戊辰重陽後一日，受業甥楊昌國謹識于小吕宋之岷里剌寓次。

紅蘭館小叢書

目　録

介山詩存 ································· 169
　蔡白石乞得留都，詩以送之四首 ················· 169
　送趙奉常雲崖之南都三首 ······················ 169
　感遇十首 ·································· 169
　弔周迹山四首 ······························ 170
　桃源洞 ···································· 171
　度七盤嶺有懷 ······························ 171
　采蓮曲三首 ································ 171
　偶作 ······································ 171
　辰沅憶家山 ································ 172
　戊午，倭攻城急，病夫散金募士死守旬日，圍解，因而書懷 ··· 172
　荒田詞 ···································· 172
　秋興次杜少陵韵 ···························· 173
　送吕疊石大尹之藍山二首 ······················ 174
　早起 ······································ 174
　南園獨坐 ·································· 174
大笑集 ································· 175
　洞游記一 ·································· 175
　自舟峰至歐陽得六洞，同拈"舟"、"陽"二韵 ········· 176
　洞游記二 ·································· 177
　自龜巖至透碧霄共八洞，得"寒"、"霄"二韵 ········· 178

洞游記三 179
　　自泰嘉至等巖共四洞,得"嘉"、"遵"二韵 180
　　洞游記四 180
　　自老君巖至巢雲共九洞,得"梅"、"雲"二韵 181
　　洞游記五 181
　　自百丈坪登清源至南臺,得"清"、"南"二韵 183
　　大笑閣記 183
館閣絲綸 185
　　增上太宗文皇帝尊謚冊文 185
　　增上孝莊文皇后尊謚冊文 185
　　封多羅誠郡王冊文 186
　　封恪靖固倫公主冊文 186
　　封貝勒延信冊文 186
　　追封啓聖王冊文 187
　　封達賴喇嘛冊文 187
　　景陵聖德神功碑文 187
　　平定青海告成太學碑文 194
　　歷代帝王廟碑文 195
　　惠遠廟碑文 196
　　崇恩寺碑文 197
　　和碩怡賢親王碑文 197
　　太廟祭告祝文 199
　　上聖祖仁皇尊謚祝文 199
　　聖廟告成祝文 200
　　關帝追封三代祭告祝文 200
　　河神祝文 200

孝莊文皇后梓宮奉安祭文 …………………………… 201
和碩怡親王初次祭文 ………………………………… 201
皇外祖追封一等公魏武祭文 ………………………… 202
螯拜祭文 ……………………………………………… 203
朝鮮國王李昀祭文 …………………………………… 203
大清會典序 …………………………………………… 203
古今圖書集成序 ……………………………………… 204
律曆淵源序 …………………………………………… 205

愛吾廬題跋 …………………………………………… 207

焦山周鼎銘跋 ………………………………………… 207
周散氏盤銘跋 ………………………………………… 207
丙申鬲銘跋 …………………………………………… 207
父乙觶銘跋 …………………………………………… 207
祖庚卣銘跋 …………………………………………… 208
母辛觚銘跋 …………………………………………… 208
仲駒父敦銘跋 ………………………………………… 208
漢臨虞宮銅鐙銘跋 …………………………………… 208
新莽量銘跋 …………………………………………… 209
石鼓文跋 ……………………………………………… 209
書壇山石刻跋 ………………………………………… 209
秦瑯琊臺刻石跋 ……………………………………… 210
西漢孝王刻石跋 ……………………………………… 210
建平郫縣石刻跋 ……………………………………… 210
開通褒余道摩崖跋 …………………………………… 210
延光殘碑跋 …………………………………………… 210
五瑞圖西狹頌跋 ……………………………………… 211

夏承碑跋 …………………………………………………… 211
裴岑紀功碑跋 ………………………………………………… 212
武氏石室畫像跋 ……………………………………………… 213
跋林歗雲所藏《武梁祠荆軻圖》後 ………………………… 213
孔和碑跋 ……………………………………………………… 214
韓敕造禮器碑跋 ……………………………………………… 214
桐柏廟碑跋 …………………………………………………… 214
曹全碑跋 ……………………………………………………… 214
張遷表跋 ……………………………………………………… 214
孔彪碑跋 ……………………………………………………… 214
楊孟文石門頌跋 ……………………………………………… 215
比干墓碑跋 …………………………………………………… 215
八風壽存當瓦跋 ……………………………………………… 215
有萬熹瓦跋 …………………………………………………… 215
千秋萬歲瓦跋 ………………………………………………… 215
甘林瓦跋 ……………………………………………………… 216
沈松生龍文磚跋 ……………………………………………… 216
沈松生漢磚各種跋 …………………………………………… 216
魏受禪表跋 …………………………………………………… 216
鍾太傅季直表跋 ……………………………………………… 217
周孝侯碑跋 …………………………………………………… 218
書瘞鶴銘 ……………………………………………………… 218
唐文皇飛白書後 ……………………………………………… 218
唐石經跋 ……………………………………………………… 219
集王聖教序跋 ………………………………………………… 219
諸書聖教序跋 ………………………………………………… 220

家藏九成宫碑跋	221
李衛公獻西岳書跋	221
皇甫誕碑跋	221
李北海雲麾將軍殘碑跋	222
端州石室記跋	222
麓山寺碑跋	222
普照寺碑跋	223
殷府君夫人碑跋	223
李文墓志銘跋	223
重刻大字麻姑壇記	223
孫過庭書譜跋	224
石門銘跋	224
書淳化帖後	224
大觀帖跋	225
書快雪時晴帖後	225
書裹鮓帖後	225
章草急就篇跋	226
米南宮參星賦跋	226
文山先生琴背跋	226
趙松雪四體千文跋	226
祝枝山千文跋	226
文衡山隸書跋	227
戲鴻堂宋南庫本洛神賦跋	227
戲鴻堂刻薛少保杳冥君之銘跋	227
董思白楷書伯夷列傳跋	227
家藏無名氏楞嚴經跋	228

書虛舟跋韓敕碑後 228
題劉石庵節書長笛賦 228
百漢碑研齋縮本魏君碑跋 229
縮臨魏元丕碑跋 229
仿漢雙魚洗跋 229
仿漢長生未央瓦跋 230
自書景君銘後跋 230
自臨楊君孟文頌跋 230
自書千文跋 230
愛吾廬論書 231

雪梅集叙 233
雪梅集 234
釋超弘如幻 234
山中樂咏雪峰四景 234
雪峰佛閣追步何鏡山韵 234
雪峰雨後用前韵 235
巖中獨坐 235
咏巖桂 235
道余上座到山中 235
釋明睿思聖 235
載和山中樂咏雪峰四景 235
釋甘泉開蓮 236
訪雪峰和上 236
釋照拙道余 236
山中樂咏雪峰四景,次本師和上韵 236
遜庵洪先生游雪峰以詩見示,步韵奉酬 237

龔岸齋居士同諸公過訪雪峰，遇雨步韵……………… 237
　　酬丁唐采居士見贈 ……………………………………… 237
　　酬信魯居士過訪不遇 …………………………………… 237
　　雪峰八咏 ………………………………………………… 237
釋如壽濟翁 …………………………………………………… 238
　　和山中樂咏雪峰四景 …………………………………… 238
釋照華慧嚴 …………………………………………………… 239
　　甲子春登雪峰，訪道余和尚 …………………………… 239
釋海印端章 …………………………………………………… 239
　　山中樂咏雪峰四景，和法祖老和尚韵 ………………… 239
　　雪峰八咏次本師和尚韵 ………………………………… 240
釋鼎立瑞照 …………………………………………………… 241
　　訪雪峰章老和尚不遇 …………………………………… 241
釋德輝指谷 …………………………………………………… 241
　　題雪峰四景 ……………………………………………… 241
釋寂澄葦航 …………………………………………………… 242
　　步法曾祖四景原韵 ……………………………………… 242
釋寂光慈度 …………………………………………………… 242
　　步法曾祖瘦松老和尚咏雪峰四景元韵 ………………… 242
釋圓慧聰性 …………………………………………………… 243
　　題雪峰四景 ……………………………………………… 243
釋寂亮惟寬 …………………………………………………… 243
　　題雪峰四景 ……………………………………………… 243
釋法悟真淳 …………………………………………………… 244
　　步瘦松老祖四景原韵 …………………………………… 244
釋照晃正提 …………………………………………………… 244

題雪峰巖 …………………………………… 244

　　步瘦松老祖詠雪峰四景韵 ………………… 245

　釋普忍佛然 …………………………………… 245

　　登雪峰參法祖葆光老和尚 ………………… 245

　釋衍崧慧高 …………………………………… 245

　　詠雪峰四景 ………………………………… 245

游杭日記 ………………………………………… 247

春空倡和詩卷 …………………………………… 250

　丙戌春初得二詩,無題,謂之《快活吟》可也 …… 250

　道正夫子示以《快活吟》,依韵回還,謹和 …… 250

　和道濟 ………………………………………… 251

　偶檢正學編疊前韵 …………………………… 251

　再疊前韵奉和,創用蟬聯格,以示相續不絕之意,録呈粲政 …… 253

　春宵夢覺,忽憶前後五代時事,起而書之 …… 253

退藏小室隨筆 …………………………………… 255

蕃市略 …………………………………………… 263

　朝鮮 …………………………………………… 263

　日本 …………………………………………… 264

　琉球 …………………………………………… 265

　呂宋 …………………………………………… 266

　班愛 …………………………………………… 268

　呐嗶嗶 ………………………………………… 268

　猫里霧 ………………………………………… 268

　莽均達老 ……………………………………… 268

　文萊 …………………………………………… 269

　吉里問 ………………………………………… 269

蘇禄 …… 270

文郎馬神 …… 270

舊港 …… 271

丁機宜 …… 272

越南 …… 272

占城 …… 274

暹羅 …… 275

六崑 …… 276

赤仔 …… 276

宋腒膀 …… 276

噶喇吧 …… 276

麻喇甲 …… 278

大泥 …… 278

柬埔寨 …… 279

荷蘭 …… 280

嘆咭唎 …… 281

干絲臘 …… 281

柔佛 …… 281

彭亨 …… 282

法蘭西 …… 282

亞齊 …… 283

附海險 …… 283

温陵溝渠小志上 …… 285

府志城池 …… 285

《晋江縣志》城池山川水利古迹 …… 291

地理大全水法 …… 293

溫陵溝渠小志下 ……………………………………………………… 294

    光緒六年三月請重濬東南隅八卦溝公稟 ……………… 294

    欽加道銜特授臺北府署泉州府正堂趙示 ……………… 294

    募修溝道公啓 ……………………………………………………… 295

    告懇衆善助修溝道啓 …………………………………………… 296

    致福州泉泰茶棧貽琴族兄書 ……………………………… 297

介山詩存

紅蘭館小叢書　集
明惠安李愷抑齋撰

蔡白石乞得留都,詩以送之四首

彼雪霏霏,彼風之厲。冀馬北鳴,吳歙南繫。彼其之子,糦之以蘭蕙。彼草如苗,彼日之暄。桂舟春水,楊柳前川。彼其之子,扈之以蘺荃。秣陵建邦,自彼古昔。鍾阜之蟠,大江爲澤。龍劍雲飛,烏衣日夕。寓興□秋,忘筌五石。景毫有命,自我先王。乃立宗廟,乃飾冠裳。周言豐鎬,被以詩章。鳳鳴于岡,維皇有光。

送趙奉常雲崖之南都三首　雲崖先翁武宗時爲大司空。

嗟爾先世,揉此萬邦,曰峻宇雕墻,曰非司空之嘗,合也則亡。嗟爾先世,爾兄爾弟,正直是麗。夙興夜寐,翼奉常之祭。嗟爾先世,辟彼松柏,根也如石,蒼蒼其色,維子有令德。

感遇十首錄六

曉日散行露,涼飆下庭柯。人生如不飲,其餘歲月何?美肴肆瑤席,瓊酒舞婆娑。吹笙問竽瑟,對客歌松蘿。松蘿影相依,兄弟氣相和。和樂未終極,明月下西波。

其　二

高樓皓月景,照見綺窗人。起視河漢光,永望參與辰。參辰阻夜度,牛女恨天津。征夫萬里道,少婦二十春。行行去從軍,纖素願有聞。君王宣令德,千載閉玉門。虞庭揮干羽,胡虜思漢恩。夫君有寶劍,不用生飛塵。

其　三

秋至木葉黃,良人在朔方。歲晚歌蟋蟀,東壁鳴寒蛬。下除見新月,短布有微霜。感此良可傷,誰與君同裳。賣絲納租稅,無褐奉姑嫜。幾日罷征戍,鳳兮歸故鄉。

其　四

曉來步東門,堤上三月春。窈窕誰家子,雜沓出風塵。緩舞羅衣袖,輕歌妙入雲。鶯鳴南國樹,花發酒盈尊。眷彼采桑婦,見此淚沾巾。去年辭母嫁,三歲守夫貧。貧者無良謀,高堂有老親。陽春豈不愛,實命不由人。

其　五

杪秋氣方肅,鴻雁識先幾。朝過陰山關,暮辭函谷西。宿食南海旁,嗷嗷荻花磯。如何梁上燕,飛去朔方啼。大雪頹毛羽,嚴霜涸其泥。物情固有適,閑念反淒其。安兮危所倚,福兮禍所罹。吾愛魯連子,不受黃金羈。

其　六

秋高胡馬肥,弓弰勁如鐵。天子賞邊功,壯士臥霜雪。不立塞上勳,愧此城頭月。寒至鳴鵾鳩,閨人惜離別。行者未授衣,居者心煩結。但願君食貧,不願君秉鉞。

弔周迹山四首

堯舜垂衣裳,嬰鱗誰氏子。浮雲天際飛,白日比干死。清夜魂歸來,屋梁空延佇。鳴琴發秋聲,鼓枻下湘渚。

其　二

驚風飄菀楊,無淚灑芳草。跖命悠以延,顏歸傷太早。七竅獨赤心,幾日問蒼昊。我懷慘不舒,爾功盈周道。

其　三

美人蒙露露,芙蓉江上秋。收骨二三子,掩涕衢路周。金錯紛相贈,酹酒淚雙流。宿草爲誰緑,黄鳥空自愁。

其　四

生者誰爲養,死者懷君恩。先幾集霰雪,遲日采蘩蓀。皎潔書在牖,凄涼人倚門。彭殤徒爲爾,萬里來歸魂。

桃　源　洞

紛華歧路側,大隱入深山。葉落忘秋老,花開對樹間。鷄刀何日化,鶴馭幾時還。盡説神仙境,誰知洗□灣。

度七盤嶺有懷

傷兹萬里艱,更度七盤山。鳥語烟霞石,嵐開虎豹關。終朝看寶劍,幾日賜瓊環。却憶陶公傳,彈琴歸去還。

采蓮曲三首

采蓮復采蓮,合到曲江邊。羞見漁郎面,雙扇掩嬋娟。

其　二

采蓮復采蓮,强我登舟去。桂槳漾波輕,荷花向日語。

其　三

采蓮復采蓮,移櫓到前川。水國花相照,艷陽六月天。

偶　作

春深庭竹漸翠,偕洪芳洲坐譚其側,意思甚適。日將夕矣,偶得太白山人四韵,各次之而歸。

草長緑盈車,花飛事減一。春來我不知,春去歸何疾。

其　二

倚竹坐無詩,浴沂它有興。偶然有數花,却夢迷三徑。

其　三

聞鶯聲以流,折柳未盈把。此日送東風,何年歸故野。

其　四

白日影當户,青雲客到門。天山三日霧,烽火萬家村。

辰沅憶家山錄五

越國春初緑草,關山雨後青松。遥想閨人夢寐,託情雙鯉緘中。

其　二

流水落花無定,荆南薊北安歸。偶憶迴文素手,拭泪縫我春衣。

其　三

沅芷澧蘭初茁,空齋白日高春。春心無人管住,夕照十二峰中。

其　四

世路傷心朝雨,長空回首暮霞。三山白雲萬里,二月遍地紅花。

其　五

干羽未格蠻方,瘴霧又填幽谷。安得鳳凰吹簫,栽成嶰山緑竹。

戊午,倭攻城急,病夫散金募士死守旬日,圍解,因而書懷

肩興出南壁,銃氣熏北門。宗國誰爲恤?小邦或可吞。豺狼恣跳躍,士女如崩奔。自漸丘壑姿,昔蒙國士恩。散財結客豪,畫計間倭軍。圍急城將缺,時危志彌敦。功成耻受賞,憂讒懼觸藩。我有東山畝,飄飄自不群。

荒田詞

田畔枕溪流,田禾長蒿草。偶從郊外行,試問村中老。官家有税徭,私家需杭稻。春耕何穢蕪,秋秩令人惱。老翁前致詞,侯主且勿懆。凶饑復連年,惡客罔天道。索租會及時,輸糧苦不早。縣吏夜捉人,去去入山島。不能顧牛羊,猶自携襁褓。逃者死他鄉,存者焉可保?欲言已吞聲,惻惻憂如搗。采以上歌謠,

無力叩蒼昊。

秋興次杜少陵韻

余丁未懸車,今耄矣,獨戀窮山松風竹月之下,感今懷昔,鬱抱不能以已,則日次一詩,積成八首。

一聲鴻雁噭西林,千里凝眸氣爽森。流水江頭迷去住,浮雲天外變晴陰。清時漫試屠龍手,白髮空餘伏驥心。獨對寒山吹夜笛,淒淒似是搗霜砧。

其 二

小隱山頭日欲斜,秋心月下惜年華。神州畈畈歸皇極,河漢盈盈泛斗槎。楚客懷人時結茞,羌胡款塞夜吹笳。昌黎二鳥徒興羨,白日光榮玉樹花。

其 三

憶昔神京擁曉暉,未央珠履佩聲微。九成管瑟喧天奏,五彩雲霞向日飛。補衮忠誠何處見,逆鱗情緒與心違。歸來夢斷荒三徑,喜有塲雞八月肥。

其 四

世事紛紛似局棋,年來堪喜亦堪悲。鷗夷賜劍忠無補,洙泗鳴琴樂有時。綠野朱門春寂寞,烏衣金谷草蓁遲。臨風感慨人千古,鴻鵠歌殘有所思。

其 五

秋聲蕭颯滿溪山,秋思蕭疏客夢閒。却貢和蕃南海島,<small>暹羅感余,爲建却金亭。</small>上書降料敵門關。<small>上毛尚書書,言登庸必降。</small>申椒馥郁誇靈佩,籬菊英華駐老顏。嘆息思君傷歲暮,秋必搖落鬢毛斑。

其 六

宏景山中嘆白頭,芙蓉塞水報新秋。疏桐華月呈清景,白露蒼葭結暮愁。才子長沙曾賦鵩,何人南浦不疑鷗。自憐賜玦心徒赤,欲候安期海上洲。

其 七

節鉞當年恥訟功,持衰哭母出辰中。<small>乙巳辰,沅聞母喪。</small>傷成貝錦開東墅,剩有龍泉寄北風。鶴鶉避人千仞迴,黿鼉破浪滿江紅。翻雲覆雨誰知己,潦倒相看簑笠翁。

其 八

木落山空徑路迤,水㵎石出釣魚陂。一川風月清如滴,九畹蕙蘭香有枝。鸜鵒蜚鴻明日去,蒓羹鱸膾暮秋移。寂寥多恨憑誰語,讀罷《騷經》老淚垂。

送呂叠石大尹之藍山二首

歲序薰風早,離筵碧草長。鶯歌人不愛,逐雁過衡陽。

其 二

月明湘水綠,日暮藍山清。白露雲間下,雙鳬天際鳴。

早　起

二日烟花翠欲流,一春伏枕未梳頭。忽聞黃鳥依人語,何處杜鵑送客愁。

南園獨坐

綠槐野樹繞南園,遲日紅花照酒尊。獨坐柴門無一事,自傷白髮暗消魂。

大　笑　集

紅蘭館小叢書　集
明晉江林胤昌素庵撰

洞　游　記　一

　　林子清源之游屢矣，此獨名"洞游"者何？憶十年前與諸同志選勝泉山，慨然欲窮三十六洞，考其興廢，勒爲記咏，屢訂未果，或游半而中輟。癸未春，黃季弢布衣輯《南臺志》成。余謂南臺僅六六之一耳，清源何可無全志？乃以全志專屬布衣，而以洞游私商之芮公周子，會縞庵吳子假歸，游事鼎具。因拉山人林綏之繪游圖，僧冲如、净一治游徑，以孟夏廿一日先登舟峰。舟峰者，余曾大父封州守公佳城在焉。舊洞曰無塵庵，宋高僧慶老所築，址廢不可尋，但記李文肅贈詩云："峰頭大舸誰安楫，我欲看君使石舫。"則無塵庵即在舟峰可知。峰左有林洞，又左爲雷薦亭，余祖朝列公所寄孝思也。亭成雷起，事頗異，詳蔣相國記中。余讀郡志，見宋劉屏山先生詩有"杖策謁舟峰，開軒對綠叢"之句，始知此地曾經昔賢賞識。屏山先生者，朱晦翁師也。先生兄子羽知泉州，故先生有舟峰之游。今人但知溫陵爲紫陽陶淑之區，而不知爲屏山過化之地。舟峰五百年榛莽，再始開闢，祥雷薦發，良有以也。吳子曰："自林子開山以來，吾已三集於此，今日當讓周子先登。"乃振袂齊上，鼎踞峰巓。遥望金谿，舉杯相酌，而歐陽石室比肩並峙，若可飛渡者，惜石舫使不動耳。於是舍航登輿，馳入鏡山，即賜恩之下巖也。巖久廢，有石如鏡，何司空匪莪先生讀書此山三十年，築醉月巖，墨迹毫光，猶有存者。憶余昔日嘗攜觴過從，先生每出赤壁賦杯，盡醉昇歸，入室尚呼林子。又一日語余曰："吾於厚戀鄉立坊，舟、休、四、鏡、臺、龜、獅七名山，以舟峰居第一，實以爾祖居榜首也。"余笑曰："舟峰自應第一，先生固非徇情耳。"先生德業文章爲世所宗,又善汲引後進,殁後有白雀之祥,識者以比關西大鳥云。吳子曰:"今日洞游仍首舟峰,當爲何先生舉一巨觚。"乃步躡登四恩巖,巖爲宋李文肅隱居處。朝恩四及,因名四恩。中有石鐫觀音像,莊嚴妙麗。其下井泉清冽可汲。舉頭四望,則中巖、虎巖、大休巖錯落於巨石古樹中,嵯峨翁鬱,莫辨興廢。惟仰睇石室一龕,知爲歐陽行周先生崇祀處也。先生以文章聯第,爲泉開荒,舉主則陸宣公,同年則韓退之。名位雖未甚達,然披其著作,如《懷忠賦》、《玩月詩》、《曝背龕記》,蓋卓然高曠而不滓者。退之稱其於慈孝最隆,而黃璞乃有太原函髻之謗。今取太原寄所思詩讀之,"高城已不見,況復城中人"。此即山榛隰苓之思也。好事不察,附和喜傳,古人受誣,每每如此,可不慨哉!吳子曰:"雲髻開箱,即使有之,亦何損公盛德?"乃頂禮而退,掃石踞坐,呼酒分韵。周子因詢虎巖舊迹,云:五季時僧守息有馴虎之異,然今人只知石室,不問虎巖,則以行周先生故耳。人傑地靈,又安可誣耶?吳子謂余:"今日濟川之事,是在吾子,舟峰片石,當與鏡山石室並傳。"余笑曰:"君固知石航使不動耶!夫藏舟於山,猶伐檀於水也。今二先生以舟楫之才利川濟之用,雲飛鳥逝,一瀉千里。余病廢山居,鹿麋爲群,無所適於用,責以利涉之具,譬如石航下於金谿也。要以薑桂之性,匪石難轉,一片剛腸,猶堪與鏡山石室前後相照,則奉教於舟山者多矣。"周子曰:"峰頭安楫,千百年今始開權,且觴而歸,與吳子共借筍溪之霖雨,爲君蕩此石航也。"

自舟峰至歐陽得六洞,同拈"舟"、"陽"二韵

閱人無限此峰丘,曾記屏翁策杖游。林洞恰同歐室隱,雷亭敢擬鏡山幽。七巖題勝原推首,五月開觴便掛舟。<small>是日初交芒種。</small>莫信孤航輕似葉,君恩萬里泝江流。<small>時有賜環之報,余未敢信也。</small>

其 二

爲尋六六古山鄉,却訝五巖簇半箱。中下兩區餘賜刹,虎休二室只歐陽。當年誰首登龍榜,此地空留醉月光。薄暮詠歸遲柝響,喜看霖雨欲沾裳。<small>時有山警,城禁頗嚴,暮即馳歸。歸治大雨,喜得甘霖,又喜其不沾衣也。</small>

洞游記二

　　洞社初游,吳子、周子並記,余自以一日得六洞爲喜。越月小暑,周子招余與吳子及山人綏之、上人沖如再游。始于龜巖,終不易巖,一日而得八洞,景象幽奇,視前加迥。余固懶作記,乃又不能已于記。記曰:龜巖在五臺峰之陽,唐歐陽詹、林蘊、林藻讀書處也。巖奉廣利尊王,王陶姓,唐時來自江介,以賈行閩。歲灾,逢異頭怪面二人,云受上帝命,挈藥投井,俾灾衆生。陶奪啖之,代此土生靈。郡人立廟曰"糶糶宫"祀之。他日賽神,紙灰香烟直抵龜山,因昇法身定祀。今泉俗歲疫迎王賽謝,當是此神,而愚民只認瘟元帥,不識廣利王,殊可嗤也。從龜巖再躡而北爲獅巖,巖半廢,巨石怪聳,俯視萬千。中有石洞,若瓦窰然,邃窈深涼。一僧趺坐,吳子羡之。禪室一扁,則余友謝耽韵爲僧求余題者也。近年暑氣侵入,相與盤礴洞中不能去,而沖如上人藤笠芒鞋游具甚猛,綏之山人拉茶杖從之,余乃與周子、吳子披茸茇棘並驅而前,訪所謂妙覺巖者。巖在倒旗峰下,舊趾平衍可居,頹垣猶在,然累累皆荒墳矣。有泉曰瑞香泉,今匾曰"聖泉",宋人銘之云:"鑑者神清,飲之無疾。"吳子先到,飲兩盂,甘冽甚,猶恐余與周子分其味也。從妙覺逆折而上,有日休巖,郡志曰頭陀巖也,巖久廢。周子云:"是巖居兩山之腋,水煞侵宅,宜其廢也。"余向以大休即日休,今始知有二休。而前游所得六古洞,可稱七洞矣。從日休全瑞象,複徑欹仄,與荆榛争道,輿不可肩。吳子步躡數百武,見石亭半峙,石罅半塞。僧淨一、上蓮來迎,曰:"此瑞象,背後寒山巖也。"踞坐稍憩,頓忘盛暑,於是摳衣禮大佛像。像爲宋元祐中林道所鐫。前有羅漢峰,如群僧排行;後有片瓦巖,天然石室可居。憶余先年曾與蔣相國夜宿聯句於此,相國詩云:"穿日天礙瓦,眠雲地破痕。"余詩云:"千峰霞外舉,一月袖中捫。"其時亭榭猶堪栖止,曾日月幾何,荒頽遽甚。惟回帕、雲髻諸峰及石鉢、石龜、石窗、石門巋然如昨。周子曰:"此地今已屬外翁,俟平淮蔡後,當來料理茲勝。"余笑曰:"相國嘗云,晋公之緑埜,不及温公之獨樂,恐彼時復忘情山水,不如吾儕先爲料理耳。"乃席地團坐,披閲舟峰圖卷。

酒數行,午飯畢,僧上蓮曰:"此去碧霄不遠。"復肩輿並驅,至見巨石刻佛三尊,曝烈日中,前刻石瓢。吳子曰:"安得妙覺泉,消此石佛渴?"旁有石碑,字畫遒楷。周子停輿讀之,舉頭見一"壽"字,高廣丈餘,爲宋淳祐邑宰林奭奉親游北山所鎸。周子嘲余曰:"今日龜山有林蘊、林藻,瑞象巖有林道,茲碧霄復有林奭,名山都爲君家有,豈樂山僻,固有祖傳耶?"余曰:"'山林'二字劈離不得,如余乃林密山深耳。"時日午炎蒸,僕痛山砠,輿人呼僧速還。而僧上蓮聾不能聽,急携余手入透碧霄,大叫奇絶。冲如、綏之始攀崖再進。見兩石裂罅,一線碧天,高能數丈,廣僅半席,側入透出,可五十武,鬼斧神鑿,幽幻莫測。余顧謂綏之:"此景須化工筆,方繪得成。"冲如復下山急請周子來游,而吳子先回龜巖,以不及透碧霄爲憾。余因嘆勝景勝游,遇合亦有緣。曩者黃季峉布衣每爲余述透碧霄之奇,幾度清源,過碧霄山下而不及登。茲登碧霄矣,向微上蓮指引之銳,且幾於半途而廢。然使上蓮耳官稍聰,旁聽衆咻,亦幾爲輿人所阻,而不引余以竟透也。探奇慕道之士,此可以思矣。透碧霄對峙一亭曰"白雲滿地"。折而下即不易巖,石壁崚峭,余先年亦曾屐到,今一望榛蕪,不復別識。綏之來告云:"山道紆峻,當棄輿攀樹而行。"净一上人復辭去,余乃止。歸途怏怏,以到山不易,遂成老尼之識,終今日一缺事也。於是與周子復入龜巖,吳子方啖荔,作而曰:"頃者之游樂乎?"周子曰:"透者竟透,不易者竟不易也。"吳子曰:"古未有以透與不易名巖者,願暢其説。"余曰:"請以人爲喻。今夫人濡首名場,薰心利藪,終其身營逐於風塵而不獲知有山水之樂者,病在見不透。又或青松白水,豹隱龍卧,顧一出擔天下事,僨轅折軸,類於挾山超海者,又在見太易。觀透碧霄而胸無疑團,觀不易巖而行無錯趾矣。且夫人顧立志何似耳,志鋭則龍門可鑿,北山可徙,透者竟透,如上人之引碧霄。志餒則寶山空手,却步求前。不易者竟不易,如余之成老尼識。斯説也,可以參禪,可以悟道。"周子曰:"善!"因舉觴共醉,請卜日再游,毋使咫尺苔蘚遽稱蜀道,爲唐宋四林諸君子所哂也。

自龜巖至透碧霄共八洞,得"寒"、"霄"二韵

　　崔嵬列洞一齊看,炎暑日休輿未闌。成象龜峰並獻瑞,點頭獅子欲登壇。

泉逢妙覺遂稱聖，巖倚碧霄却透寒。最訝蘇苔封石壁，住山還易到山難。

其 二

躡步雲關望紫霄，翻開圖畫急相邀。碧天一線窺僧杖，古佛三尊掛石瓢。活世無緣分廣利，壽親何必愧漁樵。古今興廢留多景，付與山鷄蚤續貂。

洞游記三

孟子曰："子好游乎？吾語子游。"游覽山川與游説人國不同，其嚚嚚自得之趣一也。夫山川之游，亦有窮達焉。或銜泥跋險，或觸炎攀山；或榛莽塞徑，或雲烟迷道；或僕馬痛痟，濟勝乏具；或賓主左次，杯榼後時。此皆游而窮者。若乃風日清美，賓朋雅偕，躡屐無多，探奇偏饒；徘徊名公之故墟，逍遥高僧之玄隱；吟思自豪，觴政不酷。此則游而達者。要以窮達殊遭，總成自得，則余與吳子、周子今日之游，其庶幾乎？洞社三游，吳子爲政。是日先派靈源、泰嘉、大道、栖霞、半嶺、遵巖六洞。僧冲如謂："靈源久湮，無足觀者；遵巖在百丈坪，稍遠，姑俟後舉。"綏之曰："若是，則古洞僅得四，將無存見少耶？"余笑曰："足矣！"吾郡先正，德業清望必推顧新山先生，文章名世必推王南江先生。一築院泰嘉，一結廬半嶺，迹兩先生所寄趣，皆有嚚嚚自得之思。今讀新山《書院記》云：辭寵者避喧，逃虛者習静。一似厭城市而薄軒冕。南江《清源記》自述久廢於時，而山水之樂不以易千駟之君。彼其視一代元卿，聲烈蔽於江漢者，猶不啻卷石寸木之在兹山，抑何壯也！新山揚歷中外，名成身退，位登九列，壽躋耋耄，其於游也爲達。南江十八登第，三十蚤廢，官不過參知，年未及耳順，其於游也爲達而窮。然兩先生之寓情於山水，與山水之價所待於兩先生者，顧非有餘而王非不足。迄今庭前雙檜驚素月之懸秋，洞頭片石疑凝冰之出熱。荒草頽垣中，兩先生呼之或出。是泰嘉、半嶺賴兩先生而存，兩先生之名固不隨泰嘉、半嶺而没也。余小子鹿鹿，德業文章毫無足恃，達不敢望顧，即窮亦安敢望王？乃山水之游，嚚嚚自得之趣，獨於兩先生偏有遇焉！或不至爲泰嘉、半嶺之山靈所厭棄，則斯游也，所得其亦不爲少歟！若夫王方伯之笠亭曲水，獨擅幽奇；郭太僕之松濤海月，長存古質。與冲如上人等巖中之蘭香名色，迥別人間，則吳子、周子之記已詳，無所俟余綴矣。時崇禎癸未七月之既望也。

自泰嘉至等巖共四洞，得"嘉"、"遵"二韵

散步雲山興自嘉，參天老檜影空斜。温陵壽耉推先輩，謂新山先生。江左文章幾大家。謂道思先生。亭笠正堪浮曲水，巖荒何處問栖霞。平原未許開觴醉，七月邠風好嚼瓜。

其 二

幾度石墻望可遵，遵巖曾以等巖新。藝蘭却向雲中耨，傳鉢偏宜鼎底親。半嶺無人翻《本草》，道思先生自言：一付腸胃翻出一部《本草》。長城何代訪先秦。秦時有獨子者，當築長城，夜哭大道，遂身代之。低佪絶壑生狂絮，風雅于今始屬閩。

洞游記四

老氏之學以虛無爲宗，佛氏之教以著色相爲累。彼其視天地苞符如空花泡影，又何有於山川之蓊蔚、水石之幽奇？然而佛老之身，終不能不托於儒者之天地；佛老之學之教，終不能不附於名山大川以致其傳。吾於清源山下得兩石像焉：一爲老君，一爲彌陀。自老君而西有片瓦巖，其東有清泰巖，皆廢。獨老君歸然露頂而坐，俯視鯉城，掀髯睜眼，凛有生氣。昔夫子見老子以爲猶龍，而兹像余見以爲猶虎也！相傳不敢屋，屋則大蟲至，此一奇也。自彌陀而下有勢至巖、木龍巖、梅巖、觀音巖。觀音亦石像，然莊麗不如彌陀。勢至、木龍、梅巖俱廢。惟彌陀半區，石可漱，流可枕，佛室僧户頗堪憩足招飲。一徑如登華胥臺，最上則丈六金身，魁然高踞，石室崇嚴，稱金剛不壞，此又一奇也。則又竊嘆儒者之天地山川，名區奇勝，偏爲佛老有，而佛老二者亦似有所選於名區奇勝，以壽其肢體，以長立久視於人世，而不復置身虛無以色相爲累者。於是林子偕吳子、周子爲洞社第四游。復拉山人綏之、僧冲如、净一輿俱。時凉秋九月，氣清天朗，山光野色，倍覺親人。初謁老君，揖三巨觥祝之，鬚白忽變黑，衆咸驚異。

綏之曰:"老君趺坐,由來未嘗舉杯,今日爲三先生徑醉矣。"因登輿西觀片瓦巖,從榛莽中披出,乃鬼室也。折而東,歷清泰巖,荒園一丘耳。勢至巖頗寬衍,已夷爲民居。攀躋而上,見"陶石"二字甚古。至此則舍輿躡鞋,猿甍相引。古樹參差,怪石巘崎,出入其間,趾不可歇。時吳子已先往彌陀,獨余與周子勇躡前進,尋木龍、梅巖舊址,不可得。渴甚呼茶,席地稍憩。一樵人在旁誦老君巖詩聯,琅琅出口,詢之即守老君巖者也。冲如因誦《木龍贊》曰:"此地當即梅關。"余笑曰:"如此望梅,何緣止渴?"少頃茶至,跋足再登,見懸泉墜壁,淙淙谷響,知爲彌陀巖。巖有飲者,乃遲佛殿。午飯畢,始登巖。頂禮金相,佛光焕發,相徘徊不能去。乃復上巢雲巖,巖爲詹司寇悶亭所築,黃文簡記之。壁間有葉相國、何司空諸名公詩文。余曩游曾讀遍,兹再誦一新。周子指破壁中字痕曰:"此余二十年前所題詩也。"余曰:"此間墜檐未盡荒草,當繇君如椽撑住耳。"相携出巢雲門,徑觀水瀑,懸崖千尺,激湍流聲。吳子曰:"孰能濁以静之俟清?孰能安以動之徐生?此是一部《道德經》。"冲如僧曰:"名一往來,而實無往來;名爲不來,而實無不來。此是一部《金剛經》。"余曰:"逝者如斯,不舍晝夜。此是吾道嫡派。"周子嘲余曰:"今日游山,乃復講學?"余笑曰:"源頭活水,正自會合三教。"綏之曰:"如此説法,恐石老君、石彌陀亦應點頭。"於是引觴曲水,盡醉而罷。歸途猶見紫氣西騰,尚欲拉余輩入"招飲徑"也。

自老君巖至巢雲共九洞,得"梅"、"雲"二韵

　　棱棱石骨並崔嵬,《道德》、《金剛》兩部開。三爵岡陵酬國老,半龕風月禮春臺。雲爲高士偏巢岫,水以木龍曲泛杯。最喜秋光浮紫氣,相將谷口共尋梅。

其　二

　　幾番佛室望朝雯,今日猶龍見老君。石影參差何處瓦,樹聲繚繞却多雲。千年洞壑留金相,半嶺梅香入斜曛。寄語山僧休避客,潺潺流水共音聞。

洞　游　記　五

　　泉山之有三台也,以清源、南臺、百丈坪合而三也。清源有偕樂亭,南臺有

襥雲亭,景勝增奇,游人適焉。惟百丈坪稍偏左,巨石布地,三塔凌空,海天灝渺,亭榭靡托,游屐亦遂罕到,然探奇者思之。甲申暮春十有四日,周子招余與吳子爲洞社五游,蓋距癸未孟夏初游已周一載。甚矣,勝游之難也。山人陳旭之、林綏之,僧冲如先於半嶺相徯。見前日所游王道思先生廢址忽已葺新,知爲郭太薇侍御所築。日月幾何,風景改觀,嘆賞久之。乃步至百丈坪。吳子、周子相視駭怖,謂非人間,當在天階閬苑之上。是日風霽烟清,海波漾闊,江城錯落於雲端,峰巒翔伏於天外;石光披照如萬端錦練,一色平鋪。周子大叫奇絕,曰:"此亦可亭,何故獨步?"余曰:"曩屢游亦商及此,或云地脈有礙;若茲亭舉,則三台鼎峙矣。"相與徘徊,卜度未定。僧冲如遥指山背虎砼,云"海潮室"在焉。累石容膝,裴道人所吸日月精華處也。躡屐携手引入室中,始悟道人修真亦認旦氣。曰"海潮室"者,觀日出也。折而西即清源洞,亦名純陽洞。中祀八仙,予匾之曰"三台八座",周子以爲巧湊。左有佛殿、僧房、魁星閣,右則蛻巖、西洞天、偕樂亭,詳載余前二記中。茲特標純陽洞者,志不忘古也。出純陽洞,石徑磴懸,老樹幽香,殆似仙家風味。其下汪、姚二公祠特新敞。而所謂東、西巖者,僧指兩旁石壁即舊址,余無以辨也,乃趨下洞。紫澤宮久圮議修,事尚有待。惟董仙之賣雷與裴仙之騎虎,上下頡頏,並傳奇異。乳泉一孔涓涓從紫澤宮地脈瀹注而出者也。憶前年有人墳其上,泉爲之涸。余與蔣八公相國白孫郡守、戈邑令共鋤去之,即日涓涓復流。又有邑丞鐫德政頌于乳泉之石,余急磨之,易以"卷石勺水"四字。此二事皆有足紀者。因思南臺之丸泉與紫澤之乳泉清洌不殊,而顯晦或異。乳泉盈科後進,放乎四海,丸泉一丘一壑,自謂過之。士各有志,泉亦宜然。於是疾馳南臺,訪黃布衣不值,過清聚亭讀郭菽子學使、憂韓雲郡守唱和詩,低回不禁。再睇襥雲亭,則天然圖畫依舊卷舒,若待主人翁賞識者。入南臺禮龜山先生龕,誦黃相國、劉學憲未亭訪賢諸記,知吾道果南矣。周子謂南臺曠覽不及百丈坪。余謂此可分左右,未可置軒輊也。乃呼僮取丸泉烹茗,觥籌交錯,紫霄夕照,促人游踪。予再詢泰空室、楞伽院舊迹,僧謂二巖久廢,且遠十里許,當俟後舉矣。周子屈指五游得三十二洞,似當以百丈坪爲冠。

余則謂清源諸勝終當以中台絶頂爲上。左台明光滿地,右台叠石參天,皆以奇勝。中台四壁無際,一團趺坐,却以平勝。清源發脉朋山,中台獨顧其祖,斯又道德之崑崙,文章之泰岱也乎!時吳子將有粵東藩憲之行,游事以此日竣。所留四洞,余當與周子補之。或山靈未厭俗客,仁智恰有同心,尚欲勉構百丈坪一亭,以結三台鼎峙之願。周子曰:"壯哉,林子之志也!"移觴呼盧于白雲亭下,御風待月以歸,真不啻有"吾與點也"之趣矣。

自百丈坪登清源至南臺,得"清"、"南"二韵

襯雲偕樂兩崢嶸,此日雲開百丈坪。赴海萬川兼石涌,觀潮一室與仙争。洞分上下花朝暮,巖隱東西客雨晴。踏遍三台酣未半,歸途月上韵偏清。

其 二

誰振孤芳祝道南,空山猶自禮儒龕。劈開石罅源頭水,襯入雲衣天外嵐。溪海繪成春錯錦,峰巒鬥出樹叢蠶。何須掌底將雷賣,未發雷聲好細參。

大笑閣記 閣以望清源而築,故附。

仁知者之樂山水,其未可以山水樂也。登山覽眺,而憚跋屐之勞;溯水泳游,而鮮擊楫之壯。則有其樂而無其具者矣。策蹇乘槎,悵山川之阻修;披圖展畫,嗟夢寐之懸隔。則有其樂而無其境者矣。境湊矣而情不相値:鄒從牛山,景公以之揮涕;峴臨漢水,羊子爲之興悲。情酣矣而時不長假:宴設醉翁,驚夕陽之在山;樽開赤壁,訝東方之先白。夫使樂山水者,必有其具,有其境,有其情,有其時,而後可以樂。則仁知者之於山水也,亦僅僅焉耳矣。若夫境有限而興無窮,足迹所蹴,累月難周;目力所收,一覽可盡。岳陽樓之氣象萬千,超然臺之游於物外,予竊有取焉。予耽寂里門,夙有山水之癖,游興所濃,輒築亭以寄其懷。於笋江有風乎亭,於舟峰有雷薦亭,於南臺有襯雲亭,於清源有偕樂亭。暇則偕賓客,携殽煮茗,呼觴引滿,蓋十餘年來未嘗一日離山水也。近余廢且病,髯戟已悉,酒資亦罄,羅雀之門,賓客漸稀。以故倦於游,而山水之興猶未

變,乃於舍旁之西別築跂亭。跂亭者,仰止高山而跂予望之也。或告之曰,是亭宜月而不宜雨,宜燠而不宜寒,宜飲酒而不宜讀書。□廬竹樹,遮翳頗稠,而望不能以遠。余乃喟然嘆曰:"仁知者之樂山水乃僅跂焉而已乎!"舍旁東有隙地,舊爲種棕葉竹之屬也。冬夏青青,茂柯不改,是葉亦有君子之道也。予因其地方廣僅丈餘,築三層:下爲軒,中爲樓,最上爲閣。閣成,予以朝暮讀書其中,東望舟峰,則誦劉屏山"開軒對綠叢"之詩。北望清源,則吟裴真人"好酒吃三盞"之句。睹南山有臺,而頌天子之萬壽;觀雙陽並翠,而慶有朋之遠來。若乃百雉開堞,萬井鋪茵,金雞鳴樓,紫雲浮塔,九峰羅其前,似列真之供几案;金粟峙其右,類涌筆之插雲霄。蓋萬里烟霞,□之眉睫,斗室風月,舒爲圖畫。用力簡而得趣多,覺曩日所築諸□皆猶存乎見小也。范文正之登岳陽樓也,猶有去國懷鄉、憂讒畏譏之想;坡公記超然臺,猶叙歲比不登、日食杞菊之憂。予廢棄□居,日侍老母無他慕覬,課子弟以詩書,課僮僕以農圃,擷蔬當中,啖荔作飯,雨朝月夕,左經右史,予又安往而不樂也哉?予友傅子漢溪聞之,以"超然"二字見贈,曰:"坡老之臺,素老之閣,其游於物外之意一也。"予遜謝否否。是閣安敢望超然?抑韓昌黎有言,自謂大好人必大笑之,不笑不足以爲道。予今者蕭蕭棕葉下,咕嗶章句,遠望山水,自謂大好,正恐人之大笑也,因題曰"大笑閣"而記之。時崇禎壬午秋之乞巧日。

  余作此記時已無意洞游,欲以遠望得之。閣成之後而五游始遂,乃嘆山水之樂似有夙緣,而友朋相助而成之功亦不可誣也。書此以似吳、周二子,當爲余再發一大笑。甲申暮春,胤昌又識。

館閣絲綸

清安溪陳萬策對初擬

增上太宗文皇帝尊諡册文

聖人有作,贊化育於兩間;至德難名,耀聲華於萬禩。道光簡策,頌溢寰區。欽惟太宗應天興國弘德彰武寬温仁聖睿孝隆道顯功文皇帝,覆戴同規,中和建極。照臨六合,亶成性之聰明;表正萬邦,錫自天之智勇。布公誠以待下,英俊歸心;施慈惠以寧人,蒼黎繫命。武功耆定,雷霆驅精銳之鋒;文教宏敷,日月炳休明之象。修明禮制,辨車服於中朝;綏緝要荒,總兵球於屬國。纘肇基之迹,式廓帝圖;恢受命之符,彌膺天眷。耿光大烈,已開一統之模;厚澤深仁,遂裕億年之祚。欽承丕構,永懷締造之猷;思闡鴻稱,莫罄顯揚之願。式稽古典,爰合僉謀,謹奉册寶,增上尊諡曰太宗應天興國弘德彰武寬温仁聖睿孝敬敏隆道顯功文皇帝。伏冀神靈陟降,緒業昭融。恭承列祖之庥,永篤曾孫之慶。謹告。

增上孝莊文皇后尊諡册文

道符內則,垂芳範於六宮;德懋母儀,享鴻聲於九廟。几筵增煥,典册攸新。欽惟孝莊仁宣誠憲恭懿翊天啓聖文皇后,應地凝庥,倪天表度。仁宏逮下,《關雎》傳和靄之心;禮重正家,闕翟仰端凝之度。櫛風沐雨,常參變伐之勛;旰食宵衣,每佐憂勤之治。誕我世祖章皇帝,鍾殊祥於華渚,勤善教於長秋。八埏歸王會之圖,四海戴慈闈之澤。逮我聖祖仁皇帝,神姿濬哲,奉蘭殿之徽音;景曆攸長,受椒塗之介福。備兩朝之尊養,運啓羲農;裕奕葉之貽謀,名高任姒。顧惟冲眇,夙荷恩暉。茲當繼序之初,惟切追崇之義。謹奉册寶,增上尊諡曰孝莊仁宣誠憲恭懿至德翊天啓聖文皇后。伏冀長綏純嘏,俯鑒精誠。合萬國之歡情,昭二南之雅化。謹告。

封多羅誠郡王册文

義行黜陟,聿彰大法之公道;酌寬嚴用,□篤懿親之誼式。渙絲綸之尚,霈茅土之封。咨爾允祉,乃皇考聖祖仁皇帝之第十子,朕之兄也。系貴星潢,位崇藩邸。當内殿趨庭之日,每悖訓詞;逮朕躬御極以來,多違禮度。俱垂容恕,彌長矜憍。全無感愧之心,顯恣乖張之性。定愛書於國憲,未足蔽辜;念同氣之天倫,姑從降爵。仍受以册印,封爾爲多羅誠郡王。於戲!省愆追悔,庶漸悟而知非;見善思遷,將試觀其改行。恩難屢幸,懔懷榮辱之機;福可自求,勉效靖恭之節。欽哉。

封恪靖固倫公主册文

鸞書申錫,恩必厚於本支;象服增輝,誼每殷於同氣。載稽令典,用賁殊榮。咨爾恪靖公主,乃聖祖仁皇帝之第六女也。秀毓紫微,祥開銀漢。承深宮之至訓,無怠遵循;緬女史之芳規,宜懷黽勉。朕纘登大寶,仰體鴻慈。聿宏錫類之仁,特沛如綸之命。是用封爾爲恪靖固倫公主,錫之金册。謙以持盈,彌厲敬恭之節;貴而能儉,尚昭柔順之風。克樹令儀,永綏多福。欽哉。

封貝勒延信册文

威宣閫外,寄重任於銀潢;績奏師中,賁殊榮於丹闕。震聲靈而及遠,申寵命以加崇。爾延信宗室偉材,戎韜上將。揚麾秉鉞,奉聖祖之神謨;陷陣摧鋒,振天朝之耆武。自古未通之疆域,於今咸入乎版圖。克樹奇勳,載施茂典。是用封爾爲貝勒,錫之册命。嗚呼!烽烟永静,窮萬里而廓清;茅土增封,傳千秋而衍慶。尚懋勞謙之德,用承敦睦之恩。欽哉。

追封啓聖王册文

達天盡性,溯道統之攸歸;崇德報功,體孝思之不匱。惟誕生夫睿哲,遂永樹乎師模。宜賁徽章,特升峻秩。緬惟先師孔子之父叔梁公,望重魯邦,業傳鄹邑。秉姿勇毅,垂史傳之盛名;積慶攸長,衍家庭之令緒。感殊祥於闕里,兆啓素王;徵靈應於尼山,運鍾至聖。粵從前代,顯贈上公。兹當纘緒之初,更議推恩之典。特追封爲啓聖王,錫之册命。於戲!澤惟裕後,聿宏作述之規;善則規親,宜極尊榮之禮。儀型如在,嘉命是承。

封達賴喇嘛册文

朕纂承鴻業,撫輯遐區,廣播仁風,宏推德化。其有修持正覺啓迪生民者,繼其宗傳,錫之名號。爾達賴喇嘛,夙成善果,屢耀禪燈。西方接大乘之源,東土嚮聖人之化。聖祖仁皇帝申威殊域,布惠遠人,重設法床,聿興黃教。朕聞爾性姿聰敏,操履精虔,諸部信從,衆心歸仰。是用封爾爲西天大善自在佛所領天下釋教,普通瓦赤拉呾喇達賴喇嘛,授以册印。爾尚宣示國恩,敷揚梵義。群生向善,式宏化導之功;荒服永安,用副綏懷之意。欽哉。

景陵聖德神功碑文

皇天眷佑國家,顯謨盛烈,世世相承。太祖太宗,肇基東土,締構鴻圖。世祖混一寰瀛,克成峻業。篤生我皇考皇帝,亶神聖之資,立君師之極。大德廣運,乾行不息。至明如日,至仁如天。集皇王之大成,亘古今而首出。書契以來,罕有倫比。以揚列聖之耿光,以裕我無疆大曆。服予小子,鑽承基緒,既奉册寶,恭上尊謚。惟山陵禮畢,宜建豐碑。而臨御六十餘年,厚德豐功,布濩宇宙,盈溢簡牒,巍巍乎,蕩蕩乎,不可殫述。謹掇大概,鎸勒貞珉,用昭垂于億萬祀。叙曰:聖祖合天弘運文武睿哲恭儉寬裕孝敬誠信功德大成仁皇帝諱,世祖體天隆運定統建極英睿欽文大德弘功至仁純孝章皇帝第三子也。母孝康慈和莊懿恭惠溫穆崇天育聖章皇后在娠時，孝莊文皇后見孝康章皇后衣裾若有龍繞，知爲毓聖之祥。逮降誕之辰，異香滿宮，經日不散。五色光氣充滿户庭，與日並耀。宮人内侍，咸所瞻睹。天表奇偉，耳大聲洪。雙瞳日懸，隆準岳聳。膚理瑩白，皎然玉潔。舉止嚴重，性度恢宏。敦敏聰明，出言中理。六齡時世祖嘗命與裕親王、純親王各言所志，對曰："待長而效法皇父。"世祖深異焉。遂定付授意，辛丑正月嗣登大寶，時甫八齡。孝莊文皇后問所欲，對曰："惟願天下乂安，兆人樂業，共享太平之福。"孝莊文皇后動容嘉嘆，知能荷神器爲生民主也。自出閣讀書，十行俱下，略不遺忘。洎講幄既開，日與儒臣論難往復，雖烈暑沍寒，猶命日進講義，宮中端坐，翻繹未嘗暫輟。焚膏繼晷，常至中宵。遂志覃思，好古敏求，勤篤甚於儒素。譚經評史，發揮道奧，流覽之功，偏于七略。爰及緯象、聲律、算數、百家方術之書，莫不觸類洞徹，得其精要。故知性知天，察人倫而明庶物，雖昆蟲草木，研究其理，罔不一以貫之。敬天尊祖，禋祀必親，齊明盛服，率禮無愆。至年踰六十，頗艱拜起，冬至上辛祫祭，群臣懇請遣官恭代，猶必親詣郊廟，省視陳設。行迎神之禮，仍居齋幄，默致精誠，俟恭代者禮畢然後旋蹕。天性純孝，事孝莊文皇后垂三十年，致愛盡誠，委曲周至。嘗從幸赤城湯泉，乘馬不離左右，遇道路傾仄即下馬扶輦。至於踰峻嶺，值驟雨嶇嶔，泥濘之間，扶掖升降，彌加恭謹。康熙二十六年冬，孝莊文皇后聖體不豫，皇考親嘗湯藥，席地而坐，目不交睫，衣不解帶者三十五晝夜。逮疾大漸，曲赦罪人，以祈冥福。自撰祝詞，步禱南郊，請減己算，以延慈壽。伏地誠懇，涕泗交頤，至居廬寢苦，哀瘠過甚，不盥沐者數十日。釋服後仍處偏殿，衣布素，恭送龍輴，每日必步隨數里，朝夕慟戚如初喪。終身思慕，每一言及，聲泪俱發。事孝惠章皇后垂六十年，備極孝養。省方江南，避暑塞外，必奉鑾輿以行。孝惠章皇后嘗念溫簡公主，傷悼輟膳，皇考弗膳也至日晡。諸王大臣固請皇考趨寧壽宮勸慰，視膳畢然後回宮進膳。康熙四十九年，孝惠章皇后壽躋七旬，皇考亦年近六旬矣。正月元夕，宮中張燈設宴，親起舞良久，捧觴稱千萬歲，中外傳爲天家盛事。友愛裕親王、純親王，同問安慈寧宮，每序家人之禮，親親之誼，久而彌篤。其疾也，屢親視之；其薨也，屢親臨之。宗室中用其才俊而禮其高年，無爵位者亦有常廩，又設爲官庫，以資其吉凶之緩急。自康熙六年始親政事，未明求衣，日昃忘食，數御門延見公卿，詳論得失，綜理萬機，日有常程，靡所稽滯。嘗於巡幸之次，章奏未至，秉燭以俟。比至已漏下四鼓，披覽達旦，遂忘寢息。孜孜圖治，不自暇逸，歷六十餘年，終始惟一。虛己求言，以廣視聽。片詞之善，必蒙采錄。或星象示異，旱暵爲沴，即命群下直陳休咎所起，無有隱諱。又命督撫諸臣密奏地方利弊，所宜興罷者，雖在萬里之外，周悉情狀，視若目前。審官班祿，必惟其當，內自六卿之屬，外自縣令以上，臨軒召見，觀其可否，然後命之。其以清修苦節著聞者，立行甄擢，以風有位。介胄之士無小大，必親試其能，開霽天顏，從容詢問，寸長微績，並加獎勵，人皆感激自奮。加以聖性天授，一經睹謁，歷久不忘，故文武之選，程材使器，官得其人，人稱其職。皇考勇智天錫，廟算如神。國家初定中原，因時權宜，以滇與閩粵地極邊遠，俱鎮以重藩。歲糜餉數百萬，久握兵柄，尾大不掉，內不自安。請撤兵以覘朝廷意，議者皆言勢重難移。皇考深懷永圖，燭其終爲悖逆，宜早定大計，遣大臣趣召之。吳三桂果反，耿精忠繼之，乃宜睿略，簡禁兵，守荆州，安慶、鎮江爲聲勢，命諸王大臣爲大將軍，分道並進。三桂自出至衡州，湖南皆陷。王師扼之於岳州，用戰艦據江湖，斷賊餉道，三桂憂怖死。拔岳州，盡收湖南地，由陝西取漢興，定四川。明年定貴州，又明年遂定雲南。逆孳自焚，餘黨悉平。精忠兵出仙霞，旁擾溫台，遏之衢州。屢摧其鋒，逐北入仙霞，順流而下，精忠自縛軍前，溫台賊悉破散。尚之信最後反，王師北自韶州，東自潮州蹙之，之信束身乞降。中間孫延齡陸梁於桂林，王輔臣潰亂於寧羌，戈鋋所指，不久就俘。當賊勢之熾，大江以西，五嶺以南，悉爲賊踞，烽火幾半海內。皇考默運神謨，不動聲色，八載之間，再定寰寓，廓清氛翳。耿精忠之亂，鄭經自厦門盜踞下游三府。精忠敗，大兵乘勝復三府，經遁歸厦門。越二年，克厦門，經遁歸臺灣，以海舟守澎湖爲門户。皇考決策遣帥征之，大治艨艟，以六月乘北風攻澎湖，再戰破之。臺灣震聾乞降，遂以其地爲郡縣。海氛起於明季，自鄭成功巢穴兹島，傳子經及其孫歷三世，出没爲閩南患，至是悉靖。

察哈兒部布爾尼,元之遺裔。其先世納款獻傳國璽,祖父俱荷特恩尚主封王,父阿布奈漸爲狂恣。皇考不忍置諸法,羈之盛京,俾布爾尼襲封。召之不至,遂以所部叛。遣將率禁旅合科爾沁兵討之,深入其阻,殲其伏戎,環山急攻,追逐潰竄,射布爾尼殪之,招撫其衆,北藩以寧。俄羅斯慕德嚮化,來奉職貢,乃其邊人羅刹踞雅克薩城,納我逋逃,以擾索倫。興師東征,拔其城,縱其俘,振旅而還。羅刹伺隙復至,遂以兵圍之,窮蹙慴懼。會俄羅斯察漢汗遣使上疏謝過,乞解長圍,命大臣往定邊界,東北數千里,從古未入中國之境,胥隸版圖。厄魯特噶爾丹,梟桀習戰鬥,劫服諸番部,殘回子千有餘城,復破喀爾喀七旂數十萬衆。喀爾喀舊爲強國,建號稱汗,於是始稱臣,內附皇考,以其地爲蒙古藩籬,親巡塞外,受其朝謁,錫之名爵,乃頒詔旨,諭噶爾丹息兵寧人,顧頑梗弗率,闌入邊界,皇考葉安藩服,躬申天討,以康熙三十五年春,簡熊貔之旅,由中路進。知賊不敢逆戰,必逸而西,別遣大將由西路進,營土剌河以待之。六飛迅發,拊循士衆,與同甘苦,山川效靈,水泉沸涌。至克魯倫河,噶爾丹驚惶逃遁,窮追至拖諾山,棄其輜重,連夜西奔。西師邀之於昭木多,大破之。噶爾丹收合餘衆,竄伏窮荒。其冬,車駕再出濟河,至鄂爾多斯,綏安降附。明年春,又親率六軍,取道寧夏,循賀蘭山出哈密,擒其子以獻。其族類青海台吉濟農等請隸屬國,親信徒黨丹濟拉等潛輸誠款,師次狼居胥山。天兵四布,噶爾丹勢孤援絕,仰藥自盡。丹濟拉携其遺骸及女子人口來歸,朔漠蕩定。策妄阿喇蒲坦,噶爾丹兄子也,殘拉藏大掠其地,謀據圖白特部。皇考以太宗文皇帝時,班禪額爾德尼、達賴喇嘛知東土有聖人,遣使歸命,涉無人之境,經讎敵之邦,數載始達。追念厥誠,不可以勿救,於是分遣將帥,率西寧諸路之兵,自青海入,賊潛踪夜至,連敗之。四川雲南之兵,自拉里路入,綏輯圖白特、唐古特諸部,整旅前驅,不遺一矢,遂定藏地,封呼必爾罕爲達賴喇嘛。附寧道俗,胥歸帖泰,西域衆國,忻喜感戴,委贄恐後。軫念東南水患,屢勤翠華,躬視河淮,每步行長堤,或掉小舟,周迴觀覽,高下險易,瞭若指掌,授策河臣,罔不奏效。開中河以避黃河百八十里之險,治下河則疏人字芒稻河注之江,濬蝦鬚諸溝注之海。治清淮則培高堰,塞六壩,以蓄其勢。開張福口、裴家場以暢其流。治黃河則浚雲梯關以通海口。築挑水壩,開陶莊,引河以導其北向,築減水壩,修鹽河以洩其旁溢。於是淮不東漫而西敵黃,黃不南灌而東趨海。下河七州縣化浸爲沃,禾黍遍野,漕艘商舶,上下數千里,安若衽席。其在畿輔之內,則堤子牙而漳、滏、滹沱無泛濫,開柳垡口而蘆溝不橫決,皆皇考頻年巡省,面授經畫,用迄於成績。《河源略》載:《元史》江源於古未考,皇考先後遣使尋求,知二瀆同源於科爾坤,一出東北,一出東南,脈絡分明,可正《水經》之遺闕。勤求民瘼,凡所在賜雨之期,封疆大吏隨時奏聞。偶有旱潦,無不周知,賑恤之恩,不稽旬日,籌劃詳盡,溥遍優沃。故雖有愆伏而民忘其灾。遠至蒙古諸藩,並厪睿慮,分遣使臣,教以網罟耒耜之利,俾知鮮食艱食。每聞積雪荒饉,即賜之牲畜米糧,咸獲贍給。及喀爾喀來臣,恩亦如之。康熙三十六年,朝鮮以大饑告。截河南漕米由登州泛海,發盛京倉貯,合水陸運致四萬石,減直平糶,又賚米一萬石,凋瘵盡起,舉國抃慶。蠲租之詔,無歲不下,所在以灾傷見告,即與減放,積年逋負,輒免追征,積算無慮億萬計,人用底於殷阜。四十八年,特頒敕旨,遞免天下地丁錢糧,三歲而遍,八埏之內,次第霑被,寬仁之澤,浹於黎烝。隆冬停流遣之期,盛夏解囹圄之禁。法司奏讞,多所矜釋,和氣薰蒸,萬方康泰。至如三藩之亂,所全宥不可勝紀,明降敕諭,耿精忠祖父立功先朝,其兄弟不預逆謀,居官如故。其屬下人見任文武官員雖有父兄子弟在賊中者,一無所問。又如噶爾丹子女赦弗誅,俾子有室女有家,仍官其子環衛。自秦漢以降,反逆之條蔓,及宗族橫枉無辜,皇考宏曠蕩之恩,遂除二千年誅戮慘酷之禍,慎玆祥刑,復於三代,興行教化,申之以告誡,御製訓飭士子文,刊於學宮,聖諭十六條頒於州縣。訓詞深厚,丁寧周至,士習民風於焉丕變。崇敬先師,表章前賢,東巡守至於兗州,親詣闕里,致祭孔子,拜跪之儀,有加於往代。預遣太常樂官,教肄聲舞,以昭盛典。廣賢裔博士之封,宋儒周、邵、二程、張、朱,皆稱子而不名,升朱子祀於堂。壽考作人,開鄉會試者各二十有二科。髦俊蔚興,輩出相望。增江浙入學名數,廣直省鄉試解額,文思光被,苗猺之秀,隸籍賢宮,島上君長,遣子弟就業辟雍,窮山踰海,靡然嚮風。右文稽古,命儒臣纂修《周易折中》，圖象卦爻之緼，皇考親加論定。又修《書》、《詩》、《春秋》傳說，彙纂《性理精義》、《朱子大全》，經籍之道，煥然大明。又親授詞臣，考訂律曆曆法，以七政小輪解贏縮，以恒星東行解歲差，以白道推日食三差，以渾圓論地體，用三角八線之算。三代而後，惟我朝之曆得天，爲萬世不易之法。又用北極高度交食遲蚤測地理南北東西差，得《皇輿全圖》。樂律合縱橫秦定尺得黃鐘真度，以隔八相生得叶應之聲，以線體不同辨絲管比例之率，製器諧音，爰作中和之樂，祭祀朝會用之。其他所編輯卷帙繁富，充於內府。聽政之暇喜操翰墨，文成典誥，詩爲雅頌，書迹神運天矩，爲百代楷模。豈五鈞之弓，射四尺之矢，發必洞貫，馳騁山谷，如履康莊，文事武備，並臻其極。他若百工造作之藝，一寓目力，制度生焉，所謂天縱之聖又多能也。致敬前代，禮踰常典，前後南巡，親祭明孝陵者三次。止輦於大門之外，由東門入，拜跪之儀，同於闕里。又欲封其後裔，俾承世祀。予小子祗奉遺言，錫之侯爵，眷待耆舊，恩禮周渥，念其誠勤而恕其不逮。皇考在位既久，公卿大臣戎行將帥多服官至四五十年，麗眉皓鬢，內則師濟盈朝，外則旄榮相望，鮮不以功名終者。皇考自幼齡時，奉孝莊文皇后慈訓，平時飲食、居處、言語、動履皆有矩度，盛德自然，動容中禮。苞扆政，天顏肅穆，雖宮廷閒宴，一顰一笑，不以假人。對諸子及左右近習，從不譚論國政。太和元氣，充於四體，冬不爐而自溫，夏不扇而手足未嘗濡汗。正衣冠，尊瞻視，終日儼乎若思。逮于耋齡，聖敬日躋，敦尚儉素，衣不辭澣濯，食不取珍異。宮掖人數至少，宮中及光祿寺一歲所費，較之前代僅十之一。服御器用，歷久不易，未嘗以故敝棄遺。巡幸所至，不煩民間一物。宮室舟舫，純用樸斫，無丹青之飾。秉德謙冲，自平三逆、滅噶爾丹凱旋告功，及五旬、六旬萬壽節，五十、六十年寶曆國家大慶，諸王公、文武臣僚、太學生徒、京兆耆老，屢請恭上尊號，雲集闕下，備陳丹懇。皇考頻下諭旨，讓而弗居。於戲！惟我皇考，躬備聖德，久道化成，風教翔洽。錫福烝乂，胥躋于仁壽，乃至鳥獸草木，咸若守成之業。恢于創造，拓開疆宇，廣袤各數萬里。在昔未賓之國，重譯踵至，戴天履地，含生負氣之倫，莫不尊親，自有生民蓋莫盛於斯日者。然且兢兢業業，緝熙單心,敬上天之明威,察下民之視聽,焦勞萬務,未嘗以天位爲樂。憂勤惕厲以迄于終身,是所以接堯、舜、禹、湯、文、武、孔子之心傳,優入聖域而仁覆天下也。康熙六十一年冬十一月甲午崩,聖壽六十有九。雍正元年九月丁丑葬景陵,其山曰昌瑞。謹拜手稽首而作頌曰:

二儀儲祉,三朝篤慶。景祚重輝,皇初媲盛。河浮寶圖,日開璧鏡。亶聰亶明,乃神乃聖。翼翼昭事,仰格高穹。化將道贊,祭以誠通。虔承九廟,儒慕兩宮。大孝備矣,至德光融。爰在冲年,夙成睿智。致泰之蓑,徵乎言志。日就月將,古訓是嗜。理數兼該,窮源抽秘。萬幾在御,八表君臨。克勤于政,無逸爲箴。晨輝欲起,宵漏已深。慮周禹迹,事厪堯心。廣聽並觀,樹旌建鼓。靡善不揚,有闕斯補。四門攸闢,庶官式叙。既采珪璋,亦羅貙虎。苞有三蘖,怙勢悖恩。狼烟夜接,蜃霧晝昏。嘽嘽王旅,礪刃麾旛。恭憑神略,載定乾坤。始議撤兵,盈廷慮害。皇燭先幾,應時剪艾。遂躪鯨窟,樓船挂旆。廓我提封,有截海外。乃平元裔,殪厥凶渠。世濟其逆,自干天誅。乃平羅刹,釋厥繫俘。遠酋慕義,服而捨諸。維彼雄梟,蹂殘鄰國。鄰國來歸,頓顙受職。敢抗明詔,寇攘孔棘。有嚴天子,三征漠北。磧飛翠葆,谷響金鉦。百神助順,泉沸草生。張以天網,墮膽銷形。蕩滌妖慝,萬里塵清。蠢兹遺孼,殄滅黃教。自謂荒邈,狂跳縱暴。堂堂天兵,幢牙茸纛。如雷如霆,何幽不到。三危底定,毆散豺狼。瑤池之水,崑崙之岡。書傳所記,咸我版章。敷天之下,無不庭方。《虞典》歲巡,《周詩》時邁。眷念河淮,頻乘四載。既安二瀆,亦通百派。灑沉淡災,功成永賴。東南億兆,翹首豫游。帝從人願,歌舞迎舟。省方詢俗,胥樂同憂。行地風動,自天澤流。歲有恩綸,蠲租賜復。益道大光,惠心普渥。賜雨偶愆,膏露已沐。豈無儉年,人皆鼓腹。塞外屬國,凍雪繁霜。資爾牛馬,哺爾餱糧。東藩告饉,越海以航。八路耆孺,拜舞跟蹌。象魏既懸,雞竿屢樹。罪無拏戮,法以情恕。貫索其空,桁楊可厝。化秋肅殺,爲春和煦。德惟善政,道在遺經。瞻望東魯,懷溯儀型。言紆萬乘,親奠兩楹。禮恭樂備,檜柏增榮。覃心四府,降意儒術。典籍誕興,英髦踵出。爰在璣衡,協時正日。爰製鐘磬,審音調律。海涵地負,大哉聖言。奎鈎日字,煥乎宸翰。文經武緯,異用同源。道高能博,藝備德尊。修敬勝朝,躬臨鍾阜。三恪垂封,嘗烝有後。恩禮舊勳,容貸愆咎。完節令名,保艾黃耇。戒奢立制,反樸維風。撝謙克讓,川受谷冲。穆穆其敬,安安其恭。《洪範》五事,《玉藻》九容。盡漠啓宇,跨海肇域。維我皇考,憂勞靡極。三靈集祐,五祀膺曆。維我皇考,兢勤不息。綱縕和氣,六合富康。貽我臣庶,食德難忘。綿延豐祐,七曜示祥。貽我子孫,卜世無疆。葱鬱陵園,川繞峰侍。敬刊穹石,揭于埏隧。作君唐虞,作師洙泗。於赫頌聲,充滿天地。

平定青海告成太學碑文

我國家受天眷命,撫臨八極,日月所照,罔不臣順,遐邇乂安,兆人蒙福。乃有羅卜藏丹津者,其先世固始汗,自國初稽首歸命,當時使臣建議界以駐牧之地,其居雜蕃羌,密近甘涼。我皇考聖祖仁皇帝睿慮深遠,每廑于懷,既親御六師,平定朔漠,威靈所加,青海部落札什巴圖兒等震讋承令。聖祖仁皇帝因沛殊恩,封爲親王,兄弟八人,咸賜爵禄。羈縻包容,示以寬大。而狼心梟性,不可以德義化,三十年來,包藏異志。朕紹登寶位,優之錫賚,榮其封號,尚冀革心,輯寧部衆。而羅卜藏丹津昏謬狂悖,同黨吹拉克諾木齊、阿爾布、坦温布藏、巴札布等實爲元惡。謂國家方宏浩蕩之恩,不設嚴密之備,誕敢首造逆謀,迫脅蕃羌,侵犯邊城,反狀彰露,用不可釋于天誅,遂命川陝總督、太保公年羹堯爲撫遠大將軍,聲罪致討。以雍正元年十月師始出塞,自冬涉春,屢破其衆。凡同叛之部落,戈鋋所指,應時摧敗,招降數十萬衆,又降其貝勒、貝子、公、台吉等二十餘人。朕猶憫其蠢愚,若悔禍思悛,束手來歸,尚可全宥,而怙惡不悛,負險抗違,乃決剪滅之。計以方略,密付大將軍羹堯,調度軍謀,簡稽將士,用四川提督岳鍾琪爲奮威將軍,於仲春初旬禡牙徂征,分道深入,搗其窟穴,電掃風驅,搜剔巖阻。賊徒蒼黃糜潰,窮蹙失據。羅卜藏丹津之母及逆謀渠魁悉就俘執,擒獲賊衆屢萬,牲畜軍械不可數計,賊首逃遁。我師踰險窮追,獲其輜重、人口殆盡。羅卜藏丹津子身易服,竄匿荒山,殘喘待斃。自二月八日至二十有二日,僅旬有五日,軍士無久役之勞,內地無轉輸之費,克奏膚功,永清西徼。三月之朔,奏凱旋旅,鐃鼓喧轟,士衆欣喜。四月十有二日,以倡逆之吹拉克諾木齊等三人獻俘廟社。受俘之日,臣民稱慶。伏念聖祖仁皇帝威靈震於遐方,福慶流於奕葉。用克張皇六師,殄滅狂賊,行間將士亦由感激湛恩厚澤,爲朕踴躍用命。斯役也,芟夷凶悖,綏靖蕃羌,俾烽燧永息,中外人民胥享安阜。實承先志,以懋有丕績。廷臣上言,稽古典禮,出征而受成于學,所以定兵謀也;獻馘而釋奠于學,所以告凱捷也。宜刊諸珉石,揭于太學,用昭示於無極。遂爲之銘曰:

天有雷霆,聖作弧矢。輔仁而行,威遠寧邇。維此青海,種類實繁。錫之茅土,列在藩垣。被我寵光,位崇祿富。負其阻遏,禍心潛構。恭惟聖祖,慮遠智周。眷念荒服,綏撫懷柔。朔野既清,西戎攸震。爵號洊加,示之恩信。如何凶狡,造謀逆天。鼓動昏憨,寇侵于邊。維彼有罪,自平天罰。桓桓虎貔,用張九伐。王師即路,冬雪初零。日燿組練,雷響鞞鉦。蠢茲不順,敢逆戎旅。奮張螳臂,以當齊斧。止如山岳,疾如雨風。我戰則克,賊壘其空。彼昏終迷,曾不悔戾。當剪而滅,斯爲決計。勵兵簡將,往搗其巢。踰歷嶇嶔,坦若坰郊。賊棄其家,我繫而獲。牛馬谷量,器仗山積。寒兔失窟,何所逋逃。枯魚游釜,假息煎熬。師以順動,神明所福。旬日凱歸,不疾而速。殪彼逆謀,懸首藁街。獻俘成禮,金鼓調諧。西域所瞻,此惟雄特。天討既申,群酋惕息。橐戈偃革,告成辟雍。聲教遐暨,萬國來同。惟我聖祖,親平大漠。巍功煥文,邁桓軼酌。流光悠久,視此銘辭。繼志述事,念茲在茲。

歷代帝王廟碑文

歷代帝王崇祀之制,肇於唐天寶七載,始置廟京城,止及三代以前而已。明洪武六年,始於金陵立廟。嘉靖十年,乃建於京師阜城門內。當明初定制時,議禮之臣不能通知大體,崇祀祇創業之君,從祀惟開國之臣,自茲以後闕焉。我皇考聖祖仁皇帝秉大公之道,折衷百代,慨然有感于茲。康熙六十一年特頒諭旨,命廷臣詳細從容確議具奏。逮朕紹緒之初,廷議始上,舊崇祀帝王十一位,今增一百四十三位。舊從祀功臣三十九人，今增四十人。朕遵奉先志，重書牌位，諏吉入廟，行祭告之禮。仰惟聖祖皇帝用意之厚，立論之正，夐乎不可及也。夫三代以上若夏啓之能敬承，殷之太甲、太戊、武丁，周之成王、康王、宣王，頌美《詩》、《書》，光耀史牒。三代以下英君哲后，或繼世而生，則德教累洽，或間世而出，則謨烈重光，咸能致海寓之乂安，綿祚運之昌永。爰及當代名臣，皆有命帝廷，爲時輔佐，才堪霖雨，節凛風霜，比諸從龍之彥，何多讓焉。而開創以後之賢君臣均未列於俎豆，其爲缺略也大矣。至如蒙業守成之君，克終其位，保其國者，先代之舊章未泯，歷葉之流風猶在，民生其間者恬熙長養，以樂太平，是皆其功德之所被。夫有功德於民，則祭法之所不可廢者也。然則聖祖皇帝之重定祀典，詳慎周備，豈非千萬世不易之定論哉？廟貌既新，叙述本末，鐫于青珉，用昭示久遠焉。

惠遠廟碑文

我國家受天眷命，撫御寰瀛，光被四表，莫不尊親。太宗文皇帝崇德七年，班禪額爾德尼、達賴喇嘛知東土有聖人，遣使通款，路涉萬里，時經數載，始達盛京。逮世祖章皇帝時遂親至京師朝覲。是以策妄呵喇布坦之殘蹂西藏，皇考聖祖仁皇帝特遣大師往平其地，賜今胡畢爾汗册印封號，安置禪榻，重興黄教，非利其土地人民，所以酬班禪、達賴喇嘛昔年歸向之忱也。平藏之後，命貝子康濟鼐與諸部共相護持，不謂諸部輒生乖異，擅用戕害。朕遣大臣將兵往治其事，明正功辜，慰詢僧衆，而諸札薩克喇嘛人等咸以内徙爲請。朕思黄教之行，遠近一致，自近暨遠，其勢尤便，爰允所請，卜地于打箭爐之外曰噶達，創建寺宇，發帑金數十萬兩，遣官董司工役。依西方白賴本佛廟圖式，凡爲殿堂樓房一千餘間，又爲平房四百間，賜額曰"惠遠"。丹艧輝煌，器用充備，置兵以衛之。達賴喇嘛來登禪榻，率諸徒衆咸就新居，耆幼忻喜。使臣奏言：彼土早寒，造寺以來，氣候忽暖，深秋未凍，則知兹寺之建，人神胥慶，山川著靈。朕所以仰體皇考厚酬達賴喇嘛歷世恭順之誠，且以廣布黄教，宣講經典，使番彝道俗崇法嚮善，億萬斯年永躋仁壽之域,則於佐助王化爲益宏矣。是用紀文豐碑,以昭示久遠焉。

崇恩寺碑文

雍正元年正月,蒙古喀爾喀澤卜尊丹巴胡土克圖、四十九旗札薩克、七旗喀爾喀、厄魯特衆札薩克汗、王、貝勒、貝子、公、額駙、札薩克台吉、他布囊等合詞奏言:

臣等荷聖祖仁皇帝教誨養育如天覆幬之恩,歷六十二年,殊域窮荒,溥遍周浹,以子以孫,世世蒙賴,無所申其報效,區區之忱,不能自已。臣等同心一力,合資凡四萬三千兩,造三世諸佛像、八座塔、番藏經。京城北郭外有原爲達賴喇嘛修蓋之黃寺,請以贏財茸而理之。丹青黝堊,焕然以新,供佛像、寶塔、番藏經于兹寺。臣等感激攀慕之情,庶盡涓埃。

朕惟皇考聖祖仁皇帝以天下爲一家,以萬國爲一體,深仁厚澤,所以嘉惠藩服者,淪入于肌膚骨髓而不可忘也。諸藩王等詞語懇切,具見誠悃,遂允所請,命親王大臣往董厥役。工既告竣,勒文豐碑,以揚皇考功德之隆,以表藩服忠愛之篤,用昭垂于久遠。自今以始,爾諸藩王等其益修乃政事,撫乃臣庶,睦乃鄰封,俾民物蕃滋,疆宇寧泰,恭順述職,永享我朝泰平之福,斯則皇考陟降之靈,日鑒在兹,爾諸藩王等其敬念之無斁焉。是爲記。

和碩怡賢親王碑文

朕惟國家啓昌隆之運,則誕降名臣;祖宗鍾福慶之貽,則篤生賢胄。粤若師師虞代,稷、契爲帝室之英;濟濟周朝,旦、奭是姬宗之彥。莫不紀諸謨典,頌以聲詩,前迹可稽,遺編具在。如朕弟怡賢親王,則于古有光者也。王禀乾坤之清淑,萃川岳之精華,爰自幼年,早徵至行。禁庭奉誨,循禮度以持躬;内殿承歡,篤孝思於繞膝。寔超出於同氣,久默識於中懷。是以纘紹之初,慎選親賢之寄,特加恩命,晋授王封。正在亮陰,俾膺總理。當良奸之雜處,以鎮静服群情;遇綱紀之待釐,以精明襄萬務。誠勞既著,眷倚逾殷。綜中外之訏謨,司兵農之大

197

計,而王靖恭匪懈,兢勵彌深。體朕心爲己心,視國事如家事。詳核度支之積寶,府藏充盈;請蠲吴越之浮糧,閭閻康阜。興田功於畿内,秔稻連疇;籌水利於江南,河流順軌。至若邊形指掌,瞭大勢於川原;武略在胸,贊成謀於帷幄。壯戎容於雁磧,組練鮮明;裕軍實於龍沙,驊騮騰躍。蒼黔恬樂,罔聞徵發之煩;朝省安閑,莫見運籌之迹。是其潛思默算,備竭精誠,故能應變投機,下形聲色者矣。扶持正直,公道于以昭彰;薦達猷爲,人材由兹奮起。度惟謙挹,同事務協於和衷;量本寬宏,曹官胥歸於涵茹。領周廬之環衛,訓練維勤;定宮府之規模,施爲畢當。凡關於民生吏治,知無不言;曾經其熟究深圖,行皆有效。祗慎而不宣於衆,退讓而恐居其名。皆中禁之密陳,豈外廷之能曉?心迹則青天白日,衾影無慚;節操則瑩玉清冰,垢塵不染。研歲窮理,得聖經賢傳之精微;輔世寧人,具帝佐王臣之蘊負。道光竹帛,恢平章調爕之勛;瑞叶星雲,樹喜起明良之範。朕實賴王治安寰宇,王實爲朕翊贊昇平。既歷八年有如一日,斯乃上天降佑,列祖垂庥。賚良弼于本支,作盛時之樑棟。於皇考爲孝子,於朕躬爲純臣。自昔罕倫,在今幸覯。惠慈之性,宜其克享遐年;豈弟之恩,足以迓承繁祉。人情胥願,天數難齊。詎盡瘁以忘軀,遂抱疴之纏體。禱神祇而靡應,商醫藥而弗瘳。王忠愛之忱,始終一致。沉綿之候,遷避而勿敢上聞;危篤之期,溘逝而慮傷永訣。朕將臨視,王已飄升。望幻影於雲中,靈奇示象;蛻色身於塵界,慧覺超凡。生有由來,理當可信。王幽明感德,遠近歸仁。錫命每申,則日晴紫陌;祖筵方徹,則風藹青阡。翹叩總帷,動舉朝之痛憶;競隨素紼,溢長路之悲號。陳俎豆而配享廟廷,僉謀惟協;薦蘋蘩而建崇祠宇,輿論皆同。嘗賜標題,略書梗概,忠敬而加之誠直,勤慎而兼以廉明。禮重易名,約一言而該美善;義隆加謚,冠八字以示寵褒。朕親奠郊坰,頻紆車駕。時陳牲醴,屢遣臣僚。敦儉素之風,塋兆本由於自擇;議推崇之典,經費優給於官供。吉宅既安,豐碑宜勒。於戲!念股肱之誼重,雕刻金鏞;惓手足之情深,鋪揚玉牒。功高德茂,享亘古之鴻聲;生榮死哀,備生人之全福。將使斯文炳焕,偕星曜以流輝;貞石嵯峨,與峰巒而永峙云爾。

太廟祭告祝文

　　恭惟我列祖聖德神功,涵蓋宇宙,莫不尊親。獨厄爾特策妄阿喇布坦世濟凶頑,自其叔噶爾丹悖肆猖狂,皇考聖祖仁皇帝親率六軍剪除元惡。以策妄阿喇布坦素未同逆,遺餘部落聽其收撫,恩澤至渥。乃不思銜感,漸恣鴟張,殘破拉藏,荼毒生靈。皇考應時討定,猶未忍即加剿戮,宣諭再三,冀其知悔。臣紹位以來,復申諭旨,伊雖遣使乞和,乃敢容留逋叛,挾詐怙惡,旋服冥誅。其子噶爾丹策凌雖亦遣使詣闕,而心志詭譎,言詞誕妄。揆其奸狀,若不迅行撲滅,將來必為蒙古之巨害,貽中國之隱憂。臣夙夜思維,茲乃我皇考計慮多年,經綸未竟之緒。繼先志以行師,事非得已;順天心而討罪,機不容遲。廷議僉諧,戎行齊奮,是用簡帥臣而授鉞,占良日禡牙。仰憑列祖,功德崇隆,聲靈赫濯,旌旂所向,立靖氛塵,鐃鼓還歸,早聞凱奏。永綏藩圍,萬邦戴丕冒之天;惠保邊黎,九服遵蕩平之路。謹告。

上聖祖仁皇尊諡祝文

　　功參化育,配定位於兩儀;德冠皇王,著鴻名於萬世。禮隆假廟,式崇孝享之儀;義重尊親,聿備顯揚之典。肅將牲醴,奉告几筵。欽惟皇考大行皇帝,盡性綏猷,體元立極。圜丘展敬,精禋格於昊穹;方策垂謨,大業恢於列祖。孝思不匱,篤愛慕以終身;恩意旁敷,溥惇和而睦族。勤萬幾之在御,睿鑒周知;撫四海以為家,宸聰遠達。蠲租賜復,澤已浹於寰瀛;恤患賑災,惠不淹於旬日。聖由天縱,學且日新。精微契河洛之源,著述盡詩書之奧。文德既光於日月,武功更肅於風霆。截海外以輸誠,率域中而哀對。自古之兵威不到,琛贐胥來;於今之人力所通,君親共戴。宵衣旰食,緒雖接於守成;拓土開疆,勛實兼夫創始。是宜號稱聖祖,諡美仁皇。議集廷臣,而公心孚於六合;禮行今日,而定論協於千秋。彩煥金函,光騰寶冊。嗚呼!思深慕遠,人子之意何窮;大烈耿光,史臣之詞莫罄。伏冀綏我思成,錫茲祉福。恩覃薄海,萃萬國之歡心;德燕皇天,綿億年之景祚。謹告。

聖廟告成祝文

達天盡性,樹萬世之師模;重道尊經,煥千秋之廟貌。肅將嘉祀,用告成功。仰惟先師孔子,得聖之時,由天所縱。纂修刪定,啓宇宙之文明;祖述憲章,綜帝王之統緒。升堂入室,宏施樂育之恩;學禮誦詩,永作義方之楽。比高懸之日月,亘古莫踰;喻出類之鳳麟,生民未有。朕奉遺編而欽企儀典,務極其推崇;循舊址而鼎新經營,必盡其誠敬。頒於國帑,董以大臣,每繪式以先呈,乃按圖而指授。楩楠栝柏,求大木於名山;籩簋樽罍,選良工於內府。晶瑩黃瓦,準制度於宸居;璀璨玉圭,儼威容於聖座。懸標題之巨榜,灑翰親書;建屹峙之豐碑,摛文恭紀。工程累歲,時深虔恪之心;棟宇宏規,益備觀瞻之美。華榱雕柱,增輝講道之壇;璆磬金鏞,重振大成之殿。數仞之宮牆逾峻,兩楹之俎豆宜陳。特遣皇五子宏晝等親詣几筵,敬行祭告。於戲!卿雲糺縵,已開丹膲之祥;古檜貞堅,貯望青蒼之色。惟祈鑒格,式享苾馨。

關帝追封三代祭告祝文

敦大倫而垂範,忠冠古今;追先世之貽謀,禮崇祖考。式頒茂典,用展精禋。緬惟關帝,素志公誠,天姿勇毅。九霄皎日,長懸翼戴之心;萬古英風,不泯勁剛之氣。學宗洙泗,生平誦習《春秋》;光動河山,義烈昭垂宇宙。仰威靈之赫濯,無間於走卒兒童;薦俎豆之馨香,且遍於遐陬僻壤。高名完節,既長耀於史編;福國庇人,久特隆於廟祀。念神奇之所自,信積累之有基。爰命廷臣,聿稽門緒。千秋華胄,美三葉之芳規;五等崇班,錫上公之榮號。於戲!誼堅事主,躬正直以炳靈;孝重顯親,溯本源而褒贈。神其歆格,鑒此告虔。

河神祝文

朕注心河務,禮敬明神。歷歲以來,休徵屢著。若蘭陽之引河,自汕儀封之,深渠忽開,允賴神功,豈關人事。惟今年黃河之伏汎,具睹安恬,而季夏山左之南陬,偶生暴漲。入駱湖而驟溢,望洪澤以奔趨。踰越長堤,散瀰廣陌。河臣撫臣,雖心力之交勵,懼功績之難施。乃或畚锸未加而淤已出,或茭薪甫下而水勢遽消。至加宿虹彭家堡者,當灣溜之頂衝。本歲修之險要,加以漫開百丈,汹涌倍常。忽焉水徑歸於中泓,波自迴於北向。延裒而出,堆爲遥擁之灘;直暢以流,形類橫挑之壩。不獨塞一時之暫決,抑且省每歲之增修。萬夫共嘆爲奇逢,四野争傳夫異瑞。三旬之内,早奏安瀾。無糜費於金錢,匪淹遲於日月。糧艘復循其道,麥隴未失其時。不作而成,豈經營所能就;不期而至,豈謀慮所及知。斯實穹昊垂庥,明神贊佑。式彰符應,深慰朕懷。特遣河臣虔修祀事,聿申謝悃。惟神鑒歆彌顯,光靈永庇,助我國家平成之慶。

孝莊文皇后梓宫奉安祭文

垂闈垂範,配厚地以安貞;閟寢鍾祥,奠靈區而衍慶。諏辰既定,將成復土之儀;凤駕虔趨,先舉薦馨之禮。懇誠式展,孺慕維殷。欽惟皇曾祖妣孝莊文皇后,翊聖凝庥,承天合德。贊經綸於肇迹,性本含宏;起風化於宜家,道彰柔順。篤生世祖,廓一統之鴻基;佑啓先皇,裕萬年之景祚。仁恩覃於四海,孝養盛於兩朝。迨及上賓,豫傳懿訓。謂太宗之山陵已久,卑不動尊;惟世祖之兆域非遥,母宜從子。我皇考祗承慈旨,博采群謀。爰卜佳城,遂成福地。綿延曆數,知發脈之悠長;昌熾子孫,應群峰之拱衛。臣續膺丕緒,明驗休徵。因殿宇之暫安,襄窀穸而協吉。雖陵園之相望,猶隔東西;而神爽之默通,何分遠近。遵當年之遺命,成皇考之孝思。下洽人情,上符古禮。於戲! 松楸蒼鬱,備山環水繞之靈;寢殿森嚴,儲乾清坤寧之祉。伏祈慈鑒,俯賜格歆。

和碩怡親王初次祭文

業成翊贊,資藩翰之懿親;化致昇平,賴股肱之良弼。而况勞績獨高於朝寧,德位俱隆;勛庸迥越於簡編,親賢備美。既忘身以盡瘁,深悼往而傷懷。惟王爲皇考聖祖仁皇帝之子,朕之親弟也。天與恪誠,性成忠孝。凜晨昏之聖訓,謹承步趨;盡臣子之良規,仰蒙慈愛。當朕鴻基之初紹,命王總理之是膺。矢精白以勿欺,竭忠誠而匪懈。剛方卓立,鎮靜於紛繁之時;惆愊自將,贊襄於密勿之地。是用益加委任,俾展謨猷。理軍務之機宜,管度支之出納。督領周廬之環衛,興修畿甸之營田。而王體朕心爲己心,視國事如家事。總宮府之鉅細,經畫咸周;殫夙夜之公忠,施爲悉當。至於民生吏治,察利弊而極力敷陳;吉士蓋臣,辨貞邪而多方保護。是以周知旁燭,幽隱得以上聞;決策定謀,膚功於焉迅奏。佐治安之大計,致熙皞之淳風,凡歷八年,有如一日。忠敬而兼之誠直,勤慎而加以廉明。朕嘗表之以示褒,王實當茲而不愧。功在社稷,洵中外所共知;名勒鼎鐘,亘古今而罕匹。斯乃迓庥列祖,篤生碩輔於皇家;荷祐上天,誕降宗親於泰運。寬厚慈仁之度,宜其延享遐齡;和平公正之懷,足以祗承多福。豈期證候,漸致沉綿。尚力疾以入廷,每思覲竭;迫養疴而移地,惟恐聞知。朕縈繫弗忘,焦憂莫釋。商量醫藥,恨療救之無方;默禱神祇,嘆精虔之靡感。雖流芬耀烈,非關壽算之短長;而一德同心,寧解肝腸之淒愴。豐功偉績,合配享於廟廷;懿德鴻聲,更光垂於史牒。親臨朱邸,悵望總帷,方頒優恤之恩綸,特薦芳筵於初祭。於戲！眷腹心之密寄,精爽長存;念手足之摯情,音容已隔。濡毫紀行,書百幅以難宣;灑酒抒哀,泪千行而不竭。王其鑒格,尚克歆承。

皇外祖追封一等公魏武祭文

禮隆求舊,必追叙夫勞臣;義重展親,用申情於戚畹。賁綸音而命爵,修祀典以薦芬。爾魏武乃仁壽皇太后之父也。賦性樸誠,秉心公正。家傳華閥,近依日月之光;世習戎行,素裕韜鈐之略。官居禁衛,華纓不懈於恭勤;職領護軍,組甲無忘於訓練。雖歲時其已久,而風烈之猶存。朕仰體孝思,式遵盛典。封崇茅土,冠五等以承榮;誓指河山,歷千秋而襲慶。特頒牲醴,爰設几筵。於戲！英爽如生,荷龍章而有耀;恩暉勿替,與鳳曆以同休。靈其來歆,欽茲寵錫。

鰲拜祭文

體大公以馭世，恩威並用而皆宜；考實事以衡人，功過具存而不掩。惟眷懷於壯烈，乃特沛夫鴻施。爾鰲拜賦性矜豪，秉姿果勁。當世祖開基之運，爵列上公；逮聖祖纘緒之初，位叨元輔。權重而每多僭妄，秩崇而遂肆驕盈。咎戾已深，刑章莫逭。聖祖尚復錫後昆之寵命，授世職之崇階。朕恭覽實錄以披尋，追念成勞而感惻。身經百戰，衝勁敵以長驅；勇冠三軍，攻堅城而必克。知勳庸之甚鉅，洵瑕纇之可蠲。俾紹茅土之封，并頒牲醪之奠。於戲！勤勞未泯，堪留信史之輝；閥閱重高，爰作力臣之勸。靈其不昧，享此苾芬。

朝鮮國王李昀祭文

朕君臨四海，撫馭萬邦。澤必逮於遐方，禮每優於藩服。故生則封之崇爵，歿則錫以徽稱，所以報誠勤昭無外也。爾朝鮮國王李昀，賦質端凝，秉心恪慎。緒傳茅土，承北闕之寵光；世守河山，作東方之屏翰。布寬和以治國，克惠烝黎；矢恭順以來王，虔修職貢。春秋尚富，方冀享夫昌延；訃告遠聞，忽悼傷於殂謝。特頒諭祭，賜諡曰恪恭。仍封王世弟李昑爲朝鮮國王，承襲如制。於戲！恩宏柔遠，夙嘉篤棐之忱；義重飾終，式備榮哀之典。沛絲綸而遄邁，賁筵几以生輝。靈其有知，尚克歆享。

大清會典序

自昔書契肇興，百官以治，是知上古之代，雖風氣樸略，始製文字，必垂典憲以昭誠。有位用能允釐，百工咸熙庶績。觀《虞書》舜命九官，具載訓辭，宏綱畢舉，則其節目之詳於簡册者，可想而知也。爰歷夏殷，至周大備，孔子言周監於二代，又言殷因夏禮，周因殷禮，所損益可知。《周禮》一書，蓋承唐、虞、夏、殷之緒，而加以文武制作之隆。上紹古先，下開來葉。自是厥後，漢、唐、宋、明膺運享祚者，莫不著之章程，布在方策，設官分職，猶師虞周之成憲焉。我太祖

203

高皇帝受天景命，經綸草昧。太宗文皇帝肇基王迹，創制顯庸。世祖章皇帝混壹寰瀛，禮明樂備。至我皇考聖祖仁皇帝載定太平，功隆業茂。是則我朝之興，四聖相承。兼唐虞之勛華，綜豐鎬之謨烈，巍乎成功，煥乎文章之並盛者也。康熙二十三年，聖祖皇帝敕命閣臣纂修《大清會典》，起于崇德元年，迄於康熙二十五年。大經大猷，咸臚編載。聖祖皇帝，歷數綿長，又閱三紀，敬勤愈至。法制增修，憲古宜今，至精至備。可謂規型之盡善，儀典之大成。而散在卷牘，未及彙輯以藏全書。朕纘承寶位，體皇考之心以爲心，法皇考之政以爲政，其有因時制宜更加裁定者，無非繼志述事之意，紹聞衣德之思。爰允禮臣蔣廷錫所請，命閣臣開館纂修。自康熙二十六年至雍正五年，所定各部院衙門禮儀條例，悉行檢閱，照衙門分類編輯，凡經九載，篇帙告竣。於是聖祖皇帝臨御六十餘年，立綱陳紀之端，命官敷政之要，首末完具，燦然如日星之炳照，與《虞書》、《周禮》並垂不刊。夫制度之有損益，隨時以處，中之道也。《書》曰："惟精惟一，允執厥中。"《易》曰："變通者，趨時也。"中無定體，動惟厥時。斯聖祖皇帝所以乾健日新，爲萬世立極也。朕兢兢業業，永懷紹庭陟降之義。爾在廷臣工，能恪遵而時繹之，上之可以程功，次亦不失爲寡過。然其所以行之者，必本於至誠，非徒緣飾虛文，奉行故事以爲盡職也。其交相懋勉，忠勤不懈，以贊襄我國家悠久無疆之泰運，追邁二帝三王之盛，朕於兹有厚望焉。

古今圖書集成序

欽惟我皇考聖祖仁皇帝，聰明睿智，亶生知之質，而又好古敏求，孜孜不倦。萬幾之暇，置圖書於左右，披尋玩味，雖盛暑隆寒，未嘗暫曠。積數十載之久，研綜古今，搜討殆遍。屢命儒臣宏開書局，若《周易折中》發四聖之微言，《朱子全書》會群儒之奧義，皆禀自睿裁，復躬加校定。若《律曆淵源》，推軒皇之神策，叶虞代之元聲，皆親行指授，以天縱之能而準於儀器。凡注經考史、選詩論文以及博聞多識之資，所纂輯雕鐫充溢于內府。刪述之功，嘉惠無窮，稱極盛矣。而又以爲未攬其全，乃命廣羅群籍，分門別類，統爲一書。成册府之鉅觀，極圖書之大備。而卷帙浩富，任事之臣弗克祇承，既多訛謬，每有闕遺，經歷歲時，久而未就。朕紹登大寶，思繼先志，特命尚書蔣廷錫等董司其事，督率在館諸臣重加編校。窮朝夕之力，閱三載之勤，凡厘定三千餘卷，增刪數十萬言，圖繪精審，考定詳悉。書成進呈，朕覽其大凡，列爲六編，析爲三十二典，其部六千有餘，其卷一萬。始之以曆象，觀天文也。次之以方輿，察地理也。次之以明倫，立人極也。又次之以博物、理學、經濟，則格物致知、誠意正心、治國平天下之道咸具於是矣。惟我皇考法天行之剛健，協坤德之含宏，察於人倫，明於庶物。尊六經而禮先儒，厘六官以敷大政。故是書之成，貫三才之道而靡所不該，通萬方之略而靡所不究也。我皇考金聲玉振，集五帝、三王、孔子之大成，是書亦海涵地負，集經史諸子百家之大成，前乎此者有所未備，後有作者又何以加焉！敬藏石室，寶垂久遠，用叙其本末，綴於篇首，上以彰皇考好學之聖德，右文之盛治，并紀朕繼志述事兢兢業業，罔敢不欽若於丕訓云爾。

律曆淵源序

粵稽前古，堯有羲和之咨，舜有后稷之命，周有商高之訪。逮及歷代史書，莫不志律曆，備度數，用以敬天授民，格神和人，行於邦國而用於鄉閭，典至重也。我皇考聖祖仁皇帝生知好學，天縱多能，萬幾之暇，留心律曆算法，積數十年博考繁頤，搜抉奧微，參伍錯綜，一以貫之。爰指授莊親王等率同詞臣於大内蒙養齋編纂，每日進呈，親加改正，彙輯成書，總一百卷，名爲《律曆淵源》。凡爲三部，區其編次，一曰《曆象考成》，其編有二：上編曰《揆天察紀》，論本體之象以明理也；下編曰《明時正度》，密致用之術，列立成之表以著法也。一曰《律呂正義》，其編有三：上編曰《正律審音》，所以定尺考度求律本也；下編曰《和聲定樂》，所以因律製器審八音也；續編曰《協均度曲》，所以窮五聲二變相和相應之源也。一曰《數理精蘊》，其編有二：上編曰《立綱明體》，所以解《周髀》、探河洛、闡幾何、明比例；下編曰《分條致用》，以線面體括《九章》，極於借衰割圜，求體變化，於比例規、比例數、借根方諸法，蓋表數備矣。洪惟我國家聲靈遠屆,文軌大同,自極西歐羅巴諸國,專精世業,各獻其技於閶闔之下,典籍圖表,燦然畢具,我皇考兼綜而裁定之。故凡古法之歲久失傳,擇焉而不精,與西洋之侏儷詰屈,語焉而不詳者,咸皆條理分明,本末昭晰,其精當詳悉,雖專門名家莫能窺萬一。所謂唯聖者能之,豈不信歟?夫理與數合符而不離,得其數則理不外焉,此圖書所以開《易》、《範》之先也。以線體例絲管之別,以弧角求經緯之度,若此類者,皆數法之精而律曆之要斯在。故三書相爲表裏,齊七政,正五音,而必通乎《九章》之義,所由試之而不忒用之而有效也。書成,纂修諸臣請序而傳之。恭惟聖學高深,豈易鑽仰?顧朕夙承庭訓,此書之大指微義,提命殷勤,歲月斯久,尊其所聞,敬效一詞之贊。蓋是書也,豈惟皇考手澤之存,實稽古準今,集其大成,高出前代,垂千萬世不易之法,將欲協時正日同律度量衡,求之是書,則可以建天地而不悖,俟聖人而不惑矣。

愛吾廬題跋

紅蘭館小叢書　集
清同安呂世宜西邨撰

焦山周鼎銘跋

右焦山古鼎銘，凡九十三字，今在丹徒縣。朱竹垞以文考之，曰"王格于廟"，曰"司徒南仲"，疑爲周時器。因宜堂帖刻此帖，煞有筆意，餘則枯木死灰耳。

周散氏盤銘跋

右銘三百五十七字，末一行蝕其半，左角紙敝復蝕五字。故友郭夢瑶所遺者，中有張叔未先生二小印。張浙東博古家，疑其藏本，或所嘗鑒賞，未敢定也。壬辰五月重裝，東谷爲書其目，懸之壁，坐對之如陳鐘鼎，如見故人。

丙申鬲銘跋

銘文十有三字，中丙作"〔圖〕"。校之丙寅卣之"〔圖〕"、文姬匜之"〔圖〕"，凡多二筆。其三作〔圖〕，月作〔圖〕，寅作〔圖〕，筆無增減，形亦小異。蓋自七國以來，法令異制，衣服異宜，文字異形，至於款識各出己意，而不畫一。此《周官·大行人》所以必屬瞽史喻書名於四方也。丙寅正月九日記。

父乙觶銘跋

許叔重《五經異義》云："今韓詩說二升曰觚。觚，寡也。飲當寡少。三升曰觶，受四升。"其前後矛盾不具論，要皆觶大而觚小。今以此觶校之母辛觚，則觚大觶小。古書不可盡信，禮家紛如聚訟。觚與觶，其小者也。壬寅人日，題於寄所寄齋。

祖庚卣銘跋

商祖庚"史卣銘"三字，按《博古圖》載：祖庚卣蓋文與此同，惟尺寸小異，當自爲一器，不得強合。第彼存其蓋，此存其器，又何其適合也。祖庚，商二十五世之君，武丁之子，文曰"祖庚時史之卣"，舊説當必有據。壬辰八月上旬，書於讀書緑陰精舍。

母辛觚銘跋

按：《宣和博古圖》商觚一十六，有銘者十三，無銘者三。周觚一十九，俱無銘。此觚銘曰"母辛"，當與祖丁父乙類，乃商器也。壬辰八月又書。

仲駒父敦銘跋

仲駒父敦，周器也。三見於薛氏《鍾鼎款識》，兩見於阮氏《積古齋款識》。其銘同，其行一左一右亦同，惟字形大小增減差不類耳。此敦銘字尤小，花紋精妙，當別是一器。如伯寶之卣，單從之彞，或三或五，器既不一，文亦小異，無足詫也。"录旁"，"录"與"禄"通，薛氏直釋爲"禄"；"旁"與"房"通，又與"防"通，阮氏以爲邑名，必有據也。駒其名，仲其字，姜其駒之母或祖。薛氏辨之尤詳云。道光庚寅七月佛寄生日記。

漢臨虞宫銅鐙銘跋

文云："臨虞宫銅鐙，高二尺，重十六斤四兩，元延四年正月工張博造。禄武守令史實主解，右尉賢者。"

又

此款識亦劉燕庭先生所詒。考《考古圖》載：秦漢鐙十有五，惟甘泉内者鐙制度相類，皆質而弗文。內者鐙重十斤四兩，高尺有一寸。此高二尺，重十六斤四兩，大小輕重少差爾。元延，漢成帝年號。造者，造其器也。主者，典其事也。省者，廉其工與巧也。博、實、賢皆名。道光辛丑除夕日記。

又

古無鐙名。《儀禮·公食大夫禮》"實於鐙"，《祭統》"夫人執鐙"，皆祭器，以槃承燭，始見《楚辭》、《說文》，以錠爲鐙是也。薛尚功《鍾鼎款識》載："鐙器有雁足、羊鐙、龍虎鹿盧等名。"此祇稱臨虞宮，猶林華觀行鐙，上林內者鐙類與？銘字古雅，與建昭三年雁足鐙絕相。壬寅三月九日記。

新莽量銘跋

銘凡六段，與秦權類，蓋隸之古者。覃溪以爲篆，非也。

石鼓文跋

十鼓惟薛氏《鍾鼎款識》不蝕一字，餘如牛氏《金石圖》，存三百二十四字，姚氏《因宜堂帖》除重文外，存二百十六字，半泐者七十四字，茲所存者，僅二百四十字。靈龍一鱗，威鳳一羽，彌少而彌珍已。

又

篆書可據者，莫如《說文》。按《說文》：ナ、又，手也。左、右，助也。無佐、佑字。自元周伯琦、張謙中，明趙古則，國朝段懋堂諸人，皆主是說。今第三石、第九石乃有"左驂右驂"字，第七石有"悉率左右"字，是不可解。

又

或大或小，或長或短，或偏或正，或寬或窄，各如其分，各適其宜。此篆之正也，嶧山而下僉取齊整，勻如算子，便失古意。

書壇山石刻跋

周穆王"吉日癸巳"四字，李中祐謂筆力遒勁，有劍拔弩張之狀，諸帖惟因宜堂本有之。

秦琅琊臺刻石跋

右秦琅琊臺刻石，趙明誠謂其頌詩已亡，所存唯從臣姓名及二世詔書，然亦殘闕。都南濠所藏吕公刻本，有"頌詩中語"十七字。此本乃蘭石師贈者，凡八十一字，與《金石録》同，與《金薤琳瑯》異。道光十三年二月花朝識。

西漢孝王刻石跋

西漢刻石所存止此，惟褒余道摩崖差堪比肩，餘則傷緩傷整，無能望其項背。

建平郫縣石刻跋

右碑"建平郫縣賈二万五千"。顧南原云：按《廣韵》："万"，十千也。經史相承，皆通用"萬"。世宜按：古鍾鼎銘亦皆用"萬"，以"万"爲"萬"，僅見此碑，可知"万"字非古。雖《説文》萬不訓十千，然亦無"万"字。楊升庵《説文先訓》乃謂"万"爲古，何哉？又謂《左傳》"方城以爲城"，"方"爲"万"之誤。不知楚主山爲萬山者，晋以後始著，春秋時無之，何不考如是？

開通褒余道摩崖跋

極平正，極險絶，漢隸中之絶無僅有者。畢秋帆先生謂界在篆、隸之間。何也？豈以隸必作波勢耶？

延光殘碑跋

章法與褒余道相似，其雜入篆法，當是篆初變隸之時，覃溪之説得之。

又

漢碑自五鳳刻石、郙君開通褒余、楊淮表記外，專尚方整，此獨長短參錯，屈曲勁古,與祀三公山碑絕相似。蓋篆初變隸,唐人所謂隸古,此始足以當之。惜字數不多,復有殘缺漫漶,東坡所云"娟娟缺月,隱雲霧者"。然以視孫儀國參軍藏本,詰曲猶能辨其跟肘也。辛丑除夕前三日識。

五瑞圖西狹頌跋

結體甚平,平近板。運筆甚緩,緩近弱。伊墨卿先生書祖此,然非善學者。壬辰十月晦日書。

又

學此等書須從篆筆求之,須以險筆出之。依樣葫蘆,即爲所誤。

又

書以韻勝,尤以氣勝。舍氣求韻,便弱而無骨,雖文亦然。此碑韻却極好。

又

墨卿先生思無邪齋《朝雲墓志》、《白鶴峰題後》體格與此絕相類,而風骨少遒,以此知古人大不可及。丁酉除夕書。

夏承碑跋

昔人論書云:"既得平正,須追險絕。"險非譎怪之謂,謂其大膽落筆,有辟易萬人氣勢。如此碑險極矣,然非其止法眼,定走入牛鬼蛇神一道。

又

筆極雄邁,體極宏闊,魯公《宋廣平碑》是從此得力。

又

程瑤田跋此碑,定爲中郎書,與王弇州同,且以此爲漢世諸碑之冠,亦未甚謬。惟中引中郎《九勢》云:"筆軟則奇怪生焉。"即繼曰:"然則中郎所謂佳書者,在於奇怪也。"夫自來論筆,有曰遒者、健者、勁者、雄邁者、鬱勃者、崛強者,未有曰軟者。《九勢》所云,譏之也,豈善之耶?且中郎書最可據者,莫如石經。今其所存遺字,曷嘗一筆軟,一字奇怪,而曰"中郎所謂佳書在於奇怪",直可噴飯。

又

剛健阿娜,《史惟》則近之,然不無古今人不相及之嘆。骨氣洞達,精采飛動,王弇州此評得之。

又

松雪云:"朝學執筆,暮已自誇其能。"今之學者,大率如是。余鈍根人,得此碑廿餘年矣,至今始略解其用筆。倘天假之年,白首攻之,或者於斯不遠也。

又

學此書者不習篆書,總無從下手處。

又

百煉剛耶,繞指柔耶?初學慎勿浪費筆墨。破觚爲圓,以篆作隸,瑰奇倔強,臨之百過,以書魯公、蔡明遠等帖,當有悟入。

又

碑在宋元祐時出土,後已泐四十五字,至明成化間下截復剜刻一百有十字。然廣平原石也,今所見金石文,乃萬曆間知府唐曜重刻於漳川書院者,世謂此碑有三本,非也。原碑十二行,行廿七字。唐刻十三行,行三十字。後楷書一行,直書"建寧三年蔡邕伯喈書"九字。

又

覃溪先生《隸韵考證》云:"凡一字之内,上下有似右捺放出者,皆無上下二筆同爲出波之理。今觀明人唐曜重刻夏承碑,如衮、東、萊、冀、愛、克、津、年、辟、群、庶等字,俱患此病,當由模臨之失,漢刻必不如是。"

裴岑紀功碑跋

右碑原在巴里坤,即今西塞巴爾庫爾城西五十里,地名石人子。雍正七年大將軍岳鍾琪移置將軍府,十三年徹師,又移置漢壽亭侯廟。碑中字無波勢,與孝王刻石同,乃由篆入隸之漸,甚古雅。土人有重摹本,其真本多爲拓手描失,然必有描失處乃爲原刻。此外，長洲顧蘆汀文鋙又刻於濟寧，訛"德詞"爲"海祠"。申兆定又刻於關中，則合原刻共有四本。庆，他本或作疢，兵之上半，裴、振、表下半，往往有誤。

又

是碑字行較整然，亦不作波勢，與褒余、延光同，皆由篆入隸之漸。石向在巴里坤，今移漢壽亭侯廟中。

武氏石室畫像跋

世之論畫者自唐始，唐以前以爲拙也。不知古人拙處，正古人妙處，今人乃弄巧反拙耳。此畫像爲武氏石室中物，《金石萃編》載其說，不繪其圖，耆古之士或無由博覽焉。孫儀國得之，以詒松生，松生珍如拱璧，此見二君之不尚巧，而嗜好與俗殊酸鹹也。

又

右碑始伏羲，次祝誦，次神農，即古三皇也。《隸辨》謂"以祝誦爲祝融"，近矣。吳山夫則謂："融、誦二字其可通之迹，古無可考，或聲近借用。"史氏《學齋占畢》又謂："祝誦即沮誦。"世宜按：《路史·通紀三》曰："祝庸一曰祝龢，是爲祝融氏。"注云："庸、誦古通用。"據此則祝誦爲祝融別號，以誦通庸，非以誦通融也。至《學齋占畢》以爲沮誦，尤非。沮誦，黃帝臣，乃加於神農上乎？

跋林歠雲所藏《武梁祠荊軻圖》後

漢武梁石室畫像，金石書中，惟馮氏《金石索》搜羅最博，考據亦最精。室在山東嘉祥縣南二十八里紫雲山下，此像乃室中東壁第四層第十七圖，次於曹沫、專諸之後者也。三人皆刺客，太史公皆傳之、贊之，贊中於荊軻獨詳，斷之曰"立意較然，不欺其志"，重軻也。今觀圖中所勒，仿佛當日被髮直指、匕首中銅柱時也。荊軻勇士，歠雲奇人，宜其有取於此夫。至謂尚拙，不云自文，而詩、而書、而畫、而刻印，無技不精，無藝不巧，拙書當與拙人藏之。歠雲不當弄其巧又

213

藏其拙也,一笑。

孔和碑跋

是碑張稚圭定爲鍾太傅書,洪伯景已辨其誤。然豐而不縟,肥而不痴,自是漢碑中之可師可法者。

又

漢碑以韵勝者,《曹全》是也。以骨勝者,《韓敕造禮器》是也。有韵有骨,宜古宜今,肥而不痴,清而不俗,惟《孔和碑》有焉。蔡中郎《華岳廟碑》,世所傳長垣本不能過也。張稚圭按:圖云鍾太尉書,誠不足信,要不知何人具此神勇。

韓敕造禮器碑跋

吾衍論漢隸,必挑撥平硬,如折刀頭,此碑足以當之。

桐柏廟碑跋

碑經元人重刻,潘氏譏其乏淳古之氣,得之。

曹全碑跋

結體用筆迥異《恒溪》,此漢隸逸品。《石墨鐫華》以古遒目之,尚是評書家套語。

張遷表跋

此刻庚子春得自都門,較之海鹽張石匏本微不及,較之家藏本則過之矣。漢隸自墨卿先生得名,後其學大行,拓者日多,漫漶日甚,如此本已不可多得。

孔彪碑跋

《漢故博陵太守孔彪碑》,覃溪先生《兩漢金石記》跋云:"是碑全似今日正書之法,不特人旁起筆,不用逆勢也。朱竹垞喜作分隸,而以是碑絕類《曹全碑》,亦未然也。"世宜按:碑中字惟人旁不作逆勢則有之,餘何嘗不是隸法?其謂類《曹全碑》者,想謂其結體耳,若用筆則絕不相似。

楊孟文石門頌跋

右文中"造作石䂮,萬世之基",顧南原云:"《廣韵》:'䂮,草名。'《類編》云:'一曰草積。'詳碑文義,蓋易草積爲石也。《隸釋》謂'以䂮爲積',非是。"世宜按:此碑字多別體,以䂮爲積,猶以莖爲涂,以薑爲彊,皆無意義,但爲奇耳。《隸釋》之説,未可厚非。

比干墓碑跋

漢隸自《鄐君開通褒余道》外尠有大於此者,觀其運筆結體,與《受禪表》相似。洪氏定爲威靈時人書,有見哉!惟石國佐所得,較《水經》已闕其三,今拓本較石氏復已剥其二。金石最壽,猶爾消磨,況非金石之質也哉!丁酉嘉平之月記。

八風壽存當瓦跋

《漢書·郊祀志》:"王莽二年,興神仙事。以方士蘇樂言,起八風臺於宮中。臺成萬金,作樂其上。"此知八風壽存當乃八風臺瓦也。八風二字相配爲一,益見古繆篆分合之妙,釋爲益壽存富者非。

有萬熹瓦跋

東漢人尚讖緯,好吉祥語,如大吉、宜侯王、日利、千金等語,不必爲官府物也。此瓦不知所施,或以爲民舍瓦,近之。"熹"、"喜"通用,漢碑皆然。

千秋萬歲瓦跋

涵真閣《秦漢瓦當圖説》云:"《三輔黃圖》:'未央宮有萬歲殿。'王氏《宮殿記》：'西漢有萬歲宮。'以長樂、長生例之，或是萬歲宮殿之瓦。"按：《金石萃編》載千秋萬歲瓦十八種，此與第八種極相似云。

甘林瓦跋

按：《秦漢瓦圖記》有上林瓦，云："得之漢城承露臺基旁。"又云："秦有上林苑，至漢武帝則廣開上林，而甘泉不及焉。"江秋史《秦漢瓦當文字》有"甘上林瓦"，合二爲一，云："得之淳化故宮。"此又省作"甘林"字，當是施於一處而異其式云。甲午正月記。

沈松生龍文磚跋

朱竹垞以吴寶鼎磚有螭文，定爲非民間物，則此當亦内庭所用。然張芑堂孝廉得哀子湯猛龍鳳磚文乃墓磚，是不可曉。

沈松生漢磚各種跋

西漢隸自孝王刻石外，惟褒余、石門、郙閣最寓古意。桓、靈而下，便傷緩傷整也。瓦甓文字數雖不多，却古橫可喜。松生工鐵筆，復日嗜此，可謂道在瓦甓。

魏受禪表跋

是碑顔魯公以爲鍾繇書，劉夢得以爲梁鵠書，聞人牟準又以爲衞覬書，不能定也，然自是魏碑中之可師可法也。翁覃溪先生云"與上尊號奏同一手書"，信然。戊戌四月四日，從儀國先生假觀並記。

又

去歲臘月，觀劉燕庭先生所得長垣真本《華山廟碑》，人間第一本也。今復睹此，可謂平生奇遇。世宜又記：諦審此碑結體運筆，大類《西岳華山廟碑》，惟格較方，骨較露，則風會所趨不能不少異耳。以此知漢之中郎，猶晉之右軍，唐之歐、虞、褚、薛、顔、柳，後之學者，東馳西突，總不能出其範圍，必欲別開生面，其《五鳳刻石》、《開通褒余》等書乎？道光戊戌四月十七日西村三記。

又

墨色蒼黝，神采奕奕，明以前拓本也。燈下取《兩漢金石記》、《金石萃編》二書校之，多翁本一百四十字，多王本二十九字。小積石山房所藏漢魏碑此爲甲觀云。四月十八夜西村四記。

鍾太傅季直表跋

此表王虚舟定爲僞作，其端有四。一曰年代久遠。謂自魏黄初至元至正，凡一千一百五十三年，中間絶無著録，至陸行直始發之，是不可信。夫匿晦韜光，人固有之，物亦宜然。泰伯、伯夷，殷人也，至春秋末，孔子始表章焉。石鼓，周物也，至唐鄭餘慶始獲焉。《曹全碑》，漢中平建也，歐、趙未之集録，萬曆年間始出焉。吾家有平津侯古鏡，漢元朔五年造，自今溯之，且千九百餘年，自《宣和博古圖》、薛尚功、王厚齋至覃溪《金石記》，無聞焉，而吾幸而有之，色古、制古、字古。無或以魯鼎目之者，物之顯晦，固自有時，安得以年代寥遠輒生疵議哉？一曰志傳無名。謂直有功於魏者大，法應得書。今《魏志》無季直傳，不足徵信，亦非也。夫直之功不過饋餉無缺，既賞以封爵，授之劇郡，足矣，何志爲？且如紀信以身代帝，功莫大焉，史公、班氏不爲立傳。曹娥以身死父，孝莫大焉，至度尚始爲立碑。千古砥行厲節，名湮没者何可勝數，則以魏不立傳爲據者，亦疏也。一曰官位、勛爵與史無一合。夫史以傳信，史亦未可盡信，無論兹表，即以漢、唐諸碑與史校之，曷嘗有合？如《郃陽令曹全碑》云，全以戍部司馬討疏勒，史討疏勒乃戊己司馬曹寬，非全也。又史自和帝以後，惟置戊部校尉一官，又置戊部候，無戍部司馬也，則不惟官位不合，人亦不合也。唐《皇甫誕碑》，誕字元憲，《北史》、《隋書》列傳俱作元慮。碑云安定朝那人，傳則云烏氏人。傳云高祖受禪爲兵部侍郎，出爲魯州刺史；碑則云授廣州長史、益州總管司法，是不惟勛爵不合，即人名、地理亦不合也，史亦安可盡據哉？四曰書法迥異，謂此表與賀捷意味深淺倍萬懸絶。此亦非定論,何則?逸少非書家第一者乎?而或次以第七。獻之非具體右軍者乎?唐太宗比之夷門餓隸。蘇東坡稱詩至杜子美,畫至吳道子,書至顔魯公,皆空前絶後,而李後主誚魯公,曰"叉手並脚如田舍翁"。嗜好不同,酸鹹自別,必欲以一人之臆見破前人之成説,未見其能勝也。《三希堂法帖》以此表列第一,可以祛萬古之惑矣。咸豐元年正月廿六日,種花道人識。

周孝侯碑跋

摹此碑者,運以永興《夫子廟堂碑》筆,十當得五六,覃溪先生知言哉!丁未五月五日記。

書瘞鶴銘

《瘞鶴銘》在焦山西南觀音庵下濱海崩崖亂石間,康熙壬辰陳滄洲始徙置京口山上。原石凡四函,文左行,題名一行,名號一行,序二行,銘四行,後款三行,凡十二行。據莊上舍誠甫云,上石乃後人重刻者,原石仍崩壓水次,渠親到其下,滄洲之説不足信也。

又

原石四函,左第一函二行,全字四、半字一。中上一函六行,全字廿五、半字四。中下一函三行,全字十六、半字一。右一函三行,全字十一、半字二。原刻凡六十五字。左下又一函,宋人補刻,全字十四、半字一,凡十五字。統計全字七十、半字十,共八十字。又錢竹汀題跋。

唐文皇飛白書後

飛白之法昉於蔡邕,爲隸之變體,自右軍以爲不易作,此後遂寥寥焉。唐、宋以來,歐陽率更、蔡莆田有其名而無其迹,惟此九字爲文皇書,拔地倚天,真如曇花一見。然觀其筆意,乃純用退筆詭道也。陳香亭不得其法,即此額倚依形勢,自言奮志大書,即蒙誚讓,亦所甘心,豈不令人捧腹！飛白法黃伯思《東觀餘論》論之最詳,余嘗竊其説,以純羊毫試之,無筆不飛,亦無筆不白,真快事也。夢九讀書餘閑,檢其書閲之,亦游藝之一助否？

唐石經跋

錢宮詹云："唐石經多俗體字,如雝作雍,纛作纛,毆作毆,贊作賛,總作揔,督作督,橫作撗。"世宜按：漢《堯廟碑》"莫不雍雍",《白石神君碑》"肅雍顯相",晋《鄭烈碑》"揔文武之弘略",《魯峻碑》"董督京輦",《夏承碑》"爲主簿督郵",《韓敕碑》"陰故督郵",以及《武榮碑》、《景北海碑》陰,督皆省目爲日。俗字之傳,相承已久,不自唐始也。

集王聖教序跋

世傳《聖教序》,自懷仁集右軍外,人知有褚河南本,有王行滿本,不知當序成時,唐文皇嘗有御書,褚河南亦有行書,奈今皆不可見也。

又

《竹窗題跋》云："《聖教》書不知斷自何時,僕在京時,嘗於閩中許氏借觀趙文敏臨本,凡斷處字皆闕,則知自元以前,蓋已斷矣。斷者不足言,其未斷者的爲宋拓無疑也。"又云："自有明弘正間士大夫重此碑,購求一本,往往傾囊倒篋,以爲難得。雖已斷者,購之猶數十金。予得二本,幸皆未斷,皆大觀山房葉家舊藏物,其一贈樞北先生,已其家藏一本,則經曹地山賞鑒,以爲不亞董思白所跋黃壺溪本。或去或留,亦舍魚而取熊掌哉？後之人有志讀書,當善保護,且勿假人。"

又

《聖教序》爲懷仁所集,明甚。董思白謂"集爲習,乃懷仁仿書",此強爲之説者。又有謂前半爲懷仁集,後序爲懷仁書者。懷仁誠自書無不自署其名者,且證之戲鴻堂所摹懷仁書,何嘗一筆相似！當右軍時字幾欲亂真者,惟一張翼,懷仁恐非翼之後身也,此亦説之不可信也。

褚書聖教序跋

褚河南《聖教序》,行書既亡,存者止二本,一雁塔,一同州。同州以骨勝,雁塔以度勝。郭引伯乃謂皆非河南書。河南没後,習褚者摹雁塔,習歐者摹同州,是《聖教》亦如《蘭亭》也,是二人皆李懷琳之流也。果何所據耶?王箬林則謂雁塔是原本,同州則從雁塔覆刻而少真者。以趙子函又謂同州勝雁塔,諸説紛紛。愚竊謂二碑皆河南一人書,而非一時書,其妙處正如春蘭秋菊各有香,在人領取,難定其優劣也。若郭、王二論,專於筆法粗細橫生論議,試問古人用筆何嘗如今之三館楷書千篇一律?顏魯公《中興頌》、《廣平碑》、《家廟碑》,未有不異者;柳誠懸《元秘塔》、《李晟碑》、《符璘碑》,未有雷同者。昔人謂議禮如聚訟,乃書家則亦有然者,可怪也。

又

王虛舟評雁塔《聖教》之筆力瘦勁,如百歲枯藤,空明飛動,渣滓盡而清虛來。想其格韵超絶,直欲離紙上,如晴雲挂空,仙人嘯樹,故自飄然不可攀仰。又云褚公書看似疏瘦,實則腴潤;看似古淡,實則風華。盤鬱頓挫,運筆都在空中,突然一落,偶然及紙,而字外之力,筆間之意,不可窮其端倪。趙子函謂同州勝雁塔,不知書之言。

又

褚河南爲薛少保外甥,少保家得虞歐書最備,故説多言褚得之虞,虞得之王,源流爲有自也。王虛舟獨謂褚學漢《韓敕碑》,想即雁塔碑斷之,非必有所據也。然昔人謂書與畫通,況隸、楷尤同一鼻孔出氣哉!論似創而實確,惟不可爲不知者道耳。

又

愚謂褚公此碑超超元箸,被王虛舟一"虛"字道破,真是書家申、韓。至謂同州乃從雁塔覆刻而失真者則過矣。同州筆筆頓挫,如江河行地,無虛不實。

雁塔筆筆騰挪，如日月經天，無實不虛。惟道集虛列子御風，泠然善虛也，學者臨之萬遍，以之作飛白無難，此語却未經人道。

家藏九成宫碑跋

此歐帖最赫赫有名者，雖間或漫漶，或脱落，存者尚十有八九，乃百年前舊拓，今已不可多得。李振程先生以余賞識，遂以爲贈，萬勿輕以示人。咸豐紀元三月三日記。

李衛公獻西岳書跋

李衛公《上西岳書》，事涉怪誕，其石又紹興間右朝請郎施某重立，則非李衛公書，然時有王大令、顔魯公二家筆意。是日又記。

皇甫誕碑跋

碑至今剥蝕且二百字矣，以都南濠《金薤琳琅》較之，闕九十字。此闕六十餘字，蓋孫退翁所藏未斷本。翁著《庚子銷夏記》，以此接武右軍，虞書次之，豈不以信本小楷直入右軍室，此尤得意書也耶？都本上半至"黼黻爲文幼"止，無一欠闕，與此同。自"幼"字下爲"挺雕龍之采"五字，此"挺"字稍漫，四字尚明白，都則全闕也。"磨"字下爲"礱"字，闕同。"可謂"下爲"模楷雅俗"四字，此猶存"雅俗"二字，都俱闕。"參總機務"，"務"字都本闕，此甚完好。"邢"字下"爲山之下孰表祭仲之墳平陵"十二字，都存"之下仲之"四字，此"則山下仲之平陵"七字俱隱隱可識，只闕"之孰表祭"四字。惟都有乃"爲之銘曰"四字，此竟無一存，可惜也。"銘曰"下都本闕二十字，此有"世時翼主"四字，則只闕十六字也。"抑揚"下都本又闕二十字，此有"伏青曳裾朱邱"六字，則只闕十四字也。"晋陽"下都本闕十七字，此有"階草灾生剪"五字，則只闕十二字也。其"湮"字闕則同。然則此本較都本少者只"曰"字，而多者且二十九字。都本，明拓本也，其相去已如是，況越今又百六九十年，日剥月削耶？宜學海先生角之百

221

十本而莫之勝也。學海先生獲此本時，至欲與倪中翰《永興廟堂碑》相敵，誠喜之也。然以退翁所部次第觀之，大有非夸也。夫歐書如《化度寺碑》、《姚恭公銘》，世鮮有存之者矣，如此本豈易得也哉？不易得而卒得之，仰何幸歟！項大令之跋，實獲我心也已。道光癸卯九月晦日。

李北海雲麾將軍殘碑跋

是碑丙戌得自都門，以《金石萃編》較之，只存一百五十八字。今審"隴山"下有"崇"字，"族戀"上有"九"字，然亦不過百六十字，較《金石文字記》所載已少二十餘字。如思白《書樂志論後》，則少而益少矣。自明至今已銷磨若此，更數百年後不成泰山沒字碑耶？則此百六十字當作吉光片羽視矣！己亥正月燈節記。

端州石室記跋

東坡自云："書學北海，非學季海。"向亦不辨。今觀《石室記》，方信此，公非大言欺人。至歐陽公疑為張廷珪書，則顧氏嘗辨之矣。甲午八月廿七日記。

麓山寺碑跋

是碑校予舊本不至如霧中看花，然鋒鋩鍛盡，疑為拓工重洗，不若李思訓碑風神宛在也。俞紫芝取此舍彼，或以體勢較不傾側，骨力亦復沉重歟？咸豐元年正月八日不翁記。

又

結體運筆，一本大令，稍乏風韻，自饒氣骨，倚天拔地，辟易萬人，真書家仙手。董思白稱右軍如龍，北海如象，龍固神物，象亦大獸也。碑久模糊，此卷頗為明晰，其倜儻不群之概，依然如昨，視《淳化》、《戲鴻》、《滋蕙》等刻，猶見廬山真面，珍重珍重。咸豐辛亥二月四日。

又

李北海、張從申俱師大令者也，而張得其肉，李得其骨。如聖門宰我、子貢善爲説辭，冉求、閔子善言德行，皆有其一體歟？然骨勝肉者聖，肉勝骨者病，吾其求骨矣。

普照寺碑跋

沂州《普照寺碑》，乙未年間劉五山先生曾出相示，索跋之。今亦不記，大概以爲勝《元秘塔》，且無異誠懸手書，比之懷仁大雅集右軍有過無不及也。今閲□□題跋，其言適與余合，喜盲人亦能辨烏鵲也，因記之。

殷府君夫人碑跋

是碑《金石略》不載，文集亦失之。《寶劍類編》只書其目，磨滅處殆不可訓識。春寒獨坐，取《金石萃編》校對，多有出入，自"博士法"以下復全遺失，因詳錄之。己亥正月中旬記。

李文墓志銘跋

右銘王虛舟謂"書法瘦勁，大得褚公筆意"，良是。至云與《磚塔銘》同斷爲敬客書，則不敢信。當時褚書盛行，師之者衆，如《樊府碑》非亦得褚筆者哉！東坡有言："辨書之難，正如聽響切脈，知其美惡則可，自謂必能正名之者，過也。"

重刻大字麻姑壇記

右碑原在江西南城縣，不知毀自何年，故傳世甚少。據《竹窗題跋》謂："何義門先生有舊藏本，王虛舟假之不可得，乃從歸安鄭芷畦借一本模之。"今讀何子貞先生跋，知此本即鄭芷畦本，雨生先生令嗣瀛石鈎勒焉。雖間有剥蝕，而氣骨棱棱，風采不失，虛舟謂是已退筆，因其勢而用之，轉益勁健，信哉！惜瀛石早夭，雨生復没，門户無人，歸其石於吾郡黄臬司家。然則人孰與金石比壽哉？噫！

又

昔鍾繇與胡昭學書十六年不出戶，智永學書卅年不下樓，虞世南以指畫肚，懷素以蕉爲紙。徐季海云："書宜白首攻之。"俞紫芝云："自嘆臨池到白首。"彼朝學執筆暮誇其能者，豈不可嘆？

又

自古書最占便宜者曰歐陽隱，曰軒轅彌明，二人皆有書名，皆不留一字，使人擬議不得。他如王右軍，書之聖者也，昌黎以爲俗；大令，於右軍具體而微者也，唐太宗比之夷門餓隸。虞之書有譏其茶者矣，歐之書有譏其寒者矣，褚之書有譏其媚者矣，魯公之書有譏其叉手並脚者矣，觀者雖酸鹹各別，而作者已日月齊光矣。王子猷對謝安曰"外人那得知"，東坡自題書後，"五百年後定百金之物"。古之人固有以自信者，人言何足重哉？

孫過庭書譜跋

此即王弇州所稱出自內府，從真迹翻刻，前所缺一二十字者，《秘閣續帖》既不可得，文氏《停雲》尤屬影響，則此帖誠足重也。帖中所缺尤多，自前三開至謝安止，皆以停雲館刻補之，魚目混珠，識者當能辨之。乙巳七月十一日記。

石門銘跋

此種書許人觀不許人學，爲其無牆壁可傍也。然筆筆具有隸意，不得其意輒效其顰，便走入牛鬼蛇神一路。乙巳蠟節燈下記。

又

東坡云"荆公書無法，不可學"，又自評其書得意如楊風子。則始於有法，終於無法，聽筆所之，天真爛漫，當於此書遇之。是日又記。

書淳化帖後

去年夏六月，破三日工夫，解衣盤礴爲小山五兄作大隸千文，計二百四十紙，紙八字，字八寸，興致酣適，動與古會，五百年後定成百金之物。小山以此閣帖見贈，比渠自書良爲減賈，然可謂清而不俗。小山自云，渠在省邸，仿予隸法一紙，可值數百錢。咸豐元年正月人日西村種花道識。

大觀帖跋

右《大觀帖》八卷，庚辰年得自登瀛陳氏者，缺第一、第五兩卷，求之至今弗獲。然昔人以書名世，得名刻無過數行，況二王佳迹，復一一俱在耶？衣成缺衽，宮成缺隅，古有明訓，求全則鑿矣。乙巳九月既望，識於以古爲鑒之齋。

又

右《大觀帖》右軍書一卷，卷末題款與他本同，引首一行上書"法帖第八"，下書"王羲之書三"，則與他本迥異。又自"三月十六日"以下十七行，蝕者十餘處，他本一無欠闕。然則前輩考古家群言《大觀》無翻本，非定論也。道光丙午七月十八日齋中對雨勘記。

書快雪時晴帖後

馮涿州得右軍《快雪時晴帖》刻石《快雪堂帖》。"山陰張侯"後有"紹興印"，有"君倩"二小字，又有趙松雪跋，真迹也。乃王虛舟又謂："米老亦得一帖，與馮本無異，惟無'君倩'字及印。疑二帖中必有唐鈎本，而趙不能辨耳。"愚謂米老所得本或即米老所自作。米老摹古逼真，自言嘗書汝南公主墓志以示人，人不能別。然則右軍之《快雪》，安知非即永興之墓志也哉？

書裹鮓帖後

《裹鮓帖》，右軍晚年書，筆力沉勁，真迹在孫退谷家，刻石《知止閣帖》，凡十八字。王虛舟自言："臨至二百許紙，誠愛之深，好之篤也。"又言："《寶晉》宋本後有薛紹彭及米元章札，極精妙。"今本《寶晉》無之。薛之贊曰："右軍之書，暮年更妙。《裹鮓》一出，衆帖咸少。"

章草急就篇跋

右墨本一卷，不署款，不知何人書，而末有"徐仲和"小印。書法稍嫩，然具有古意，比之近刻子昂四體千文、王篛林十體千之章草，則遠過之，皇象刻既不得見，則此亦今時之優孟歟？

米南宮參星賦跋

右米禮部《參星賦》，筠州集本以爲首篇，其間意同辭異者多，具列如上。今秘閣有石刻，字畫稍大，此卷豪逸秀傑痛快，尤可愛重。

又

南宮此賦，其下筆痛快，如駿馬斫陣，健利難止，而徘徊俯仰，窮態極妍，又毫髮無遺憾，信平生得意書也。

文山先生琴背跋

文山先生琴，吾閩洪氏家藏。有巡撫某將以千金購之，洪不可。梁九山先生因拓以入都，一時鉅公如吳穀人輩咸有題咏，琴之名大著，拓者遂有贗本。儀國此紙則自其內兄林壽夫來也，今以貽錢塘沈松生，屬予志之，爲書其端末如此。

趙松雪四體千文跋

此不知幾經翻刻也，松雪篆、隸雖不多見，然不應惡劣至是。丁酉除夕又記。

祝枝山千文跋

書法自典午以後，執筆者動稱右軍，右軍非祖元常者哉？書家知右軍而不知元常，猶儒家識孔子而不識周公，可嘆也。明一代習鍾法者，前有宋仲溫，後有石齋先生,皆能得其性之所近,此外正復寥寥。枝山書名震赫一世,上有晉、魏,下迨蘇、米,皆所究窮。此卷乃其真迹,觀其運筆結體,一反一側,亦古亦媚,於太傅風度,去人未遠,誠傑構也。昔董思白謂:"右軍書鳳翥鸞翔,似奇反正,大令書無左右竝頭者。"米元章亦謂:"大年作千文偏側之勢,出二王外。"此皆言布置不當平勻,字如算子便不成書,觀此乃更有悟。道光己丑五月觀并識。

文衡山隸書跋

按:王虛舟題跋文待詔隸書千文,金壽門謂其原出自蔡邕,而效法顧戒奢。虛舟謂:"此書筆力斬絶,深得元常遺意,蓋專師鍾書《勸進》、《受禪》二表,而兼取歐陽詢《房彦謙碑》。"衡山隸法殊覺平庸,二公贊之不置,豈所謂嗜好與俗殊酸鹹哉?

戲鴻堂宋南庫本洛神賦跋

小楷以《洛神》爲宗,思白之説也。《洛神》尤以此刻爲上,得天之説也。大概以神韵耳。要須知是宋人書。

又

思白以小楷自負,一生心追手摹,惟此賦與《女史箴》耳。

戲鴻堂刻薛少保杳冥君之銘跋

麗而遒,圓而利,從虞、褚二家求之,其則不遠。

又

少保書惟《昇仙太子碑陰》猶見廬山真面,《淳化》所摹土偶耳,因宜堂本亦痴肥可厭。

董思白楷書伯夷列傳跋

思白先生楷法自言以《洛神》、《女史箴》爲宗,矜貴不與人書,故傳者亦少。

此《伯夷列傳》爲張思若所鑒賞，天真爛漫，神采奕奕，與友人林樞北家藏誥命長壽絶相似，蓋皆晚年撒手懸崖之作。借臨數十過，萬不得一，謹書數語於末以識向慕。壬辰十二月小除夕記。

家藏無名氏楞嚴經跋

凡寫經文，須如牟尼珠，顆顆圓勻，如算盤子，無或參錯。昔文忠公跋若逵所書經云："而如字畫，平等若一，無有高下、輕重、大小。云何能一？以忘我故。若不忘我，一畫之中，已現二相，而況多畫。如海上沙，是誰磋磨，自然勻平，無有粗細；如空中雨，是誰揮灑，自然蕭散，無有疏密。"吾取以評是書，使觀者別具法眼看待。

又

昔趙雪松臨《黃庭内景經》，失去一百九十四字，俞紫芝補之。董思白臨楊義和《黃庭經》，後亦失去五開，韓逢禧補之。物固無成而不虧者。此《楞嚴經》不知何人筆，勻整堅秀，而是一寫經手，惜中間共失十行，囑介眉爲之補，長短大小各如其分，不能作平等觀，亦何必作平等觀也。

書虛舟跋韓敕碑後

王虛舟於此碑學之三年，凡五易稿，一意臨之七卷，跋語共一卷，所謂"一折肱"者，非耶？惜其書未嘗一睹，未審此公於隸法造詣究竟何如。余嘗見公所刻篆書二種，又於蘇鰲石先生家見篆書四幅，皆人所能到者，則其隸法當亦不甚相遠也。篆、隸之學絶之已久，國朝如鄭谷口、鄧石如，皆名噪一時，其所至不過爾爾。信乎，古今人不相及，自成一家之難也。

題劉石庵節書長笛賦

石庵相國書，包慎伯定爲本朝第一，謂有晉宋人意也。此幀乃相國老筆，古與媚如廣平之賦《梅花》，尤平生傑作，予藏之十九年矣。以雨春酷好其書，習之不厭,時有似者,故贈之。

百漢碑研齋縮本魏君碑跋

此王子若爲萬廉山縮百漢碑之一,碑中行款一如原石,書法亦大得漢人意,與因宜堂貞隱園所刻隸碑何啻上下床之别,可寶也。碑中假借字如"夷"作"彝"、"疇"作"酬"、"寮"作"尞"、"蔽"作"幣"、"縱"作"踪",洪氏以爲卷字失檢耳。壬寅二月十三日。

縮臨魏元丕碑跋

漢《魏元丕碑》原石剥,世少傳本。萬廉山先生以舊拓本囑王子若摹刻,碑形字體可謂中郎之虎賁。今以洪氏《隸釋》校之,惟第一行、第二行多"逝"、"繼"、"藐"三字,第五行"孝廉"上多一"察"字。餘校洪本更蝕若干字,爲注於此:第五行"侍"字下是"郎"字,"服闋還"下是"臺"字,"侍郎秉"下是"繼"字。第六行"舊章"下是"尋"字,"貫缺"下是"能"字。第七行"凉"字下是"州刺史"三字。第九行"百工"下是"惟時"二字。第十行"屢辭"下是"以疾三"三字。第十一行"十光"下是"和四"二字。第十二行"漢陽缺"下是"冑從事"三字。第十三行"曹穆"下是"等"字,"山缺"下是"石"字。第十六行"臻於"下是"已"字,"光"下是"耀"字,其題名"劇騰"下有"述"字,"議郎"下有"河"字,"幼興"下有"齊"字,"修恭"下有"義"字,"淳于"下有"孫典禮"三字,"廉劇"下有"嚴京"二字。末行又有"故部司河張修"等字,計三十七字。古人之壽比金石,金石之質剥蝕猶爾,秦皇、漢武日求長生,豈不愚哉!

仿漢雙魚洗跋

漢洗銘傳世最多,據馮氏《金石索》所載,自章和堂狼洗至伏地小洗凡三十有三。其作雙魚形者,有初平洗、宜侯王洗、宜子孫洗、大吉羊洗、大空昌洗、萬壽洗。其一爲漢陽葉東鄉先生所藏，器文曰"富貴昌，宜侯王"，與此合。而左右各有五銖錢，亦少異。此銘亦余壬辰年間從錢唐沈松生本摹出，屬林墨香鎸於長生未央磚背者，自壬辰迄今已二十年，而墨香於戊戌秋即已辭世，暇日題跋，不勝人琴之感也。咸豐元年辛亥不翁記。

仿漢長生未央瓦跋

漢高帝於咸陽作未央宮，故王子充作《漢瓦記》，有長樂未央、儲普未央、長生無極等瓦。翁覃溪先生《兩漢金石記》載長生未央瓦十二種，後附磚文一種，其辭曰：右"長生未央"四字，磚鴨文，"長生"兩字在右之上，"未央"二字在左之下。"未央"蛛形，質古樸，間以列錢，中爲界道，凡面徑一尺三寸八分，以建初尺度之也。余仿此磚則得自錢塘沈松生，屬林墨香手刻者，其制與翁説合，背作漢洗文，又極古雅，見者僉謂自咸陽宮裏來也。

自書景君銘後跋

右《北海相景君銘》，自歐陽公時已云漫滅，多不成文，何怪今如缺月隱雲霧也，輒作數行，總非本來面目。

自臨楊君孟文頌跋

是碑爲蘭石夫子所贈，學之數十百過，不能得其一二，以是知墨池筆冢，古人斷不余欺。

自書千文跋

昔王虛舟先生曾爲鶴山臨《叔節碑》，一意凡臨七本，至第六本其不似者僅一二，因自跋其後曰："鶴山得其當知老人於此間曾費幾許苦心也。"余以三日工夫作此十册，未知於虛舟得步後塵與否？要於漢人筆意，自覺時時有合也。咸豐元年正月九日不翁重題，時年六十有八。

愛吾廬論書

　　褚河南《隨清娛墓志銘》，王損庵《鬱岡齋帖》有之，筆意與蘭亭絕相似。

　　　　　又

　　《文皇哀冊》，米元暉、宋潛溪俱以爲河南書，喬簣成以爲唐人書，唯王虛舟直以神似米老，疑爲米老書，其説適與鄙意合。米老凡臨摹古人，無不神似，但時露本色耳。

　　　　　又

　　昔人論作書，一須人品高，二須師法古，三須用力勤。松雪非不步趨逸少而卒成，爲松雪人品異也。吳琚一生瓣香南宮，晉、宋人書目不一睹，取法下也。朝學執筆暮誇其能，將古所謂墨成池筆成冢者，皆欺我也耶？有志學書者，願三復斯言。

　　　　　又

　　褚河南書直是百煉鋼化作繞指柔。王虛舟評爲外露柔閑，中含挺勁，得之矣。而昔人僅目爲瑤臺嬋娟，不勝羅綺，何其陋耶？

　　　　　又

　　鉤摹之善者，下真迹一等，此指馮承素一流人，後無繼者，故云買雙鉤帖不論錢也。今世仿帖如停雲館、戲鴻堂，猶不能無議，何況餘子！善乎王虛舟之言曰："論晉、唐小楷，於今日但須問其佳惡，不必辨其真偽。數千年來，千臨百模，轉相傳刻，不惟精神筆法全失，並其形模亦盡易之。故求大楷，唐人碑碣雖斷蝕之餘，猶見唐人本來面目。若求晉人小楷，於今之類帖，腐木濕鼓，了乏高趣，豈惟不得晉，并不得宋。"真名論也。故余家藏鍾鼎款識外，大半漢、唐碑版，仿帖則落落如晨星矣。

　　　　　又

　　岐陽石鼓，筆筆圓勁，字字專謹。字繁重者，張而大之；字簡約者，束而小之。如其分而不求勻整，此篆法之正也。李斯琅琊二世詔刻石，是從此書重刻。

《嶧山碑》不惟筆涉柔弱,而曲變爲直,小展爲大,滿紙盡排比之迹矣。世人惟知篆筆尚瘦,瘦而不勁,何瘦之爲? 篆法尚匀,匀而不古,何匀之爲?

又

唐人工於楷書,篆、隸非其所長,八分如史惟則、韓擇木、張廷珪輩,古今稱爲名家,亦一時之雄,去漢人難以道里計也。篆則參以楷筆,有不成方員者,宜李少監俯視一切,自謂李斯後身。

又

草書以右軍《十七帖》爲宗,此定論也。芝、素兩家,非天下高妙者,斷不能學,亦不宜學。黄長睿獨祖述索靖,極古雅,時一爲之,亦墨池文韻事。

又

魯公書小者有《干祿字書注》,最小者有《麻姑壇記》,至戲鴻刻爲朱巨川書告身,細乃如虱,而縱橫跌宕,如生龍活虎,不可束縛,使李后主見之不知猶謂"叉手並脚如田舍翁"乎?

又

漢碑字有宜知而不宜從者。如《周公禮殿記》"壬衡失統"、《袁良碑》"壬具劍佩"、《張平子碑》"金匱壬版之奥",俱以"壬"爲"玉"字。而《魯峻碑》陰"壬端子行"、"壬輔子助"、"犁陽壬□少",《武梁祠畫像》"秦壬",又以"壬"爲"王"字。既非相通,又非假借,不知漢人何以顛倒錯亂如此。

雪梅集叙

錫案：雪峰自宋樗拙禪師開建之後，歷代住持雖有興修，而道德文章無所表見，或當時失之傳記歟？迨瘦松老人如幻和尚與錫曾祖雲公道相契合，迎主茲山，始以道學顯燈五世，皆以佛法文字見優，一何其盛也！錫忝禪門世誼，獲觀其盛，故樂爲編次以傳之。南安蘇錫天承叙。

233

雪 梅 集

紅蘭館小叢書　集
清南安蘇　錫天承輯

釋超弘如幻

山中樂詠雪峰四景

洗心泉

山中樂兮,洗心泉。泉濺石底流涓涓,玉乳渟泓涵碧天。是泉洗心心洗泉,我今欲辯已忘言。無心可洗真道者,得到無心豈偶然。

緩步徑

山中樂兮,緩步徑。一帶松杉相掩映,高低曲折緣幽磴。雲封谷口游人静,瘦筇剥啄空山應。何事市朝苦奔波,縱然平地多陷阱。

芭蕉阪

山中樂兮,芭蕉阪。白石齒齒蒼苔蘚,新蕉搖曳舒還卷。綠光照水弄清淺,舊葉一任西風剪。好似山翁破衲衣,七零八落真疏散。

山月樓

山中樂兮,山月樓。月照樓空山幽幽,銀漢波澄桂露流。碧天午夜松風颼,蕭然顧影有誰儔。此時却憶黃牛峽,炙橘皮湯香滿甌。

雪峰佛閣追步何鏡山韵

古寺楊梅山一半,檻外巑岏群峰亂。官田人去已陳迹,佛閣年深猶壯觀。霜酣紅樹錦千層,溪帶平蕪練一段。人事往來成古今,山體如如弗曾换。

雪峰雨後用前韵

凍雨乍收陰晴半,霜葉從風飛歷亂。岑樓兀兀坐跏趺,妙香寂寂聞鼻觀。山禽不斷響鉤輈,俗客無緣乘款段。巖畔梅花冷看人,一任流年暗中換。

巖中獨坐

巖畔梅梢蕊尚纖,氀毯一衲任冬嚴。懸崖水落微垂練,小雪寒輕不散鹽。觸石雲間仍出岫,喧枝鳥墜忽投檐。道人未免牽詩思,吟蹙眉頭八字尖。

咏巖桂

巖中雙桂樹,矗矗拂雲柯。佛地根株古,樵人剪伐多。馨香空歲月,寂寞自山阿。安得淮南客,攀枝爲爾歌。

道余上座到山中

逃虛空谷意俱闌,吾子能來亦可歡。若個人情甘寂寞,于今法社正荒寒。三登九上高風在,一髮千斤力挽難。慚愧山僧無剩法,只贏困睡與飢餐。

釋明睿思聖

載和山中樂咏雪峰四景

幻公和尚卓錫雪峰,予至出關後方得晉訪,適咏山中四景屬和,因次韵,幸博一笑。

洗心泉

山中樂兮,洗心泉。寒流瀉玉碧涓涓,湛寂内含水底天。心本絕塵何用泉,是誰强安此名言。無心可洗未爲妙,洗却無心方灑然。

緩步徑

山中樂兮,緩步徑。樹色山光交掩映,芒鞋繚曲緣苔磴。松鶴歸來千嶂静,一聲嘯落空林應。門庭施設任孤危，古路坦然無坑阱。

芭蕉阪

山中樂兮，芭蕉阪。石頭路滑封苔蘚，雨後新蕉如軸卷。春風華吐半深淺，殘葉幾片和雲剪。蕉心一似我心空，笑傲無拘何蕭散。

山月樓

山中樂兮，山月樓。樓頭月上四山幽，前溪白練映寒流。逼人清冷風颼颼，舉頭天外有誰儔。此時此景無人會，獨酌霜濤滿素甌。

釋甘泉開蓮

訪雪峰和上

十年一錫倚燕山，坐斷天南無消息。去來飛錫返壺蘭，誰識甘泉來一揖。聞有一人在梅山，真實示人人不識。行行不覺到峰頭，果爾花開香欲滴。因思佛法遍東南，誰具參方眼一隻。又思存老千五人，何事個個皆英傑。讀罷幻翁偶錄言，大似今時藥中藥。猶恨當年似面牆，虛度多少閑晨夕。若使一朝得親炙，匪但醍醐酪中出。所以閱盡古今人，依稀未免第二月。爭如高臥雪峰巔，百萬松杉隨拋擲。從他門外鐵山摧，從他脚底乾坤裂。何如時雨足良苗，粟飯山薇長不竭。更說諸方浩浩禪，三十烏藤爲兄吃。

釋照拙道余

山中樂咏雪峰四景，次本師和上韵

洗心泉

山中樂兮，洗心泉。一滴源頭滴滴涓，萬派沿流浪潑天。泉即心兮心即泉，悠然相對兩無言。道人瀟灑誰相似，一味痴憨自偃然。

緩步徑

山中樂兮，緩步徑。曲曲松陰垂清映，等閑携杖臨石磴。萬象幽閑群物静，空籟虛巖相互應。寄言世上茫茫者，莫戀火宅陷深阱。

芭蕉阪

山中樂兮，芭蕉阪。片石晶明絕苔蘚，綠陰影裏長舒卷。此意那復知深淺，新株舊葉自裁剪。芭蕉花下閑道者，何事天人飛花散。

山月樓

山中樂兮，山月樓。月白樓高秋更幽，影落清溪水不流。四壁孤危風颼颼，那時祇合與雲儔。忽聞山院木樨發，玉露流香倒滿甌。

邂庵洪先生游雪峰以詩見示，步韵奉酬

平明笋輿破烟嵐，已倩巖風掃石龕。自脫簪纓知世幻，竭來梅嶠把禪參？垂楊鶯遇黃兼綠，遠岫林深翠更藍。庭際還聞香氣重，花開一朵是瞿曇。

龔岸齋居士同諸公過訪雪峰，遇雨步韵

高標興發入巖游，雪嶺石泉景倍優。幾度荷香供薄晚，一番松雨轉深幽。山空既到塵心息，機□何妨針芥投。把臂岑樓閑眺望，溪川渺渺欲行舟。

酬丁唐采居士見贈

孤峰深託迹，雲鶴共幽栖。脚底乾坤小，樓頭霄漢低。栽蓮期結社，得旨在聞樨。甲子都忘却，蕭閑對碧溪。

酬信魯居士過訪不遇

不勝秋興劇，杖履出烟霞。隨意閑游客，忘機到處家。空山惟一榻，仄徑有餘花。惆悵難同賞，歸來月已斜。

雪峰八詠

晴窗曉日

野色連空霽，風光滿目生。開窗當日曉，倚檻聽鶯鳴。新竹森森綠，浮雲片

片晴。前宵一雨灑，巖壑倍幽清。

花塢晚霽

石徑偏幽寂，徘徊到日斜。新晴剛洗竹，薄晚尚看花。碧澗寒飛瀑，青松翠帶霞。林間風色勁，冉冉落□葩。

蘿壁凝烟

峭壁倚巖阿，松筠掛薜蘿。濃烟凝樹底，空翠隱雲窩。雨歇春方暮，嵐深霧更多。應憐幽壑裏，佳趣自婆娑。

花牖涼風

清風開戶牖，晚氣自生涼。宿雨飛初霽，新荷遞遠香。淒清吹萬籟，蕭瑟動疏篁。丘壑誰云寂，乾坤在草堂。

苔階浥露

披襟深夜坐，松露浥莓苔。幽徑蟲聲濕，涼風華戶開。雲閑栖竹樹，月冷上花臺。寂寂蕉窗外，寒梢影到階。

山樓夜月

四望淨如洗，巖巒夜氣幽。涼風彌殿閣，皓月滿山樓。照徹千林外，光凝百草頭。道人閑一嘯，聲落碧溪流。

石竇鳴泉

半壑松陰裏，潺湲曉夕傳。雲根清滴滴，石髓注涓涓。境寂渾忘世，潭空任坐禪。源頭一脈落，灑作洗心泉。

空庭蕉雨

瀝瀝空階響，微吟任寂寥。坐深一夜雨，夢破半窗蕉。檻外流方急，枝頭滴未消。濃烟藏柳葉，妒殺綠荷嬌。

釋如壽濟翁

和山中樂詠雪峰四景

余沙彌時，嘗見瘦松老人，甚蒙物色，及參學歸，而老人已寂矣。讀其語錄，景仰高風,因和山中樂四景,以識其私。兹爰録就正其法孫端章大師,俟他日入山對景長吟,幸勿笑余續貂。

洗心泉

山中樂兮,洗心泉。白石叢裏流涓涓,清瑩澂徹映諸天。我心無垢亦復然,擬欲洗之已剩言。哲人取義良不淺,得魚其意在忘筌。

緩步徑

山中樂兮,緩步徑。松竹參差斜日映,幽人每到尋雲磴。懸崖削壁塵氛净,飛鳥一聲虛谷應。世上誰人跨足來,掣斷利名同游咏。

芭蕉阪

山中樂兮,芭蕉阪。雨後蒼蒼光石蘚,無心於世任舒卷。緑玉叢中知深淺,吩咐山童和雲剪。好供清興日臨池,龍蛇飛動真蕭散。

山月樓

山中樂兮,山月樓。夜静登臨景自幽,月斜樹影若寒流。萬壑松濤風颼颼,憑欄四顧孰與儔。却憶當時瘦松老,道高時比政黄牛。

釋照華慧嚴

甲子春登雪峰,訪道余和尚

鶯聲百囀翠微間,求友情深興不删。分袂木蘭頻入夢,傾心雪嶠忍云還。祖庭條理期同力,法社匡扶未許閑。幾度遥來相問訊,楊梅峰峻喜躋攀。

釋海印端章

山中樂咏雪峰四景,和法祖老和尚韵

洗心泉

山中樂兮,洗心泉。何處飛來得净涓,深邃淵源别有天。潺潺石竇瀉甘泉,

洗心先哲有遺言。反聞聞去無心洗,直至無心始信然。

緩步徑

山中樂兮,緩步徑。參差梅竹垂幽映,蘚葉苔花滋石磴。縈迴繞曲紛譁静,蛩然一聲虛谷應。奔走競趨形勢者,誰知此地超陷阱。

芭蕉阪

山中樂兮,芭蕉阪。片石如蕉滋綠蘚,清陰不改絕舒卷。坐對幽懷良不淺,深盤根蒂漫勞剪。旦夕白雲蘢翠濕,天然得趣真蕭散。

山月樓

山中樂兮,山月樓。檻外長空月色幽,露灌清輝影四流。堂前拂袖冷風颼,物外高標孰可儔。小臺坐久休標指,石乳烹將茗數甌。

雪峰八詠次本師和尚韻

晴窗曉日

曉日開新霽,紅光滿院生。夜泉添潤響,宿鳥向窗鳴。山翠全經雨,花馨乍喜晴。捲簾憑眺望,眼底盡幽清。

花塢晚霽

春色滿山塢,烟消景欲斜。林陰初着雨,本末盡開花。艷紫呈新霽,輕紅帶晚霞。欲尋芳處去,捨取落來葩。

蘿壁凝烟

絕壑藏青靄,輕烟繞薜蘿。貪綠滋石壁,彌漫滿山窩。蒼翠凝烟重,芳菲帶露多。牆茨垂隱映,晨夕共婆娑。

北牖涼風

小牖迎南啓,風生入座涼。徐徐飄殿閣,細細遞幽香。涼冷侵肌骨,蕭疏動竹篁。荷花開碧沼,芳氣滿山堂。

苔階浥露

蕭蕭深夜露,湛湛浥莓苔。步向空庭寂,吟當積思開。寒花香滿院,疏葉墜高臺。坐久衣衫冷,蟲聲唧石階。

山樓夜月

月色清秋好,山高趣更幽。微茫輝四野,皎潔映層樓。砧杵鳴村落,梵鐘度嶺頭。更闌霏露濕,素影濯寒流。

石竇鳴泉

源水鳴深谷,泠然石竇傳。寒流清楸楸,瀑沫净涓涓。細響聞閑夢,漣漪對澹襌。塵心鐲洗盡,無負此山泉。

空庭蕉雨

空山人境寂,庭際亦寥寥。獨有瀟瀟雨,偏宜瀝瀝蕉。聯翩新葉嫩,搖曳積塵消。静對閑情適,幽清不用嬌。

釋鼎立瑞照

訪雪峰章老和尚不遇

歷盡崎嶇到雪峰,丹崖翠竇入深松。吟春鳥喚孤來客,鎖晚烟籠幾點鐘。山月樓中看落照,洗心泉畔待歸筇。欲求一棒開茅塞,何意連朝竟不逢。

釋德輝指谷

題雪峰四景

洗心泉

百泉衝出韵淙淙,洗滌勞生垢滿腔。能解真源玄妙旨,何須一口吸西江。

緩步徑

千尺梅峰望欲登,干雲直上力年能。聊憑曲徑從容裏,適趣安閑少戰兢。

芭蕉阪

群芳馥郁盡無私,惜乏青箋抒我思。最喜阪蕉親切意,自開一葉待題詩。

山　月　樓

嶺上青山山上樓,樓高月上越清幽。一輪光擬禪心净,照印山河徹四洲。

釋寂澄葦航

步法曾祖四景原韵

洗　心　泉

山中樂兮,洗心泉。泉從空洞涌涓涓,探源我欲問青天。泉似心兮心似泉,太虛默默兩忘言。有心洗到無心處,水到渠成道自然。

緩　步　徑

山中樂兮,緩步徑。矗矗奇峰梅雪映,穿林跨壑攀層磴。鳥不銜花山更静,還源一句唱誰應。莫把勞勞輕錯過,分明此處出深阱。

芭　蕉　阪

山中樂兮,芭蕉阪。蒼苔間錯雜青蘚,今古悠然長弗卷。深盤根蒂良非淺,現成實性勞裁剪。疑是仙陀獻一葉,風雨年年吹不散。

山　月　樓

山中樂兮,山月樓。月皎樓空山更幽,瀁漾金波影若流。丹楓玉露風颼颼,清輝高潔許誰儔。山谷曾聞無隱旨,木樨香處月沉甌。

釋寂光慈度

步法曾祖瘦松老和尚咏雪峰四景元韵

洗　心　泉

山中樂兮,洗心泉。溯源深遠活涓涓,清泠澹蕩含性天。何處將心來洗泉,因思先聖立名言。雖自無心常存洗,寥寥的的密超然。

緩　步　徑

山中樂兮,緩步徑。森森松□交相映,如往似迴縈石磴。閑雲斜掛空巖静,游客嘯歌山響應。不偏不易履從容,方知此地超陷阱。

芭蕉阪

山中樂兮,芭蕉阪。天然片石蒙苔蘚,雨露不舒風不卷。三昧由來非淺淺,當年機巧誰裁剪？閱盡古今隨題咏,影臨碧澗長蕭散。

山月樓

山中樂兮,山月樓。月皎當空景色幽,金波遙映碧溪流。高臺坐對風颼颼,孤蟾心却與同儔。此中意味誰能識,竹几爐火茗數甌。

釋圓慧聰性

題雪峰四景

洗心泉

洞泉品作洗心呼,洗却心塵心又無。未得泠然含萬象,好來此地著工夫。

緩步徑

漫誇大道透長安,逐北奔南不自閑。緩步誰知松徑樂,逍遙拾得與寒山。

芭蕉阪

歷經曉露與寒霜,一葉蕭疏豈短長。舒卷如如原不動,何妨風雨作輕狂。

山月樓

一輪涌出碧天秋,高掛前峰最上頭。爲愛禪心堪擬似,清光特早到山樓。

釋寂亮惟寬

題雪峰四景

洗心泉

洗心名水自前賢,千古遂成勝迹傳。若使心塵真可洗,將心來洗此山泉。

緩步徑

石徑迂迴積翠層,閑來緩步勝奔騰。利名揮去無他事,雲鶴蒼松意亦仍。

芭蕉阪

阪石如蕉碧潤陰，重栽蕉本屬知音。漫言動靜天然別，虛實原來不二心。

山月樓

前峰涌出月輪浮，四野憑欄一望收。影射清池光皓璧，水天一色映山樓。

釋法悟真淳

步瘦松老祖四景原韵

洗心泉

山中樂兮，洗心泉。石罅迸來晝夜涓，泠泠白練性舍天。無垢心誰可洗泉，分別洗心落剩言。覓心無處空涯際，一泓相對覺悠然。

緩步徑

山中樂兮，緩步徑。樹底斜穿青綠映，執經三到拂雲磴。閑花綽約風塵靜，緩步扶應剝啄應。堪嗟無數驅馳客，到底落他香餌阱。

芭蕉阪

山中樂兮，芭蕉阪。片石似蕉侵翠蘚，從來不逐舒和卷。嫩綠隨時終覺淺，古今坐斷漫勞剪。一任梅山夜雨零，聽來滴滴真蕭散。

山月樓

山中樂兮，山月樓。樓高月皎四山幽，眼底廓然象緯流。綠陰午夜韵颼颼，入山好自覓同儔。閑把杯茶機正豁，風飄玉露墜清甌。

釋照晃正提

題雪峰巖

峰高名以雪，境寂夏生□。花竹垂陰密，烟霞引興長。沁泉喧梵韵，空閣靄天香。欲識燈傳舊，宗風起石霜。

步瘦松老祖咏雪峰四景韵

洗 心 泉

山中樂兮，洗心泉。空洞潺潺出净涓，真際難窮別一天。此心欲洗不須泉，先賢命意在忘言。心可覓來泉裏洗，覓心不得自超然。

緩 步 徑

山中樂兮，緩步徑。片片雲霞晨夕映，孤筇彳亍臨幽磴。地僻林深游客静，長嘯一聲山谷應。任他名利兩茫茫，坦途誰識多深阱。

芭 蕉 阪

山中樂兮，芭蕉阪。片葉蕭蕭帶綠蘚，風磨雪蕩何舒卷。碧澗橫斜映清淺，騷人臨眺難裁剪。惟有山僧没字禪，松枝倒拂消閑散。

山 月 樓

山中樂兮，山月樓。憑高四望山幽幽，露濕金波影欲流。松濤謖謖冷颼颼，風清雲净孰同儔。遥憶當年拂袖者，好似醍醐飲數甌。

釋普忍佛然

登雪峰參法祖葆光老和尚

樓閣崚嶒倚碧岑，遥因問法此登臨。雨餘花徑沾微潤，雲瘦松庭覆翠陰。梅雪千秋傳法席，溪山終古焕禪林。木毬奕世宗風遠，敢負相期祖意深。

釋衍崧慧高

咏雪峰四景

洗 心 泉

泉向石中出，涵泓徹性天。到來心自洗，不負古今傳。

緩步徑
一徑盤紆入，山光掩映幽。閑來行自適，笑看白雲浮。
芭蕉阪
蕭蕭臨僻澗，倒影漾清流。游客題詩遍，縱橫片石收。
山月樓
露冷秋空凈，樓高璧月娟。何須正怎麼，此際直超然。

游杭日記

清晉江楊慶修梅生撰

余謂蔡子曰："失此良游，不惟枉春光不少，山靈有知，或者其大笑我乎？"蔡子曰："然。人生能著幾兩屐，行樂當及時耳，安用鬱鬱爲？"乃攜杖頭錢爲游山之資。彳亍而行，約三里許，至長橋買舟。但見山濃似黛，水碧於油，頭頭游魚，纖鱗不隔，所謂濠上觀魚樂，庶幾彷彿遇之。行數武，遙見宛轉紅橋亭。長亭短欄，排亞字，徑露石棱，緣岸而入，有亭翼然，匾曰"飛泳"。由飛泳亭而東，曰"御詩亭"。亭之右曰"德生堂"。堂以後有放生池。池中綠水漣漪，波面現出三小浮圖，舟人告余曰："此即三潭印月遺迹也。"遠視雷峰塔影，亦復勢如涌出，一望孤圓，靜對影時，色相俱空。由放生池行不數武，湖心亭在焉。萬頃波光，四山嵐影，幾欲襲人衣裾，而殘壁頹垣，半就傾圮，恨游子惟攜兩袖清風，不能奉金錢募化，點綴湖山勝景，爲可惜爾。迤邐而上，則綠柳陰中，紅墻面面，金闤琦闕，壯麗非常。詢之，舟人曰："此聖駕南巡行宮也。"從宮右過洪公祠，有花神廟。余因急欲謁岳王廟，不及隨喜。俄見殿宇巍峨，華表兀然，大書"碧血丹心"四字。舟人曰："岳王廟至矣。"因整衣冠入見。端冕凝坐，颯爽英姿，令人悚然起敬。其旁則繼忠五子祠也，其外則牛、張諸將祠也。殿上東西石壁嵌公所書墨莊及高宗敕書、諸名賢題跋語。中懸一聯云："蓬頭跣足跪階前，想想當年宰相；垂裳端冕列座上，看看今日將軍。"語冷而雋。瞻拜既久，廟祝復引余至墳上。右袝以長子繼忠侯墳。墳前鐵鑄像四，則秦檜與妻王氏、張俊、萬俟卨也。時士女游觀若堵，鞭箠怒罵，紛紛不一。尤甚者，則擊腦摩胸，爭以爲快。嗟乎！當日奸雄誤國，惟知念厥身家，安計千古唾罵，公道自在人心哉！因謂蔡子："我輩平日讀史，至可恨事，礧磈爲之不平。今日迴思南渡往事，令人憤懣，正宜藉杯酒以澆之。"乃撥柳陰路曲，尋青簾少憩焉。至則淨几明窗，香風繚繞，氣欲襲人。少頃，鱸膾蓴羹紛列案上，暢浮大白，助以清談數則，怡然忘倦。返而登舟，舟人遥指六一泉以告，因捫蘿披榛而入。一老僧捧杯茶至，品之香泛乳花，味同玉液。余笑曰：“今日酒兵茗戰，洵可蕩滌塵襟。”已而，游覽既久，思結黑甜之趣，而舟子隨流鼓棹，竟達聖因寺。因念禮佛參禪，亦稱快事，遂登岸入門，則衆香芬郁，直達鼻觀。而院宇精潔，花木蕭疏，佛號鐘聲，迥非塵境。寺中塑莊嚴寶相，皆丈六金身。時當暮春天氣，節近踏青，名士傾城，簪花約鬢，携手閑行，衣香載路。寺僧引導至望湖樓上拜茶樓，憑欄遠眺，水烟凝碧，如置身畫圖中，幾不食人間烟火氣矣。游聖因寺止，遠望孤山一角，天然秀出，則逋仙別業在焉。因拜瞻遺像，久之，爲朗誦其“茂陵他日求遺稿，猶喜曾無封禪書”之句，猶見先生清高拔俗，超然遠引也。旁植梅樹百株，有亭匾曰“放鶴”，董元宰書鶴賦於此。亭邊養一鶴，翩躚欲舞，山人愛護備至。嗟乎！梅妻鶴子，幾生修到哉？出別業數武，有明女士廣陵馮小青墓。墓之右有宋女士鞠香墓。人美於玉，命薄於雲。今日放舟堤下，探梅山中，開西閣門，坐綠陰床，猶想見“晨泪鏡潮，夕泪鏡汐”時也，因誦其絶句，至“春衫面泪點輕紗，吹入林逋處士家。嶺上梅花三百樹，一時應變杜鵑花”，“西陵芳草騎轔轔，内使傳來唤踏春。杯酒自澆蘇小墓，可知妾是意中人”，爲之撫膺一慟。繼游净慈寺，略一隨喜，則塔影梵音，鈴圓聲徹。有老僧數人，於壇上禮佛宣經，而翠袖天寒，緑裙草碧。或倚欄眺望，或鬥草藏鬮，陸離綺麗，如入桃花源中，令人應接不暇。殿後塑大士化身七十二像，雕鎸藻繢，金碧輝煌，真昔人所云“南朝四百八十寺，都在樓臺烟雨中”者，於此略見之矣。轉而右，爲羅漢室五百尊者，覆以田字殿，殊形異態，無一雷同。中有無量壽尊者，羽衣黃蓋，僧人揖曰：“此即高宗皇帝前身也。”余笑而不答。其右爲齋堂，寺僧幾六百人，飯鐘一動，闃然滿堂。堂之偏曲徑通幽，奇花異草，望如碎錦。繞徑而行，有石梯數十級，登其上，則湖山一覽樓在焉。余既倦游，漸作少憩，遥望暮烟一抹，四山漸不可辨。迺隨老僧方丈拜茶，促舟人返櫂焉。嗟乎！勝地不常，勝游難再。樓臺烟水，明月新聲。仙都樂國，是耶非耶？因想六朝綺麗，江左風流。望仙樓上，狎客笙歌；結綺窗前，美人酣舞。銅駝麥秀,年年秋草。悲風金屋,花嬌處處。春江泛月,遂使洛陽青蓋,變作石頭降旛,鐵戟樓船,盡收金陵王氣。良由君也色荒,臣也志愿。宮中歌舞,何如句踐之薪;筵上豪華,誰擊祖生之楫。大好湖山,迷殺六朝烟柳;一場幻夢,幾更歷代衣冠。嗚乎!山川如舊,風景全非。吳宮花草,已埋幽徑;晋代衣冠,大半夕陽。陳屛李鏡,都作景陽之鐘;錦幛紫泉,莫問章臺之柳。前人不自哀,後人哀之矣。何況宋家南渡,復蹈餘風。東都話舊,杭州直作汴州;南內歡歌,西湖欲比西子。金牌十二,檜亦何心?歲幣三千,敵寧可恃?可憐中原父老,日望旌旗,爲問宋室君臣,大輕社稷。襄陽百戰,將軍辱在行間;亭子半間,宰相殊屬夢內。玉枕玲瓏,平章誤國。金籠蟋蟀,美人傾城。見佳麗於六朝,感傷心於疇昔。江山夢幻,令人感慨繫之矣!歲丙戌初冬,自都下歸來,蕭齋無事,時對晴窗,偶檢行囊日記,披讀之下,回念前游,猶依依如昨也。

春空倡和詩卷

紅蘭館小叢書丁集
清釋道正、釋道濟撰

丙戌春初得二詩,無題,謂之《快活吟》可也

道　正

争道紅塵緣裏春,孰知勞擾敝精神。會須覓得桃源路,無喜無憂快活人。
其　二
不向紅塵尋快活,方知白日照虛空。笑他擾擾營營者,也住春風浩蕩中。

道正夫子示以《快活吟》,依韵回還,謹和

道　濟

冰霜歷盡復逢春,春到先生筆有神。最是客中春到少,孤燈淡對耐寒人。
其　二
耐寒人不因人熱,人熱人寒念早空。楊柳風多吹面過,可曾吹暖到胸中。
其　三
胸中亦甚惜芳春,欲託微波感洛神。翠羽明珠迷近遠,扁舟還自訪漁人。
其　四
漁人獨得漁人樂,飯稻羮魚酒不空。管甚烟波無風雨,醉來高枕柳陰中。
其　五
柳陰陰處閑眠起,沙岸行吟月又中。常見眉山蘇學士,十年春夢一場空。
其　六
春夢空空慣誤人,浮名浮利總勞神。直須打破夢中夢,纔見心頭自在春。

其 七

自在春多春可樂，勝於春在百花中。千紅萬紫東風面，一證如來境界空。

其 八

境界皆空即了人，了人斷妄力如神。妙明圓覺尋真諦，還許同依佛座春。

和 道 濟

道 正

萬象森羅各一春，形形色色幻如神。魡生惟有樓前坐，冷眼看他世上人。

其 二

世上風波生叠浪，須臾變滅總成空。有時放眼空無際，身在天然圖畫中。

其 三

妙語如珠四座春，春光無迹自然神。神州浩蕩塵成海，塵海茫茫見幾人。

其 四

幾人到此生神悟，悟徹菩提又是空。空到萬緣空亦幻，幻人幻境有無中。

其 五

說無說有皆如夢，夢幻同歸覺海中。中有真人自來去，去來無住亦空空。

其 六

無住真常是主人，人間事業總疲神。神光破裂無明網，網取乾坤萬古春。

其 七

春來春去春常滿，偏愛春光入禁中。我欲尋春到林野，陶然不顧杖頭空。

其 八

心空方許作詩人，詩境空明妙入神。寫個詩篇通問訊，新詩已占兩家春。

偶檢正學編叠前韻

道 濟

童冠偕游及暮春，希踪過化與存神。從來誰解尋真樂，惟有濂溪善誘人。

周元公令二程尋孔顏樂處。

其二

生物乾坤觀氣象，先將思慮掃除空。仍虞盜入空虛處，四面提防破屋中。

吕與叔患思慮難除，程明道以破屋中禦寇爲喻，告以中必有主，則外患不能入，又令學者觀天地生物氣象。

其三

靜觀萬物自皆春，獨坐危舟亦定神。七十餘年身益健，不嫌受氣薄於人。

伊川曰："吾受氣甚薄。三十浸盛，四十、五十而後完，今七十二年矣，較其筋骨，於盛年無損也。"又嘗渡江舟幾覆，正襟安坐，神色不改。

其四

瞬存息養無閑度，心泰何憂物礙空。今日萬鍾明日棄，反求吾道六經中。

横渠曰："息有養，瞬有存，勿使有俄頃閑度。"又曰："今日萬鍾，明日棄之，惟義所在。少時喜讀群書，無所得，反而求之六經，渙然自信曰：'吾道自足，何事旁求？'"

其五

壯年亦有澄清志，匣劍囊書覽域中。悟到先天河洛旨，帝王卿相目皆空。

康節少時欲樹功名，足迹半天下。北海李之才授以河洛先天之旨，遂幡然而歸，曰："人必有德器，然後喜怒皆不妄，爲帝王，爲卿相，亦若無有也。"

其六

來作門前立雪人，從容默會靜中神。道南宗旨從頭問，愧已年逾五十春。

吾鄉楊龜山先生師事程正公於洛，蓋年已四十矣。今逾五十，而始求道，其能有得乎？

其七

挺然松柏隆冬秀，餘卉皆枯朔雪中。生相敢爭春富貴，斯民康濟念難空。

吾鄉胡康侯先生嘗言："人不要有富貴相。"謝顯道稱："康如隆冬嚴雪，百草皆萎，而松柏挺然獨秀也。"然當渡江後，志於康濟斯民，而又進退合義，以公爲稱首。

其八

紫陽正脈屬何人，文肅精言最悚神。利欲關頭攻未過，天花亂墜不成春。

黄勉齋先生謂："人生最難克是利欲。利欲之大，是富貴貧賤，若於此關打不過，便教説得天花亂墜，盡是閑話。"後人稱勉齋造詣精純，獨得紫陽正脈。

再叠前韵奉和,創用蟬聯格,
以示相續不絶之意,録呈粲政

道 正

自家領取自家春,氣志如神本不神。翻恨衣冠等優孟,年年長作戲中人。

其 二

一般傀儡君休笑,三十年前早悟空。祇爲九天多雨露,柳花飛揚玉溝中。

其 三

太液池邊百五春,金鈴十萬護花神。緑章待乞通明殿,願作山林却掃人。

其 四

埽却浮雲見明月,數聲清鶴唳長空。者般意味誰先覺,祇在孤山香雪中。

其 五

遥望梅林千萬樹,色香不斷滿山中。尋梅漸至林深處,不覺香空色亦空。

其 六

色色空空惱煞人,色空無間乃元神。神周天地有形外,花柳偏留四海春。

其 七

花柳皆凋松柏古,榮枯都在刹那中。萬鍾千駟今何在?不及先賢説屢空。

其 八

箪瓢事業付閑人,前後高堅悟自神。軒冕泥塗應自念,及時還訪武陵春。

春宵夢覺,忽憶前後五代時事,起而書之

道 濟

獨向江頭日買春,新恩下逮轉傷神。朝衫不著歸依佛,太息生逢末劫人。

<small>郭恕先却詔詩云:"爲逢末劫歸依佛,不就新恩叙理官。"</small>

其 二

文雖膚近丹忱見,生不逢時志業空。感興諸篇聲泪下,挑燈重讀雪窗中。

<small>熊曒當道衰文敝之時,獨能志在憂國,心不忘君,蓋非五季操觚者所能儷也。</small>

其 三

氣清天朗行郊野，詩筆淋漓爛醉中。二百門生驚樹板，歸來莫放馬頭空。

太保王仁裕七十後，精力不衰，每天氣和暖，與門生二百餘人郊行，燕賞飲次，必樹一詩板，以詩爲令，曰"爛醉"也。須詩一首，不能空放馬頭回。

其 四

野性由來善嚙人，脫離羈勒更精神。垂身細認紅綃在，醉月餐松不計春。

王太保一猿名曰野賓，逢人必嚙繫之。忽於春時解逸，飛趁樹梢，破巢毀卵，群鳥飛集太保前若訴，使人迹之，見野賓在林中叫躍，招之不至。日暮腹枵，自入厨覓食，乃又繫之。未幾又逸，則在厨中掀撲食器，旋登屋脊而舒嘯，不勝其擾。市有善弄胡猻者，召使擒之，既得，野賓愧汗沾體，見者皆笑。引見主人，猶顧而樂之，題詩記名於頭上，縱之去，不復來。數年後，太保入蜀，至嶓冢，廟前有群猿自峭壁下飲清流，中一巨猿獨來前蹲於道旁古樹間，題記之紅綃尚在，知爲野賓也。呼之聲聲相應，立馬移時，欲縱轡即之，高叫數聲而去，及轉壑回溪，聲猶綿綿不斷，太保憐而報之以詩。

其 五

鶯聲深鎖杏花春，有筆能傳物外神。也愛吟詩也參佛，餘風熏到八閩人。

王延彬封於泉州，能爲詩，好說佛理，有"春深紅杏鎖鶯聲"之句，爲名流所賞。

其 六

宏則宗規崇簡素，禪門惟汝識真空。白頭愧對梅溪筆，生長泉南佛國中。

泉州宏則禪師，性簡素，閩王時加敬禮，王梅溪先生有"泉南佛國"四字勒於崖石，大瓢偶筆，稱爲海內真書之冠。

其 七

喝水巖前曾洗缽，扶餘東望有無中。虬髯舊夢甘拋却，我亦低頭學梵宫。

登吾閩福州石鼓山，可望大小琉球，如浮漚數點而已，即虬髯客得意之居也。

其 八

本是江湖落拓人，强隨袍笏禮盲神。廟廊多少金絲履，知否都來一夜春。

周世宗時達官多著金線絲履，又常大雪，民間唱曰："生怕赤真人，都來一夜春。"

退藏小室隨筆

紅蘭館小叢書　集
清晋江蘇鏡潭菱槎著

　　嘗閱《清代中興名臣言行録》，載孫壯武公開華任福建提督，法人之役，一子戰歿於臺灣三貂嶺，臺人爲之立祠請恤。以余所知，孫有五子，任福建提督十餘年，身歿，五子皆隨宦其側。其長子道仁以道員留省效用，後亦仕至提督，民國初元被舉爲都督。餘子無恙，安有一子戰歿之事？書固可盡信哉！

　　韓冬郎唐末謫官八閩，歿葬南安之葵山，距郭里許有墓道，四明盛本隸書，絶精古。按：偓天復初有扈駕功，反正後帝欲用爲相。偓以讓其座主趙崇，帝許之。朱全忠不悦，庭叱之，崇遂不果相，而偓亦出亡。故偓詩曰："手風慵展八行書，眼病休看一局棋。窗裏日光飛野馬，案頭書卷長蒲盧。謀生拙爲安蛇足，報國危於捋虎鬚。處世可能無默識，未知誰擬是齊竽？"

　　鄭板橋最服膺徐青藤，常鎸小印，曰："徐青藤門下走狗鄭燮。"吾鄉吕西邨孝廉世宜素工八分書，亦鎸一小印，曰："伯仲之間見伊吕。""伊"，蓋謂汀州伊墨卿先生也。然先生書法精絶一時，清代八分書家評置第一，孝廉似不能及。

　　王珊珍上舍幼聰穎，學畫山水，粗有理致。嘗自題兩句云："都勸山人休洗耳，有聲無用是清流。"

　　惠安孫惕齋先生湛深經學，家極貧，閉户著書十五年，足不下樓，一榻一帳至爲膏焰薰灼。道光中以優行貢成均，學使陳荔峰閣學攜之入都，誇於人曰："吾歸裝得一孫惕齋，當勝筍河三百石矣。"以此名馳公卿間。未幾，没於京師，當世惜之。杜蕉林給諫挽詩四章，極沉痛，載《惕齋集》中。

　　惕齋先生與曾王父最篤，微時同受知於王南陔中丞。<small>中丞時爲馬巷通判。</small>中丞嘗語曾王父曰："他日經濟事業，生必勉爲一代偉人。若名山著作，必歸孫生。"

迨曾王父總制四川，退休林下，而惕齋已前歿數年矣。其婿陳念庭學博持惕齋遺著謀刻於曾王父，因出資爲之梓行，乃移書中丞，曰："名山著作，其在斯乎！"一時共稱中丞爲知人。

常熟楊泗孫以第二人及第，與吾鄉黃霽川先生交好，後遂締姻。先生家居數年，楊自常熟寄紅豆二枚，附以書云，"王摩詰詩：'紅豆生南國，春來落幾枚。願君多采擷，此物最相思。'吾虞紅豆樹，舊有兩株半，所謂'半'者，半已枯也。自洪、楊擾亂，舊物均遭芟削，僅存西鄉顧山鎮一株。顧山爲常熟、江陰兩邑毗界，以隱僻得全。此物或隔一年，或逾五六年，或遲至十年，纔一結子，竟爲罕見之品。適有野人攜來，即以奉贈，聊寄相思之意"云。豆至今尚鮮紅可愛，書體亦秀勁。先生家猶什襲藏之，可見古人風義。

安海黃福啓茂才性詭怪，屢試不售，後爲葉新第大令所識拔。作詩多謷牙詭譎，然恰有佳句，如"一葉下時秋正瘦，扁舟歸去海初潮"，正自不多也。

先伯祖梅雲公，幼時隨侍，遠宦秦、蜀、齊、吳，足迹殆遍。在京師時，與一狐友昵，來往頗洽。道光辛丑，曾王父以大理寺少卿致仕家居。築新第於郡南，旁闢精舍數楹，明窗淨几，旨酒佳茗，禁妻子奴婢不得至。每狐友來，牆頭必先落古錢數枚，鏘鏘有聲。少焉，室中諧笑並作，但不見其形耳。有時爲人書屏幅手卷，或署"回道人"，或"鍾離青蓮"，書體恰無一同者，然先伯祖未久竟下世。

咸、同以前，海道未通，吾鄉士子之應公車者，必遵陸行，道山東至京師。而山東素多盜，剽掠不時。以故士子丹鉛之餘，恒兼習武以自衛。相傳許有韜太史未第時，兼精內外功。某歲，與同友人計偕入都。渡江，雇車三輛以行。御者，盜也。初行一二日，即漸恣肆。抵暮欲宿，御者不可，爭論間，御者咆哮，衆咸忍之。太史輕以手撫其項，曰："君真盛氣哉！"御者首忽左顧，不能正視，強扭之，則痛徹心髓，哀號不已。同伙爲之跪求再四，始爲愈之。比至京，一路坦然矣。

安溪李白軒總戎，文貞公之季父也。引見時，聖祖垂詢其家世甚詳。李奏曰："同胞兄弟所生六百餘人，三十年中，見生不見死。"一時傳爲盛事。

昔有道士往山僻人家設醮事畢,歸途遇雨,疾走至一石洞中少憩。時已昏黑,腥風陡起,木葉亂飛。突有一虎蹲踞洞外。駭極,不敢動。已而虎徐探其尾入洞。道士情極計生,試將其蒂鐘牢纏虎尾,手持法雷,出不意驟吹之。虎不虞洞中遽發此聲也,吼躍而去,而虎尾之蒂鐘越響不止,卒至顛狂以死,道士竟幸免。

僧某,忘其名,惠安人。少失怙,事母至孝。母病十六年,日夜侍側,未嘗一刻離,亦未嘗一夕安寢也。母死,祝髮為僧,掛錫於泉郡承天寺。主者為製一庵。日夜蒲團其上,不食不語,亦不念經禮懺,唯飲水數杯,如是者二十年,今尚存。余謂此僧已超上乘矣。

吳江某婦貌佳,同夫流寓閩中。夫死,里少年爭挑之。婦題《竹》一絕以見意,云:"一竿復一竿,一枝生一葉。自信不開花,免惹蜂與蝶。"

嶺南荔枝較吾閩尤佳。吾閩最上上者"宋家肉"、"甘家紅"、"陳家紫",然只一二樹,購之極難。其次,則"荷葉"、"狀元紅"。"狀元紅"當熟時,前後不過數日即盡。"荷葉"產漳州,亦只延至十餘日,售之亦盡。終不能快老饕,蓋所產逐年遞少故也。嶺南荔枝,如"荷葉",如"桂味",如"糯米",并皆佳妙。自五月杪即熟,至六月盡而未止。余僑寓香江三年,始快意一飽。晨購而藏之冰中,酒後茶餘,恣情取啖。坡公詩云:"日啖荔枝三百顆,不妨長作嶺南人。"真先得吾心矣。

清源山舊為產茶之區,廢棄已久。鄉先達王公《命岳集》中有《北山采茶歌》。北山,即清源也。詩為刺安溪而作。近時黃祝堂刑部招集股本,重加種殖,又延名手精製,每年所產漸多,售銷亦廣。"烏龍"一種尤佳,汲山上虎乳泉煎之,清芬沁脾。

安溪農民李姓家藏一粟觀音,云其祖康熙時流傳至今者。粟較常粟略大,秕為龕,內趺坐觀音一尊。眉、目、口、鼻、手、足,以及衣褶蓮座,皆位置分明。諦久,屢逼真。異哉!此殆所謂"一粒粟現大千世界"耶?

仙根伯父,幼讀書,不應試。工畫蘭,又精琴,嘗刻《絲桐訪友帖》,遍徵海內外琴學，輯爲一書，蒐搜繁富。藏古琴一張，名"雪也冰"，以二千元購得之，珍如拱璧。彈之，清越異常。後不知流落何處。

畫史李孫嘉，安溪相國之曾侄孫也。少劬於學，得咯血疾，由是輟業，肆力於畫。傳神一道，尤臻絕詣。一日有客過，其師不遇，歸述之而忘其名，即伸紙肖像以進，師驩然曰："此某友也。"大奇之，益教之畫。未幾卒，世遂無知之者。莊印潭觀察爲立傳。

開元寺爲吾泉之大叢林。嘉道僧衆數百，香火大盛。今則剝落丹青，半夷爲民舍矣。先是，有主僧慧圓者，精技擊，名噪一時。一日方暑，坐大雄寶殿之門外，搖箑納涼。忽有一客，手持鐵傘，貿貿然來，亟詢圓師何在？師異之，佯對曰："圓師雲游未歸。"客作懊悔狀，曰："吾聞師名，故千里迢迢來求一試。今不遇，緣慳哉！然師歸當以何時？"曰："三月。"曰："然則，吾暫置傘於此，俟師歸來領取，可乎？"言已，一躍至樑間，而置傘於兩桷之中，佯長而去。桷距地約五六丈，爲寺殿最高處。慧圓爲之撟舌，私幸不以實告，否則殆矣。然再來不可不備，於是窮日夜之力，習輕身蹤躍法。閱三月，亦能如客。屆時，客果至。慧圓迎，謂之曰："客又來遲矣。吾師歸數日，聞客來試藝，極喜。不意師有摯友寓甬上，病且死。昨急足來趣師往一訣，今早已卓錫出門矣。但師言客如不耐者，囑弟子取傘還客，徐圖良晤可也。"言已，躍至樑間，取傘還之。客無言而去，後亦不復來。

吾泉清源書院壁間嵌石刻韓魏公像，韓子蒼題贊。按：泉郡石刻魏公像有二，此爲明代劉純仁以名宦祠宋石重開者。道光朝，郡守陳銑復以劉本翻鐫。韓贊所云"金人下馬拜公遺像"者，即此。

泉州演劇有《送班枝》一齣。謂韓諫議國華守泉日，衙中榕樹開花如班枝，侍婢連理持以獻。後連理有娠，嫡夫人不能容，逐之。連理逃匿古廟，而誕魏公，即今生韓古廟是也，廟以此得名。石上尚有"自老天際月常圓"詩，不多作，《溫陵詩紀》僅載其《自嘲》一首。

詒亭，少時又名復生。初，其父孝廉只舉一兒，絕慧，年十二病且死。孝廉哭之慟，兒忽張目曰："勿慟，兒當復生。"即索筆請其父書"復生"兩字於掌以爲驗，一笑而逝。後詒亭生，掌上字迹宛然，故名曰"復生"。面龐亦酷肖前兒，性尤慧。凡前兒讀過書，一覽輒了了。年十三出應試，以默書《十三經》冠其曹。時馬公以勛爵任福建提帥，亟賞之。招入署，出句屬對，云："十三歲讀十三經，經經皆熟。"即應曰："一品侯作一品官，官官相維。"雖在幼時，其語氣已自不凡矣。

李某，泉之洛陽人。家世業農，有腴田數畝，與豪紳接壤，豪百計欲得之。李愚而性執，堅不肯讓，後卒以事繫之獄，賄獄卒潛斃之，而没其田。李有子，十年歲，亡命乞食於外，爲薙髮匠所收養。業成，忽逃歸，變姓名而傭於豪之鄰。事隔數年，豪已忘矣。一日，豪呼匠薙髮。方奏技，突以刀猛刺其喉，豪立斃。閤家大駭，共執之。李子笑曰："我固不走，何擾攘爲？"送之官，侃侃直陳，歷叙其父被殺狀、數年流離狀、歸家復仇狀，聲淚俱下。旁觀者爲之流涕，官亦動容。後竟輾轉而出之獄。

鄉人蔣大戭身長八尺，多力健啖，以家貧恒不得一飽。嫂有兒年三歲，一日耘於田，囑大戭善視兒。兒醒而啼，大戭以手拍兒，兒旋無聲，視之已死。嫂歸，哭詈而已。嘗從賈舶至天津，舶有鐵鑊二，一重八百斤，一重千餘斤。天津有力士，力能舉八百斤。一時好事者懸采五百圓，募有能舉千餘斤者，數月莫不應。大戭至，從容舉之，遠近大譁，號爲"蔣神力"。然大戭實蠢蠢無所能，好與群兒嬉。性尤畏聞盜，夜間或戲呼盜以驚之，則引被蒙首不敢喘，實則平生未嘗遇盜也。余祖祠門外有二石獅，各重數百斤，每睡恒掇其一置諸門。群兒或忤之，晨起密置其門際以礙出入，必俟其父兄再四哀懇，始移去。或謂之曰："盜亦人耳，以子神力推之，如拉朽，何畏之甚？"大戭則掩耳疾去，不敢聞。後以老壽卒於鄉。

南安郭山崇祀廣澤尊王，香火大盛。每當祭掃之年，男女繹絡於道。晋邑署有幕客某，奉祀尤篤。時隆冬，肩輿進香，至一山坳，輿夫息肩少憩。某怪其久久不至，下輿呼之。突見一虎當道，眈眈注視。某駭極而仆，虎亦狂吼遁去。蓋是時，某身反穿猞猁猻大褂，架黑晶眼鏡，披大紅風帽，虎驟見此狀，不知爲何獸，故注視不已。及其下輿，虎又恐其噬己，疾吼而去。而某且以爲郭王之默佑云。

臺灣某女士能爲小詩，余友陳稚民誦其斷句云："如此春光忍抛負，啓窗扶病曬紅鞋。却怪東皇太狡獪，浪晴浪雨到清明。"亦楚楚有致。

李潤堂提軍，以羽林孤兒擅三絶之長。余家舊藏《秋枯草堂詩翰》一册，爲提軍手書。詩本一册，一百頁。用百色箋紙雜百色綾裝潢之，貯以酸枝木匣，精妙無匹，同時諸名公題跋殆遍。後爲友人竊去，售於某富商家。余百計求反不得，至今引以爲憾。提軍爲忠毅公冢嗣，先丈母之父也。

少時與諸舅讀書亦園，園之外皆菜圃。左行數武，有茅屋一椽，狀至敝陋。居者名臭頭，素具好身手，積慣爲盜，生平犯案累累，從未破獲。一日晨起，忽見兵役二三百人執械鳴鑼，環集其屋，然無敢先入者。余從窗隙望之，臭頭向余而笑。結束既畢，一躍上屋，再躍上樹，三躍已不知所之。時委弁帶兵者爲関姓，怒極，命縱火焚屋，實不知彼之有屋直等於無。越五日，聞関家夜被盜，損失數百圓，意必臭頭所爲。然自此不再見其踪迹矣。

古今人之傳不傳，亦有幸有不幸。蘭亭之會，千古艷稱，而戴勝以下十三人，以不能詩罰酒三斗，至今千百年來與右軍并垂不朽。又《本事詩》元相贈黄明府詩序云："昔年曾於解縣飲酒，余爲觥録事，嘗於寶少府廳，有一人從至，頻犯語令，連飛數十觥，不勝逃去。醒後問人，則前虞卿黄丞也。元和四年三月，又遇之褒城，因與之盡歡，同載贈詩而別。"此二者，一不能詩，一不能酒，然皆附驥尾而顯，豈非其幸也耶？

永邑人多精拳術，所稱爲"永春派"者。温州朱翁賈於永，歲必三四至，至則主於郭姓之家。郭有女，年十五，韶慧絶倫。朱愛之，爲子納聘焉。子亦翩翩美少，顧性好技擊，從師學，師恒嘖嘖稱之，子亦自負。有賣解者奏之於場，爲朱子所挫，怒視而去。然年少氣盛，不以爲意也。逾二年，翁携子就婚於郭。結褵之日，賓客咸集。忽有一僧自稱爲賣解者師，堅欲與朱子一試。衆視僧所履處磚糜碎如粉。翁大駭，不敢出其子。子亦知出必無倖，蹙蹀室中無所爲計。新婦微窺之，使伴婦問故。子具道之，新婦微笑不語。閩俗：婚期親客來賀，入座後，新婦須至尊前獻茶致敬，自尊及卑，無僭越。少頃，茶至僧前，微以盞抵其脇，則見僧縮項蹙頞如就縛豕，連稱："死罪、死罪。"新婦仍微笑不語，使伴婦擲一丸藥與之，始蹡踉而去。衆始知新婦能。蓋新婦家世精拳術，其父尤擅內功。新婦盡得其傳，故藝精如是。由是，婿更從之學，日益精進。然從此謙抑自下，不敢以技驕人矣。

往歲僑居鷺門，一日訪友歸，途經海岸，見一荷蘭人僵斃於途，圍觀者如堵。詢知是人素嗜酒，是日飲威士忌過度，口吸紙烟，躑躅至海岸，酒已如潮涌上，受烟氣所觸，腹部忽然火發，由喉間炎炎冲出，未片刻已焦斃。醫生施治，業已無及。然其死時慘狀，實令人惻然。張德堪茂才性溫厚，有劉伶癖，日三餐有酒無殽，興盡則止，蓋辟穀已數年矣。然卒以此致病，臨卒，家人環哭，忽張目曰："吾生於酒，死於酒，何哭爲？"索飲一巨觥，大笑而逝。

仙苑距湖頭六十里路旁有古廟，廟外立石一片。乾隆間，雷火朱書六字其上，字大一尺有奇，立石數分，非篆非隸，通體勁偉。然百年來竟無人能辨之者。

雪峰寺佛化上人年九十餘，道行高深，禪宗仰之。性耽《易》，中年構一草舍於絶頂，研求《易》理，一旦遂貫通焉。余不善《易》，聞師説多闡新義，問師何無撰述？對曰："自古闡《易》多矣，各師其説，互有是非。佛法戒嗔、戒争，即此已落言詮矣。"師言如是，余知其功深矣。

孫庚堂提軍常畜一戰馬，極神駿。毛色純白如玉，間以班紋，臨陣咆哮，如欲噬人，因名之爲"玉麒麟"。光緒十年，越南之役，法軍攻臺灣，提軍奉命統帥渡臺，方戰，炮彈如雨下，從上則下伏，從下則上聳，從旁則左右避，高山峻嶺，上下如飛。凱還後，專摺具奏，請給都閫俸以養。又爲繪圖，遍徵名人題咏。後提軍殁，馬亦旋斃。

胡某，邑諸生，頗以干涉詞訟，魚肉細民，爲鄉黨所輕。年五十餘始舉一子，方周歲。胡素有烟癖，一日呼吸之際，其子戲於旁。忽有客來訪，則因訟事而有所陳訴者也。胡與立談，良久始返，見其子兩手及唇際滿塗烟膏，皇遽之際，不及細察,以爲其子必死。子死,渠亦不能獨生,遂將盒中剩膏盡吞之。不知子固未死,烟味苦,小兒亦不能下咽,而胡遂長往矣。

安、永二邑介居萬山之中,重嶺疊巘,虎患時聞。民居每至傍晚輒閉門下鍵,相戒不敢出。夜深坐久,虎嘯聲、虎蹄聲雜沓戶外,習聞之,亦不爲意。唯犬豕聞之,則戰栗萬狀,流涎四垂,癱軟不能動移半步,蓋其威有以懾之也。有農民某,其父病,往市上購藥歸,至歧路口,突有一虎橫過,某大驚而仆,虎亦驚,躍蹴某身而去。某竟無恙,惟兩股被虎踐傷耳。

吾郡從政坊莊氏祠,本前宋莊少師公賜第。至勝清道、咸間,其裔重事修葺,掘井得一石,刻"妃"字,字大一尺六寸,筆力蒼勁。遍考縣志及他書,皆不載。印潭觀察爲書一"泉"字以儷之,而作記序其始末。

龍巖皆山也。一歲蛟爲患,溪水暴發,漂没數百家。臨溪一山忽毀裂,如天崩地塌,樹石飛墜數里外。有一虎被壓於山石之罅,吼聲震林谷,越兩日始斃。

萬衣嶺高聳天際,陡絕異常。然非所通,故行人絕少。一日,山下村民共見一虎蹲伏山上,眈眈遠視,大駭。積數日仍不稍動,疑其已死。乃集健者數十人,持械往覘之,果死虎也。村民圍觀,人聲鼎沸。(後缺)

(前缺)呼其祖,祖亦死,自是終身不言。

己未,寓淡北,與社友分賦消夏雜咏。余有句云:"疏雨半江詩骨瘦,亂山一笛酒痕涼。"吳元甫笑曰:"忍俊不禁矣。"

鼇石總制解職後,由同安遷居郡南通政里。於宅西別築洗心退藏之室,爲端居地。菱槎孝廉,公曾孫也,少讀書于此。余數過之,廳事中懸一聯,云:"天容吾老,帝許臣閒。"爲呂西邨世宜手書。又"富貴當年曾入夢,英雄到老愛逃禪"、"誰從大海翻身後,來證蒲團入定時"二聯,則公手書也。後菱槎游臺,客林季丞家,隨筆曾錄付雅棠,登之《詩薈》。今菱槎、雅棠均殁,故宅亦更他氏。亟錄其關於温陵故事者,以實我小叢書。握管蒼茫,感慨係之。蓀浦識。時甲午古端午節前一日。

蕃 市 略

紅蘭館小叢書　集
清晋江蘇大山蓀浦輯

《厦門志》原叙云：閩南瀕海諸郡，田多斥鹵，地瘠民稠，不敷所食。故將軍施琅有開洋之請，巡撫高世倬有南洋之奏，所以裕民生者非細。富者挾資販海，或得稇載而歸；貧者為傭，亦博升斗自給。厦門為通販南洋要區，故載通市例禁及東西南各洋之海道，外島諸國山川、風土、步頭，《東西洋考》作埔頭。物產，其賈舶不通者附之，雖似非《厦門志》所宜載，實亦足資賈舶之參考。

朝　鮮

朝鮮即古高麗。明洪武中李成桂自立為王，改國號為朝鮮。國初，國王李倧舉國內附，始封朝鮮國王。每年四貢，於歲杪合進。貢道由鳳皇城至盛京入山海關。其國北界長白沙，西北界鴨綠江，東北界圖們江，東南、西皆濱海。《會典》。朝鮮居天下之艮方，聯盛京，通天津，南隔海至日本之對馬島，順風一夜可抵古箕子地。《海國聞見錄》。漢以前曰朝鮮，始為燕人衛滿所據，漢武帝平之，置真番、臨屯、樂浪、元菟四郡。漢末有扶餘人高氏據其地，改國號曰高麗，又曰高句麗。《魏書》：高麗出自扶餘，扶餘王得河伯女，閉於室中，日光隨而照之，感生一卵，一男子破殼而出，名曰朱蒙，俗言善射也。群臣以非人所生，請殺之。朱蒙東走，遇一水不可越，追騎將及，謂曰："吾河伯外孫，日之子也。"魚、鱉為梁以渡。建國紇升骨城曰高句麗，因以為氏焉。居平壤，即樂浪也。已為唐所破，東徙。後唐時王建代高氏兼並新羅、百濟地，徙居松岳，曰東京，而以平壤為西京。元至元中，西京內屬總東寧總管府，盡慈嶺為界。明初其王名顓，後被弒。洪武二十五年國人立李成桂，復古號曰朝鮮。萬曆二十五年為倭酋關白平秀吉所破，明以大兵十七萬援之，積七年而始復。《明史》。其國多大小深谷，少田業，力作不足以自食。《後漢書》。其設官銜名少仿中華而義近於古。

263

其俗柔謹，絕淫盜，通詩書，尚音律，飲食用俎豆，官吏閑威儀，兵器疏簡，無刻刑，箕子之遺風也。

交易：厦門商舶罕至其地，抵奉天、錦州者亦間至焉。地屬東洋之北，隔海即日本，於中國最恭順，故首列焉。貢道由登、萊諸州（以下缺）

日　　本

日本即倭子，在東海中，與中國貿易在長崎港，與普陀東西對峙，由此達彼水程四十更。自厦門至長崎水程七十二更。《縣志》作六十三更。北風由五島入，南風由天堂入。雍正七年通市。《魯典》。其地形類琵琶。古曰蜻蜓國。東高西下，東西數千里，南北數百里。九州居西爲首，陸嶼居東爲尾，山城居中，彼國之都也。其主以王爲姓，文武僚吏皆世其官。《籌海圖編》。秦始皇令徐福賫五百男女入海求仙無所得，不敢歸，避居焉，今其裔也。按：國有徐家村，乃徐福所遺餘，非是。所統五州七道三島，爲郡四百有奇，皆依水嶼，大者不過一村落而已。《名山藏·四夷考》云：北跨朝鮮，南盡閩浙，附庸百餘，大者五百里，小者百里。初惟刻木結繩，敬佛法，於百濟求得佛經，始有文字，知卜筮，信巫覡。《隋書》。漢光武時遣使入朝，自稱大夫，安帝時始稱倭奴。《四夷考》云：漢滅朝鮮，通使稱王者三十餘國，其後累稱尊稱皇，間立女王。

自魏至隋，朝貢不絕。按：《隋書》：開皇中遣使詣闕上訪，其風俗言倭王以天爲兄，以日爲弟，天明聽政，日出便停理務，云委我弟。大業三年入貢，其國書曰：“日出處天子致書日沒處天子無恙。”其不經猶如此也。唐咸亨後稍習夏音，惡倭名，更號日本。按：《唐書》：武后時使臣真人粟田請從諸儒授經，開元初復來朝，賚書以歸，副使仲蒲不肯去，改名朝衡，歷左補闕儀，久乃還。建中元年使者典能善書，其紙如繭。貞元末使者留其子肄業二十餘年。宋時屢遣僧人貢方物。《宋史》：太宗朝僧奝然來朝，賜紫衣。其國多中國圖籍，復得《孝經》及越王《孝經新義》而去。景德元年僧寂照來朝，不曉華言而繕寫甚妙，問答以筆札。熙寧五年僧誠尋至天台，詔使赴闕，是後連貢物而來者皆僧也。又海賈周世昌遭風至日本七年得還，與其國人滕木吉至，上命射，不能遠，曰：“國不習戰也。”至元而黜。《元史》：世祖使趙良弼招之，不至。發犀軍十萬征之，全師漂沒，生還者三人，終元世不通朝貢。至明乃爲寇。《海國聞見錄》云：舊時市舶來永嘉，因倭薩峒馬之漁者十八人被風入中國，奸人因之爲亂，後平，回國僅十八人，王正以法，禁舶市中國，聽我往彼，至今無敢來者。

其男子魁頭削髮,黥面文身。婦人被髮屈紒。足皆跣,間用屨,勇而懇,不甚別生死,每戰輒赤體,提三尺刃,舞而前,無敢當者,又爲蝴蝶陣勢,益熾。《東西洋考》。男女冶容者,黑其齒,會時蹲坐爲禮。道遇尊者,脫屨而過。《續文獻通考》。女多男少,相悅者即爲婚,同姓不娶。死者斂以棺槨,親賓就尸前歌舞,貴人三年殯於外,庶人十日而瘞。《隋書》。

長崎,互市地也。有上將軍主之,王居去長崎遠,不預政事,故歷代不争王而争上將軍。《臺灣府志·倭人》記載云:自開國以來,世守爲王。昔上將軍曾篡奪之,山海應貢之物不産,五穀不登,陰陽不順。退居臣位然後如故,至今無敢妄冀者。

交易:在馬崎之大唐街,貿易不用金銀,以所有易所無。賈舶至,則盡驅入土庫,擇貴者送以妓,歸計日以贈縞。愛臺灣之白糖、青糖。鹿獐等皮價倍他物,古迹書畫更無論價矣。《臺灣府志》。

按:今蘇州銅局商人歲至日本購銅,以貨物易之。言其國皆世官世職,即甲長、奴隸、牙商、工賈,皆世爲之。有罪則剖腹,人佩短刀二,以一禦人,以一自剖。凡有罪自剖腹而死,謂已知罪,仍世其守,否則上將軍治之,革除世守。男女衣服,大領闊袖,女加長曳地,畫染花卉文采。無盜賊,姦禁甚嚴,爲妓者皆唐人所生女也。別爲籍以居之,生子則爲輿夫。用紫銅鑄錢,《宋史》錢文曰"乾元大寶",今曰"寬永通寶"。

琉球

琉球在東南海中,明初曰中山,山南山北各爲主,後爲中山所並。國朝順治十一年封爲中山王,間歲一貢,貢道由福建閩安鎮。《會典》。其國地形在萬濤中,如虬浮水面,故名流虬。一作流求。《元史》曰瑠求。永樂間改名琉球。在福建正東一千七百里,偏西三里,東西狹,寬處數十里,南北長四百四十里,有三十六島。《通志》。居乙方在日本之南,與薩峒馬界,琉球貢於薩峒馬,薩峒馬貢於日本。距厦門水程六十八更。《海國聞見録》。《縣志》作四十五更,《臺灣縣志》作五十八更。《觚賸》:凡往琉球,水程有白水一線,橫亘南北,謂之分水洋。過此水綠白紅藍歷歷如繪,汲視之甚清。次温鎮抵那灞港以入琉球,大約渡海以夏至,歸以冬至前後兩三日。唐、宋皆不賓服,明時遣使入貢,賜之閩中舟江三十六户。其國故磽瘠，儉僿少勤，不知禮節、文字，入明以來乃革其舊俗，《名山藏》。習中國文字。《海國聞見錄》。賦法略如古井田，王及臣民皆有分土，信鬼尊神。《中山世鑑》：始祖爲天孫氏，一男一女生於大荒，自成夫婦，曰阿摩美久。生三男二女：長男天孫氏，爲國王始；二男爲諸侯始；三男爲百姓始；長女君君爲國之天神；次女祝祝爲海神。人耐飢，無疾病。《高厚蒙求》。土氣恒燠宜穀。《朝貢典錄》。其人深目多鬚，有職事者以金銀簪爲差等，土人結髻於右，漢裔結髻於中，俱用色布纏之。婦人以墨黥手，爲花草鳥獸形，足與男子同屨。《臺灣府志》。其俗尚跣，敬則跣。無釜甑，用螺殼，無絮織麻，有市釜與絮者必白王，否則罪。《名山藏》。男女服大袖連袴之衫，造花印布，有甘蔗酒。士人善詩書，好中國圖書古器。《朝貢典錄》。銜杯同飲，頗同突厥。《隋書》。《文獻通考》：琉球土多山洞，不知其由來世數也。隋時令朱寬入海求諸異俗，掠其一人而返。明年，倭使來朝，見之曰："此夷邪久國人所用。"又遣陳稜率兵浮海擊之，焚其宮室，虜男女數千人而歸。

呂　　宋

呂宋居東海中，在臺灣鳳山沙馬畸之東，至廈門水程七十二更。明時爲佛郎機所並，仍其國名。永樂三年入貢。國朝康熙五十六年禁南洋貿易，雍正五年始通市如故。《會典》。呂宋居巽方，北面高山，遠視若鋸齒，俗名宰牛坑，與臺灣沙馬畸相遠拱，中有數島，與臺灣稍近者曰紅頭嶼，皆土番居之。從宰牛坑繞東南即干絲臘，是班牙所據地。其地宜粟，米長五六分。《吾學編》曰：地産黃金，故富貴。通貿易，下接利仔友水程十二更。利仔友之東南隔海對峙有五島：班愛、惡黨、宿霧、描務烟、網巾礁腦。中國洋艘由呂宋往通大西洋諸番，又運銀到此交易。爲東南諸番最盛處。《海國聞見錄》。初，呂宋國王兄弟二人武而有信，佛郎機自稱干絲臘國來互市，利其地，奉黃金爲壽，乞地如牛皮許大，許之。歸而截牛皮縫長爲圍，王有難意，業許之不得辭。每月徵稅如所部，久之築城列兵，殺王兄弟，逐其民入山，遂有呂宋。凡中國以貨來，皆主之干絲臘，使酋來鎮，數歲一易。其地近閩，故漳泉人多往焉。《聞見錄》曰：漳泉人耕種營運者年輸丁票五六金，方許居住、經商，分定一隅，不許越界，廣納丁票，聽憑貿易。久至數萬間，有削髮長子孫者。《名山藏》。其俗晨鳴鐘爲日開市，午鳴鐘闔市禁往來，昏鳴鐘如晝開市，夜半又鳴鐘閉寂。奉天主教，其蠱殊甚，母傳女不傳子。《海國聞見錄》。其僧擁重權，國有大故則就僧爲謀主。婦女歲時詣寺懺悔，有陰事密向僧自輸，僧爲說法，鞭之數十，忍痛不敢言。夜留宿寺中聽僧指畫，婚姻父母不能定，決於僧。又《呂宋紀錄》云：有女尼院專司財以供國用，封鎖甚嚴，威望甚尊，凡女欲修行者即入焉。巴禮王見院主，以鼻臭其手，餘皆臭其足。巴禮者，番僧也。呂宋國王兄弟死輒爲祟，值死日，國人令番僧爲摽牛厭之。摽牛者，栅木爲場，置牛數十頭于中環射之，牛叫擲死，以爲逐鬼。刑人令僧誦經勸之，然後刑。中罪用拘，輕拘一足，重拘兩足。人死貯以布囊，就寺以葬，所蓄財產半入僧室。《東西洋考》。土人蓬頭跣足，惟紅毛則具衣冠。鑄銀爲錢，今内地所用番錢是也。《呂宋經略》云：其國東界萬瀾潤仔底大海，西界閩廣大海，南界蘇祿大海，北界萬水朝宗大海，計其地三千里有奇。魚鹽之利，甲於海外。按《東西洋考》：萬曆二十一年酋郎雷氏征美居洛没流寓者二百五十人，充兵虐死之。潘和五等謀洩忿曰：“勝則揚帆故鄉，不勝死未晚。”夜半刺酋，殺夷人，悉獲金寶兵器，駕船去，失道廣南，爲交酋所掠。明年其子遣僧訴冤，閩撫因遣賈舶招回久住呂宋人。三十二年，漳人張嶷上書請開呂宋機易山，云有金豆自生。詔下，遣海澄縣丞同往，佛郎機款丞酒，問金豆生何樹？嶷曰：“大地皆金，何必樹？”酋大笑，幾殺丞。丞歸病悸死，嶷伏誅，傳首海外，夷故虐流寓者至是。私相謂曰：“天兵下若能爲石人乎？”語洩，夷益疑中國有啟疆意，乃盡賈華人手中鐵，雖機上刀、竈下釜，悉倍其值。鉄盡，遂大邀攻殺，死二萬餘衆。詔遣商往諭，無開事端，留後者又復成聚矣。大港、東洋最先到處一大部落也，港有筆架山。南旺、與大港相連，再進爲密雁、爲雁塘，皆小村落。玳瑁港、地勢轉入又稱玳瑁灣，表山環其外，舟往呂宋，望表而趨，故山推望鎮焉。再進爲銀中邦、海中嶼也。呂蓬、在呂宋之南。磨荖央、在呂宋之後。以寧、從文武樓一葦可達。屋黨、亦名屋同。城郭森峙，夷酋屯聚糧食處也，其咽喉曰漢澤。《海國聞見錄》曰：惡黨在利仔發東南，自呂宋舟行二十三更，中國賈舶時至。朔霧、俗名宿務。佛郎機破呂宋時與有力焉，世爲婚姻。城戍儼然，一大酋擁兵守之。《聞見錄》曰：亦在利仔發東南，自呂宋舟行二十四更可至。皆呂宋屬國，佛郎機人主之，呂宋王如中國總兵官，巴禮如文吏，諸國酋如偏神，各建禮拜寺，設巴禮司。風俗相類。《東西洋考》。

交易：舟至遣人馳詣，酋以幣爲獻，徵稅額多。我人往即留者，利其近且成聚也。彼有戒心，輒下令每舶至不得過二百人，回舶則人必倍之。我人當放舟，時多詭名充數，聽其查覆，中流仍迴彼土。《東西洋考》。

班　愛

班愛在東南海中，與利仔发對峙，中國賈舶往市，由呂宋之利仔发海而南，水程十五更，産與呂宋同。《海國聞見録》。亦曰班隘，即蚊罩山。山甚奇，往往有仙人出没。山頭火光日夜不斷，亦名火山。其人扁頭赤身。佛郎機號令所不到。又有沙瑶與呐嗶嗶，其地相聯。《東西洋考》。

呐　嗶　嗶

呐嗶嗶在海畔，沙瑶稍紆入山隈，皆呂宋二國，不屬佛郎機部署。男女蓄髮椎髻，衣服無内外領，男衣二三襲，女一襲，皆錦綺或奇細之布，以衣多爲富。男皮女跣，耳穿大孔，納極重金鐶。字用紙筆，死則焚化。男女之禁甚嚴，俗奉佛，多禮拜寺。《東西洋考》。

交易：僻土無他長物，我舟往販所携僅磁器、錫釜之類，極重至石匹。石片也。舟至詣酋，亦有微贈，交易朴直。俱《東西洋考》。

猫　里　霧

猫里霧即今猫早國，與呂宋鄰。明永樂三年遣使入貢，與呂宋使者偕來。土沃俗馴，舶人爲之語曰："若要富，須往猫里霧。"蓋海邦之善地也。《東西洋考》。土瘠多山，而知稼穡。濱大海，饒魚鹽，爲其鄰網巾礁老所寇盗，富而轉貧。《名山藏》。一作猫務烟，東南海島也。與利仔发隔海相對，中國商舶水程由利仔发往市，産與呂宋同。《海國聞見録》。小國，見華人趆然喜，不敢凌厲相加，故市法最平。《東西洋考》。

莽　均　達　老

莽均達老國在東南海中，距厦門水程一百五十更。雍正七年後通市。《會典》。網巾礁腦，即莽均達老近音。海島也。在利仔发東南，中國商舶往市，從呂宋水程五十八更可至。其王謹守國土，人愚，罔有知識，家無所蓄，需中國布帛以蔽身。《海國見聞錄》。《東西洋考》云：網巾礁老數爲盜海上，駕舟用長橈，其末如匏之裁半，虛中以盛水者，入水蕩舟，其行倍疾。遠望濤中，僅微茫數點，倏忽賊至，猫里霧重遭寇害，死亡數多。賈舶往猫里霧慮爲賊所劫，稍稍望別島以行，遂貧困。

文　萊

文萊在東南海中，即古婆羅國，居呂宋之西，與吉里問近。從呂宋南放洋四十二更可至，距廈門一百十四更。《同安縣志》作一百五十更。繞阿繞阿即爪哇近音。番種類，《海國聞見錄》。其地東洋盡處，西洋所自起也。唐時始通中國。《東西洋考》：故有石城一、木城一，後拆石城，于長腰嶼築岸閉潮，今所存木城耳。負山面海而謹佛教。國有東西二王，永樂四年各遣使朝貢，今爲閩人隨鄭和留其國者，其旁有中國碑。王有金印一，云是永樂所賜。《名山藏》。《臺灣志略》：由呂宋西南至文萊港，水程七十更。自臺計之一百二十八更。國小弱同于琉球。

交易：華船到，進王方物。其貿易，則有大庫、二庫、大判、二判、秤官等酋主其事。船難出港，最宜蛋行，有時貿易未完必先駕在港外。《東西洋考》。

吉　里　問

吉里問在東南海中，廈門至其國，海道由呂宋之南分籌，自呂宋水程三十九更可至。《海國聞見錄》。一曰吉里地悶，又曰遲問。其國居重迦羅之東，東鄰蘇祿，西距文萊，田肥穀盛，地苦熱，傍午必俛首向水而坐，差可辟瘴。男女斷髮短衫，無姓氏，不知年歲。有酋長，無文字。紀事以石手，如千石則總於繩上一結。連山茂林，皆檀香樹。馬頭聚商十二所，市用金銀鐵器磁碗之屬。商舶到彼，皆婦女到船交易。《東西洋考》、《星槎勝覽》。

交易：市去城稍遠，每賈舶至，王自出城外臨之，妻子及姬侍皆從，防衛甚盛。日有輸稅，亦不多。夷人砍伐檀香，絡繹而至，與商貿易。倘王歸，則貿易者不得自來，慮有紛紜也，須請王更出乃至。《東西洋考》。

蘇　禄

蘇禄在東南海中，雍正四年遣使入貢，貢道由福建厦門。五年，頒敕諭，賜該國王貢期，五年後一貢。《會典》：朝貢、通市之國。厦門由吕宋至蘇禄水程一百一十更。《海國聞見録》。《縣志》作一百四十六更，《臺灣府志》作一百二十六更。其國分東西，別有一峒，不相統攝。與浡泥瑣里相近。《名山藏》。《海國聞見録》云：從吕宋正南而視，有一大山曰無來由息力大山，山之東爲蘇禄，山之南爲馬神，共在一山，遠近相去殊懸。明永樂十五年，三王各率其妻子酋目來朝供方物。十九年獻巨珠一顆，重七兩五錢。封東王爲長，西王、峒王亞之。東王歸，死于德州，因葬焉。今賈舶到者，見其城據巉巖之巓，雅稱天險，佛郎機擁兵攻之，不能克。其俗山涂田瘠，間植粟麥，民食沙中魚蝦螺蛤。氣候半熱，男女短襖，纏皁縵，繋小印布。煮海爲鹽，釀蔗爲酒，編竹爲布，以探珠爲生涯。《東西洋考》。其人爲猁子種類，無銀錢使用，率以布匹、米穀交易。《通志》。男女皆髡，俗尚鄙惡。《朝貢典録》。

交易：舟至，將貨盡數取去，携入彼國深處售之，或別販旁國，歸乃以夷貨償我。値歳多珠時，商人得一巨珠携歸，可享利數十倍，獲珠少則所償數亦減，顧逢年何如耳。夷人慮我舟之不往也，毎返棹輒留數人爲質，以冀後日重來。以上《東西洋考》。

高樂與蘇樂相近，出玳瑁。《東西洋考》。

乾隆五年，蘇禄番船送被灾人回中國，并獻書水師提督、興泉永道，代求奏請。來歳入貢，遭颺風，泊到臺，官爲咨送赴厦門。《臺灣府志》。

文 郎 馬 神

文郎馬神居息力大山正南，厦門至其國從七洲洋過崑崙、茶盤、噶喇吧而至，水程三百四十更。而息力大山之東爲蘇禄，又隔東海一帶爲芒佳虱大山，自馬神至芒佳虱水程二十七更。番性相類，而馬神人尤狡獪。《海國聞見録》。馬神國以木爲城，城只一半，餘皆山也。王出乘象，以綉女自隨，或泛舟。民居多縛木水上,築屋以居。男人用色布纏頭,腹背多裸。俗用中國磁器,好市磁甕爲棺具。《東西洋考》。《名山藏》或云:馬文淵遣兵十餘家其國,故有馬名,其俗不淫,姦者論死。入山深處有村名烏籠里,其人盡生尾。《東西洋考》云:夷女蓄髮苦短,見華人髮長,心慕之,問何致此?或詒之曰:我生長中華,用中華水沐之耳。女競市船中水欲以沐髮,華人故靳之,以爲笑端焉。

交易:故王有賢德,始開港時待賈舶大有恩信。王子三十一人俱不令出外,恐擾遠人也。其妃爲買哇柔國主之妹,故王旣殂,嫡子嗣立,買哇柔人導之爲欺詐,買貨輒緩償,直至解維,每多負逋,商人從此稀造矣。其地女人悉蕩小舟以飲食來市,至售貨物,則男人司之,市用鉛錢。《東西洋考》。

舊　　港

舊港在東南海中,古三佛齊國也。初名干陀利,又曰渤淋。王號詹卑,故今王所部號詹卑國。而故都爲爪哇所破,更名舊港,以別於彼之新村云。俗名吉寧邦。劉宋孝武世始通貢中國。《東西洋考》。其國在占城之南可一千里,由爪哇新村而往,水程六十三更可至。黃省曾《朝貢典錄》:爪哇即噶喇吧。《會典》云:廈門至噶喇吧水程二百八十更。舊港距爪哇又六十三更,計距廈門水程應三百四十三更。《縣志》作二百十五更。其地東距爪哇,西距滿剌加,南距大山,西北濱海。舶人淡港至彭家里,易小舟入港達其國。流寓者多廣東、漳、泉人。風俗言語一如爪哇。水多地少,人習水戰。《瀛涯勝覽》。俗好賭博,如把龜、奕棋、鬥雞,皆索錢具也。有地十五州,累甓爲城。人民散處城外,部領居岸,餘皆屋木篾,多熱少寒。《名山藏》。田土甚肥,倍於他壤。古云:"一年種穀,三年生金。"言其米穀豐盛而多貿金也。俗嚚好淫。市用中國銅錢、布帛、磁器、銅鼎之屬。《名山藏》。《文獻通考》云:三佛齊蓋南蠻之別種,間於真臘、闍婆之間,泛海便風二十日至廣州。如泉州舟行順風,月餘可至。國人多蒲姓,習水陸戰,臨敵敢死,伯于諸國。其國爲諸番舟車往來之咽喉,若商舶過不入,即出船合戰,期以必死,故諸國之舟輻輳焉。

交易:舟至,獻果幣有成數,詹卑人商量物價,雖議償金多少,然非償金,實償椒也,如值金二兩,則償椒百石,其大較云。喜買夷婦,他國多載女子易其椒以歸。舊港則用鉛錢矣。三佛齊夙稱蕃盛,國破以後漸覺蕭條,賈人亦稀造。《東西洋考》。

丁機宜

丁機宜在東南海，針位居於巳方。廈門往彼國，水程自呂宋東南而至二百一十更。《同安縣志》作一百四十七更。又有萬老高，亦距呂宋水程一百七十四更，二國番俗物產相類。《海國聞見錄》。丁機宜，爪哇屬國也。與柔佛接境，幅員最狹，户僅千餘。柔佛有啓疆之思，年年索賦，動爲國患。其國以木爲城，以十月爲歲首。民俗都類爪哇，性好潔，食啖所須手自操割。婚者男往女家，爲持門户，故生女勝男。《東西洋考》。

交易：只就舟中與我人爲市，大率多類柔佛，而俗較馴，貨較平。自爲柔佛所侵，彼國有風聲鶴唳之虞，而舶人亦抱沐水池魚之患，此揚帆者所以掉臂希顧也。《東西洋考》。

按：《會典》：柔佛屬國有丁機奴，計程九千里，達廣東界。《名山藏》：丁機宜爲爪哇屬國。《海國聞見錄》：丁機宜在東南洋，水程由呂宋而至。又有丁噶啲，在南洋與彭亨大呢聯山鄰近，柔佛水程由小真嶼向西分往。《東西洋考》云：丁機宜，爪哇屬國也。俗同爪哇，與柔佛接境，常苦於柔佛，今疑爲兼并矣。故《會典》云：柔佛屬國有丁機奴，而《聞見錄》又別爲二，以丁噶啲近柔佛，說多不一，今以國名同者列之，存以備考。以上東南洋。

越南

越南即古交阯，舊號安南。康熙五年封黎維禧爲安南國王。乾隆五十四年黎氏失國，封阮光平爲安南國王。嘉慶七年改封爲越南國王。其國北界廣西，西界雲南，東南濱大海，南即古日南地，亦並於越南。貢期二年一貢，貢道由廣西憑祥州入鎮南關。《會典》：朝貢之國。其國在古日南者曰廣南，稱西京，在古交阯地者稱東京。由廈門過瓊之大洲頭七洲洋大洲頭而外浩浩蕩蕩，罔有山形，標識偏東則犯萬里長沙、千里石塘，而七洲洋在瓊島萬州之東南，凡往南洋必經之所。至廣南，水程七十二更，由七洲之西繞北而至交阯，水程七十二更。《海國聞見錄》。《縣志》作安南六十六更，

蕃市略

交址七十四更。**唐虞爲南交,秦爲象郡,漢平南越置交址,刺史馬援立銅柱焉。**光武女子徵側、徵貳反,馬援討平之。**其名安南自唐始,**《名山藏》。《虞衡志》曰:今安南國地,即漢九真、日南諸郡,及唐驩、愛等州,東南薄海接占城,占城即林邑也。宋封交址郡王,元時爲陳日煚所有,後封其子光昺爲王。明洪武初陳日煃率先內附,後爲黎氏所篡,至永樂間遣大將軍張輔討平之,求陳王後已絕,乃郡縣其地。及黎利叛,討之不克,用楊士奇、楊榮議,仍封爲安南國王。自後莫氏、黎氏迭相篡奪,政決於大臣,國王所擁虛器耳。其俗夷獠雜居,獷悍善鬥,口赤齒黑,跣足文身,暑熱好浴,故便舟善水。《臺灣府志》曰:其人多漢裔,好食檳榔,能爲軋。船無首尾,輕捷異常,紅毛畏之。《海國聞見錄》曰:小舟數百没水密釘細鏤,呷板、船底遠槳牽洩,船以淺閣,焚而取其輻重,故西洋船以不見廣南爲幸。**惟交愛人偄儻好謀,驩演人淳朴好學,祀文宣王,用制科取士,中華之遺教也。其地分十六承政司。**《東西洋考》、《廣志》曰:欲示地土之廣,強分郡縣,其實一承政司不及中華一府。**其山川以佛迹山、勾漏山、傘圓山、富良江、宣光江爲大。**葉向高《四夷考》。**南轄禄賴、柬逋寨、六崑、大馬,西南鄰暹羅,西北接緬甸,栽莿竹爲城。**《海國聞見錄》。**地多占米。**《桂海虞衡志》。**再稻八蠶,有魚鹽金珠之利。**《名山藏》。潘鼎珪《安南紀游》云:縱橫綿亘數千里,其地與中土聯屬者三:西北連粵西,從南寧取道逾銅柱峽,二辰可達其國。正東界粵東,從欽廉由海道越龍門渡江平華封,則有名山之險,非其土人駕舟不可至。東南接滇南,水草毒人,不敢犯,雖其國有事征行,必載他水以往。惟正南面海之口曰獨部,舟行達都城,漸入內江,五七日可至。復自都城溯河流,逾月乃盡,岸闊不下吾中土諸江,沿江千數百里,沃土腴田。獨部以外屬大海,環海數百里,地淺,舟出入必候潮平風緩乃行。俗貴女賤男,女則娶人,男則嫁於人。重武爵,文臣僅執掌文書。讀書尚《綱鑒》、《性理》,書法遵宋體。席地坐,左執紙,右搦管,雖大廷射策作細楷亦然。所瞻謁明解學士縉,蓋縉鎮其地,興文教云。**清化港**、舊清化府治,漢爲九真,隋唐爲愛州,今稱爲西京,設清華承政司。**順化港**、舊順化府治,今設順化承政司。**廣南港**、舊又安府治,漢爲日南,隋唐爲驩州,今設廣南承政司。明阮某,鄭松之舅也,出據于此,中隔一水,以炮臺爲界,爲廣南國,稱東京。**新州港**、舊新安府治,今設海陽承政司。**提夷港,亦交址屬縣。**以上《東西洋考》。風俗大略相同,皆賈舶所到處。

交易:賈舶既到,司關者將幣報酋,舶主見酋,行四拜禮,所貢方物有成數。酋爲設食,給木牌于廬舍,聽民貿易。酋所需者輂而去,徐給官價以償。廣南酋號令諸夷埒于東京,新州提夷皆屬焉。凡賈舶在新州提夷者,必走數十程詣廣南入貢。廣南酋亦給木牌,民過木牌必致敬乃行,無敢譁者。順化多女人來市,女人散髮而飛旁帶如大士狀,入門以檳榔貽我,通殷勤,女人嗜書,每重資以購焉。以上《東西洋考》。

道光十一年六月,越南國王遣其臣工部郎中陳文思、禮部員外郎高有翼送前故彰化縣知縣李振青眷屬及遭風難民回籍至廈門。船名瑞龍,桅三節布帆。衛尉黎順靖帶兵百餘名,所載貨物肉桂、砂仁、燕窩、沉香、象牙、犀角、黃臘、白錫、烏木、錦紋木、白糖、蝦米、魚乾、白兔皮。人皆束髮,官則烏紗、圓領、角帶,禮貌恭順,亦通文墨。兵丁服短衣,舵水人等服黑短衣,衣有領。總督孫爾準入奏,降旨嘉獎賞賚有差。照例給與鹽菜飯食銀兩、修船銀一百六十兩,許貿易,十二月回國。

占　城

占城,越南國踰嶺而南,即古日南,亦並於越南。《會典》。自淳化而南至占城爲廣南,距廈門水程一百更。《聞見錄》。《縣志》作九十二更。《東西洋考》:東距海,西抵雲南,南接真臘,北連安南,東北至廣東厓州,可十日程。占城古占不勞國,在廣東之東北古越裳界,本象郡林邑縣地。漢分爲二縣,屬日南,漢末有區連者殺縣令,稱林邑王。唐時諸葛地取之,後爲都護張丹所擊破,徙居占城。宋時襲破真臘,反爲真臘所滅,名國曰占臘,洪武時封爲占城王。成化中爲交阯所破。其候熱,不霜雪,禾稻甚薄,地不産茶。《名山藏》。其俗果於戰。尚釋教,王冠三山冠,《梁書》曰:王法冠加瓔珞如佛象之飾,出則乘象,吹螺擊鼓,罩吉貝傘。臣芙葉冠。男蓬頭,女椎結,居處爲閣,名吉蘭。衣曰汗漫,柳葉爲席,以麝塗身。《裔乘》云:性好潔,王浴用人膽,云通身是膽也。歲時采膽入酒飲之。山牛不任耕種,但殺以祀鬼。巫祝之曰阿羅和,教他早託生也。正月牽象逐疫,四月有游船之戲,以十一月望爲冬至。《東西洋考》。《星槎勝覽》云:不解正朔,月生爲初月,晦爲盡,十次盈虧爲一歲。按:今人越南俱秉正朔矣。每日午而興,子而寢,晝夜十更,記以鼓,以粉筆畫革爲書記。《朝貢典錄》。其人深目高鼻,髮拳色黑。《文獻通考》。《瀛涯勝覽》云:有尸頭蠻,本婦人,亦能生子,但目無瞳,夜飛頭食人穢,天明飛還復合,人遭之妖氣入腹必死,民間有而不報者,官罪之。《裔乘》云:民入山爲虎噬,水行爲鱷危,訴于王,命國師畫符,則虎鰐自投受殺。若訟曲直難辨,則令過鰐潭,曲者魚食之。其國東北百里許有新州港,海口也。港岸立石塔爲標記,舶至是繫焉。《瀛涯勝覽》。又《朝貢典錄》云:其隸有賓童龍國,即佛書所云舍衛乞食處也,目連所居遺址猶存。

交易:商舶抵其國,番官摺黑羊皮爲策書,白字録物數,監盤上岸,十取其二,聽交易。《文獻通考》。舶至獻果幣于王,王爲設食。國人狠而狡,貿易往往不平,五六月商人出必戒嚴。《東西洋考》:防其取人膽,非止獻王,亦供象洗目。伺人於道,乘其不意殺之,取膽以去。若被人驚覺,云膽破不中用矣。

暹羅

暹羅在緬甸之南,與内地隔,南濱大海。古爲羅斛、暹二國,後暹爲羅斛所并,遂爲暹羅國。國朝順治十年入貢,康熙十二年封爲暹羅國王,乾隆三十一年爲緬甸所破。國人鄭昭復土報讎,其王無後,推昭爲長,入貢土物。五十一年封昭爲王,三年一貢。由海道往來。《會典》。廈門至暹羅港口竹嶼一百八十更,入港又四十更,計水程二百二十八更。《海國聞見録》。《縣志》及《臺灣志》作一百八十更。其國在南海中,古赤土及婆羅刹地也。以赤土故,後人訛爲赤眉遺種。《文獻通考》云:赤土,扶南之別種。所都土色赤,故以爲號,地方數千里。隋大業二年始通中華,明洪武間始封暹羅國王。《東西洋考》。地周千里,外山崎嶇,内嶺深邃,田平而沃,稼穡豐熟。《星槎勝覽》。國之西北有市,曰上水居,百貨咸集,其交易以金銀、以海貶。《朝貢典錄》。黄衷《海語》云:暹羅港水中長洲隱隱如壩,舶出入如中國車壩,國中之一控扼也。少進爲一關,守以夷酋,又少進爲第二關,即國都,有奶街,爲華人流寓之居,西洋諸國異産奇貨,輻輳其地。其地下濕土疏惡,嵐熱無常候,民悉樓居。《名山藏》。尚佛教,字皆横書,人死有鳥葬、火葬、水葬。《四夷考》。百金之産以半施佛。婦人多智,事決于妻,與華人狎,夫不禁也。《吾學編》曰:男衣嵌珠玉,貴者範金盛珠,行則鏗然有聲。婚則群僧迎婿至女家。俗勁悍,善水戰,用聖錬人腦骨也。裹身,刀矢不能入。諸酋見王禮甚肅,望門自拜,膝行乃前。國人以白布纏首,被長衫。王獨加以錦綺,跨象。《東西洋考》。其人剪髮卷耳,跣而繚腰及骭前後,珍寶之國也。《名山藏》。《海國聞見録》云:俗敬中國人,用爲理財政。浴溪水以治病,有尸羅蠻魂飛入人機則病,有番僧能咒鰐魚與虎使自縛。

有共人刀刃不能傷,王用爲兵衛。又《海語》云:有狉人屬暹羅之崛巃,短小精悍,木食如猱,性憨不識金帛,飲以漓酒,即受役至死不避,近烟火目泪而死。

六坤,暹羅屬國,風土相類,惟產椒爲暹羅所無。《東西洋考》。由暹羅沿山海而南,爲斜仔六坤、大哖、丁噶呶、彭亨,山聯中國,坐向正南,至此而止。又沿海繞山之背,過西與彭亨隔水而背坐柔佛諸國,各皆有主,均受暹羅所轄。《海國聞見錄》。

六　　崑

六崑在西南海中,其地東與赤仔接,距廈門水程一百五十更。雍正七年通市。《會典》:通市之國。六坤,暹羅屬國也。風土與暹羅相類,第六坤地故產椒,是暹羅所無。《東西洋考》。暹羅之要害爲龜山,爲陸崑。即六崑。主以阿猛齊,猶華言總兵,其甲兵屬焉。黃衷《海語》。《同安縣志》作大崑,訛。《水師輯要》作樂崑,音相近也。

赤　　仔

赤仔在西南海中,其地東北與宋腒勝接,距廈門水程一百八十更。雍正七年通市。《會典》:通市之國。斜仔、即赤仔。六坤、即六崑。宋脚,皆暹羅屬國,海道俱由小真嶼向西往。《海國聞見錄》。《同安縣志》作一百八十更。

宋　腒　勝

宋腒勝在西南海中,爲暹羅屬國,距廈門水程與赤仔同。雍正七年通市。《會典》。物產亦與暹羅同。《海國聞見錄》:斜仔、六坤、宋脚距廈門水程約一百六十更不等。宋脚疑即宋腒勝。《水師輯要》作宋脚,屬呂宋,訛。

噶　喇　吧

噶喇吧在南海中,本爪哇故土,爲荷蘭兼并,仍其國名,距廈門水程二百八十更。雍正五年通市。《會典》。其國海道從崑崙茶盤,純用未針,西循萬古屢山而至。《海國聞見錄》。廈門去噶喇吧水程約一萬四千里。其國面北背南,後障火烟山,山外頻海,左萬丹,右井裡汶,前排列島嶼,曰嶼城。諸夸聚賈,百貨雲集。荷蘭據爪哇二百餘年矣,所居邊海地,十不得一。爪哇人幾百倍於荷蘭,惟人蠢性柔,故受制于荷蘭,爪哇酋避居山中。《海島逸志》。《海國聞見錄》:荷蘭據此建城,分官屬曰呷必丹,外統下港、萬丹、池問三處。爪哇,唐訶陵國也,一曰闍婆,一曰蒲家龍。明時其國分東西二王,久之,東王爲西王所破,遂滅爲一。國富饒,閩廣、西番人至,久賈,長子孫,地廣人稠,爲東洋諸番冠。爪哇人黝面髡跣,人病則禱,不服藥。葬用水、火、犬三者,惟死者所命。貴人死,婢妾隨至野,委貴人屍於衆犬,自焚以殉之。《名山藏》。其番居曰杜板、又名蘇吉丹,流寓多廣東、漳州人。曰厮村、自杜板東行半日可至,中國人客此而成聚落,遂名新村,番舶至此互市。曰蘇魯馬益、從南水行至港口,淡水淺澀,僅容小舟,三十餘日始至,亦有中國人。曰滿者伯夷。又水行八十里至埠頭,登岸陸行,半日可至。貿易用中國古錢,最重中國花磁暨麝香、花絹、羅綺。《名山藏》。其藏百物咸以庫,庫以磚爲之。凡爲權衡,二分二厘爲姑邦,姑邦四之而爲錢,錢十六之爲兩,兩二十四之而爲斤。凡爲量,截竹爲之,升之名爲姑剌,其容一升八合。斗之名爲捺黎,其容倍於升者八。其土氣恒燠,旁有重加羅國。《瀛涯勝覽》。訶陵亦曰杜婆。知星曆,夏至立八尺表,景在表南二尺二寸。旁有小國二十八,莫不臣服。其國東至海一月,西至海四十五日,南至海三日,北至海四日。地不產茶。《文獻通考》。《星槎勝覽》曰:爪哇民好凶強,生子一歲,佩以匕首,名曰不剌,頭飾以金、銀、象牙,雕琢爲靶。男女老幼皆佩於腰間。若有爭鬥,即拔刀傷刺,蓋殺人逃三日而出,即無事矣。重財輕命。元時使將史弼、高興征其國,擊番兵百萬餘衆,擒番人烹而食之,至今稱中國能食人也。《東西洋考》曰:自劉宋元嘉時始入中國,其俗有名而無姓。五月游船,十月游山,加留吧距下港可半日程。《臺灣府志》云:初,爪哇人輕捷善鬥,紅毛製鴉片烟誘使食之,遂疲羸受制,竟爲所據。西洋化人,巴黎之屬,與紅毛分持其柄。其人分三等:紅毛人、唐人、土人。《海島逸志》云:其屬國曰北膠浪,曰三寶壠,曰竭力石,曰四里貓,曰馬辰,曰望加錫,曰安紋,曰萬爛,曰澗仔底,曰萬丹,曰麻六甲,諸處不下數十。又《星槎勝覽》云:重迦羅,其地與爪哇界相接,田穀與爪哇略同。《名山藏》云:重迦羅居暹羅國之西畔。

交易:華船將到,有酋來問船主,送橘一籠,小雨傘二柄。酋馳信報王。比到港,用果幣進王,立華人四人,爲財副、番財副二人,各書記。華人諳夷語者爲通事,船各一人。其貿易,王置二澗,城外設立鋪舍。《宋史·

闍婆傳》曰：中國賈人至者待以賓館。凌晨各上澗貿易，至午而罷，王日徵其稅。又有紅毛番來下港者，起土庫在大澗東，佛郎機起土庫在大澗西，二夷俱哈板船，年年來往。貿易用銀錢，如本夷則用鉛錢，以一千爲一貫，十貫爲一包，鉛錢一包當銀錢一貫云。下港爲四通八達之衢，我舟到時各州府未到，商人但將本貨兌換銀錢、鉛錢，迨他國貨到，然後以銀鉛錢轉買貨物。華船開駕有早晚者，以延待他國故也。《東西洋考》。

麻喇甲

麻喇甲在南海中，海道由柔佛而西往，與丁噶呶隔山對坐，距廈門水程二百六十更。其國如暹羅用漢人理國事。《海國聞見錄》。即滿剌加也，古稱哥羅富沙。漢時已通中國，後頓遜起，自扶南三千餘里皆屬之。其東界通交州，即哥羅富沙地也。《東西洋考》。《瀛涯勝覽》云：舊名五嶼，以海有此山也。東海濱海，西北皆岸，岸連山。唐永徽中以五色鸚鵡來獻，本羈事暹羅，不稱國，明永樂初內附爲屬郡，封爲滿剌加國王，從此不隸暹羅。《東西洋考》。王以白布纏首，花青布爲衣，而躡革履，其音語、書記類爪哇。黃省曾《朝貢典錄》。其俗醇厚，氣候朝熱而暮寒。男女椎髻，身膚黑漆。間有白者，唐人種也。市用磁器、色絹、金銀之屬。《星槎勝覽》。正德間其國爲佛郎機所破，國人散逸，佛郎機以其地索賂於暹羅，而歸之暹羅焉。黃衷《海語》：地多山谷，陸行可達暹羅。《海島逸志》云：麻六甲爲噶喇吧屬國。《名山藏》云：在占城極南，諸番之會也，永樂初中使自閩中至其國，由是而達西洋古力里士國，分艅遍往支柯丹、拐葛剌、忽魯謨斯等處，迨其返也，咸於是聚焉。按《星槎勝覽》、《瀛涯勝覽》、《名山藏》、《朝貢典錄》皆有柯支、阿丹、榜葛剌、忽魯謨斯諸國。而《名山藏》所云支柯丹、拐葛剌疑阿枝、阿丹、榜葛剌之誤。

交易：本夷市道稍平，既爲佛郎機所據，殘破之後，售貨漸少。而佛郎機與華人酬酢屢肆誅張，故賈船稀往，直詣蘇門答剌，必道經彼國，佛郎機見華人不肯駐，輒迎擊于海門，掠其貨以歸。數年以來彼路斷絕，然彼與澳夷同種，片帆詣香山，便與澳人爲市，亦不藉商舶也。《東西洋考》。以上南洋。

大泥

大泥在西南海中，一名大年。東北與六崑接，距廈門水程一百五十更。《同安縣志》作大連，一百五十五更。雍正七年通市。《會典》。即古浡泥也。本闍婆屬國，今隸暹羅。宋時入貢，元豐五年乞從泉山乘海船歸國，從之。明永樂間王率妻子來朝，卒于都下，葬石子岡。《續文獻通考》：在安德門外。樹碑立祠，封其子爲王。萬曆間，其王卒，無子，族衆爭立，相殺俱盡，乃立其女爲王。以板爲城，以銅鑄甲，市用金錢，國人宴會鳴鼓吹笛，擊鉦歌舞爲樂，愛敬華人，醉者扶之以歸。《名山藏》。其地炎熱多風雨，統州十四。王綰髮裸跣徒行，花帛繚腰，其屬國曰吉蘭丹。《東西洋考》。其國在占城西南，可六千里，俗修浮圖，教其利魚鹽。黃省曾《朝貢典錄》。《東西洋考》：吉蘭丹即渤泥之馬頭，風俗俱同渤泥。嘉靖末，海寇餘衆逋歸于此，生聚至二千餘人，行劫海中，商舶苦之。《海國聞見錄》：大年吉蘭丹在暹羅之南，山聯中國，舶行必由小真嶼而往，物產相同。《文獻通考》：渤泥去闍婆四十五日程，去三佛齊國四十日程，去占城與摩逸各三十日程，皆計順風爲則，其王居覆以貝多葉。《高厚蒙求》：渤泥在赤道下，原田豐美，習尚奢侈。

交易：華人流寓甚多，舶至獻果幣，如他國，初亦設食相待，後此禮漸廢。貨賣彼國，不敢徵稅。惟與紅毛售貨，則湖絲百斤，稅紅毛五斤，華人銀錢三枚，他稅稱是。若華人買彼國貨下船，則稅如故。《東西洋考》。

柬埔寨

柬埔寨在西南海中，即古真臘國，介越南、暹羅間，距廈門水程一百七十更。往廣東由虎門入口，計程七千二百里。旁有尹代嗎，距廈門水程一百四十更，皆雍正七年通市。《會典》。本安南屬國。在占城西南，宋時其酋長滅占城，役屬之，號占臘，其國自號曰甘孛智，後訛爲甘破蔗。閩人賈其國，方言曰柬埔寨。地邇印度，謹於佛教。《名山藏》。其國至唐神龍後分爲二：北多山阜，號陸真臘。南近海，號水真臘。久之，仍合爲一。今賈舶至者大都水真臘也。王城周可二十里，城上石佛頭五，飾其中者以金。《東西洋考》。婚姻男女兩家俱八日不出門。人死輿置之野，聽鳥鳶食，頃刻食盡者以爲福報。居喪但髡其髮，女人於額上剪如錢大，曰用此以報親。《東西洋考》。俗富饒，氣候常熱。番人殺中國人則償命，中國人殺番人則罰金，無金賣身以贖罪。其國門之南爲都會之所。凡歲時一會，列玉猿、孔雀、白象、群牛於前，名曰百塔洲。《星槎勝覽》。《海國聞見錄》：柬埔寨雖自爲國,介在廣、暹二國間,東貢廣南,西貢暹羅,稍有不遜,水陸各得並進而征之。黃省曾《朝貢典錄》:王居之城七十餘里,有石河焉,廣二十丈。宮殿凡三十餘座,咸壯麗。男女椎髻,服以衫。其利魚鹽,飲饌之器皆以金銀爲之。周達觀《風土記》:真臘自號甘孛智。按:西番經名其國曰澉浦只,蓋亦甘渤智之近音也。自占城順風可半月到真蒲,乃其境也。又自真蒲行坤申針至崑崙洋入港,港凡數十,惟第四港可入。其餘悉淺沙,不通巨舟,然修藤、古木、黃沙、白葦,倉卒未易辨認,故舟人以尋港爲難。自港口北行,順水可半月程至其地,曰查南,乃其屬郡也。自查南換小舟順水可十餘日,過半路村、佛村渡波洋至其地,曰干傍。取城五十里,舊爲通商來往之國,唆都元帥之置省占城也,嘗遣一虎符,一金牌,同到其國,竟爲拘執不返。元貞乙未遣使招諭,俾余從行,以次年二月自溫州開洋,秋七月始至,遂得臣服。《風土記》:其俗女子八九歲命僧去其童身,名曰陣毯。其父母祝曰:願汝有人要,將來嫁千百丈夫。其國好中國金銀。貨用青瓷器、漆盤、錫鑞、麻布、輕縑、水銀、桐油之類。

　　　　交易:船至篱木,以柴爲城。酋長掌其疆政,果幣以將,遂成賈而徵償。夷性頗直,以所鑄官錢售我,我受其錢,他日轉售其方物以歸。市道甚平,不犯司暴之禁,間有鯁者,則熟地華人自爲戎首也。《東西洋考》。

荷　　蘭

荷蘭又名紅毛番,其國在西南海中。國朝順治十年始通職貢。康熙三年助大兵克取廈門、金門,頒敕褒獎,後占據噶喇吧,遂分其衆居之,仍遙制於荷蘭。《會典》。紅毛諸國居西國辛戍乾三方,西北諸番總名曰紅毛。其海總名曰大西洋。荷蘭者,噶喇吧之祖家也。西鄰佛蘭西,沿佛蘭西而至西北皆臨大海。隔海西北與英機黎對峙。東鄰黃祈,南接那嗎。紅毛之船從小西洋而來中國,由亞齊之麻六甲之南穿海過柔佛,出茶盤而至崑崙。《海國聞見錄》。紅毛,番夷利蘭也,深目長鼻,毛髮皆赤,故呼"紅毛",一名粟里國。《東西洋考》作和蘭,一名米粟果。萬曆間欲求互市,閩廣守臣力拒之。《名山藏》。《漳州府志》云:其國當中國之背,晝夜相反,能華言華字。萬曆間泊舟澎湖求市,兩臺省不可,亟驅之,往復數次。言語桀黠,已聞舟師大集,有獻火攻策者,乃去。後犯廈門。《臺灣府志》云:紅夷一名波斯胡,性貪狡,重利輕生,前明竊據臺灣,入犯中左,肆行焚劫。其船堅大,八面受風,無往不利,惟廣南軋船操楫飛行駕巨炮攻其船底,底破即沉,至今畏之。或謂荷蘭長技惟舟與銃耳。舟長三十丈,橫廣五六丈,板厚二寸餘,鱗次相銜,樹五桅于舶。以鐵爲綱,外漆以打馬油,光瑩可鑒。舟設三層,傍鑿小窗,置銅銃其中,臨放張機,推窗而出,放畢自退。桅下置大銃長二丈餘,虛如車輪,能洞裂石城,敵迫時烈此自沉。舵後設銅盤,大徑數尺,譯言照海鏡。其役使名烏鬼,居高自投于海,徐出行濤中如平原。奉天甚謹,祀所謂天主者。與華人語,數侵華人,若華人與他夷爭,則爲華人祖袒。《東西洋考》。

交易:商舶未有抵其地者,特暹羅、爪哇、渤泥之間相與互市。華人貨有當意者,輒厚償之,不較值,故貨爲紅夷所售,則價驟涌。《東西洋考》。

嘆咭唎

嘆咭唎在西南海中,乾隆五十八年入貢。《會典》。其國懸三島,於呇因、黃祈、荷蘭、佛蘭西四國之西北海。《海國聞見錄》:自呇因而東至俄羅斯,自俄羅斯而東至細密里野,皆爲北海,海冰,舟不能行。自呇因而南至烏鬼諸國,皆爲大西洋。其衣服制度與荷蘭同,惟音語字迹有異。其刀銃、器皿爲西北諸國冠。其國人貿易於噶喇吧者,遵荷蘭約束而荷蘭待之不敢有失。近有新墾之地在麻六甲之西吉礁之南,與大年相鄰,名曰檳榔嶼,中國賈舶亦往市焉。《海島逸志》。

干絲臘

干絲臘在西南海中,與嘆咭唎相近。《會典》。干絲臘者,化名番國人也,在海西北隅。其國不知分封所自始,地與荷蘭、法蘭西、嘆咭唎相鼎峙,俗呼爲宋仔,又曰實班牛。其狀貌頗類華人,戴高角帽,其飲食同於荷蘭。國富產黃金白銀,前明時占據呂宋。黃可垂《呂宋紀略》、《海國聞見錄》:是班牙者,呂宋之祖家也。東北接法蘭西。所謂是班呀亦實班牛之近音,然二書皆以爲干絲臘。據呂宋地與《會典》不同,存以備考。

按:荷蘭、嘆咭唎、法蘭西、干絲臘諸國,皆在西北外洋,中國賈舶不到其地。然呂宋、噶喇吧已爲所有,來此通市者衆。廈門賈舶常往二處,彼此交易,故並紀其輿地、海道、國俗備考。

柔佛

柔佛在西南海中,歷海洋九千里,達廣東界,由虎門入口,距廈門水程一百八十更。《海國聞見錄》作一百七十三更,《縣志》作一百六十更。雍正七年後通市。《會典》。

281

柔佛與彭亨聯山，其勢下，水程應到崑崙，用未針，取茶盤轉西而至。商舶至，就舶交易。《海國聞見錄》。一名烏丁礁林，插木爲城，其外有池。《東西洋考》。柔佛，強國也。其人好鬥，男子削髮，徒跣、圍幔、佩刀，婦人蓄髮椎髻。酋見王棄刀於地，和南而立。飲食無匕箸，以手抯之而已。死者火葬。《名山藏》。其屬國有丁噶奴、彭亨、單呾三國。《海國聞見錄》：單呾距廈門水程一百三十更。《臺灣志》：自柔佛至麻六甲皆遵西洋法度，其人坳目隆準，狀類紅毛，有白鬼、烏鬼之分。所聚俱西洋商貨。

交易：柔佛地不產穀，土人時駕小舟載方物走他國易米，道逢賈舶，因就他處爲市。亦有要之入彼國者。我舟至止都，有常輸，貿易只在舟中，無復鋪舍。《東西洋考》。

彭　　亨

彭亨在西南海中，與柔佛連界，柔佛屬國也。雍正五年後通市。《會典》。彭亨與柔佛同山，隔山相背，在暹羅山海西南，距廈門水程約一百五六十更。《海國聞見錄》。彭亨東南島中之國，國並山，山旁多平原，其城以木圍之，方廣可數里，古稱上下親狎，民無寇盜。《東西洋考》。《名山藏》：石崖周匝，遠望則平田沃野，豐米穀，氣候溫。黃省曾《朝貢典錄》：其國在廣大海之南，其王好怪，雕香木爲神，以人爲牲而禱。《星槎勝覽》：男女椎髻，繫單裙，富家女子金圈四五飾于頂髮。煮海爲鹽，釀醬爲酒。以彭亨作彭坑。

交易：舟抵海岸，國有常獻，國王爲築鋪舍數間，商人隨意廣狹輸其稅而託宿焉。即就鋪中以與國人爲市，去舟亦不甚遠，舶上夜司更在鋪中臥者，音響輒相聞。《東西洋考》。

法　蘭　西

法蘭西一曰佛郎西，即明之佛郎機，在西南海中，並呂宋後分其衆居之，仍遙制于法蘭西。其國人自明季入居香山之澳門，國朝仍之。每歲令輸地租銀，惟禁其人入省會。由其國至中國水程五萬餘里。《會典》。其地西臨大洋，北接荷蘭，南鄰是班呀，東接那嗎，東南俯中海。《海國聞見錄》。其狀貌衣制並同荷蘭，惟字迹亦異，性強悍。《海島逸志》。《東西洋考》：佛郎西人身長七尺，眼如猫，嘴如鷹，面如白灰,鬚密捲如烏紗,而髮近赤。

亞　齊

　　亞齊在西南海中,相傳舊爲蘇門答剌國。雍正五年通市。《會典》。亞齊大山隔海,與麻剌甲南北相對,紅毛人分駐於此。《海國聞見錄》。自滿剌加即麻剌甲。西南順風五晝夜可至其地。南連大山,北距海,東連山,鄰阿魯國,西距海。《瀛涯勝覽》。自亞齊大山繞東南,爲萬古屢盡處,與噶喇吧隔洋對峙,凡紅毛往小西洋諸埔頭貿易者必由亞齊經過,而紅毛回大西洋,亦必從此洋而出。《海國聞見錄》。蘇門答剌國又名蘇文達那。王裝束類滿剌加,官屬畢具。其先爲大食,蓋波斯西境也。《東西洋考》。俗醇厚,言語和媚,婚姻、喪服與滿剌加相同。地溢宜稻,歲兩稔。旁有那孤兒、黎代二小國,皆隸焉。《瀛涯勝覽》。番秤一播苛抵我官秤三百二十斤,價銀錢二十個,重銀六兩。金抵納,即金錢也,每二十個重金五兩二錢。《星槎勝覽》。黃省曾《朝貢典錄》:蘇門答剌在滿剌加西南,可千里至其國。其山童,土石俱黃,土氣朝燠如夏,暮寒如秋,無城郭。《名山藏》:蘇門答剌,漢之條支、唐之波斯、大食皆其地也。或曰即蘇文達那,宋名也。洪武十年,其國表貢,請改曰蘇門答剌,然其貢物與蘇門達那異。其西有蘇鄰國,摩尼佛生焉。號具智大明使,自唐時入中國。相傳老子西入流沙五百餘歲,當漢獻帝建安之戊子,寄形椋暈,國王拔帝之后食而甘之,遂有孕,擘胸而出,是爲摩尼佛。椋暈者,禁苑石榴也。其説與攀李樹出脇相應。其教曰明。衣尚白。朝拜日,夕拜月,了見法性,究竟廣明,蓋合釋、老而一之。風俗醇良。

　　交易:舶到有把水瞭望報,王遣象來接。舶主隨之入,進見果幣於王,王爲設食,貿易輸税,號稱公平。此國遼遠,至者得利倍於他國。蓋宋時稱本肆,多金銀綾錦,工匠技術咸精其能,至今富饒猶昔也。《東西洋考》。以上西南洋。

附　海　險

　　七洲洋在廣東瓊島萬州之東南,中有神鳥,喙尖而紅,脚短而綠,狀類海雁,尾帶一箭,名曰箭鳥。舶到洋中,飛而來示,與人爲準,呼是則去。《海國聞見錄》。舶過此極險,稍偏東便是萬里石塘,宜祭海屬。《東西洋考》。

米糠洋、香簟洋,舶往日本必過此洋。洋中水面若糠粃,水泡若簟菌,因呼爲名。《海國聞見錄》。

崑崙山在大佛靈山南,凡七嶼七港,是謂七門。適中國者此其標也。《海國聞見錄》。崑崙者,非黃河所繞之崑崙也。七洲洋之南有大小二山屹立澎湃,名曰大崑崙、小崑崙。《海語》。

千里石塘在崖州海面之七百里外,相傳海水特下八九尺,舶必遠避而行。《海槎餘錄》。

萬里長沙在萬里石塘東南,即西南夷之流沙河也,弱水出其南。《海語》。

分水在占城之外羅海中,沙嶼隱隱如門限,延綿橫亙不知其幾百里,巨浪拍天,異於常海。由海鞍山抵舊港,東注爲諸番之路,西注爲朱崖、儋耳之路,此天地設險,以域華夷者也。《海語》。

温陵溝渠小志上

紅蘭館小叢書丙集
清晋江蘇大山菉浦輯

府志城池

府治中有衙城，外有子城，又外有羅城，有翼城。初築城時環植刺桐，故名刺桐城，又以形似名鯉城。後衙城、子城俱廢，而羅城遂爲今城。羅城相傳爲南唐保大中節度使留從效築也。按：唐天祐間王延彬權知軍州事，其妹爲西禪寺尼，拓城西地以包寺，是其時已有城矣。又其前太和中刺史趙棨治河通潮于城東南隅，貞元中刺史席相重建北樓，歐陽詹記開元中別駕趙頤正鑿溝通舟楫城下。是城不自天祐、保大間始也，豈前所建者後廢不存與？抑時久而失其傳與？

周二十里，高一丈八尺，門凡七：東曰仁風，西曰義成，南曰鎮南，北曰朝天，東南曰通淮，西南曰臨漳，俗呼新門。曰通津。

宋紹定三年，守游九功砌甕門，復即南羅城外築翼城。

元至正十二年，監郡偰玉立拓南羅城地合翼城爲一，周三十里，高二丈一尺，東西北基廣二丈四尺，外甃以石，南基廣二丈，內外皆石。改鎮南曰德濟，廢通津門，復於臨漳、德濟間建門曰南薰。

明洪武初，衛指揮同知李山增高五尺，基廣俱二丈四尺，內外皆甃以石，建月城六，南薰門無月城。窩鋪百有四十，門各有樓。又東城有樓曰"望海"，北城有樓曰"望山"。又于仁風通淮之間闢小東門，後門塞樓廢。《閩書》：仁風通淮間，舊有小東門，其門直東湖之嘴，早日初升，湖光瀲灩，如魚飲湖水者然。窩鋪凡百四十。弘治十三年，臨漳門東半里許，水嚙城下路數丈，將及城，知府張瀎築二壩障之。嘉靖三年，門樓窩鋪多壞，知府高越、同知李緝重修。三十八年，德濟門災，知府熊汝達重建，改通淮曰迎春，以歲迎春于此門故名，俗呼塗門。南薰曰通津，後復名南薰，俗呼水門。并修各月城。兵備萬民英復建小樓及墻,砌于城北以備倭,後以壓斷龍脈撤去。

國朝順治十五年,總督李率泰檄各府城依關東式改造,時提督馬得功、興泉道葉灼棠、知府陳秉直改築堞二千三百一十五,月城堞二百有五,每堞長七尺,厚三尺,寬一丈五尺,堞口寬一尺八寸。《灼棠記略》:臨漳門潮河遠上繞城西北,舊有開口,以時蓄洩,便民載魚米入城。湮塞圮壞,從士民請修復之,河水澹且不淢,漑錦墩、泉山、福安田千餘頃。右半里許訕一雉,有潮汐漲齧之患,令水師運濱海鉅石議築翼城扞之,鑿塹溝圓折以殺其衝。

子城在羅城內,相傳唐天祐三年節度使王審知築。周三里百六十步,爲門四:東曰行春,西曰肅清,南曰崇陽,後人祀王潮於此,北曰泉山。城久廢,泉山門亦無存,今泉山橋南猶有遺址。

衙城在子城內,相傳南唐保大中節度使留從效築。《閩書》:即從效開府建牙之地。

翼城在羅城外,宋紹定三年郡守游九功築。東自浯浦,西抵甘棠橋,沿江爲蔽,成石城四百三十八丈,高盈丈,基闊八尺。元至正十二年監郡偰玉立拓南羅城以就之,今統爲羅城。羅城外壕廣六尺,深二丈餘,三面通流,瀠迴如帶。獨東北一隅磐石十餘,地勢高仰,潮不能通。南羅城舊在鎮南橋內,即今南門橋。南壕穿橋直東抵通淮門,直西抵臨漳門。元大德間宣慰司札剌立丁重濬。莊彌邵記:泉本海隅偏藩,世祖皇帝混一區宇,梯航萬國,此其都會,始爲東南巨鎮,或建省,或立宣慰司,所以重其鎮也。一城要地莫盛於南關,四海舶商,諸番琛貢,皆於是乎集。舊有鎮南門,門之外有河,跨河爲橋,流東西貫直南,並受潮汐。歲久湮閼,有力者占爲園池亭榭以便娛樂。前太守真西山雖嘗開修利,未盡而中輟,今又八十年矣。皇帝龍飛之六載,省並江浙,立宣慰司。行省右丞札剌立丁公領使司帥府視事以來,曾未逾時,政通人和,百廢俱興,既重修泮宮,因慨其地之卑濕,蓋由城河之不通,且薪米之負運艱難,糞壤之丘積無所,每值淫潦,深屬淺揭,連以旬浹,非惟有妨生理,亦致湫底之疾,邦人患之,公乃憂民之憂,銳意疏浚。軍民官董其工,始事於二月初八日,至于二十九迄成。材售直,工給資,農不奪時,民不知役,皆公之指授有方也。河面闊如舊,深視舊更三尺餘,南門橋鼎建崇樓,仍扁鎮南。潮流參錯其衝要,漁歌響答於闤闠,吞吐溟渤,雄視東南,望之如垂虹,登之若騎鯨,雲棟飛甍,星河影轉,非公器宇襟度疇克臻茲,邦人大夫士請記之。彌邵載惟典謨九叙,無先於平水,故曰萬世永賴時乃功。然則公今日之伯禹也。我泉亦永有利賴,當與禹功相並不朽,勒之堅砥宜矣。至正間,監郡偰玉立南拓羅城,而鎮南橋壕東西相抵者悉砌以石,遂爲城內壕矣。今自臨漳門外繞西而北而東而南抵通淮門,皆舊外壕。其自通淮門南繞德濟門過南薰門之半,迤拓羅城而浚之壕。又自南薰門之半,西距臨漳門,則瀕江無壕也。嘉靖三十八年,知府熊汝達重濬外壕。四十二年,兵備僉事萬民英又濬之,深闊可通舟楫,瀠迴汪洋,殊增郡城之勝。惟仁風門抵朝天門橋下當拓城時,首尾築劍脊壩以堤內水,並無板閘啓閉之設,壕水時溢,然蓄洩有節,可不爲災。萬曆二十四年,有請決劍脊壩,引北壕水以溉田者,壕始涸。

　　子城外壕環繞子城,廣深丈餘,壕皆有橋:北曰泉山,在泉山鋪示現庵前,橋存壕塞。北而東曰迎春,在迎春門外,橋、壕俱不存。東之南曰通淮,舊志謂即府學壕,東抵通淮門二橋,然二橋乃翼城外壕橋,與此不合。按:子城外壕東畔抵南有登瀛、登仙二橋聯絡,不知是否? 由北而西曰坂倉,在裴巷東驛內巷西,橋存壕塞。西之南曰肅清,在肅清門外,橋、壕俱存,但爲民居淤塞。又南曰放生。在育才鋪真濟宮前,橋、壕俱存。舊時東北之水經迎春橋,益以東南之水,共赴通淮橋出通淮門。今東北之水由東門溝壋出東門,唯東南如舊。西北之水經坂倉、肅清二橋,益以西南之水共赴放生橋,繞東過崇陽門外入通淮坊。在小泉澗巷口。折南趨府學池,又東過光孝寺出通淮門。今繞東之道已塞,此壕由放生橋直抵羅城外壕矣。

　　子城內支溝五:雙門外東西二大井之旁,兩溝夾行而南。東溝集南街左坊諸巷之水折洋下溝尾,今鎮撫巷南及溝尾下溝俱存。越承天菜園,今溝尾下越承天巷入小泉澗巷,溝皆存,間或抑伏民居之下。轉西至通淮坊,折南入府學池。今此處溝塞,小泉澗巷宮邊之溝入傅池亭,越承天寺南至伯府庭頭,會于城外東壕,南出通淮門,唯崇陽門外左右坊巷諸水,東從民居下入府學泮宮內,南出羅城外壕。西溝集南街右坊諸巷之水流至師模坊,在今良二千石坊之北。東折與溝尾會。橫過南街亦入鎮撫巷南,今南街跨街橋現存。

　　中和坊東之車坊溝,即今前田巷口,萬曆志之字作一字,中和坊三字連上讀,誤,溝尾在南,中和坊在北,水既流下,豈復逆上,今依隆慶志改正。循開元觀旁,開元觀在元妙觀之西,明天順時重建,後廢,萬曆志作開元寺,尤誤。經豆腐巷,萬曆志云:今塞。今按:元妙觀前折南入牙梳巷處,其溝壓於民居,或隱或現,疑即此云。趨溝尾橋。縣前東溝自帥節坊亦名公惠坊,即今觀東巷口。南循元妙觀,經登仙橋萬曆志云:今廢。今按:此處溝經元妙觀前至觀西折南,從登賢宮邊直抵溝尾下,無所謂登仙橋者,疑即登賢之誤。與溝尾會,俱入府學池。今不入府學池矣,詳見上。譙樓內溝折而西入貢院，即今驛內巷所謂水折辛兌是也，今直出雙門前，不西折矣。南經帽巷轉熙春坊尾，在圓石巷。又折而西南經仕曹巷。至放生橋與子城西壕之水會。今驛內之水出新街入帽巷者，由奎章巷北會南街右溝矣。按：子城內溝即八卦溝也。《閩書》：古時以八卦瓶埋置於先天方位。至明弘治十一年，御史張敏開城中溝於西南隅，掘得大磁瓶，上陶"巽"字，蓋取其方位之相配，非鑿溝如八卦象也。

子城外支溝六：東北隅之水經執節坊，在仁風門內之北。會左右諸溝之水，出大街與縣學前之水並趨埔尾坑頭，轉五塔庵，仁風門內之南。南達通淮門，此溝廢，稍北之水注東門溝墘，出東門唯稍南之水隨其地勢散入通淮。北郭以西新睦宗院諸水院在子城外西北。迤西南行，經泗洲塔入素景門舊壕，今西門內橋是。按諸志城池部並無素景門，疑即義成門，但不知何年易號。出城下水閘，此溝廢，而水道之行如舊。奇仕界東西溝，在開元寺西北。連宣明坊西諸水，坊在五塔巷。悉趨西池亭。今在西門菜園下，池舊為留從效洗馬池，後留正築池亭其上，水之故道已塞，今諸水皆歸西門橋，溝繞至臨漳門出水閘。舊睦宗院溝在傅忠簡居第之西，即今趙厝園，萬曆志此條連上，誤。分為二，一南流，與積善院西諸水合出城下，即今塔仔下。水出鋪仔巷及龍頭山。水之經玉霄絳宮出鋪仔巷，經龍山寺出老先生巷者，皆入羅城外壕，出臨漳門外水閘。一北流，會畫錦坊諸水坊在三朝元老坊旁。趨上坊溝，今不趨上坊溝，直丁至塔仔下，上坊以卜如故。與西郭在開元寺西。開元寺前及忠厚坊溝，在水陸寺兩旁，左旁即井亭巷及舊館驛之水至古榕宮前與右旁會。皆趨古樹下，水陸寺前巷。經城南菜園萬曆志經字上有一字，誤。折東入府學池。今折東之道已塞，溝直趨羅城外壕，其將至外壕處，傅府稍北之水，從新路庭出橋仔頭來會，稍南之水從石獅王出新門後街來會。

萬曆府志：羅城子城內外壕溝如人之一身血脈流貫，通則俱通，滯則俱滯。唐太和中刺史趙棨于郡城東南開天水淮以肥沃南洋之田，與郡城外壕相距，乃民家傍壕溝而居者，多填委糞壤，以致湮閼，而跨溝為屋者尤甚。宋治平三年夏六月，大雨時通淮壕塞，水無所洩，壞民屋數千百家。越二年，郡守丁竦穴城為門，以通天水淮，疏東南潢污，納之外河，自河而注之江，郡城諸水皆趨巽方，吸潮汐環學宮而東之，與光孝塘合注于通淮水門，未幾而填閼不可問。光孝塘半鞠為蔬場，與通淮隔潮汐，弗通。支溝濫溢多趨承天菜園甕門，餘或潛竇城下以出，不復循故道矣。紹興十八年，守葉廷珪仍闢通淮門引巽水入，語人曰："今通此水，十年後當出大魁。"至期，梁文靖公克家果魁天下。後復塞。淳熙間守林枅嘗浚之，又復塞。嘉定間守真德秀命五廂居民開浚，打量官溝共五千二十有九丈，明溝三千丈，凡溝在官地者，官任之；在民內屋者自浚，雖民居寢室庖湢搜剔不留，仍弛民房租而懲其不率者，郡人王君顯爲作《決渠頌》。越三祀又湮塞如故。明弘治十一年，御史張敏重清溝之可見者僅三千餘丈。嘉靖四年，知府高越復大浚之，潮復入通淮門，而臨漳之潮亦通。嘉靖三十二年，知府童漢臣濬內外溝河。蔡克廉記：按志，郡河二支，一自臨漳門循之通淮門，一自南薰門達于通籴、通遠、鎮南諸橋，故通淮河塞，宋守丁竦疏鑿以通江潮，便於舟楫。紹興十六年，守葉廷珪再闢治之，通淮之舟可抵州學前，曰："此門之水當後天巽方之位，十年後必有大魁。"至期，梁文靖公克家果狀元入相。其郡西四門橋六：曰迎春、肅清、泉山、通淮、板倉、放生，皆爲內河，而環子城者。子城內支溝五，相傳爲八卦溝。城之外支溝六，循趨於羅城外壕。而宋志謂諸溝率皆鍾州學池，淳熙守林枅嘗浚之。嘉定間守真文忠公又浚之。大抵溝河池壕相爲表裏，而要於庠校、人文有關。或謂郡清源山嵯峨屬火，在得諸水制之。夫鑿諸水以制山，引巽水而入城，固皆堪輿家語。然水火五行之理，陰陽八卦之位，儒者之學亦不越是。河溝於郡城，猶人身之血脈，文忠不云乎，"宜暢則安，壅滯則疾。"古之明王務謹溝洫坊墉之制，非無以也。人文之先以魁天下，其止於甲第簪纓而已哉！文者經天緯地，必有孔、孟之儒術，必有伊、周之相功，然後謂之經緯文章，而設諸水道，經緯不明，脈絡不通，何以成人之文乎？嘉靖乙酉，高守越嘗復開濬，一時潮汐引吸，亡何有戊子辛卯之盛，彬彬然至今薦以文魁顯，非地利人文之徵歟？歲久填閼如故。癸丑，童漢臣由南京刑部郎中來守茲郡，予適承乏南院，以是告侯，侯至，首以興復爲己任。諸貳屬各分董責之勞，疏導搜剔，居民人人自力，豪強不敢不率令，於是通淮臨漳之潮，支溝河內之水，津津然納之學地。所謂文明之應，狀元宰相，知必有復出者，又安知無孔、孟、伊、周之道德事業與吾郡山川並輝千古，其於人文不亦徵乎？往者故道堙噎，支渠濫溢淫潦，數爲民患。自斯工成，而折轉巷市無頃刻停注之水，商賈士女不病塞裳，即是思而侯之利民，豈淺淺歟？文忠公經畫條具猶當慨曰："溝浚而河未治，以俟後之君子。"歷數百年，乃童侯一旦兼浚而並興，非文忠之後君子耶？載考郡乘：外壕之水環羅城而會于江，縈迴如帶，自昔陸徽學、曾元樞諸公蓋拳拳焉，承平二百餘年晏然無警。邇來海氛不靖，聲搖閩嶠，設險之防，斯不容緩。然則金城湯池之固，其尚在郡侯哉？郡侯函請予記，諸校官又來請。予寡陋何以答諸君，而山川人文不得辭者，遂次其本末如左。後之君子興起斯文，庶幾有考於斯。**隆慶二年，知府萬慶又大濬之，創臨漳、通津、迎春三水門，置板閘啓閉，設夫看守，聽小舟往來。**黃養蒙記：郡城之南爲大江，上接屬邑諸溪，下通巨海。城內漸鑿長河，股引海潮。一自臨漳門而入，一自南薰門而入，一自通淮門而入，潮水時至，皆達於郡學之前，而通淮之潮，其入尤爲最先，皆可以通舟楫，民稱利焉。按郡志：河舊在郡城之外，爲城外壕。元至正間監郡偰玉立南拓羅城，今遂爲內河，約溝砌石，東西相距數里許，夾河皆民居矣。城之內又有八卦溝，以洩市巷泛溢之水，有放生、蕭清、板倉、泉山、行春諸橋，勢相聯絡，疏溝水以入河。大率城郭諸水與長河皆相爲委注，而會歸於通淮，以出於江。通淮之水則自東南入，與臨漳、南薰水會，說者謂當後天巽位。巽，東南也，萬物潔齊之方也。宋紹興中郡守劉子羽嘗於學宮鑿河浚池，以通巽流。葉廷珪仍闢通淮水門，引巽水入城，嘗語人曰："今通此水，後必有大魁天下。"已而梁文靖公克家果應其期，以狀元拜相。此則河之濬於科第人文尤爲關，非徒爲民利已也。嘉靖間郡守高侯越、童侯漢臣嘗再濬之，然止疏内溝停蓄之水，而外潮竟淤不入。先是河於關外斷以積石，蓋昔人爲防禦之備，後遂無開之者，而居民日稠，污淖日積，以故外水不入，内水不出，雨水時至，溝潦衍溢，民咸病之。隆慶戊辰，適靈湖萬侯治郡之三年，民既大治，乃考郡墜典，銳意修復，而尤究心於是河，以白於兵憲心泉蘇公。于時蘇公方練兵撫民，留意封疆，深然其議。而郡丞丁侯一中、別駕潘侯璘、晉江令羅侯名士實相與贊助之。於是撤積石以通江，決壅土以入潮，而各於門内設水關，置閘板，以便防守，時蓄洩。於是臨漳、南薰、通淮之水復其故迹，而潮之抵於郡學者如昔矣。侯乃定爲啟閉之期，自初三至初五，自十八至二十皆海潮盛長之候，每是日皆辰啟未閉，以通舟楫，蓋月開關者二，爲日者六，餘不得擅啓。而扃鑰守視則以屬於衛所之官。復於關内聚石級，置小舟，以便民間轉運。或遇有警，則仍以所撤之石堅塞如故，其於興利防虞之意，亦既周且悉矣。大工既就，侯以三月十八日乘潮放舟，是歲適天子龍飛首科，是日又爲傳臚之旦，而黃君鳳翔殿擢第二人，遠近嗟嘆，以爲符於梁文靖公故事云。夫川澤之灌注，猶血脈之周流於一身，勿使有所壅閉湫底，其理一也。自三門之河既闢，而舊水可消，新水可入，以鍾其美，以出其惡，清氣磅礴，人文宣朗，理有固然，而事又有適然者，宜乎人之喜談而嘉頌也。然余又謂爲政有本，興事有機。自昔賢人君子莫不以水事爲重，而致謹於溝洫坊埔之制，然其忠信之心皆有所以本之者。侯自莅郡以來，直方廉毅，慈惠惻怛，凡可以安和乎人者，行之堅勇不俟終日，則其於興功濟物固宜若此其汲汲也。向當侯之未至也，上下五六年間，海氛不靖，震動閩嶠，即侯欲從事於此，其可得耶？自侯之來，年歲豐登，海波不揚，穀米充羨，士民晏堵，此又天時地利人事之機，參合符會，而其微渺未易而突詰者，他日道德行誼之士，彬彬然以科第顯出而爲山川人物之光者，余固知其自今日始矣。署晉江邑事德化令何君謙偕邑學博余君采、董君秩輩詣余徵文，以紀侯功，因爲記之，俾勒諸石，永憲於俟祀。侯名慶，字子餘，和州人，己未進士，由刑部郎中出爲今官。靈湖，其別號也。**後水關雖存，閉不復開，壕亦多淤者。按：子城內外支溝，宋明以來屢濬屢堙。**

　　國朝康熙二十一年，提督萬正色重濬之。正色自爲記：泉自王氏創築子城，留鄂公踵恢其舊，制度斯立，闢迎春門爲通注淳瀲之道，今郭東上下淮乃其匯也。逮元廣羅城，再拓而南，故隍遂在城中，因更開水門於德濟、臨漳之界，緣是城中所稱八卦溝水半歸于是。當日打量官溝凡五千餘丈，時加疏瀉，民不病潦。其後人煙鱗錯，架屋其上，歷久而堙。至明弘治十一年，御史張公敏重濬開塞，而溝之可見者僅三千丈。役將即功,于城西南隅惠民局東得大磁瓶,上陶巽字,而後知古以八卦瓶置於先天方位,用此得名,非謂鑿溝如八卦形而云爾也。弘治距今又經三百載,其間修治者屢,然旋修旋淤,不盡復故迹,豈舉事者之未力哉?蓋緣居室稠叠,時勢使然。苟不悉擴填塞,下窃置楗,則數年之間亦隨之而閉,其于急病讓夷之意遠矣。夫流泉陰陽,時觀特相,詩人之所以咏奠居奠處也。玆者潢洿久遏,盈溢街衢,宛下之區,幾成巨浸。是汩陳之怨、向背之宜,兩俱失之。顧官斯土者,詎能漠然視乎?余以兩島既定,提師駐此。念鄉邦之多艱,閔黽黿之無告,爰捐俸資,俾啓土作,自夏徂冬閱百若干日,糜金錢若干千,而渠洫通行,支流無滯,爰居爰處之樂庶與桑梓共焉!報竣之頃,因書數語授諸董役者以告郡人。董役為提標中軍朱佳麟。乃不踰紀,闒塞如故,視宋時不能十之一矣。乾隆年間,郡守許日熾、王廷諍相繼倡濬,以用功過銳,事反中止,雖三年兩開勒為定例,然子城外溝究為堙塞。夫物鬱則思通,要必遭時而後濟,剔蘊疏滯,洞為流波,而脈于大川,是在舉廢復古之君子耳。

《晋江縣志》城池山川水利古迹

子城內支溝五:即八卦溝。雙門外東西二大井之旁,兩溝夾行,而南集南街左右坊巷之水直趨崇陽門外。東一條折洋下溝尾,今鎮撫巷南及溝尾下溝俱存。越承天菜園,今溝尾下越承天巷入小泉潤巷,溝皆存,間或抑伏民居之下。轉西至通淮坊,折南入府學池。今此處溝塞,小泉潤巷宮邊之溝入傅池亭。越承天寺南至伯府庭頭會于城外東壕,南出通淮門,惟崇陽門外左右坊巷諸水,東從民居下入府學泮宮內,南出羅城外壕。西一條流至師模坊,在良二千石坊之北。東折與橋尾會,橫過南街亦入鎮撫巷南,今南街跨街橋現存。又中和坊後改為聚奎坊。東之車坊溝,即今前田巷口。萬曆志之字訛作一字,以中和坊三字連上句讀。按溝尾在南,中和坊在北,水既流下,豈復逆上。新府志依隆慶志改正為是。循開元觀旁,即元妙觀。萬曆志以觀字作寺字,誤。經豆腐巷,萬曆志云:今塞。新府志云:按:元妙觀前折南入牙梳巷處,其溝壓於民居,或隱或現,疑即此處。趨溝尾橋。又縣前東溝自帥節坊亦名公惠坊,在今觀下巷。南循元妙觀前而西折,南經登賢橋萬曆志誤為登仙橋。新府志云:此處無登仙橋,疑即登賢之誤,今依改正。與橋尾會,俱入府學池。今不入府學池矣。譙樓內溝折而西入貢院,即今晋安驛驛內巷,所謂水折辛兌是也。今直出雙門前,不西折矣。南經帽巷,轉熙春坊尾,在員石巷。折而西南,經市曹巷。至放生橋與子城西壕之水會,越城南蔡園迤東入府學池。迤東入之道在莊府巷之南。南街文光坊南數十步故址尚存。今驛內之水出新街入帽巷者，由奎章巷北會南街右溝矣。

子城外支溝六：一東北隅之水，經執節坊在仁風門之北，今廢。會左右諸溝之水，出大街，與縣學前之水並趨埔尾坑頭，轉五塔庵，在仁風門內之南，今廢。南達通淮門。北溝廢。稍北之水注東門溝墘出東門，惟稍南之水隨其地勢散入通淮。一北郭以西新睦宗院諸水，在子城外西北，今廢。迤西南行，經泗洲塔，今廢。入素景門舊壕，今西門內橋是。新府志云：諸志並無素景門，疑即義城門，不知何年易號。出城下水閘。此溝廢，而水道之行如舊。一奇士界在開元寺西北，宋太宗稱劉昌言曰"卿東南奇士"，因名。又分奇士東西界。東西二溝，連宣明坊諸水坊在五塔巷。悉趨西池亭。在今西門菜園下池。舊爲留從效洗馬池，後留正築池亭其上，水之故道已塞，今諸水皆歸西門橋溝，經五通廟繞至臨漳門出水閘。舊睦宗院溝在傅忠簡居第之西，即今趙厝園。分爲二，一南流與積善院西諸水合，出城下。即今塔仔下。水出鋪仔巷及龍頭山，水之經玉霄絳宮出鋪仔巷，經龍山寺出留先生巷者，皆入羅城外壕，出臨漳門外水閘。一北流會畫錦坊東諸水，坊在三朝元老坊邊。趨上坊溝，今不趨上坊溝，直下至塔仔下，上坊以上如故。與西郭在開元寺西。開元寺前及忠厚坊溝，在水陸寺兩旁，左旁即井亭巷及舊館驛之水至古榕宮前與右旁會。皆趨古樹下，水陸寺前巷。經城南菜園折東入府學池。今折東之道已塞，溝直趨羅城外壕，其將至外壕處，傅府稍北之水，從新路庭出橋仔頭來會，稍南之水從石獅王出新門後街來會。

鎮南橋前及東西諸水各趨出城外壕。

八卦溝弘治十一年，御史張敏檄開城中諸溝及河於惠民局東鄰之家，溝旁掘得一大瓷瓶，其上鐫有"巽"字，地在東南，蓋以八卦之瓶置于後天卦位，非鑿溝如八卦之象也。

郡城諸水東出通淮門，合永靖烏洲之水，至上保橋與潮汐通，潮退則西流至下保橋，復合三峰坑水，南峰院水亦達于東山渡入于晉江。

縣東南三十五都曰登瀛里。有天水淮。在通淮門外，城之南有田曰南洋。唐守趙棨以田多鹹壤，迺鑿渠而擁抱之，疏三十六涵，旁導江流入淮渠。淮之爲言圍也，俗多以淮名水，人思趙德，故以其望名淮。陳洪進重興之，改曰節度淮。已而淮枯田蕪。宋景祐四年，守曹修睦再浚治，又以三十六涵細碎隱伏，無法以制水之贏縮，於是盡撤諸涵，別營三涵，視潮來去，以爲啓閉。爲大渠者一，長二千九百丈，廣一丈五尺。爲小渠者八，積長二千五十八丈，廣五尺。按隆、萬二志，以天水淮在和風里，誤。今依《八閩通志》改正。其池有百源川池、在郡城內東南府學旁。放生池。在百源川池邊，舊皆屬光孝寺。有一小涵,水滿則二池合而爲一,淺則分。

地理大全水法 明李國本遁庵著

海之爲水,四瀆之所聚也。水勢既聚,則龍勢大止,故凡大榦龍多止於海濱,而其融結或産王侯,或生富貴。古歌云:"海水逆潮人愛惜,江右英雄由此出。"又云:"江右秀氣在潮水,潮白時人多富貴。"如崑山、嘉善,數十年前,海潮抵其邑者三,狀元亦三應之。又泉州三塞潮河,近年開通潮水抵城,而人才大盛,冠于八閩。故潮來關地氣之盛也。

温陵溝渠小志下

紅蘭館小叢書丙集
清晋江蘇大山菽浦輯

光緒六年三月請重濬東南隅八卦溝公禀

具禀育嬰堂董事舉人洪曜離、中書銜楊炳榮、候選知府黄貽檀等爲報明修溝懇請示禁事。竊以城内溝渠久未疏濬，東南隅水患尤甚。育嬰堂前溝道自道光年間重修以後，該處民居間有倒壞，空地堆積瓦礫，日久掩入濠中。上下流又每被人填溝蓋屋，將磚瓦委棄其間，以致溝道幾成平地，一經大雨，積水難消，泛濫街衢，儼若巨浸，爲害匪淺。今離等目擊行路之苦，乳婦抱嬰往返更艱於跋涉。附近紳董共議捐資僱匠疏濬，從溝尾下故園起，由小泉潤宫口通傅池亭、孫厝行館至清源書院池止，再過桂壇巷吴姓後尾池，抵登仙橋、田中央、蔡厝池，直達塗門城壕，擬一律疏通，俾居行之人免於水患，以通水道，以免病涉。誠恐無知之輩阻撓工程，以及竊取物料，藉口厝屋境界造釁生端等事，合簽呈叩，乞大公祖大人德政便民，恩予批準，出示嚴禁，發貼鼓樓曉諭，免致滋事，不勝沾感。切叩。

署泉州府正堂趙批：地之溝渠不通，猶人之脈絡不舒也。疏以達之，不容或緩，該董事等現議捐資修濬，實爲先得我心，準出示諭禁。

欽加道銜特授臺北府署泉州府正堂趙示

爲出示諭禁事：本年三月初二日，據育嬰堂董事舉人洪曜離、中書銜楊炳榮、候選知府黄貽檀等禀稱：城内溝渠久未疏濬，東南隅水患尤甚。育嬰堂前溝道自道光年間重修以後，該處民居間有倒壞，空地堆積瓦礫，日久掩入濠中。

上下流又每被人填溝蓋屋，將磚瓦委棄其間，以致溝道幾成平地。一經大雨，積水難消，泛濫街衢，儼若巨浸，爲害匪淺。今離等目擊行路之苦，乳婦抱嬰往返更艱於跋涉。附近紳董共議捐資，僱匠疏濬。從溝尾下故道起，由小泉澗宮口通傅池亭、孫厝行館至清源書院池止，再過桂壇巷吳姓後尾池，抵登仙橋、田中央、蔡厝池，直達塗門城壕，擬一律疏通，俾居行之人免於水患，以通水道，以免病涉。誠恐無知之輩阻撓工程，以及竊取物料，藉口厝屋境界造釁生端等事，合僉叩呈，乞恩予批準出示嚴禁曉諭等情。據此，查地之溝渠不通，猶人之脈絡不舒也。疏以達之，不容或緩。該董事等現議捐資修濬，實爲先得我心，準出示諭禁。除稟批示外，合亟出示諭禁。爲此示仰泉郡城廂內外軍民人等知悉：爾等須知疏通溝渠原爲免涉大水起見，自示之後，務聽該紳董等鳩工。從溝尾下起至塗門城河止，一律疏濬，毋得藉口厝屋境界阻撓工程，以及竊取物料，肇釁生端。倘敢故違，一經查知，或被指稟到府，定即拘案，從重究懲。各宜凛遵毋違。特示。

募修溝道公啓

啓者：地方溝道猶人身血脈流貫，真文忠所謂"宣暢則安，壅滯則疾"，諒哉言也。泉郡子城內支溝五，相傳爲八卦溝，洩城中濁水達於子城外濠，與海潮相接，去濁揚清，主闔郡財運。海潮入自南薰水門者，環學宮而東之。入自通淮水門者，當後天巽方之位，乘潮舟楫，直抵府學前。鼓蕩往來，地脈通暢，主闔郡文風。稽諸志乘，二者之説歷有明徵，不得謂堪輿家言，難以盡信。近年郡中文風、財運遠不如前，且時有疾疫，僉以爲溝道壅塞之故，非疏濬補築不可。當道小青徐公、仲廉張公皆殷殷措意於此，現已分段尋出故址，按其曲折廣狹次第清理。惟工繁費鉅，在地紳富雖極力捐助，而涓滴之輸，難期集事，不能不望遠方接濟，如上海、寧波、福州、厦門、臺灣及外洋吕宋各處郊商，同里諸君，向皆情殷桑梓，知必聞風樂助，快睹厥成。此舉爲闔郡風水所關，衆論僉同，官紳會辦，非尋常修廟、修路可比，務懇從豐題交，速爲彙寄。一俟寄款到局，再將收據奉上。

專此。公具題單鈐用本局印記，郵達台覽，即請書列尊篆捐數於左。

告懇衆善助修溝道啓

啓者：本郡子城八卦溝及通淮水關，引異水注入府學池，實闔郡風水所關。通則人文興起，財力富饒。塞則異是，舊志所載，歷有明徵。近年溝道處處填閼，並有於溝上築牆架屋遺失故址者，以致雨後積潦橫溢，街衢人多病涉，時復疾疫，爲害甚深。雖不必盡信堪輿家言，亦當亟圖修濬者也。貽楫昧於事理，銳意興舉，以爲有力之家，必能贊助，遂先自輸資，交與育嬰堂董事曜離洪君、汝邁楊君，請於郡大夫擇要開工。自春徂秋，將大支溝道濬通其二，向日積水之區，今遇大雨，不患停注。然祇就東南隅而言，於全局不及十分之三，費已千兩以外，此後工用浩繁，無從籌劃，擬即中止，又恐有負公衆屬望，且郡尊徐公、邑尊張公皆殷殷講求地方利弊，尤注意於此，不容遽停。貽楫勉力再支而術乏點金，終恐難以集事。反覆思維，不得不急呼將伯，伏望樂善諸君憐其迂拙，先未自量，以致作止兩難，或代爲設措，或解囊相資，單到各隨尊便，捐借皆可。借者寬期奉還，捐者俟事竣勒名於石。如有獨力捐至千兩者，報由地方官長旌以匾額，楫別爲文志事，以備采入志書，用彰不朽。諸君子倘慨然許諾，即請書列芳名捐數於左。庚辰九月晉江黃貽楫謹啓。

附記：吾邑財力匱乏，遇有公舉，題捐甚難。此次修溝，初意祇就東南隅去其水患之大者而已，不敢問及全局也。而友朋切切相責，又代謀捐助之方。欲從其說，動多窒礙，正在踟躕之際，門人黃謙光來書，力請就地籌捐。書云："八卦溝之開，群頌吾師功德，爲一郡培植科名，於商賈財源亦大有裨益，是搢紳居鄉第一經濟。然談及經費，非籌巨款不克成功。而吾鄉公事，非商富中向來居首者出，而經理亦不克成。外間私議居首之人未肯承當，勸募實恐歛怨，並不喜吾師設立捐帖者。緣郡中有力之家皆素通往來，故其意在坐視停工。不思此番公舉難得，士論興評，齊聲頌祝，若不淪疏深透，恐難經久。若不一律開通，仍是廢棄，豈忍聽吾師進止兩難？有議緩考棚之例，向寧糖兩郊抽分者，有議就各鋪請紳士各自勸捐者,有議抽收店租,業主、租户各出一月者。又晤朱海灑同年及舍親陳泰三,碻稱有府縣諭帖,諸紳捐册,於南鄉及沿海一帶,並洋商各家勸募,的有巨款協濟,此策如行,須請素悉南鄉土俗者,與城中之常往來各鄉者數人會同商酌,吾師於捐册上自書數語,更易動聽。總之,不籌經費不能集事也,不資衆力不能爲繼也,妄參末議,敬備采擇。"越日,朱海灑來索捐册,走筆書之。獨力難支,不得已也,餘策均恐擾累,未便照行。

致福州泉泰茶棧貽琴族兄書

日來喜報喧傳吾宗菊三會狀聯元,不禁距躍三百。本朝惟葉公時茂,以會元臚唱第三,爲泉中僅見之事。今吾菊三駕而上之,更爲八閩所未有。吾兄行義高劭,福種心田,宜乎備致嘉祥,後人昌大,有非扴頌之詞所能罄者,忝在宗盟,增耀多矣。外人皆以郡城開溝於科名大利,前明黃文簡公及第之年,亦正修溝道,堪輿家言,似非盡屬傅會。然惟有德者能獲風水之益,積善如兄,允堪勸勉當世。溝道約修十分之三,工繁費鉅,獨力難支,必須募捐接濟,方免中止。現已公設捐帖,分往各處勸題,總計經費在萬金以外。擬懇閣下與開運、曦卿兩兄鼎力吹噓,在郊號中題集數千金寄下,以應工料之需。餘俟臺、厦、寧波、吕宋陸續捐來,冀全工可以報竣。弟亦知本年生意迥不如前,安敢曉曉冒瀆,第因桑梓大局所關,未便坐視廢墜。區區不得已之苦衷,祈轉向諸友道達,幸哂而教之。捐帖一册附上,即望諾存。

校點後記

本書含蘇大山著《紅蘭館詩鈔》八卷及其編纂之《紅蘭館小叢書》十種。

蘇大山(一八六九——一九五七),字君藻,又字蓀浦,福建泉州人。泉州近現代著名詩人、藏書家、文史學家、民主人士。《燕支蘇氏族譜》卷六有"十八世有洲,學名大山"的記載,他的排行爲燕支蘇第十八世。"君少而聰,從其母舅孝廉林公資美學,稍長,善屬文,林甚器之。"(見惠安張棻撰寫的《清選士邑庠生蓀浦蘇君墓誌銘》)"少有文譽,翹才露穎,有以自見,清、紫、笋、浯山水間,無不知有其名者。"(見《紅蘭館詩鈔》跋)稍長,入清源書院讀書,嗣後任藤花吟館西賓。清朝末期,開選士科,應試而雋,朝廷授予"選士"匾額。但終因非素志,於是轉而加入孫中山先生的同盟會,於一九〇七年至一九一〇年在廣東汕頭主興論筆政。一九一〇年至一九一七年客居廈門,在同盟會機關報《南聲日報》、《閩南日報》擔任主筆。宣統三年,受聘爲廈門商業學堂堂長,後爲崇實小學校長並兼任廈門道教育會會長。

北洋軍閥的黑暗統治和宣傳辛亥革命的報刊被查封,這使蘇大山對辛亥革命後的政局完全失望。在一九一七至一九一八年這兩年裏,他飽游福建山水和京師大地。在《紅蘭館詩鈔》八卷中,記游詩占了將近一半。這些詩雖寄情山水,懷舊憶友,但咏史抒懷、感時憤世的意味非常濃烈。

鼓浪嶼菽莊吟社創辦於一九一四年。一九一九年,蘇大山北游回泉州後,於是年冬始館菽莊。菽莊吟社最初有三百多吟侶,後來發展至近千人,幾乎囊括了在廈門的臺灣詩人和廈門本土學有專攻的飽學之士。蘇大山主吟社時,名流雲集,詩詞唱和,盛況空前!

一九二〇年,蘇大山因"勞績卓著",護大總統孫中山特給予六等嘉禾章,以示獎勵,今此獎章猶存。

一九二九年，蘇大山把他六十歲時所得之書整理編目，手撰《紅蘭館藏書目》，共有藏書四千五百十五卷。一九三〇年，他購得藏書四千五百八十卷，一九三一年又得三千八百四十九卷，三年共計一萬二千九百四十四卷。一九三一年，蘇大山離開菽莊吟社，回到泉州，拉開了晚年生活的序幕。其後，又陸續增添了兩萬多卷藏書，並自撰聯曰："以書爲命，日剛讀史；息交絶游，夜靜哦詩。"

一九三三年八月，蘇大山倡導組織温陵猤社。這是他回泉州後的老年生活的一項重要活動。猤社繼承了桐陰吟社的傳統，又把該社的經驗吸收進來，使得猤社成爲泉州近代著名的文學社團。當時經常參加詩社活動的有二三十人，以泉州及附近所存清代有科名的人物爲主，後亦吸收部分非科舉出身的青年詩人。菽莊吟社的社員也經常參加猤社的咏詩活動。一九四八年四月，蘇大山八十壽辰，郡中名流數十人前來祝壽，當時的晋江縣長爲"紅蘭館藏書樓"奠基。

解放後，蘇大山已年過八十。新政府以先生開明，幾度邀請出任人民代表大會，均以老辭。一九四九年十一月，他被特邀參加晋江縣首届第一次各界人民代表會議。一九五六年，政協泉州市第一届委員會成立，蘇大山任政協委員，十月受聘爲省文史館館員。一九五六年創作《十月一日第七届國慶節頌辭》七絶五首，特别關注臺灣的和平統一問題。一九五七年八月仙逝，享年八十九歲。出殯時，由當時的市長和副市長主祭。一九五八年，其後人遵先生遺囑，將全部藏書捐獻給國家，對於保護地方文獻、古籍，厥功甚大。二〇〇一年，蘇大山墓被列入泉州市文物保護單位，蘇大山舊居作爲"祖閭蘇民居"的主要部分，也於二〇〇九年被列入福建省級文物保護單位。

從晚清到民國，經歷了辛亥革命的洗禮，又有"行萬里路，讀萬卷書"的體驗，蘇大山的著述進入了旺盛時期。六十歲以前的作品除《紅蘭館詩鈔》外，尚有《紅蘭館文鈔》、《温陵碎事》、《鹿礁隨筆》，現僅存《温陵碎事》卷五抄本。一九三五年，《清人萬首絶句》已編選八千餘首，現殘存稿本一册，選詩三百四十二首。這是一部浸透了蘇大山多年心血、較有價值的古詩選本，惜已失傳。

《紅蘭館詩鈔》是蘇大山親自選定的一部有代表性、極富價值的詩集，在他六十壽辰時出版。《紅蘭館詩鈔》內有八集：卷一"桐南集"爲其年輕時的詩作，因家居刺桐城南而名；卷二"桐南後集"是自丁未至辛亥時的作品；卷三"幔亭集"爲一九一七年三月游武夷，居山中百日，得詩一百三十四首；卷四"鐔州集"爲一九一七年九月至一九一八年三月游南平，歷時半年，存詩九十三首；卷五"鷺門集"爲他客居廈門和一九一八年七月壯游燕、趙、齊、魯越半年的詩作；卷六"甲子詩卷"爲一九二四年詩作；卷七"婆娑洋集"爲一九二七年游臺、澎二十日得詩九十八首的結集；卷八"鹿礁集"爲挈家避亂，居於鹿耳礁的詩作。這些詩作産生於亂世，或懷舊，或憶友，或紀游，或抒情，無不蘊含着憂國憂民、一腔悲憤的浩然正氣，誠如一九四七年新加坡著名詩人潘受先生評價《紅蘭館詩鈔》所贊："絕愛紅蘭館，神光似洛川。命宮嘆磨蝎，吟筆動哀鵑。合以三色露，書之五色箋。興酬題及我，盥誦益薰然。"

蘇大山在清末民初就致力於泉州地方文史資料的研究，著有《溫陵碎事》一書。二十世紀三四十年代又繼續對地方文獻作了系統的搜集、整理工作，先後完成了《溫陵詩徵》、《溫陵文徵》、《晉江私乘》等的編撰工作。一九四五年，他接替吳增先生任晉江文獻委員會主任後，又與曾遒先生合創《晉江文獻叢刊》，陸續發表若干研究成果，並準備整理出版歷代泉州著作，後因經費短缺未果。但蘇大山並未放棄這項工作，直至一九五七年逝世之前，他還堅持獨立編輯《紅蘭館小叢書》，保留了大量珍貴而罕見的鄉賢著作。這套小叢書的內容，除本書選編的十種外，尚存四十餘種抄本，如宋泉州林洪撰《文房圖贊》，宋同安蘇洞撰《召叟詩錄》，明晉江俞大猷撰《劍經》、《兵法發微》，明晉江李贄撰《卓吾詩編》，明晉江李廷機撰《燕居錄》、《在官錄》，明惠安駱日升撰《易解》，明晉江黃鳳翔、黃景昉、周廷鑨撰《明季三子詩剩》，明晉江王畿撰《勸戒錄》，明同安黃文焌等撰《九日山志》，清晉江楊浚撰《小演雅》，清晉江陳遷鶴撰《毛詩國風繹》，清晉江吳魯撰《正氣研齋詩存》、《養和精舍詩存》等等。這些殘存的抄本只是《小叢書》的十之二三，但從這些書目可略見《紅蘭館小叢書》价值之一斑。

校點後記

　　蘇大山的許多著作都是他自己抄寫的,如《清人萬首絶句》、《晋江私乘》等都是他的手稿本。但編輯《紅蘭館小叢書》時,他已年近八旬,視力下降,就在家庭經濟十分拮据的狀况下,還長期雇請人員爲之抄寫。一九五六年他卧病期間,其早年弟子陳少韵胞弟陳錚錚遣侄樑材到家裹探望,"床前伺訓,知伯憂思,史稿未成,筆將誰繼"。這裏所言"史稿"就是《紅蘭館小叢書》,當時尚未最後定稿,甲、乙、丙、丁多集也未編完,一大堆抄本就在"文革"中全部被抄,現殘存於泉州市圖書館的這四十餘種抄本是有關人士從廢紙堆裏搶救出來的,可謂劫後遺珠。

　　本書所選十種。《介山詩存》,明惠安李愷撰。李愷,字克諧,號抑齋,明嘉靖十一年(一五三二年)進士,歷兵部車駕司郎中,官至湖廣按察副使。以母憂歸,耕隱於介山。《大笑集》,明晋江林胤昌撰。林胤昌,字爲磐,號素庵,明天啓二年(一六二二年)進士,官吏部文選司郎中,南明唐王時任兵部右侍郎。《館閣絲綸》,清安溪陳萬策撰。陳萬策,字時對,號謙季,清康熙五十七年(一七一八年)進士,翰林院侍講學士。《愛吾廬題跋》,清同安吕世宜撰。吕世宜,字可合,號西邨,清道光二年(一八二二年)舉人。嘗至浯江、紫陽二書院講席。平生嗜金石,善篆籀,分隸尤工。《雪梅集》,清南安蘇錫撰。蘇錫,事迹未詳。《游杭日記》,清晋江楊慶修撰。楊慶修,道光十七年(一八八三年)拔貢,永福教諭。《春空唱和詩卷》,清釋道正、道濟撰。釋道正、道濟,事迹未詳。《退藏小室隨筆》,清晋江蘇鏡潭撰。蘇鏡潭,清光緒二十八年(一九〇二年)舉人。《番市略》、《温陵溝渠小志》,晋江蘇大山輯。

　　本書點校整理的稿本因年代久遠,且受印刷技術及抄本的局限,加上點校者水平有限,疏漏或錯誤之處,敬祈指正。

編　者
二〇一二年九月

圖書在版編目(CIP)數據

紅蘭館叢書／蘇大山著、編；蘇彥銘，謝如俊點校．—北京：商務印書館，2017
（泉州文庫）
ISBN 978-7-100-15311-9

Ⅰ．①紅… Ⅱ．①蘇… ②蘇… ③謝… Ⅲ．①詩集－中國－現代②散文集－中國－現代 Ⅳ．①I216.2

中國版本圖書館CIP數據核字(2017)第222996號

權利保留，侵權必究。

責任編輯　閻海文
特約審讀　李偉國

紅蘭館叢書

蘇大山　著、編

商務印書館出版
（北京王府井大街36號　郵政編碼100710）
商務印書館發行
山東鴻君傑文化發展有限公司印刷
ISBN 978-7-100-15311-9

2017年12月第1版　　開本 705×960　1/16
2017年12月第1次印刷　　印張 19.75　插頁 2
定價：108.00元